只许你一人 完结篇 上

纳兰静语 著

图书在版编目（CIP）数据

只许你一人 . 完结篇 / 纳兰静语著 . — 重庆：重庆出版社, 2017.10
ISBN 978-7-229-10152-7

Ⅰ.①只… Ⅱ.①纳… Ⅲ.①长篇小说－中国－当代 Ⅳ.①I247.5

中国版本图书馆 CIP 数据核字 (2015) 第 147157 号

只许你一人·完结篇
ZHI XU NI YIREN WANJIE PIAN
纳兰静语　著

责任编辑：王　淋
责任校对：刘小燕
装帧设计：米　妮
封面插图：单单插图

重庆出版集团
重庆出版社　出版

重庆市南岸区南滨路 162 号 1 幢　邮政编码：400061　http://www.cqph.com
重庆升光电力印务有限公司印刷
重庆出版集团图书发行有限公司发行
E-MAIL:fxchu@cqph.com　邮购电话：023-61520646

重庆出版社天猫旗舰店
cqcbs.tmall.com

全国新华书店经销
开本：700mm×1000mm　1/16　印张：33.5　字数：750 千
2017 年 10 月第 1 版　2017 年 10 月第 1 版第 1 次印刷
ISBN 978-7-229-10152-7
定价：59.80 元

如有印装质量问题，请向本集团图书发行有限公司调换：023-61520678

版权所有　侵权必究

目录 Contents

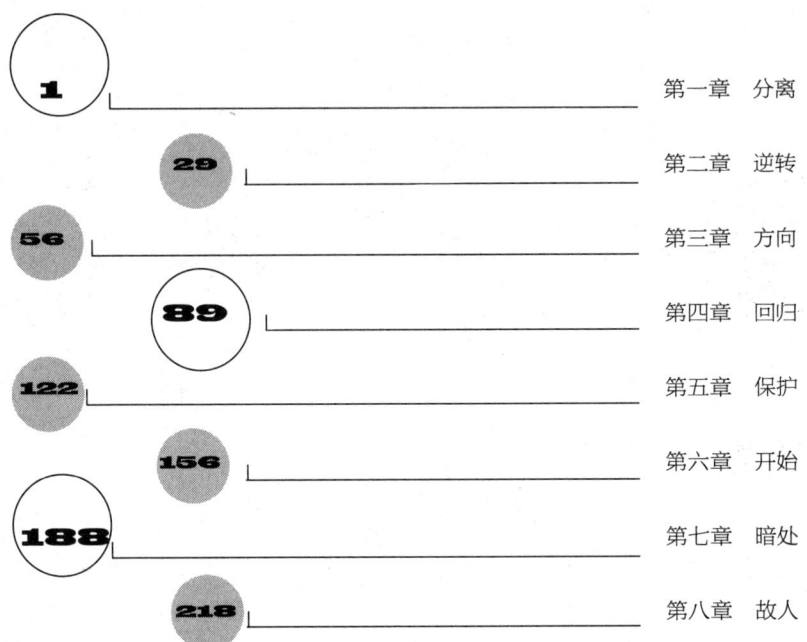

第一章　分离 ... 1

第二章　逆转 ... 29

第三章　方向 ... 56

第四章　回归 ... 89

第五章　保护 ... 122

第六章　开始 ... 156

第七章　暗处 ... 188

第八章　故人 ... 218

第一章　分离

三天后——

"这件怎么样？这件呢？"

苏小暖一个人在镜子前拿着两件小礼服来回地比画，转眼看向那边正拿着画册翻看的季莘瑶："这件好看不好看？"

莘瑶合上手中的画册，抬眼看着苏小暖那一副终于放下已逝之人重拾开心生活的样子，于是笑笑："这件紫粉色的适合你。"

"哎呀，季姐你的婚纱是白色的，既然我是当伴娘，总要穿得和你一样色系的才好看嘛！"小暖依然犹犹豫豫地看着手里的两件小礼服："都喜欢，怎么办，可是伴娘又不用像新娘子那样可以换礼服穿，伴娘还是低调些好……唔……那还是这件白色的吧。"

说着，小暖又重新走进试衣间去。

"季小姐，这是为您重新修订好的婚纱，您试一试，要是哪里的大小不合适，我们可以马上改，还有两三天就是咱们万众期待的您和顾总的婚礼了，我们可不敢有一点马虎。"婚纱设计师按三天前改过的方案，又几天不停地重新整改过的婚纱捧了出来。

莘瑶看了看那婚纱裙摆上一层层似真似幻的云朵，又看看画册上的版图，便笑了笑："不用试了，三天前我和南希过来时不是已经试过了吗？大小就按上一次的尺寸来就可以，腹部不要太紧，宽松一些比较好。"

设计师点点头："已经按您的要求改了，还是试一下，我这人每设计一款婚纱都十分追求完美，顾总能青睐我们工作室的婚纱设计，这对我们来说是最大的鼓励，希望季小姐您婚礼当天能美美的，毫无瑕疵……"

莘瑶会意，便又去重新试了一遍婚纱，直到确定各处都十分合身，那设计师才肯罢休。

带着小暖试过伴娘礼服后，小暖又屁颠屁颠地跟她去看了已经印刷好的镶金请柬。

"哎，季姐，你不在自己父母那边办一场酒宴吗？"小暖一边翻看着手里的

请柬一边说，"怎么没有你以前的亲朋好友？我记得你说过，你以前是在F市读书和实习的是吧？怎么不请那些同学朋友过来？还有……"

小暖顿了顿，疑惑地问："你的父母呢？"

莘瑶微笑："如果时间充裕，我应该会找时间去F市办一场答谢宴，当然，要时间允许的情况下才行。"

见莘瑶对父母避而不谈，小暖只是抬头看了她一眼，便"唔"地应了一声，很懂事地没再纠缠着多问，却是避重就轻地说："后天就是婚礼了呢，真没想到你会让我给你当伴娘……"

在两人正要走向附近的停车场时，小暖依旧径自叽叽喳喳个不停，季莘瑶正翻弄着包里的东西，偶然抬起头，便赫然看见正从对面的茶餐厅走出来的单老。

"季小姐？"本来莘瑶和单老又不是很熟，没打算走过去打招呼，想趁着单老没注意到自己时和小暖离开，却没想到单老会向自己走过来。

她顿了顿，停下脚步。

"季小姐，难得在这地方还能遇见，有没有时间聊一聊？"

莘瑶迟疑地看了一眼单老。

单老找自己要聊什么？

但单老说过这话后，便转身率先回了那家茶餐厅，她也不好拒绝，只能拜托小暖先将手里的这些大包小包给拿到车上去。

之后进了茶餐厅，单老坐在那里，苍老的容颜在岁月的侵蚀下仍如刀削斧凿般英挺，两眼就这样看着季莘瑶走过来，却是始终盯着她的脸在看，不知是在想什么。

"单老。"

"季小姐，坐。"

她略有些拘谨地坐下时，见单老依旧在看自己的脸，不由得被盯得有些难受，却又不好发作，只能尴尬地笑笑："不知道单老突然叫我进来，是想要聊什么？"

"季小姐别害怕，我知道这样很唐突，但是既然遇见了，我回国后在G市这段时间，常一个人在外走，单萦那丫头平日又没有太多时间陪我，我没事和老友在这里吃吃茶，巧的是遇见季小姐你了。"

"不唐突，单老客气了。"

"那好，我也不多耽误季小姐的时间，只是有一些疑问，可能要麻烦季小姐帮我解答。"在服务员端上来一壶茶时，单老客气地笑着说。

莘瑶点点头："是单老这话抬举我，就是不知……单老究竟，是想问我什么？"

"你的母亲……"单老说了这句话后，便顿了顿，注视着季莘瑶瞬间僵硬下来的表情，斟酌了一下才道，"呵呵季小姐别介意，只不过我发现你长得很像一位我曾经认识的姑娘，听说你是季秋杭的私生女，我这话没有任何歧义，只是想问问，季小姐你的母亲，现在在什么地方？"

季莘瑶对私生女这三个字早已无感，抬起眼，看着单老眼中那份探索的深意，不由得忽然想起自己母亲的名字。

2

单晓欧。

这天下间从来都不可能真的有那么多的巧合，本来自己母亲姓单，她没有多想，但是单老这样一问，她却是不得不多想，目光就这样看着单老那张在岁月中依旧威严十足的脸。

她和自己的母亲眉眼间很有些相像，这个是她长大后在镜子里看着自己，又对比母亲年轻时的照片才知道，单老能直接问，该是确信她的母亲是谁。她沉吟了一下，才轻笑："听单老您这语气，应该是认得我母亲？"

见她藏得并不浅，单老索性拿出一张尺寸不大的黑白老照片，照片里是一个看起来才十四五岁的小姑娘，但却明显是她母亲十几岁时的照片，只定睛一看就能认出来。

"你的母亲是她吗？"单老将照片推到她面前，倒也不拐弯抹角。

无论是与不是，对于季莘瑶来说，这张陈年的旧照片仍让她有几分恍惚。

究竟是怎样的家庭，怎样的童年，才会让她在年纪轻轻的时候爱上一个不说爱的人，最后又因为情伤而自杀，这般的专注，是太过缺爱，还是太过脆弱。

"季小姐？"

恍惚中，听见单老叫她，她猛地回过神，看了一眼单老眼中的那几分打量。

莘瑶吐了一口气，接过那张照片，笑笑道："不知道单老和照片里的人是什么关系？长得确实和我很像呢。"

单老一怔，没想到她会是这样模棱两可的答案："我和这照片里的姑娘，是亲戚，很多年没有见过的亲戚。"

他客气地笑笑，"是亲戚"这三个字咬得很重，亦有些刻意。

种种巧合联系在一起，她又不是傻子，隐约能猜测出来什么，但她不想让自己在任何复杂或者不复杂的过去里掺和太多，老一辈的恩恩怨怨与她无关，无论是那个在她四岁时就毅然跳楼自杀的母亲，还是眼前这位有可能与自己有那么一星半点的血缘关系，却是虚伪客套的单老，于她来说，都是不愿去刻意追溯的。

莘瑶正要说什么，电话却响了，她接起电话，是小暖说宿舍有急事，莘瑶应了一声，说马上就过去。直到挂断电话，她看了一眼单老："单老不好意思，我朋友在停车场等我等得有些急了，不知道单老究竟是想问我什么？咱们直接一点好吗？"

单老犹豫了，淡淡看着她："既然有急事，季小姐就去忙吧，也没什么事……"说着，他将那张照片收了回去，似是对她这藏得极深的态度颇为不悦。

"那好，我先走了。"莘瑶转身便走。

"季小姐，听说三天后就是你和南希的婚礼，我想提醒你一句。"忽然，单老略带漠然地开口。

她一顿，转身看了他一眼。

"单萦是我唯一的孙女，我会无条件倾尽一切为自己的孙女争取她所想要的。"

莘瑶只是停顿了一下，便头也不回地直接离开。

第一章 分离

3

晚上回到家时，顾南希还没有回来，琴姐正替她熬着中药，屋子里飘着四散的中药的芳香，并不浓郁，淡淡的很是好闻。

忽然想起今天除了去最终敲定婚纱还有小暖的礼服与请柬之外，还有一条项链忘记取，她不由得看了一眼天色，转身去给顾南希打电话，让他回家之前顺路去取回来，手机响了许久无人接听，在她正要挂断时，终于通了，她正要开口，便听电话彼端传来一道女人的声音。

"喂？不好意思，南希他现在不方便接电话，请问你哪位？"

那是单萦的声音。

季莘瑶握在电话上的手蓦地收紧，却是长久地沉默，虽没想到接这个电话的人会是单萦，但是，顾南希的手机上明明有自己手机号码的备注，既然知道是自己，她又何必如此一问，何必呢。

"请问有什么事？我帮你转达给他。"单萦在那边很耐心地说。

季莘瑶没有说话，缓缓放下电话。

"夫人，药熬好了，可以喝了。"琴姐从厨房出来，手里端着一碗浓浓的中药，笑眯眯地捧到她面前："快喝吧，我刚刚凉了几分钟，现在应该不是很烫。"

莘瑶坐到沙发上，对琴姐笑了一下，捧起碗来，看着那汤药中自己的影子。

"怎么了？"见莘瑶盯着碗里的影子，却是没有喝，琴姐愣了一下："是怕苦吗？这几天你都喝进去了，我想帮你准备些糖，你说不用，如果还是苦的话，我现在就去买些糖回来。"

"不用，琴姐。"莘瑶勾了勾唇，"你去忙你的，我喝了之后自己去洗碗。"

琴姐点点头，转身去忙了。

莘瑶将光着的脚，轻轻抬到沙发上，蜷缩着身体，一双脚并拢在沙发边缘，看着碗中自己的倒影，看见自己在笑，却是笑得很无奈。

她和所有的女人都一样，上班闲暇无事喜欢混迹晋江、红袖、起点等一些小说网站去翻看消磨时间，无事也喜欢对着小说里那些渣男痛骂，对那些愚蠢懦弱的女主恨铁不成钢。而现今，在她人生的这一章，这盆狗血淋到自己头上的时候，她忽然觉得很无力。

人生如棋，只是当局者迷啊。

其实她很早很早就明白，并不用等到最后输得一败涂地才明白自己是真的输了。更多时候我们只要看看对方的表现，就知道是应该扑倒还是应该绕行。

可是……她只是不甘心啊。

她饿着肚子，早上只用了五分钟泡好的面，马上就可以吃了，泡了四分半钟的时候，有人过来和她抢这碗面，你让她怎么甘心？她怎么可能会甘心？

她放下碗，重新拿起电话，再次给顾南希拨过去，这一次对方接得很快，依旧是单萦："喂？"

莘瑶对着电话说："单小姐，三天后上午9点58分，天际酒店一楼VIP大厅，我的婚礼，欢迎你来参加，请柬我明天会送到你那里。"

电话那边微微一滞，沉默了片刻，然后是单萦轻笑的声音："原来是莘瑶？"

"别忘记来参加。"她没理会单萦接着想要挑起的话题，便客客气气地挂了电话。

也许是真的足够愚蠢，也许太多人都会耻笑现在的她，因为她拿得起却放不下去啊！

等到她想起自己还没有喝药，重新捧起那碗汤药时，低头喝了一口，苦入心脾。

这药已经喝了几天了，怎么她到现在才发现原来中药竟然苦到能让人想流泪的地步，这他妈的该不会是掺了黄连吧？

晚上8点，琴姐收拾好房间，见莘瑶喝过药后，叮嘱她早些休息，便准时离开。

莘瑶无所事事地跑到楼上，拿了计算机下来，坐在沙发上抱着计算机打麻将，身上的衣服有防辐射效果，但是看了太久计算机，还是有些晕，忽然一阵恶心，猛地扔下计算机飞奔进浴室，跪坐在马桶边一阵干呕，吐了半天什么都吐不出来，可是她真的很难受，总想吐出些东西或许就舒服了，手指紧紧扒在马桶边缘，好半天没有离开，直到最后还是吐出了一些酸水，她没注意自己在这里跪坐了多久，便直接起身。

或许是因为跪坐了太久血液循环不畅的原因，刚站起身，便眼前一黑，脑子一阵晕眩，身体不由自主地向后倒去。

本是心惊，怕摔伤了孩子，想要伸手抓住些什么用来撑住自己，却是仓皇间什么都没有抓到，接着身后一暖，千钧一发间被人扶住，之后身体便被人拦腰抱起。

她抬眼，见是不知什么时候进了门的顾南希。

"这么难受？晚上的药喝了吗？"他还是那样的温柔，抱着她一路走进卧室，将她轻轻放到床上，抬手抚上她因为刚刚剧烈的干呕而溢出薄汗的额头，将她额前的散发向后轻拢："以后别跪在马桶边去吐，血液循环不畅导致头晕，摔了怎么办？"

她不语，只是静静看着他依旧那样柔和隽永的浅笑，看着那张清俊卓尔的脸，和他眼中并非作假的满满的关怀。

他将外套脱下，转身去给她拿水果，瞥见他的手机在衣袋露出一角，莘瑶不懂，单萦明明接了她两个电话，他顾南希怎么还能这么淡定地仿佛什么都没有发生过？

于是鬼使神差地伸手过去将他的手机拿起，打开翻看。

通话记录里她晚上五六点钟打的那两个电话都不存在，她一怔，不动声色地将他的手机放下。

直到他拿了些切好的水果进来，喂她吃了两块："先吃两块水果，应该能止吐。我看见沙发上的计算机，你刚刚又抱着计算机玩了？"

她一边吃着他递来的水果一边点头："就玩了一小会儿。"

结果顾南希顿时肃起了脸色："不是告诉过你，就算穿了防辐射服，最近也少碰计算机，你胎气不稳妊娠反应加重，容易头晕，再长时间面对计算机会吐得更

第一章 分离

5

严重。"

见她吃着水果，看着他不说话，他轻叹，坐在床边，温柔地揽住她的肩，在她背后轻抚："我是担心你这样太难受，这几天早上见你吃多少吐多少。"

这样的他，让她觉得他离她很近。

浴室里隐隐有水声传来，莘瑶仍坐在床上，静静地看着窗外斑驳的夜色。

顾南希洗完澡，那时莘瑶已经缩在被子里，他似乎本是要去书房看文件，但见她蜷缩着似乎很冷，便拿了卷宗过来，躺到她身边，将她揽在怀里，一边翻看着卷宗，一边轻轻拍抚着哄她睡觉。

靠在他的怀里，她将头贴在他的颈窝。

"南希。"

"嗯？"

"给我唱首歌来听听吧。"

难得的是他竟然没拒绝，淡笑地看看她："想听什么？"

"什么都好，我好像从来都没有听你唱过什么呢，平日里你们出去应酬，并不像我们，吃过饭后就去唱K是吧？"

他没答，揽在她身上的手缓缓向上，将她身上的被子提了提。

她是听着他的歌睡着的，他唱的是那首许嵩的《半城烟沙》，不是时下流行的歌，也不是什么古典音乐或是国外金曲，就是一曲浅吟低唱淡淡的歌，他的声线清冽如泉，这种淡淡的让人听起来极为静心的调子在他这里也变得极为雅致。

翌日，何婕珍过来，说虽然她和顾南希已经结婚有半年了，但是按中国人的习俗，在办婚礼的前一天新郎和新娘是不能见面的，何婕珍知道莘瑶因为孕吐的关系，坐太久的车会难受，就没有勉强她回顾宅住，在准备举行婚礼的那家天际酒店给她订了一间相当不错的房间。

莘瑶收拾了东西，便在下午直接去了酒店。听说季家人也来了，以她娘家人的身份来了G市。莘瑶没有去见他们，随便婚礼上的司仪到时准备怎么介绍季秋杭的身份，总之，对于季家，除了一个外在的关系，根本没有半点亲情存在。

晚上雨霏过来陪她，包括明天，雨霏还会在婚礼之前陪她一整天。

"嫂子，还没有洗好啊？刚刚我哥打电话过来问咱们想吃什么，我就自作主张地说想吃蛋糕，这会儿酒店服务员已经把蛋糕送上来了，你快洗好出来一起吃。"

莘瑶正泡在满是泡沫的浴缸里，头枕在浴缸边缘，因为水温被控制得很好，浴缸是那种昂贵的特殊材质，水也不会因为时间久而变凉，莘瑶也不知道自己在里边泡了多久，躺在那里几乎都快睡着了，便忽然听见雨霏在浴室外叫她。

"你先吃吧，难得有这么闲暇的时间能做个泡泡浴，我再泡一会儿。"

"别呀，嫂子，泡太久头会晕的，我可有过这经验，前几年我在美国自己那间公寓里，有一次因为感冒，泡在水里很舒服，就一直泡着没有出来，后来刚起身就眼前一黑，差点直接昏过去，你现在不能泡那么久！"

"好，那我马上出来。"莘瑶无奈，浴室里很安静，安静得能让她静心冥想许多，往事历历在目，亦能让她在这闲暇的空间里看清许多，实在不舍得出去，但也终究不愿拿自己目前的身体开玩笑，便索性直接起身。

五分钟后，走出浴室，就看见难得不用穿得那么宽松，也不用藏着肚子的雨霏穿着一件薄薄的睡衣，手里捧着一小盘切好的蛋糕，在圆形的大床边来来回回地一边吃一边绕着走。

莘瑶擦着头发，见雨霏那在自己面前格外轻松的完全不需要伪装的样子，倒是很开心，看着雨霏的肚子已经微微凸出了一些，再过不久估计就会藏不住，便忍不住地问："南希竟然已经知道了，那你以后打算怎么办？"

雨霏顿了顿，吃了一口蛋糕，回头看她："等后天你们婚礼过后，我直接回美国。"

"我问的不是这个，我是说这个孩子，你还是不愿意说孩子的父亲是谁吗？应该用不了多久，你哥就能查出来，何苦这样为难自己。"

雨霏不语，转身又去切了一块蛋糕，然后端给莘瑶，在莘瑶接过的同时，轻声说："我哥这两天找过秦慕琰么？"

季莘瑶当即一怔，看着雨霏那坦然的视线，她终于还是承认了。

"如果我猜得没错，我哥已经知道了，只是最近抽不开身。而且，还没有到去找他的时候，因为……"雨霏笑了笑，以手轻抚着肚子，"这孩子的爸爸……根本不知道这个孩子的存在，说白了，我也没打算让他负什么责任，毕竟是我自愿的，他那天喝醉了，我扶他去酒店，他不知道是我，始终都不知道是我。"

雨霏的表情很是轻松，抬眼看着莘瑶那满是惊诧的眼神，笑了笑："嫂子，你一早就已经猜到了是吧？女人的嗅觉最灵敏，我在你和我哥面前，常常就像个隐形人一样。"

"真的是他的？那他不知道？"莘瑶皱眉。

雨霏低下头，叉起蛋糕上一枚红红的樱桃放进嘴里，然后呵呵一笑："就算有一天他知道了又能怎么样，很早以前他就知道我对他的心思，却是常常对我避而远之，因为我是他好兄弟的妹妹，他说他可以有很多女人，唯独我，他不能碰，死也不会碰。我还记得那时候他言之凿凿和我说那些话时的表情，谈笑风生的秦慕琰，常常对女人来者不拒的花名在外的秦慕琰，却原来也可以那么绝情那么冷漠，我知道玩世不恭只是他给人的假象，可我没想到，他的理智也那么伤人。"

"这两年他一直避免和我在任何场合遇见，偶尔不得已的相见，也是那么客套地打个招呼。如果不是他回国的前一个月我偶然在几个商场友人的酒宴上碰面，如果不是他被那几个人灌得一塌糊涂，如果不是我一个人把他送到酒店，如果不是因为他吐得满身都是后我帮他脱衣服，也许这个孩子，也就不会存在了……"

说这话时，雨霏的手一直轻抚着肚子，眼里带着几分笑："爱情，求而不得，我也不打算纠缠，这孩子来得突然，对我来说也算是当头一棒，但我想留下他，其实这样很自私，可我就是想留下我和他的孩子，就算有一天他知道后，会恨我……"她咬了咬唇，然后叹笑，"我也宁愿这样。"

7

"你这么好，秦慕琰平日应该不是那么绝情的吧？他怎么可能会那么决然地避开你？"莘瑶虽震惊，却是压下那股惊心，反而觉得秦慕琰就算绝情，也不该是对雨霏这么优秀的女人绝情得这么彻底。

雨霏笑起来，像是在说一个笑话，却又是铁一般的事实："因为你。"

莘瑶僵住，想要解释，雨霏却是不以为然地笑着接着说："嫂子你别误会，我现在会和你说这些，并没有一点点怨恨你的意思，他的心里有你，又不是你的错。不是你，也会是别人。但是也因为这一层关系，我一直不愿意对你多说什么。现下马上就是你和我哥的婚礼，我才会放下这些顾虑和你聊一聊，不然恐怕我自己憋得久了，反而会很难受。"

莘瑶真的没想到秦慕琰和雨霏之间的关系会是这样，她一直以为他们两个是打打闹闹感情上还算不错的欢喜冤家，也一直以为雨霏怀着这个孩子却不肯告知任何人，是因为他们之间有什么隐情。

看来完全是她想得太简单。

而看雨霏这种无所谓的依然能笑得出来的态度，不免感叹。

挫折和打击是最磨炼人的东西，或者一蹶不振，或者百炼成钢。

而显然，雨霏和她是同一类人，在这种本是山花笑烂漫的年纪，在挫折与打击中已练就一颗坚韧的心。

晚上睡觉前，接到顾南希的电话。

"在做什么？"

"做面膜。"她脸上敷着一层白色面膜，瞪着眼睛看电视，一边看一边说，手边还有一盘没有吃完的蛋糕，暂时不用上班，悠闲地等待婚礼的生活真是闲散得很有罪恶感呐。

"蛋糕吃了么？雨霏喜欢吃甜食，我知道你不喜欢，但那丫头都开口了，我直接派人订了一盒送去。"

"还好啊，只是太甜了。"莘瑶看了一眼手边的蛋糕。

是的，蛋糕很甜，甜得发腻。

"那就少吃些，明天和后天婚礼之前记得别饿着肚子，婚礼当天会很忙，没什么机会吃东西。"

"嗯。"莘瑶揭下脸上的面膜，却是依旧靠在床边，目光盯着墙上的一点："南希……"

"嗯？"

她顿了顿，忽然发现自己不知道该说些什么："没什么，就是想念念你的名字。"

"呵，傻瓜。"

第二天因为新郎新娘在这一天里不能见面，雨霏又是心情不错，拉着莘瑶逛街。

傍晚时两人回到酒店，却见秦慕琰的车停在那里，雨霏一眼就看见他的车，脚步当时便顿了一下，莘瑶转眼，看见他正坐在车里，伸手对她们打招呼。

8

眼见着雨霏微微弯起腰身，似是依旧不想让他知道孩子的存在，莘瑶皱起眉，却见雨霏对她轻轻摇了摇头，意思是让她别告诉他。

不告诉，难道任由一切就这样发展下去吗？不管怎么说，雨霏现在怀的都是他秦慕琰的孩子。

可见雨霏那显然是不想因为自己的私心而给秦慕琰增添任何麻烦的样子，只能叹了口气。

走到车边时，秦慕琰随手拿了个精致的盒子递给她。

"这是什么？"莘瑶接过。

"炸弹。"他笑。

她嘴角一抽："明天在我婚礼现场捣乱用的？"

"你果然了解我。"

"去死！"莘瑶低头将那盒子打开了一些，却见里边是一张辞退员工的信函，她一窒，看向他，"你同意我辞职了？"

"怎么？这份新婚礼物不是你一直想要的么？"他挑眉，单手趴在方向盘上，对她笑得那叫一个春风满面。

就在莘瑶以为他是打算放手，真心祝福她和顾南希的时候，他桃花眼微微眯起，挑眉道："你先别高兴得太早，爷这叫以退为进。"

季莘瑶顿时翻了个白眼，恨不得直接把手里的盒子摔到他脑袋上，若不是雨霏已经一个人先进了酒店，连和秦慕琰打声招呼都不肯，她现在也不会这么替雨霏抱不平。

但却又不方便说什么，以她的角度在秦慕琰面前说雨霏的事，未免也太矫情了不是吗？

她忽然正色地问："你明天打算包多少红包呀？"

"爷不炸了酒店就不错了，还给你包红包？你想得美！"秦慕琰斜了她一眼，那眼神大有他怎么会看上她这种势利的只认钱不认人的女人的意思……

送走了秦慕琰之后，莘瑶不知怎么，就是莫名其妙地特想去见顾南希，看看时间，顾氏虽然五六点钟时基本上都已经下班，但记得昨天晚上顾南希在电话里说今天会忙到很晚，她干脆直接开车去了顾氏。

到了顾氏时，已经认识她的几个保安和收发室看门的大爷都对她笑笑，打着招呼，直到她到了总裁办公室，推门而入时，才看见办公室里一片漆黑，顾南希并没有在这里。

本来是想着在他办公时给他个惊喜的，结果她看着空荡荡的漆黑的总裁办公室，长长地叹了口气。

***

这场婚礼似乎是顾南希早已准备，于是并不仓促，一切都是那么地恰到好处。

婚庆公司是特意从北京调来的全国顶级婚庆团队，虽然这场婚礼他们本意是低调，但顾家仍十分注重质量，就算是低调，也马虎不得。

　　大清早的莘瑶就被化妆师从床上捞了起来,化妆换婚纱,许多琐碎的小事由雨霏小暖她们前前后后地帮着张罗。

　　其实昨晚莘瑶没怎么睡,晚上躺下后睡不着,便趁着雨霏睡下后,起身披了件衣服坐在窗前看着窗外,不知看了几个小时,直到凌晨终于有了倦意才睡下,这一会儿就被拽了起来,实在是困得连眼睛都睁不开。

　　如果是西方式的婚礼,就不用这么早就起来折腾,是老爷子说中国人就要按中国人的习俗来,不去教堂听那些老外念叨莫名其妙的东西。

　　何婕珍很早就来了,小暖本来是要帮她穿婚纱,但看小暖那拿着婚纱不知道从哪里下手的样子,季莘瑶实在是看得心惊胆战,这笨丫头一定会给她穿反了不可,后来是何婕珍过来接过婚纱,帮她将那件颇烦琐但却美得不像话的缀满了立体云朵的婚纱穿上。

　　裙子的下摆很长,好在莘瑶的身高还可以,穿上高跟鞋后整个人的气质都十分的得体,让何婕珍看得很是满意,一直唠叨着说总算了了一桩心事。

　　颈间是定做的与婚纱搭配的小而精巧的项链,莘瑶的手腕上什么都没有戴,就算是结婚,也没必要把所有首饰珠宝都戴在身上。右手无名指上倒是有一枚戒指,这戒指自从顾南希给她戴上后,她就从来都没有摘下,铂金的婚戒在手指上熠熠生辉。

　　直到打扮停当的时候,已经9点多了,镜子里的女人,化着精致淡雅的新娘妆,睫毛密长微翘,眼睛大而明亮。满是立体云朵的裙底奢华贵气中透着简单,本就白皙的肌肤在这般的衬托之下莹润动人,当莘瑶在镜子面前走动的时候,有点不敢相信镜子里边那个人是自己。

　　小暖穿着与她同一色系的伴娘礼服,连连惊叫:"哇,季姐你好像白雪公主哎!"

　　季莘瑶笑了,有她这样的白雪公主么?她觉得自己有可能是给白雪公主吃毒苹果的后妈。

　　婚礼举行的时间是9点58分,按理说9点半的时候婚车就该来了,但是直到9点40分,外面依旧安静。

　　直到9点55分,莘瑶站在房间门口,笑着和前来道贺的一些同事朋友聊天,听着他们把自己夸到快要飞到天上,脸都快要笑僵了。

　　其实婚礼9点58分,10点58分,这是老人家的一些习惯,晚一个小时两个小时都没有什么,但是以顾南希这种时间观念强的人来说,他只会提前,绝不会迟到。

　　何婕珍怕莘瑶等得着急,笑着转身安慰她,说可能是路上堵车,莘瑶笑,没有答话。

　　之后她假装没看见何婕珍在顾老爷子和顾远衡赶过来时他们一起在那边悄悄给顾南希打电话,那边顾老爷子也过来哄她:"我就说住在市区不好,常常堵车,真是耽误正事。"

　　按老爷子这种不喜欢解释的性格,能对她说出这样安慰的话来,已经足够的温暖人心了,却也足够的牵强。何婕珍又来安慰她,可说话时早已没了底气。

10

顾南希的电话始终打不通，而且日暮里距离天际酒店，才几步的路啊？

周围的同事友人和几个顾家的亲朋好友开始用同情的目光偷偷打量着季莘瑶，她也只是笑。

她不知道作为一个女人做到她这一步，算不算是执迷不悟，又算不算是咎由自取，不甘心也终究只是不甘心罢了。

秦慕琰和修黎赶过来的时候，已经是11点，估计他们是在酒店门口遇见，才一起上了楼。他们过来时，老爷子和顾远衡一看见季修黎，两人皆是愣住，而修黎却是完全不理任何人，径直走过来去看季莘瑶："怎么回事？"

而看秦慕琰的脸色……

季莘瑶转眼，只看着秦慕琰。

"南希可能是有什么急事，出去了一下，估计马上就回来了……"秦慕琰说这话的时候，眼神并没有直接看向她，有几分闪烁。

莘瑶让自己带着三分的笑容很安静地看着他，于是秦慕琰不再说话。

"你也不知道他是什么时候出去的，对不对？"莘瑶笑着问他。

秦慕琰看着她，沉默不语，直到季莘瑶脸上的笑容加大，他才皱起眉："季莘瑶。"

她深深地吸了一口气。

可是都已经到了这样一步了，离开与前进都是一样的结果。

"莘瑶啊，南希可能真的是有什么急事，不如我们问问苏特助，是不是那边有什么紧急情况，或者……也许公司里哪里出了事情，他必须赶过去……"顾老爷子拄着拐杖走过来，看着将脊背挺得笔直的季莘瑶，"别急啊孩子……"

话落，老爷子便陡然将目光落在季修黎身上，定定地看着他，顾远衡亦是缓步走来，始终看着季修黎的脸。

"季莘瑶，现在后悔还来得及。"季修黎始终只站在她面前，略皱着眉看她，"我带你走。"

秦慕琰愣了一下，倏地看了一眼修黎的表情，仿佛这一刹那才反应过来，看着修黎的脸，渐渐蹙起眉。

然而莘瑶却是笑了笑，微笑着向秦慕琰伸出手："车钥匙借我。"

秦慕琰犹豫："再等等吧，我相信南希会处理好那些事情的。"

她笑着看他："车钥匙借我。"

"莘瑶！"

"借我。"她坚持，脸上始终带着笑。

终于，秦慕琰拧眉，缓缓将一串黑色的电子车钥匙放到她手上。

"莘瑶，你这是要做什么呀？你知道南希在什么地方？"何婕珍有些忧心地看着她。

季莘瑶只是顿了顿，旁若无人地淡看着秦慕琰那仿佛一夜之间已经了然一切的表情："单萦住哪家酒店？"

第一章 分离

11

在她问出这句话的刹那，所有人看向她的目光各异，而她此时已无暇顾及，只是始终看着秦慕琰微微张开的嘴。

终于，他轻轻报了一个地址。

莘瑶对他笑笑，在众人想要拦住她的刹那握着手中的车匙转身进了电梯。

"莘瑶……"

这一天是个晴朗的好日子，几经辗转，她在那个名叫帝之花园的酒店门口停下来。

走下车时，无视酒店工作人员与所有人惊讶的眼神，乘电梯上到秦慕琰所说的那一楼层。

到 705 停下来，她轻轻地敲门，当门被打开的刹那，她唯有笑，只能笑。

开门的是顾南希，他本是疲惫的脸色，从青到白，从平静到僵硬，那张向来沉稳俊逸且喜怒不形于色的脸，变得很快。

"莘瑶？"他震惊地看着她，目光落在她身上已有些凌乱的婚纱，几乎哑然。

她忽然很不愿意走进去，他就站在她面前，依然那般温和地看着她。可是从今天之后，一切都不再有任何意义。

她不知道秦慕琰季修黎雨霏还有顾家与她的那些同事们是什么时候赶过来的，当他们赶来的那时候，她已经站在 705 酒店房间里。

单老从隔壁房间走过来，淡淡看着他们。

单萦依旧那般明艳美丽，眉眼间亦是对眼前的状况有些许的震惊，却是惊讶地看着季莘瑶："你想干什么？"

莘瑶抬眼望着她，在她直接朝自己走过来的瞬间出乎所有人意料地抬起手，瞬间便在她脸上狠狠扇了一耳光，她还没反应过来，便瞬时脸颊通红，周围的所有人过来准备拉她，莘瑶此时已经无所谓了，反正都已经动手了，打成什么样也改变不了她季莘瑶揍她的事实！

单萦不可思议地看着季莘瑶，似是没料到向来隐忍不发的季莘瑶在真的彻底不愿再忍的那一刹那可以比任何女人都可怕。

单萦的脸颊泛起五指的红印，顾南希过来要揽住她，却被她第一次如此大力反抗地转身狠狠地扇了他一巴掌。

秦慕琰骤然上前拉住她："莘瑶，你冷静一点！"

她推开他的手，继续走到单萦身边，单萦见眼前的状况似是对自己很不利，便没说什么，只是求助似的看了一眼顾南希，想要走到他身后。

而季莘瑶挡住她的去路，平静地看着她。

"这就是你想要的结果，对不对？"

"好，我给你。"

"莘瑶！"

身后有人在叫她，有很多声音在叫她，她听不清是谁的声音，是顾南希也好，是秦慕琰是修黎或者是其他任何人也罢。

她伸手去拉过单萦，单老骤然走过来要喝住她，顾家人也过来拖她，她没有挣扎，这一身本来就已经太过复杂，如果弄乱了，她就会和这个单萦一样狼狈了。

而老天……季莘瑶已经太狼狈了，就算是输，至少也应该为自己留一点底线吧。

"妈咪——"单小鱼从房间里边冲出来，抱住单萦，她抱着自己的妈咪看了半天，转头又看了季莘瑶半晌，忽然冲过去抱住顾南希的腿，哭着喊："爸爸，坏女人打妈妈！爸爸！"

呵呵，天呐，当初在Y市季家，她季莘瑶穿着单薄的单衣趴在雪地里险些冻死，曾经在冰冷的地下室和修黎一起险些饿死，都没有输得这么惨烈过。

一面之缘便已是未婚妻，见面不超过两天就结婚，几个月的日久情深虽不是假，可他的爱此刻却是个笑话！

她只能微笑。

其实潜意思里，有那么一刹那，她可悲地希望顾南希能在此时此刻再解释一句，再对她说一句，小鱼和他没关系，单萦和他没关系，让她相信他。

可是他什么都没有说，以她完全看不懂的目光看了过来，须臾俯下身，抱起吓坏了的小鱼，轻声地哄她。

季莘瑶想叫他的名字，可开口的时候，才发现声音只在心里。

她笑了笑，仿佛已经看不见周遭各异的目光，那一刹那仿佛周身所有的重担都已卸下，秦慕琰过来拉她，修黎过来扶她，都被她轻轻地推开。

她在酒店门前的玄关处缓缓地退出去。

直到一只熟悉而温暖的手骤然伸过来紧紧拉住她，以从未有过的力度，仿佛片刻间就能捏碎她的手骨一样的力气，就那样紧紧握着她的手。

她抬眼，看见那是顾南希的脸。

"莘瑶。"他在叫她的名字，"不能走！"

她第一次在顾南希这个高高在上的男人眼里看见近乎哀求一样的表情，她的手好疼，他握得死紧，她低下头，看着他的手指关节几乎泛白。

她低低一笑，始终没让眼泪落下，却是一点一点，一点一点地将他的手推开，他的手心里握着一样东西，在她的手从他手中脱离时，她的手背上被刮出一道浅浅的血痕。

然而他始终没有将手心里那样东西扔下，在她的手抽离开时，攥紧了拳。

她知道，在他的手心，是那枚她始终都未能给他戴上的婚戒。

"顾南希。"她笑着看他，一步一步退了出去，轻轻地说："其实是我错了。"

她微笑着转身，在一干人别样的目光中迅速离开。

头也不回。

是啊，她真的错了。

她始终没有回头，没有去看有没有谁追出来，亦仿佛已听不见任何人叫自己的名字，她驱车离开。

车行一路，她径直回到日暮里，以连自己都无法想象的速度迅速到书房用打

第一章 分离

13

印机打出了两份离婚协议书，拿起钢笔在上边签了字，将那两纸离婚协议放在茶几上，再又极快地换了平时的衣服，出门前把秦慕琰的车钥匙同样放在茶几上，抬目环顾，这充满了她温暖回忆的家。

她没有拿走太多行李，只拿走了自己本来的一些简单的物件和几年来攒下来的存款的银行卡，在离开之前，看向自己手背上那道浅浅的红痕，将右手无名指上的戒指拿下来，轻轻放在离婚协议上。

当她在日暮里小区外打车的时候，看见了开车回来的顾南希，他直接下车向她快步走来，急急地唤她的名字。

她侧身坐进车里，跟司机说去机场。

司机发动得很慢，慢到足够顾南希赶过来。后视镜里，她第一次从那张温文尔雅的脸上看到除了微笑淡然之外的表情。

"要停么？"司机是个三十几岁的男人，回头问她。

她摇头说："不停，去机场，找一些容易甩开后边车辆的路，我付三倍车资。"

在车终于疾驰而去的刹那，司机同时递给她一包纸巾。

她忽然想起那一日在上腾会所外，她蹲在路边狂哭一通，顾南希站在她的面前，说，抱歉，季小姐，我没有带手帕和纸巾的习惯。

"季莘瑶，你真像一头刺猬。"

"如若此生已无力再爱，那就是谁都一样。"

"既然不是你做的，又为什么要走？"

"我信。"

"你不用走，就算是要离开，我也会陪着你。季莘瑶，因为我们是夫妻，懂吗？"

"季莘瑶是我的妻子，现在是，以后，依然是。"

"我的安危，有这么重要？"

"就这么不放心我一个人睡在车里，嗯？"

"季莘瑶，你一米五几？"

"把你的防备和你那满身的刺给我收起来，坚强是给他们看的，而不是给我。"

"累的时候，你可以放下那些坚强的壁垒，若是不愿落泪于人前，要哭就来我怀里哭。"

"季莘瑶，我们可以试着相爱。"

"是谁告诉你，我对你的感情除了责任之外就没有其他？"

"你呢？如果有一天，有人让我们必须分开，你会离开吗？"

"莘瑶，我们回家。"

"不能走……"

……

原来一直都是她错了。

她错在太相信这一切。

她看着眼前被递来的那包面巾纸。

14

才发现原来自己竟然哭了。

车速渐快，转过街角，在道旁树光影斑驳的大道上行驶，仿佛又穿越了一条时光隧道。

顾南希的身影，终是再也看不见了。

那时候车里，方皓文黯然神伤地唱着幸福。

像这样的女人好愚蠢，但哪个女人不天真。

她伸手切了歌。

其实最开始她不知道究竟要买去哪里的机票，生活不是游戏，玩不起那么多奢侈的任性与浪漫，想要出国远离这一切，却发现自己的存款都不够她在某一个不熟悉的国度活过一年的，终究，她买了飞回F市的机票。

那个她大学所在的城市，有着她所熟悉的记忆和生活节奏，于她来说，或许只有回到那里，才能找回当初坚不可摧的自己。

那时候是淡季，机票还很好订。

当飞机起飞，她已难掩疲倦，低头看见右手无名指上不知何时竟已留下一圈淡淡泛白的戒痕。

诚然，她现在怀着孕的身体坐飞机明显就是自找罪受，没几个小时的航程，她却来来回回奔去吐了不下三次，直到空乘的服务人员问询了她的情况后，给她倒了一些有止吐效果的药茶，她才勉强熬过那几个小时。

到达F市时已是下午4点多，纵使身体如何难受，她连停也没有停过，直接乘车到了市区，在F大附近自己曾经租住过的小区外看房屋信息，知道曾经她住过的那栋房子还在出租，便在附近的电话亭给那位元老房东打去电话。

F大附近的那些小店有许多跟她是熟人，看见她后连连亲切地打着招呼，她先去了曾经实习过的小诊所检查了一下身体，在他们得知她是怀孕的时候，用着微惊讶的眼神看着她，并不知她这半年多以来到G市所发生的一切，似是以为她和男朋友漏用措施而怀了孩子，还问她结婚了没有，孩子是想要去医院打掉还是做药流，他们可以帮忙找人安排价格便宜一些而且卫生干净的小医院。

那时候季莘瑶在犹豫。

她本意只是检查身体，却在他们提到流掉孩子时，才想到这个问题，可终究她自己也没有答案，一路寒暄道谢过后，当晚便住进了曾经那栋熟悉的小房子。

站在熟悉而狭小的房间里，她的脚下是一只塑料板凳，因为这间房子有半年多没人来打扫，房东是个很懒的人，见租不出去就这样放着，灯都坏了也不管，她之前在楼下的小超市买了两盏新的灯，自己踩着板凳高举着手臂将灯换上。

电线上裹着一层灰，在她刚一碰到时，便朝她的眼睛撒下一片灰尘来。

那一刹那，眼睛莫名的灼热而疼痛，有什么东西仿佛在汹涌欲出，最终她仍是强咬着牙忍住，迅速换好灯后，转身进了浴室，看着镜子里那个灰头土脸面色疲惫的女人。

人生在世，果然有太多无法预料的事情，今天清早她被跟妆的化妆师从床上

第一章 分离

15

捞起，开开心心地化着新娘装，在一群人艳羡的目光下穿上那身美得惊人的婚纱，而十多个小时之后，从清晨到日暮，从G市到F市，从日暮里到F大外陈旧的小区，世事无常，果真是无常。

当老房东周姐过来看看她，问她这半年多去哪儿了的时候，季莘瑶坐在满是灰尘的沙发里，只是对她笑了笑："出去转了一圈，本是想见见世面，结果发现自己好像是玩大了。"

周姐是快四十岁的女人，人很随性，但却是十分的懒，曾经懒到一个月不洗衣服，因为住得近，莘瑶经常直接上门帮她将衣服塞到洗衣机里弄干净，周姐为人很好，因此曾经给她免了不少房租。

见莘瑶那一副萧索的自我嘲笑的样子，周姐不由得直接笑话她："小丫头片子，没事跑出去乱嘚瑟，见什么世面，别吃到亏就好，人呐，还是脚踏实地的才安稳。"

莘瑶乐了，伸出一腿放在还没有收拾的仍是一片凌乱的茶几上，放松身体躺在沙发里，笑着说："没错，脚踏实地才好，人确实要看清楚自己的位置。"

周姐喜欢吃她做的饭，难得地居然晚上留在她这里陪她收拾了屋子，最后在她这里蹭了一顿饭才走。

当夜色渐深，季莘瑶站在窗前试图将窗台上那盆居然始终没有枯萎的只是泛黄的仙人球好好浇浇水时，上边的刺扎进她的手指，痛得她一个激灵，猛地向后退了一步，一边吸着手指一边皱眉看着那仙人球。

季莘瑶，刺猬……

她叹笑，回身看着周遭的一切，才发现原来有许多东西或许始终都不会变，那做了整整半年的梦，终究是大梦初醒。

但是这个孩子……

季莘瑶叹了口气，终究骨肉相连，这始终也是她的孩子，当她听着诊所的那几个老朋友说着药流和干净卫生的医院这些正常的却又冰冷的字眼时，那时她忍不住打了个寒战。

现今社会的人，都已经对这种事情这样的习以为常了么？

翌日，季莘瑶又去了那家诊所，却是去请他们帮忙抓一些安胎的中药，这里没有婆婆为自己安排的琴姐，但她要为了自己，为了自己的孩子，而学会熬中药。

只是当离开诊所之前，巧合遇见曾经的大学校友，甚至也和她一起在这家诊所实习过几个月的好姐妹林芊芊。

"呀？莘瑶？"林芊芊一看见她，就惊得合不上嘴，却是在莘瑶亦是露出笑脸的刹那骤然地一个巴掌拍到她肩上："靠，你丫的最近死到哪里去了？我找了你好几个月！听人家说你是去G市了，你什么时候回来的？这是干吗呐？来诊所干吗？"

中午两个人在F大附近的小饭馆吃饭，林芊芊点了两碗米粉，贼兮兮地说她自从毕业后好久没再吃F大附近的这些东西了，馋虫都快冒出来了，之后在服务员离开后，她啪地放下筷子："招供吧。"

16

莘瑶笑着，两手举着筷子放到桌上，一边堆弄着筷子一边说："我嫁给了一个上市公司的老总。"

她当时就喷了："不是吧？半年不见，你TMD脑子烧糊涂了？开始满口说胡话了？"

季莘瑶继续说："你知道的，有一个那么好那么优秀的男人，换做任何一个女人，都是想要先下手为强的，本来我还很矫情地觉得不现实，对那一切避而远之，可是他太好，就那么一点一点腐蚀了我的壁垒渗透进我的生命……然后，我以为我们就这样相爱了。"

林芊芊瞪大眼睛看着她。

莘瑶轻笑："在我爱上他之后，有个女人冲出来，说这个男人是她的，更悲剧的是，她还有一个女儿，这样看来，这个男人好像真的是她的，似乎那个女人真的太需要他，比我更需要。"

"靠，你说你都这么大人了，还能编出这么世俗的故事，平时写新闻稿写多了吧你？又不是十几岁的小姑娘了，还做这种梦，丢人不丢人啊你！"

季莘瑶狠狠吸了一口气，等到服务员端上来两碗香香辣辣的米粉，却没有马上开吃，看着林芊芊那两眼放光地低头开吃，根本不打算再听自己编故事的模样。

"是啊，多丢人，而且我还特没风度，因为我是真的很喜欢那个男人，我贪恋着他的一切，他的美好，他的温柔，他的宠爱，他的一切一切。你该明白，自己喜欢的东西，总是很难放手。"

林芊芊已经一头雾水，伸手过来在她的额头上摸了一下："一会儿再去诊所让他们给你打一针吧，啧啧。"

但见季莘瑶那表情，林芊芊无奈了，只好放下筷子，一脸勉强耐心地说："得，您继续讲故事，我听着，听完咱再吃，然后呢？结果呢？"

"结果我霸占了那个男人一段时间，后来发现他好像是真的不属于我。"

林芊芊掀桌："你……你……别磨蹭，直接讲结局！"

季莘瑶笑得自嘲："我还是很不甘心，后来眼看着就能举行一场婚礼，我们可以幸福美满地在一起了，他马上完完全全地只属于我了。我忽然发现，我始终都没有走进他的世界里……"

林芊芊吐血："我的瑶祖宗哎，你可真狗血，然后呐？"

季莘瑶乐了："然后我就把那个女人揍了一顿。"

"靠！"她摔了筷子，"抢别人的男人本来就不好了，你还有脸揍人家！季莘瑶你TMD什么时候开始这么三观不正！"

"然后我把那个男人也揍了一顿。"

"……"

"然后我把这个臭男人还给了她。"

"……"

故事讲完了，她静静地望着林芊芊。

17

林芊芊脸色忽然平静下来："我错了，我TMD根本就不应该和你这个火星人交流的！不过季莘瑶，在你三观意识矫正回来之前，你出门不准说是我林芊芊当年下铺的室友！别说我认识你！"

"……"

"就你这样的，就算写小说都没人看！什么破故事！当你丫琼瑶奶奶狗血升级版呐！你俗不俗！"

她如此吼。

林芊芊气得几口吃完了一整碗米粉，季莘瑶却是一个人笑了半个小时。

晚上，林芊芊说要带她去看点文艺电影静静心洗洗脑，结果两人走到电影院附近的一家电玩城外，林芊芊就乐颠颠地径直拽着她走进去。

"嘿嘿，一年多没进过电玩城了，来陪我玩玩……"

季莘瑶无语，跟着她走进去，两人在一台电子枪的游戏机面前停下，莘瑶说她不会，林芊芊手把手教她。

之后，最终的战绩是，季莘瑶这个新手的成绩比林芊芊多出了一倍，看得林芊芊直咋舌。

季莘瑶从来没有这样幼稚地举着一把电子枪对着屏幕不停地杀人，两个小时转眼即逝。

如果你也凑巧不小心爱上过那么一个人，也许你能明白，其实一个人永远都不会寂寞，真正的寂寞，只在当我们爱上一个人的时候。

晚上看过电影，林芊芊说她明天还要上班，要早点回家，临走前问季莘瑶现在的电话号码，莘瑶说自己明天就换一个新号码，现在的不用记，林芊芊便让莘瑶先记下她的号码，明晚打电话给她。

莘瑶拿出手机的时候，才想起自己从昨天到现在手机一直都是关机状态，犹豫了一下，才打开手机，却听见手机不停地响起短信的提示音，她顿了顿，一条都没有看，直接把短信关掉，记下了林芊芊的号码，两人分道扬镳各回各家。

回到家时，已经累得直不起腰来，可能是因为怀孕的关系，最近身体很容易累，莘瑶洗过澡，依照自己曾经在这个小房子里的习惯，给自己热了一杯一块钱一袋的那种牛奶，一边捧着喝一边走到床边，看见放在床上的手机，想了想，才走过去。

拿起手机翻看，才发现短信箱里已经是满满的一栏新消息。

秦慕琰：季莘瑶，我本来也期盼这场婚礼中途会有什么风波能中断，但事情发生得突然，连我也没想到，但是这一次我想替南希说句话。他这人的性子你应该懂，如果他不想娶你，绝对不会一直为你而坚持这场婚礼，如果他不爱你，他也就不会因为懂你放你走，他的车在机场停了整整一天，看着你的飞机起飞，没有再追，也没有离开过。季莘瑶，大家都是成年人了，找到一个适合的人过一辈子不容易，冷静一点先跟他谈谈好不好？事情的原因我也是在婚礼前一天才知道，他有他的无奈，如果换作是我，也许我也会走同样的路。我以顾南希和我秦慕琰的人格一起保证，他绝对没有想要伤害你！如果放在两天前，我会因为你们婚礼告吹而开心，可是季莘瑶，有些事情我不方便说，我知道你难过，接电话好不好？别让我担心！

顾雨霏：嫂子，你电话怎么了？怎么一直打不通？我知道你不是那种遇事就会玩失踪的人！快接电话啊！你走之后，我妈她发火了，我妈是从来都不会发脾气的人，而且当时在单老的面前，我妈直接发飙，骂了单萦！嫂子，我哥这个人，他有多疼你在乎你，你该看得见啊！婚礼会变成这样我也没想到，可是我哥……我不知道要怎么来说这件事，但我希望你能和他好好谈谈，我不是在替他说好话，可是我从来没有见我哥有过那样的表情……嫂子……你到底去哪里了？回来好不好？

季修黎：接电话！

苏小暖：季姐，你接我的电话啊季姐！怎么一直是关机和无法接通啊！季姐，顾总是好人，你原谅他好不好？大不了你回来再打他几巴掌嘛，有什么话好好说，好不好？顾总之后根本没有理那个单小姐，他直接去追你了，可是我后来听秦总说，他们在机场才找到他，他说你走了，当时顾总的表情……我……我说不出来……季姐，季姐，你到底在哪儿啊？

她没有把短信看到最后，便轻轻放下手机，手里捧着牛奶，沉默地望着窗外，事到如今，除了无视这一切，她还能做什么呢？

手机铃声骤然响起，低头一看，来电号码显示的是顾南希。

屏幕不停地闪烁，季莘瑶看着那上面熟悉的号码，没有接，也没有挂断。

直到铃声唱罢，屏幕重新归于黑暗。

一切恩爱会，皆由姻缘合，会合有别离，无常难得久……

其实这结局只是在意料之中，是她的执念，贪恋着不属于她的珍物。

隔着没有被接通的电话，她看不见顾南希的表情，但想必是轻松的，或许某天偶尔想起的时候还会象征性地略带那么一点遗憾。

F市不比G市，没有白昼那般惊人的繁华亦没有黑夜华灯初上的笙歌。

那时候F大外陈旧的小区安静得近乎寂寥，她关了手机，取下那张小小的号卡，扬手扔掉，小小的号卡在空中划出一道完美的弧线，直至落入纸篓，之后，目光静静投向漆黑的窗外。

一只不知从哪里飞来的小鸟，落在她窗前的水泥窗台上，伸着脖子夹着翅膀，吱吱地叫了两声，不知是否在呼唤走失的同伴。

手中的牛奶杯不知何时已凉透，转身重新回厨房将牛奶热一热，却是看着热奶锅下摇曳的蓝色火焰，论牛奶与爱情，她想，终究还是在饿时能果腹的东西才是最有用的。

翌日一早莘瑶是被房东周姐的敲门声给吵醒的。

"莘瑶啊，你不是说这两天就要找工作吗？之前你在那家城市晚报的工作不是半年前就辞了吗？现在那个职位不缺人，但是其他部门倒有几个急着招人的岗位，有个娱乐报道的，还有个散文诗歌连载部的，你去哪一个？反正都是老交情了，估计你要回去上班，他们都鼓掌欢迎你回去呢！"周姐一进门，就扯着她唠唠叨叨地

第一章 分离

19

说，"对了，你是不是已经和那个姓安的小子分手了？"

季莘瑶曾经与安越泽两个人几乎是F大校园里某两年的模范情侣，两个人在这附近的七大姑八大姨之间倒是有些知名度，只是从周姐口中忽然听见那个人的名字，季莘瑶只有一种恍如隔世的感觉。

见莘瑶点点头，周姐便拉着她说："我有个侄子，今年二十五岁，比你大几个月，在咱们F市的化工厂上班，家里条件可好了呢，有两套房子，现在月薪五千多，养活老婆孩子都没问题，他也到了适婚的年纪了，但是在单位里，身边都是男的，也没什么机会接触一些适合的好姑娘，我看你现在也是一个人，你们年纪还都差不多，不如我把我这个侄子介绍给你，你们两个见见？"

搞了半天，没想到周姐是跑来给自己当红娘，季莘瑶顿时就笑了。

其实这个世界真的很小，也真的很奇妙，才不过转眼之间仿佛一切都回到了从前，什么都没有变过，就像林芊芊说的那样，她季莘瑶怎么可能会和一个总裁扯上关系，就算有奇思妙想打算编一本小说现在也只流行高干的好吧？没事YY什么总裁，谁听了都不会信，简直太狗血。

真的，此时此刻，连她自己都已经不相信。

或许那一切，真的只是她一觉醒来还没有适应过来的梦而已。

她终究没有答应去见见周姐说的那个不错的侄子，不是因为她感情上的贞与不贞，其实现在这种时候，只要是一个聪明的女人都该懂，唯有让自己活得更好，才是最实在的。

但是她现在全无力气，至少没有半分憧憬，她不会失魂落魄地让自己变得多邋遢多悲惨，亦不会故意去卖弄自己现今的轻松自在或是故作的开心，她只想要一个脚踏实地的平静。

这个期限要多久？

或许，当她从那个不切实际的梦中醒来后，也就差不多了。

后来呢，才不过一个星期后，林芊芊说她失恋了，哭得要死要活，季莘瑶刚在周姐的帮衬下，回到之前辞职过的那家城市晚报的报社工作，因为是到娱乐报道部门，有许多新的知识要接触，忙得翻天，另一边还要抽空去看看林芊芊那个笑的时候二得吓人，哭的时候又可怜得让人心疼的女人，有时她几度想起苏小暖，却都觉得G市那个城市与她，恐怕此生都不会再有任何瓜葛。

唯一的牵系，或许就是这腹中的孩子，但也许所有人都会以为她不会留下这孩子吧。

那天林芊芊没有去上班，季莘瑶赶到的时候，那姐的眼睛已经红成了两枚桃子，却还是笑着，说她已经没事了。季莘瑶坐到她床上，看着她起身给自己倒水。

林芊芊的男朋友因为家庭和父母的原因，而最终妥协，选择和林芊芊分手，与另一个女人结婚。这事情莘瑶知道，却并不觉得奇怪，现在几乎每一场爱情故事无论喜悲，常常都有太多人们已经听过的类型，见怪不怪，便也连感同身受的心痛都不会再有。

"芊芊，我讲一个故事给你听吧。"

"我才不要听，反正都是假的，讲什么故事。"林芊芊倒了杯水给她拿过来，然后挨着她坐到一起，将头贴在莘瑶的肩上，没有哭，却仿佛是想要在她这里寻求一份温暖。

季莘瑶失笑："忘记是哪一年，我带着弟弟在一间出租的地下室里，两个人整天吃着白水煮青菜，有时候买不起煤气，就只能向邻居借些热水泡着青菜吃，那时候我特别喜欢一件裙子，可是那件裙子要一千多块钱，别说是穿上它了，就算是摸一下，我都觉得奢侈。"

"我和弟弟要上学，要读书，也要吃饭，两个还未成年的孩子工作本就不好找，那时候，我从每个月 300 块钱的小时工做到每个月 800 块钱的临时工，我用着每个月的 800 块钱，一边生活，一边修着两个人的学业。后来呢，我和弟弟轮流因为成绩而在学校拿到奖学金，加上我过了十八岁后，成年了，方便找工作，一天做两份工作，虽然我们脚下的路依旧艰辛，但生活终于渐渐有了起色。我发现在一家公司做业务员很赚钱，但是带我的都是老鸟。你知道吧？业务都是抢饭碗的事，谁会认真去教你？"

"你有权利抱怨，但是不管你再怎么抱怨，你都只有两个选择。走，或者留。"

"我选择留了下来。"

季莘瑶低下头，转眼才发现林芊芊趴在她的肩头在偷偷地哭，莘瑶无奈："你说说你，我都把我最悲惨的老底给你说出来了，你还在哭！"

"走，或者留……"林芊芊红着眼睛，哽咽着说，"谁能走得那么干脆！我哭一哭好歹对身体也有好处！"

季莘瑶轻笑，伸手去拍拍她："好了，别哭了。其实爱情是死不了人的，痛一痛，一切都会过去，等有一天你再想起今天自己的样子，或许就会觉得自己太傻了。"

林芊芊扑在她怀里哭，她轻拍着芊芊的背。

傻瓜，其实成长或多或少都会经历一些疼痛，风雨固然可畏，我们又怎么可能一辈子，待在一个叫做温室的地方呢。

后来两个人跑去 F 大附近的酒吧疯，莘瑶知道自己现在不能喝酒，但是看着林芊芊的样子，终于还是奉陪到底，点了一些不烈的果酒陪着她喝，结果没想到果酒这东西的后劲儿着实比烈酒还大，两个女人半夜摇摇晃晃地离开时，季莘瑶只觉得天旋地转。

回了小区，脚步虚浮，有些摇晃地向家的方向走去。

走到楼下时，忽然胃里一阵翻腾，赶忙冲到旁边的小花坛，不管三七二十一，直接呕吐起来，不过感觉还不错，这两天虽然自己觉得很轻松，但是心里一直觉得拥堵，但是这几天她竟然没怎么吐过，如今极力地将五脏六腑翻起，甚至因为用力过猛，进出了泪水，一时间，竟有了畅快的感觉。

忽然，身后有人用手轻拍她的背，还递过来一瓶矿泉水。这个时间，会是谁呢？

第一章 分离

21

她在刹那间恍惚。

她捂着胃部，难受地又吐了一会儿，才勉强稳了稳身体，接过那瓶矿泉水，才转过脸，黑沉沉的夜，路灯照耀不到的小区里，季修黎的脸在斑驳的夜色下带着几分凝寒。

"喝酒去了？"他不冷不热道。

季莘瑶深呼吸了一下，没吭声，这里是F市，修黎用脚趾头想都知道，以她的实力，最多也就是回F市重新开始，搞不出其他太多的花样，他们曾经一起在这个小区里生活，他能轻而易举地找到她，并不奇怪。

她喝了一口水，漱了漱口，再又将水直接吐出去，不以为然地抬起手用手背擦了擦嘴，低声问："找我多久了？"

"我今天才回F市。"修黎没什么表情地看着她。

"猜到我在这里，你小子果然是我弟弟……"季莘瑶不无自嘲地笑了笑，因为酒劲儿上头，头实在是疼得难受，便转身直接摇摇晃晃地朝楼道里走。

季修黎始终只是沉默地走在她身后，在她脚步不稳时顺手扶她一把，直到最后进了门，季莘瑶直接进了浴室去洗脸。

打开浴室的门出来时，见修黎坐在中间那只略陈旧却已被她收拾得很干净的沙发上，并不说话，她顿了顿，缓步走过去。

"我还以为，你会数落我一顿，看样子，是我想太多了。"她随手拿了一罐可乐过来递给他，他只是接过，却没有喝，放在茶几上。

"季莘瑶，你为他哭过吗？"他问。

"不关你的事。"

"我很好奇，那天在酒店里，你打单小姐的状态，会不会一直维持到现在，如果你一滴眼泪都没掉，看来我是真的要对你刮目相看了。"

哭过，却只是离开时在那辆出租车上落了泪，回来之后，她始终都让自己保持最好的仿佛一切都没有发生过的状态，几天来，她几乎已经麻木。

她抬手挥了挥："好了好了，都已经过去一个多星期了，你非要回来揭我的疮疤，你是非想让我趴你怀里哭一场才甘心吧。"她转身拉过椅子坐下，却是反身抱着椅背，双腿分开跨坐在椅子上，以一种相当惆怅的姿态："季修黎你要是心疼我，就知道现在该说什么，不该说什么，是不是我哭断肠了你就开心了？"

他叹了叹，拉开那瓶可乐的盖子，喝了一口后，皱了皱眉，起身直接走过来，将她从椅子上拽起，直接抱住她，在她愣了一下的同时将她紧紧按在怀里。

他没有说话，只是安静而用力地抱着她。

莘瑶是想反抗的，就算没有血缘关系，他也是她的弟弟，始终都是，可是……她可不可以，把这当成是修黎单纯的以亲人的角度给她的温暖与安慰，虽然她并不需要安慰，可好歹也该心领的不是吗。

终究她没有挣扎，静静地任由他抱着自己，虽然头很疼，可是好歹这么多年，她早已习惯了在累的时候，难过的时候，有修黎陪在身边，只要有他在，再苦再累她也从不会去抱怨,现在,或许也只有修黎才能让她卸下所有,安静地接受这场安慰。

"你这一个多星期留在G市,是在做什么?"她忽然想起修黎对G市并不熟悉,怎么会停留在那里这么久?

他没有说话,只是将她抱得更紧了些:"没什么,一切都还是当初的样子,回到原点,对谁都好。"

无暇去顾及他这句话的深意,对于季莘瑶来说,有很多东西,已无力去追溯,没错,没错,回到原点了,多好。

"小季,今天下午香格里拉大酒店有Noke的新专辑记者发布会,你别忘记去拍照,写个头版头条出来,你在娱乐部的实习阶段就可以过了。"城市晚报娱乐部的主编给季莘瑶安排了新工作。

现在莘瑶的工作,和在丰娱媒体商务部时苏小暖的那一类型有些相似,暂时实习,主编助理,但是常常有些事情要自己一个人去独挑大梁。

不过这样对她来说已经很满足了,对主编道了声好,便转身去忙自己的。

打开换了新工作后同样换的新邮箱,翻看了几个邮件,找到关于当红影视歌三栖明星Noke的相关资料,认真地去看。说实话,平时她根本不太注意娱乐媒体这一方向,因为实在觉得娱乐这一块太大众化,也距离她本来所喜欢的商务方面甚远,但是现在,商务部暂不缺人,曾经那个总编的职位自她离职后自然有新的能人上位,她没道理抢人家的饭碗,只能先从这样做起。不过这家报社里大部分都是她的老朋友,对她还算关照,所以这才没多久,她就已经可以独挑大梁独自去做采访了。

翻看着那些关于娱乐媒体关于影视圈等等东西,一样是新闻,一样是被过度美化的文字,可是总觉得一切都在变啊变,到如今,除了她依旧在吃媒体这一行的饭以外,别的东西已经让她觉得分外陌生。

那时候季莘瑶站在公司窗明几净的走廊里,看见某一大人物来报社这一边考察,看着那些个大人物周围的那些瞻前顾后唯唯诺诺的公司领导,和那些一个个连出门下雨都要两个女工作人员打伞服侍的大人物,她有时候会想,也许那个叫做顾南希的男人,此刻就站在雨帘之外,接过伞,独自在雨中穿行,只要她穿过雨帘,就能遇见他。

她也知道他大部分时间都是在G市,一年之中虽常常出差,但就算出差,也应该是不会到哪一城市的报社,也许G市冬日的雨比F市的要冰凉许多,也许他此时就站在窗前,看着G市中心那座标志性的建筑物,依旧规划着那座繁华都市的前景,依旧为那座城市的民生大计而奔波,依旧那般的万众瞩目。

但她始终没有打算真的在遇见某一辆同款路虎车的时候回头望一眼,也从未在人群中试图寻找那些奇迹般出现的踪影。

因为从这以后她都知道,即便生活在同一个国度,看的是同一片蓝天,其实如果平时有一个人是你经常遇见,那或许是他有意在等你,而你自己也想遇见。可以他的身份,只要他签下那份离婚协议,恐怕此生他们都没有什么机会再相见了。

林芊芊那妞也不知道是不是因为平日工作的圈子从不缺少男人,刚失恋没几

第一章 分离

23

天就又热恋，中午打电话过来说，晚上叫她一起去唱K，说是让她见见新男友，季莘瑶对身边这种快餐式的爱情已近乎麻木，答应了晚上的唱K，之后继续埋头在办公桌上，为下午要去做的采访作准备。

刚要赶去香格里拉大酒店，那边的新专辑记者发布会还有一个小时就开了，她得提前赶到抢到一个靠前的位置好方便采访，这样做出来的新闻打在明天娱乐版的头版头条上才扎眼。可人正坐在公交车上，手机就响了，低头一看，虽然是在这个新的号卡上没有存的号码，但仍是认出来这是秦慕琰打来的。

她犹豫了一下，才接起。

"接个电话这么久？我还以为你不接了！"秦慕琰的声音劈头盖脸地在电话彼端传来，带着几分谑笑。

季莘瑶无语，看了一眼自己快到站了，便一边走到公交车后边的门前，一边说："你怎么知道我现在的号码？"

"修黎回F市，我就猜他肯定知道你在什么地方。"

季修黎你个死小子，什么时候又跟秦慕琰串通一气了！

她撇了撇嘴，很不给面子地应了一声："哦。"

"我在东街茶楼，你什么时候过来？"

公交车停了，走下车的同时对着电话道："谁说要见你了？我哪有那么多闲工夫？你当这里是丰娱媒体，我随便旷工都有你秦总罩着呀？"

"你来还是不来？"

"不去！"她坚决。

"那好，我就在东街茶楼靠窗的位置等你，你什么时候来，我什么时候走！"话落，那边"咔"的一声直接把电话挂了。

"秦慕琰？喂……"

季莘瑶气得肝儿疼，低头看着手机屏幕，咬牙切齿，该死的季修黎，谁让你把老娘的号码告诉秦慕琰，你不是最护着你姐我的吗，没想到到头来是你丫最先出卖我！

没办法，她知道秦慕琰那厮说话是说得到就做得到，她再给他拨了回去，结果秦慕琰那厮居然挂她电话。

她骤然就有一种搬起石头砸自己的脚的感觉，老天，她为什么要回F市，她不如真的找个穷山野林的地方隐居得了，最好是连季修黎那小王八蛋都找不着她的地方！如是才叫月下一杯酒，一切又重头！

再把电话给季修黎打了过去，结果那小子说他对秦慕琰会来的事情完全不知道。

这就怪了，那秦慕琰是怎么知道她号码的……

忽然想起秦慕琰的手段，她公司里的那些小姑娘对他根本招架不住，顿时心里蒙上一层悲凄，一路打车回了公司，一边心疼这一会儿浪费的车钱，一边气势汹汹地回了办公室。

24

刚一回到办公室，看见办公室里那群八卦眼都在十分好奇地看着自己，她便瞬时在脸上挂上满满的笑意，以最和蔼可亲的语气问："今天是谁给秦先生写我的电话号码的呀？"

立刻就有一萝莉妹子高举双手："我我我，莘瑶姐，那个帅哥是你从哪儿淘来的呀，有奖励不？你下午回来给我买两袋虾条回来就行。"

"虾条是吧？"季莘瑶依然微笑，指着办公室一众同仁："你、你、你、你们几个，这个月的奖励没了，我马上跟主编打小报告去！"

几个小丫头片子顿时耷拉着脑袋，其中有一个却忽然捂嘴笑，季莘瑶飞了她一眼："你笑什么？"

她捧腹："小铃姐估计这一年的奖金都没了，她后来又把你个人数据上的家庭住址写给他了。"

季莘瑶："……"

……

下午Noke的采访她终究还是托给其他人去办，还好她平时对工作十分的热忱，让主编对她很是信任，没觉得她在接到工作后故意偷懒推托，很好说话地直接给了她半天的休假。

乘车赶到东街的茶楼时，她看着外边停放着的车辆，没有秦慕琰平时开的那辆法拉利，想必他是直接飞来的，如此行色匆匆，该是专门来找自己，这般景况下她若是避而不见，也确实不是那么回事。

走进茶楼，找到靠窗的位置，在很远的地方就能看见秦慕琰穿了一身休闲装，闲适地靠坐在那里，正在看一份杂志，看这状态，倒似乎是大有耐心一直等着她的意思。

她撇着嘴，直接走过去，走到那位置，重重放下包，在秦慕琰抬起头来的同时瞪着他："是不是一直不来，你都不让人家关店门啊？"

秦慕琰看了她一眼，又特意看看她的神色，见她气色不错，之后笑了笑："啧啧，声音中气十足，季莘瑶果然是季莘瑶，没心没肺起来连我也折服。"

"你才没心没肺。"季莘瑶瞪他一眼，转而坐下，回头望了望四周，见这茶楼似是被他包了场，没有其他人在，只有几个服务员在那边一脸好奇地看着他们，不由得清了清嗓子，低声说。

"你别想嫁祸到修黎身上，他从来都只是护着我，我一猜就知道不是他告诉你的。果然，你又卑鄙无耻地出卖色相去勾搭我们公司的小姑娘，骗来我的电话号码，你说这世上怎么会有你这种无耻之徒啊……"

"有吗？可我看那些小姑娘都跟我自来熟啊，怎么是我去勾搭她们的呢？"秦慕琰合上手中的杂志，叫来服务员，给季莘瑶倒了杯柠檬果汁。

"见过不要脸的，没见过你这么不要脸的。"季莘瑶啧啧有声地拿着吸管，一边喝着酸酸爽爽的柠檬汁，一边斜眼瞟了他一眼，"你来找我，该不是来当说客的吧？这可不是你秦慕琰的风格。"

第一章 分离

25

"废话，爷千里迢迢跑过来，当然是为自己，怎么可能作什么说客。"

"是吗？"季莘瑶笑笑，眼神很平静，就这么看着他，见他在看自己，不由得放下吸管，觉得还是自己先挑起一个话题比较好，至少，或许秦慕琰来此的目的与想要说的话是她不愿听的。

"你跟雨霏关系怎么样？"她直接问。

秦慕琰狭长的桃花眼微微一挑，骤然露出一抹似笑非笑的神情："季莘瑶，你果然不是什么省油的灯，学会先发制人了？"

"怎么？我这话能制住你？"莘瑶笑。

他薄唇微抿，似是不喜欢提及顾雨霏的事，直接转移了话题："你那天选择去酒店打了一场才走，是想让所有人都知道你是因为单萦才走的吧？"

莘瑶一怔："哦？怎么说？"

"这件事情让单萦很难堪，她回国的目的就是顾南希，本就已经是难如登天，现在恐怕是更难了。你这招很损啊，不愧是季莘瑶，临走时还不忘往单萦锅里扔一把沙子，你拿不走的，也不让人家吃。"

"呵呵。"季莘瑶唯有呵呵二字才能表达此时的心情了。

难得秦慕琰这么轻易地看透她的心思，所以，顾南希应该也知道她当时的想法，不是吗。

其实那天在酒店里，一群人来拉住自己的时候，她并不是想再补给单萦几巴掌或者几脚，她又不是练散打的，就算多打几下，还不是隔几天就好了？她只是想告诉单萦，就算她季莘瑶输了，你也赢不了！

其实人生就像是一桌麻将，若自己赢不了，也不想让对手赢，最好的结果，就是流局了。

她是不是早就承认过自己是一个很没有风度的人？

她不是圣母玛利亚，没那么大方。

"其实……"秦慕琰挑眉，"我现在宁可不理解顾南希的处境，到现在的结果来看，倒是我乐见其成的，不如……小红脸蛋儿，你就从了我吧！"

季莘瑶无比淡定地又喝了一口柠檬汁，然后抬眼看着他眼中的那抹精明的笑意，朝他撇撇嘴："你还是管好你自己吧，别总是捎带上我，我可不想真的给谁做后妈。"

秦慕琰一愣："什么后妈？"

糟糕，一不小心差点说漏嘴。

她捏着吸管，看了他一会儿，见他面色略带狐疑地看着自己，于是咬着嘴唇，有点纠结，是说还是不说呢？不禁道："雨霏回美国了吗？"

"还没有，听说机票是后天。"

"你不打算去看看她？"

然而秦慕琰却是没有再答话，只是微微拢起眉，冷冷看着她，似乎对她这种总是把话题引到顾雨霏身上的意思很不满。

这时有一个穿着火辣的年轻女人走进茶楼，服务员走过去，轻声告诉她："对不起，今天茶楼被包场，小姐您改天再来吧。"

那女人一听，随手抓了一下大大的波浪卷发转身便要走。

结果秦慕琰一眼就瞥见了那边身材性感火辣的女人，竟直接朝门前吹了声口哨："嗨，美女，虽然茶楼今天被我包了场，但让这么漂亮的小姐失望离开我可是会自责的，不如过来坐一起？"

"呃……"门前的服务员有些错愕，却什么都没说，安安静静地退了下去。

季莘瑶顿时鄙夷地翻了个白眼，这些男人啊，啧啧。

只不过当那个女人转身时，看见他们，亦是看见秦慕琰时，那女人当即眼前一亮，摘下墨镜，笑了，倒是落落大方地直接走来。

季莘瑶单手撑着下巴，瞪了秦慕琰一眼："我坐这里是不是太碍眼了？不如我先走？"说着，她拿起包便要起身，此时不溜更待何时。

"急什么。"秦慕琰喝住她："乖乖坐着，这女人有意思。"

他意有所指地轻声说了句，又瞟着那走过来的浑身都散发着某一款高级香水味儿的女人。

"现在的帅哥都这么慷慨？"那美女笑着坐下，火红的指甲与白皙的皮肤相呼应，有一种性感，是完全不招人讨厌的非常灵动的性感，就像眼前这个女人这样，只是，好像哪里看起来有些别扭。

季莘瑶对这种味道的香水不是特别反感，看着这女人的脸正直勾勾地盯着秦慕琰，于是觉得自己坐这里真挺像一盏电灯泡。

但秦慕琰刚刚说这个女人有意思，明显是话里有话，她只好低下头，大力地吸着已经见底的柠檬汁，啜来啜去的声音终于惹来那个女人带着几分被打扰的不满视线，但是那女人目光一转向她，又瞥见她胸前的一枚小小的城市晚报娱乐记者的工作牌，当即美眸一闪。

"美女想喝些什么？"秦慕琰打了个响指，招来服务员，将茶品单送上来，然后一脸意味深长地看着她。

那美女抬起纤纤玉指，一页一页地翻着茶品单，然后低低地一笑："这些档次都太低了，秦总什么时候喜欢约在这种小地方？喜欢玩高雅也要换个档次好些的么，这让我们这种美女，情何以堪呐。"

说着说着，那美女又转头瞟了一眼季莘瑶，对她笑笑："是吧？小妹妹？"

小妹妹？

季莘瑶忍着一种被雷焦了的感觉，略惊愕地看着秦慕琰脸上那抹笑，又看看那妖艳至极的美女："你们两个认识？"

美女忽然低低一笑，侧身直接贴着季莘瑶坐了过去，纤纤玉指在她胸前的小工作牌上轻轻拨弄："作为一个娱乐记者，这么近距离地看，都认不出我来？"

季莘瑶一脸的窘迫："我……应该认识你吗？"

那美女冷笑，季莘瑶这才注意到"她"居然是有喉结的！

第一章 分离

27

顿时，她猛地往旁边靠了靠，跟这位人妖兄保持距离，结果他也无意再答理她，只是转过头看着对面笑得单手抚额的秦慕琰，瞬间变了嗓音，以清清楚楚的男人声音道："你这口味儿什么时候变得这么轻了？这种痴呆型的小妹妹也能入了你的口？"

"你才痴呆，你全家都痴呆。"季莘瑶状似无意地低下头，把服务员刚刚给她续了杯的柠檬汁放在嘴下，低着头开喝。

结果那人妖兄顿时低下头，瞥了她一眼："哟，还是个辣的。"

"辣你妹，好好一大男人玩什么伪娘。"她翻了个白眼，继续不看他，专注地低着头喝果汁。

"你这哪儿淘来的臭丫头？"那人妖转眼扫了一眼秦慕琰。

"我来介绍一下。"秦慕琰径自在那边乐着，以下巴指了指那人妖，"Noke，以星娱乐公司的幕后老板兼近年当红的影视歌三栖明星，变装癖，至于性向嘛……"秦慕琰忽然不怀好意地笑笑。

Noke？

季莘瑶愣了一下，那不是她今天下午正要去新专辑记者发布会采访的那位吗？

"我的性向一直很稳定。"Noke很大方地摊摊手。

"对，他喜欢我，喜欢了七八年，一直很稳定。"秦慕琰如是说。

"噗——"她喷了。

结果那两个男人都看着她发笑，大有欺骗小姑娘成功之后的猥琐之意。之后那人妖，哦不，那Noke瞥了一眼秦慕琰："难得能和你这个大忙人在F市遇见，怎么，心理上有什么障碍，需要我替你看看？"

"这障碍可大了，最喜欢的女人结婚了，新郎却不是我。我被刺激得最近精神失常，需要心理辅导。"秦慕琰满脸的笑，转而告诉莘瑶，"Noke曾经攻读过心理学专业，却跨行进了演艺界。以星娱乐公司和秦氏有合作关系，我们关系还不错。"

"哦，所以呢？"季莘瑶倒没对这个Noke的身份有多大兴趣，只是没想到他就是那个她下午要去采访的明星，难道说为了见这个老朋友，下午的记者会他不开了？

"我怕你情绪压抑精神失常，让他给你看看。"秦慕琰笑。

"那恐怕是你多虑了……"季莘瑶嘴角抽搐。

"小妹妹别不好意思，有什么心理障碍，和我说说？"Noke很好心地以一种疑似大叔的口气说着。

季莘瑶揭桌："你才心理障碍！老娘心理健康得很，心情也好得很，一顿饭下来能啃三四个猪蹄儿！"

Noke："……"

秦慕琰："……"

28

第二章　逆转

G市，顾氏——

总裁办公室的门被人自外向里推开，苏特助拿了两份文件，走进来，抬眼看看正在专注看着桌上一份卷宗的顾总。

最近顾总看似好像没什么变化，却是寡言少语，苏特助明白，自己最近最好不要多嘴，否则很可能会饭碗不保。

"顾总，这是您要的卷宗。二十五年前巴西总统夫人曾戴过的那条国宝级白水晶项链，确实于当年那起军事设备被偷工减料的案子发生之前由巴西呈送入中国，是当年巴西向中国呈送的物品之一，后被偷盗，几经辗转，落入当年那批与案情有很大牵连的人手里，大批受贿证据都被卖往国外，且当年与那件事情有关的人基本都已联络不上，现在最容易查到的知情人，只有单和平和季秋杭与顾总您的父亲，另外……"

苏特助将手里的档案拿过去。

"放下吧。"顾南希头都不抬，清洌如泉的眸光看着手中的那份卷宗。

苏特助点点头，将手中的档案轻轻放在他手边的一叠文件上，犹豫了一下，才道："顾总，这都已经下午了，您中午就没离开办公室，最近您就一直在忙，今天到现在都还没吃东西，您的胃……"

"我没事。"

苏特助无奈，搓了搓手："半个小时前，单小姐过来，想要见你，我说您在开会，她已经在会客室等您半个多小时了。"

"让她回去。"顾南希合上卷宗，抬手按了按眉心，波澜不兴的眼骤然转过，淡淡看着那欲言又止的苏特助，眸色凛然："听不见我说什么是吗？"

"顾总，无论如何，您别跟自己身体过不去，您已经几天都没吃过午饭了，这些二十几年前的事情，再怎么急着处理，您也得顾念着自己的身体……"苏特助知道自己多嘴，却终究还是有些看不下去。

顾南希若有若无地皱了皱眉，却是没说什么。

苏特助不敢再多说，转身走出了办公室，轻轻带上门。

办公桌上的电话座机骤响，顾南希看着手边的卷宗，在其中寻找破绽，任由电话响了数声，才随手按了免提。

秦慕琰的声音直接在办公室内轻荡："怎么样了？那起案子查得八九不离十了吧？真像单老说的那样，顾伯父他当年跟那事真的有关系？"

顾南希垂眼看着手中卷宗，一例例掩盖多年的事实摆在眼前，听闻电话里传来的声音，却是并不做声。

"单老这是直捣顾家根基和顾伯父的命，这招玩得真是狠，什么时候不说，偏偏赶在婚礼的前一晚，他也不怕这样在毁了莘瑶的同时也毁了他自己的孙女，这样做对单萦又有什么好处……"

秦慕琰自是了解顾南希，没等他说什么，便继续笑道："我在F市。"

"嗯。"顾南希波澜不惊地应了一声，视线未曾移开，仿佛漫不经心。

"我说我在F市！"

翻动纸页的手微微停顿了一秒，便继续翻下，目色沉静："嗯。"

"季莘瑶在F市，你应该早就知道。"

"嗯。"

"她比我想象的要平静，我以为她那天在大家面前只是维持自己的一丝尊严而无法低头，承受过那一切后决然地离开，我还以为她会偷偷躲到一个无人的角落去哭，还想趁空安慰安慰，顺便钻个空子让她跟我走。"

"可是这个女人现在坚强的程度已经超乎我的想象，甚至让我产生一个错觉，她从来都没认识过你，在我和她之间，你顾南希这个人，完全不存在。"

"嗯。"仍旧是平静的声音。

"她今天喝了两杯柠檬汁。"

"她说她最近每天晚上和朋友出去啃猪蹄儿，一顿饭能啃三四个。"

"她比半个月前胖了一点，气色也还不错，有了新工作。"

"今天她见过了Noke，结果Noke被她骂了……还是像个小辣椒一样，呛得Noke差点跟她吵起来。"

"嗯。"

之后，秦慕琰便挂了电话。

办公室里空荡而静谧，落地窗外的阳光透过窗子映入，在宽大的办公桌上一点点碎洒成金。

翻动卷宗的手终是停下，许久，办公桌后那人才缓缓抬起头，沉稳的俊容在碎金般的阳光下转过，凝视着空气中一点，久久未动。

下午六点多，季莘瑶头昏脑涨地从公司出来。

之前Noke确实取消了新专辑记者会，却看在秦慕琰的面子上给了她一个特权，让她录了几段话又透露了一些比较吸引大众眼球的话题，她第二天拿着录音笔来上班，也算是在记者会临时取消后唯一一个采访到Noke的人，虽然被主编大加赞赏，可她头疼得要死，一整天都没什么精神，一直熬到这个时间才终于下班。

公司门口，一个黑影杵在那里。

季莘瑶瞄了一眼，蹙了蹙眉，看不太清楚，站得有点远，但那黑影挺眼熟的啊……

正疑惑间，就听旁边的小铃说："呀，帅哥来接我们莘瑶姐下班啊？"

季莘瑶怔住，又向前走了两步，定睛一瞧……怎么是修黎？

小铃怎么认识他？

"你怎么在这里？"莘瑶走过去。

修黎抬手跟小铃随意地打了个招呼，然后便看了莘瑶一眼："我下班路过，反正我公司离这里不远，下班直接开车过来接你回家。"

"哇，好幸福哦！"小铃戳了一下莘瑶，"这么帅的，你艳福不浅哎！昨晚上他就来接你了，但你昨天下午休息，让人家白跑一趟。帅哥，我们莘瑶姐刚来娱乐部，每天工作量大得很，你可要好好心疼心疼她呀！"

"我会的。"修黎回答得倒是爽快。

季莘瑶黑脸。

"去，少八卦，他是我弟弟！"

"呃……"小铃眼神当即一变，脸色开始变得娇羞，再看看当即脸色变得不怎么好看的季修黎，"原来是弟弟呀？"

"没有血缘关系。"季修黎忽然微微一笑，对小铃很是疏冷地弯了弯唇，那眼神的意思很明显，就是我和这女人没有血缘关系我来接她下班我们的关系不同寻常你不用一直对我眨眼睛了……

小铃撇撇嘴，嘿嘿笑了一下，拽着旁边另一个同事溜了。

"有必要来接我吗，咱们又不住在一起。"季莘瑶抬手抓了抓头发，不行，头还是太疼了，便摆了摆手，"算了，今天就让你接我吧，我头疼死了。"

"头疼？"季修黎本来因为她那句忙于撇清关系的话而不太高兴，却是顿时担心地伸过手去要抚抚她的额头。

"没事没事，可能最近刚换新工作，每天要吸收的知识量太多，大脑一时无法接受想要罢工。"莘瑶将他伸过来的手推开，转身直接上了路边那辆宝蓝色的越野车。

待他上车后，一边将车开动一边趁空侧头看她一眼："是不是病了？据说孕妇体质比平时弱，F市这种冬季时而下雨时而结冰的温度你一时间受不了。"

季莘瑶不语，沉默地抬起手覆上看似平坦的小腹："我早点睡一觉就好了，你小子今天别想去我家里蹭饭，我叫外卖吃，你送我回家后直接开车回你那里，就别跟我上去了。"

车内有一瞬的沉默，季莘瑶蹙了蹙眉："跟你说话呢，听见没？"

她转头看过去，见季修黎那一副装没作听见似的表情，瞪了他一眼："要不然，你给我做一顿饭吃？"

公司离F大附近的小区不远，没一会儿就到了，他倏地停下车："好啊。"

第二章 逆转

　　季莘瑶斜了他一眼，有点不相信他会做饭，照顾他那么多年，这小子从来都是蹭饭吃的好不好……

　　于是季莘瑶跑到超市买了一堆各种各样的食材，在季修黎满脸黑线下两人捧着两大袋东西回了家。

　　在季莘瑶乐颠颠地坐在厨房里择着菜叶，听着季修黎在那一下一下认真地切肉时，他忽然转头道："我能不能搬过来住？"

　　"不行。"

　　"……"他拉长了脸，"你现在是孕妇，需要照顾。"

　　"孕妇又不是生病，用不着照顾，我自己一个清静。"

　　"季莘瑶，总把伤口裹得太紧，会化脓的。"他沉声说。

　　她择菜叶的手滞了滞，须臾深吸一口气："切你的肉，少废话，小心切到手指！"

　　结果是……

　　这败家孩子真的切到手指了。

　　于是季莘瑶只好跑回卧室去找了创可贴把他拽到沙发那边，细心地帮他贴上，以大人训斥小孩子的口吻："你说你都这么大的人了，切个菜还能切到手指，真不让人省心。"

　　然后季修黎却是看着她这温柔细心的表情，唇边缓缓露出一丝笑："所以你放心让我一个人住么？"

　　她顿时敛了表情，抬手在他脑袋上就是一个爆栗："你自己不考研究生，跑出去上班，现在有房有车吃穿不愁，好好的房子住着，总惦记跑我这里挤什么？"

　　他抿唇："我想和你住在一起。"

　　"不行。"季莘瑶很坚决，正色看着他，"你该知道，在你说出咱们两个没有血缘关系之后，我会是什么样的态度，让你住我这里，我这不是送羊入虎口么？"

　　"……我又不能吃了你。"

　　"反正这事没得商量，继续切菜去，注意手指别碰水。"

　　"真没见过你这么狠心的……我手指都伤成这样你还让我切菜……"

　　"所以你是打算连吃饭的时间也不再磨蹭下去，现在就走么？"

　　"好好，我去切……"

　　修黎黑着脸起身，季莘瑶看着他的背影忍不住乐了出来。

　　直到修黎拐进厨房，她才转身收拾桌子上装有创可贴的盒子，脸上的笑容片刻便已褪尽。

　　是吗，会化脓吗？

　　是不是化脓之后，也就可以结痂了。

　　季修黎听从姐命，做好她要求的几道复杂的菜后，直接走出来，却发现季莘瑶跑进卧室去睡觉了，那时天色已暗，卧室里没有开灯，黑暗的房间里，季莘瑶安静地侧躺在床上，只是呼吸略显粗重。

　　季修黎听出她呼吸的粗重，于是快步走过去，扭开床头灯："季莘瑶？莘瑶？

醒一醒。"

她皱了皱眉,呼出一口气来,有气无力地摆摆手:"你自己吃吧,让我睡一会儿……"

他这才觉得不对,伸手抚上她额头,又摸了摸她的脸,她身上烫得有些异常,当即蹙起眉:"你在发烧。"

从十七岁那次被何漫妮扔在季家前院挨饿受冻了两天后,季莘瑶虽然身体还算健康,平时没什么大毛病,但是只要一着凉,就特别容易发烧,这七年多她每一次发烧都会昏昏沉沉的没有精神,但她现在怀着孕的身体不能随便吃退烧药。

季修黎转身去用冷水洗了一条毛巾过来,抱起她,解开她的领口,擦擦她的脸和脖子,再将被子盖到她身上,坐在她身边一边抱着她,一边用毛巾贴在她头上,一边低头看着她因为发热而微微泛红的脸。

"还有不到一个月就是春节了,看看你现在的身体状况,要是没人照顾,哪天昏倒在家里估计都没人知道。"季修黎握住她的手,将她的手塞进被子里,看着她昏昏沉沉的虽然有意识,却是难受得说不出话的样子,低叹,将下巴搁在她发际,紧紧抱着她。

轻轻的一吻落在她发间,月光透过窗外树枝在窗前跳跃着星星点点。

最近公司里有一起新闻展会,季莘瑶只好跟着忙前忙后。

"莘瑶姐,你之前不是在咱们公司工作过吗,有一份报纸,就是……就是前年夏天有两个老人建造爱情天梯的那个新闻,那个报纸是哪一期的?我在计算机上找不到了,上面要把那期的放大展览,我没找到……"

莘瑶愣了一下,正回想着,身后忽然有人叫自己。

"小季。"

她一听声音便赫然回头,只见是两年前和自己在同一间办公室的陆寒,两年前陆寒三十三岁,刚刚和前妻离婚,身边没有孩子,是他们这家报社的负责人之一,现任总编,兼管商务报道部,那时候她才刚刚大学毕业进公司实习,陆寒算是她的实习导师,给她不少帮助,不过后来他追求过自己,只是那时候她仍记挂着安越泽,毕竟那时还没有分手,所以立场很坚定,与陆寒刻意保持距离,本来这次回来工作,以为陆寒是调职到其他报社了,没想到还会遇见他。

那时候公司里有传言,说季莘瑶刚进公司就被提拔起来,是被陆寒给潜规则了,背后有太多指指点点的声音,陆寒是个成熟稳重的男人,见她不接受追求,又刻意保持距离,为免给她造成不好的影响,所以后来两个人不怎么联系。而此时骤然一见,季莘瑶虽不至于觉得尴尬,倒是觉得有些惊奇,人生真是何处不相逢。

特别是公司里一些老人向他们传过来的目光,有几分暧昧。莘瑶坦荡微笑着跟他打招呼,礼貌而疏离。他没有走过来,只是对她笑了笑,就径直去了其他展区的位置查看布置情况。

投影仪上开始播放一些公司的杂志社与报社里一些特有的专题,PPT 是莘瑶

做的，其实无非就是一些相关的数据，整合一遍，报社里每年都会做一次展会，都是那些东西，换汤不换药。

在展会的安排进展到一半时，那边有几个公司老人的窃窃私语声飘了过来："你们说，当年咱们陆总编刚刚离婚，季莘瑶就来咱们公司实习了，后来陆总编又对她那么好，她是不是本来就是破坏人家婚姻的小三儿，被这么安排进来想显得光明正大些啊？"

"谁知道，当时咱们公司那么多老人在，怎么才一年多的时间就把她提拔起来做了那个小部门的总编，如果说她没被潜规则，我都不信……何况前几天我还在怀疑呢，这季莘瑶不是辞职了吗？怎么又回来了？玩的什么把戏？"

那几个人的交谈声并不大，但是此时场内没有什么声音，所以她们几个的声音几乎传进了在场一半人的耳里。

全场俱静。

这种事情对季莘瑶来说不是第一次，对谁来说都不是第一次，人真的是这样，有时候你真的很难说清楚，这世界到底怎么了？

男人手下被破格提升上来的女人就一定要跟他睡过，一定是被潜过？

那两年他们除了上下级关系之外没有一点暧昧的地方，甚至后来他们讨论某一个专题时身边必须要扯上其他同事在场，公司聚餐她不能坐在靠近他的地方，下班不敢顺道送对方一程，就算是同一个方向。

她季莘瑶这辈子，从来没有对不起任何人，可是过往的记忆，这样的传言，该感到羞耻的到底是谁的三观？

可这他妈的就是这样的一个世界。

她不能辩解，越辩解越会被歪曲，所以她唯有微笑，笑着看向那边几个仍在窃窃私语的女人。

在你游泳的时候，如果没有救生圈，没有游泳教练，而地方又是在风急浪涌的深海，想必你学得一定比在游泳池里快很多，因为学不会，就会被淹死。

而当你真正被淹死，沉入海底的时候，旁观的人会笑着指指点点，然后在某个茶余饭后拿出来，装模作样地唏嘘感慨。

说来好笑，如果这个世界没有职场上那些尔虞我诈的背后小人，如果没有从小到大所走过的每一步，所遇见的每一个人，没有这片深海，就没有今天的季莘瑶。

有时候实在是说不清楚，暗处的箭，是伤害了你，还是成就了你。

小铃这时走过来，站在季莘瑶身边低声说："这些混蛋，就见不得别人好，冷嘲热讽的无非就是嫉妒而已！"

季莘瑶只是笑笑，见那边陆寒对自己投来几分疏离却又关切的目光，她弯了弯唇，对于一个在她懵懂实习期的导师而言，这个导师，教会了她太多做人的道理，其实当初如果她不那么坚定，或许也就不会走到今天这一地步，人生，多奇怪。

"顾总，单小姐今天一早就在等您了。"顾南希刚走进顾氏，秘书室新来的秘书便快步走来，小声报告。

就在这时，单萦的声音便在身后响起："南希！"

顾南希皱了皱眉，疏离冷淡的神情在转向单萦时，更显漠然："有事？"

单萦缓步走过来："南希，我想和你聊聊，这段时间你对我避而不见，我知道……"

"我没时间。"电梯门"叮"的一声打开，他波澜不兴的眼神在单萦脸上平平掠过，直接走进电梯。

"南希！我只是想问问，我爷爷他那天究竟……"单萦忙快步走过去，却是眼见着电梯门缓缓关闭，顾南希冷漠的脸渐渐消失。

"南……"看着电梯变化的数字，单萦怔怔地站在那里，忽地自嘲地一笑。

"顾总，高秘书的工作在近几日就会由于秘书接管，用不用我叫于秘书去您办公室一趟？"电梯刚刚到达三楼，苏特助便恭敬迎了过来。

顾南希脚步未停："让他过来。"

"好。"苏特助刚要转身，却又被顾南希叫住。

"春节前，国内各金融业老总在F市有一场会晤，把我之前这半个月的工作安排在一星期以内，我提前过去。"他淡淡道。

"提前？"苏特助愣了一下，"可是马上就是春节了，北京那边在春节前有些安排，您打算在F市多久？"

顾南希径自走向办公室，撂下话："至少半个月。"

"半……半个月……"苏特助傻住。

顾总今年是连北京都不打算去了吗？

季莘瑶走出展厅的时候，一个身影向她走来，是陆寒。

他手里拿了一包KFC的全家桶，还有两瓶矿泉水，将矿泉水塞到她手里，又示意她去那边坐。

这个时候季莘瑶没心情去多想什么，也没胃口吃东西，只是笑了笑，接过矿泉水喝了一口，便见着陆寒将全家桶拿进去，给里面正忙碌的几个又叫又闹的小丫头分食，话说一个领导手下是一群女人的时候，这个领导往往是被这群女人各种剥削压榨的，这话果然没错。

莘瑶拿着矿泉水转身要走，可没走几步他就跟上来。

还有几分钟就是下班时间了，她不想打车，也不想坐公交，反正住的地方离这里也不远，她一边喝了两口水，一边打算走回去，她想吹吹风，一个人，吹吹风。

陆寒跟在后面，没有开车回去，也没有来搭讪，久了季莘瑶就感到奇怪，回头看看他："陆哥？"

他笑笑："终于发现我的存在了？"

"呃……我以为你也是回家，这会儿才发现你在我后面走，那刚刚你怎么不说话？"

"我在等你对我发脾气。"

莘瑶当即好笑："我为什么要对你发脾气啊？"

他笑得坦白："你们女人不是一向喜欢迁怒于人么？何况你已经辞职半年多又回来，在公司里又面对这些闲言碎语，我想，你至少该找谁发泄一下。"

他一边说话，一边指了指路边来往的出租车："要不要一起去吃个饭？"

莘瑶咧了咧嘴，半开玩笑地说："刚刚听小铃说，陆哥你前段时间出国进修，这才刚回公司，就请我吃饭，别太让我受宠若惊哦。"

"当初你辞职时，我还以为再也看不见你这小丫头了，难得重逢，赏个脸？"

"那行，吃火锅去吧。"她也不再婉拒，直接提议。

见过林芊芊的新男友后，这是之后他们的第二次约见，星期天，季莘瑶去医院检查过身体回来后，便被林芊芊给叫去了咖啡厅。

林芊芊和她的新男朋友打算下个月就结婚，OMG，在这闪婚流行的时代，季莘瑶实在无法劝说什么，何况人家好歹相处一个多月才结婚，总比她季莘瑶当初刚见过两次面就结婚要好吧？所以，她只能祝福。

离开咖啡厅后，她本想去公园走走，散散心，医生说过，她因为之前胎气不稳，虽然喝中药慢慢调理，但还是偶尔去晒晒阳光散步走走才比较健康，可是刚一到公园，就看见一对一对的情侣或相拥或牵手走在一起，就连树下的横椅上都是一对一对甜蜜地玩抱抱的情侣。

奇怪了，你说这什么时候大家都成双成对了呢？

逛到十一点四十，她实在逛不下去了，用不用星期天的时候满公园都是情侣啊，一对对情侣闪瞎了她的氪金狗眼！

她他妈的不逛了！

反正现在修黎也能养活得起她，平日把银行卡存折等东西都塞在她这里，这小子的钱，不花白不花，不然以后等他娶了媳妇儿，估计自己是真的花不到了，于是她打起精神跑到商业街去Shopping。

一个人逛街的感觉……

不知从什么时候起，身边的好友都已成双成对，而电话簿里有那么多的男男女女，都是关系不错的，却不知道要打给谁，不知谁有那个耐心和时间陪自己逛街或者可以听自己啰唆。

F市的一月，时雨时雪，风很大，但只要过了春节，天气就会渐暖，季莘瑶走在路上，冷风吹过，忍不住打了个哆嗦，赫然看见一家婚纱专卖店橱窗里一款在下摆处缀满白色云朵的婚纱，她顿了顿，怔怔地盯着那婚纱，在婚纱的一旁有一只水晶柜，柜中是一对红色的圆形戒盒，盒中是时下流行的简单款式的铂金婚戒。

不知看了多久，直到脚下麻了，才移开视线。

她没有走过去，挪动脚步转身离开，在一家婴儿用品商城里看见一对对年轻的小夫妻恩恩爱爱地挑选婴儿用品时，季莘瑶接着走人！

结果在一个路口陡然看见一个熟悉的身影，她一顿，惊诧地看着那边停的一辆挂着车牌的车，顾远衡与季修黎站在车边。

季修黎？顾远衡？

为免他们发现自己，莘瑶直接转身躲到旁边的一个广告灯箱下，戴上墨镜后，再探头朝那边望去，只见顾远衡板着脸，不知是在对修黎说什么，而季修黎却是没什么表情，嘴边却隐隐带着一丝冷笑。

修黎之前在 G 市一个星期，该不会是和顾家有什么联系？

可一旦他与顾家相认，老爷子又怎么可能会舍得让他这个失踪多年的小孙子离开？

那天季修黎说，让一切回到原点，回到当初，又是什么意思？

他不打算认祖归宗么？

晚上 6 点，季莘瑶在修黎所住的小区楼下等他，那辆宝石蓝越野车骤然停在她面前，车窗落下，季修黎的脸露出来："怎么在这里？"

季莘瑶不动声色地看着他，转身率先走进小区。

直到两人进了门，季修黎脱下外套，见她双臂环胸地坐在沙发上，一副要兴师问罪的表情，于是笑着问："谁又得罪你了？不是说星期天想自己一个人出去走走吗？怎么了？"

"手指上的伤好点没？"

"好多了。"季修黎笑了笑，"都四五天了，就是一道口子，早就没事了。"

他一边说着，同时转身正要将外套拿进去，季莘瑶直接道："顾远衡来找你干什么？"

他脚步一僵，似是迟疑了一下，才转头看她。

季莘瑶盯着他的脸，没有放过他任何情绪的显露。

果然，在他去参加婚礼，顾远衡和顾老爷子看见他后，就有了太多的表情变化，老爷子该是很想把这个遗失在外的小孙子找回去，在 G 市的那一个星期，他季修黎果然是有事情瞒着她。

"你和顾家……"季莘瑶略低下头，叹了口气道，"真的有关系？"

季修黎沉默了片刻，才走过来，坐到她身边，双手交握在一起，静静看着茶几一角，许久，才道："这不重要。"

"你是什么时候开始知道自己真正的身世的？究竟瞒了我多久？"她正色问他。

"三四年前，我知道自己和你没有血缘关系之后，就一直在找机会查自己的身世，不过很奇怪的是，二十几年前的一些相关的人事物都莫名其妙地中断了线索，我去医院查过自己的 DNA，医院给不出具体相同 DNA 的答案，说是暂时查不到，后来……"他顿了顿，"我第一次见过顾南希之后，才去试着探查了顾家的事情。"

季莘瑶蹙眉："所以，那时候你自己就开始怀疑，这么久以来，你一直都在查？"

第二章 逆转

他点头，然后看她："你也早就猜到了不是么？大家都心知肚明，只不过都不愿意提及罢了。"

她不语，须臾问："你以后打算怎么办？顾远衡来找你是想让你回顾家？还是……"

"季莘瑶，这个问题根本不存在。你在哪里，我就在哪里。"

"修黎……"

"这样很好，不是吗？"修黎笑笑，"现今这个社会，特别是他们那个年代的人，正是人人流行搞外遇的年代。从季秋杭到顾远衡，都是一样的，我一个人可以活得很好，我们两个人这么多年都可以活得很好，为什么要回去？"

"你见过顾老爷子了么？他怎么说？"

"他说他会尊重我的想法，如果在顾家不习惯，可以回归我本来的生活，但希望我逢年过节都能去看看他。"

"也对，老爷子年纪大了，最盼望儿孙绕膝，但是妈她……"季莘瑶一顿，在修黎看向她时，忙改了口，"何婕珍是个十分聪明的女人，无论当初你母亲是怎样被逼走，她无非都是在为自己的婚姻和儿女而争夺那一切应有的。"

修黎抿唇，没有针对她这句话有什么响应。

莘瑶忙拉住他的手："修黎，既然是父辈的感情纠葛，既然你也说我们这样一个人在外面生活也很好，何必去执着过去那些，你可以为自己的母亲打抱不平，谁都有私心，但是咱们要对事不对人，就让那些都过去吧。"

见季修黎只是沉默地弯了弯唇，莘瑶轻声说："在生活中，很多事我们不能太认真、太执着，为人处世也不能太过聪明机警，否则只会变成我们的短处。你聪明，比你聪明的人有很多，你明白，比你更明白的人也不少，所以，我们还是难得糊涂，与我们格格不入的父母一辈的事，该翻篇就让它翻篇，饶过那些岁月，也放过我们自己。"

修黎轻叹，却是认真地点头："好，饶过那些岁月，也放过我们自己。"

莘瑶啪的一下拍在他肩上："这才像我弟弟！虽然还有三个多星期才春节，姐明天晚上就给你包饺子吃，你要去给我打下手。"

"好。"修黎笑。

……

但是，悲剧的事情发生了。

第二天季莘瑶去买饺子馅儿的时候包包不小心刮到菜筐里的一捆菠菜，结果那一捆菠菜就这么挂在她包包的链子上，等她发现时，她已经被几个菜场大妈围攻了。

"看，这就是刚刚赵姐说的那个偷了她一捆菠菜的小偷……"

"哎哟喂，这么大个人了，怎么还偷人家菜呀，好歹长得还人模人样的，现在的人果然是知人知面不知心呐，至于么。"

……

季莘瑶脸部麻木。

等她把那一捆菠菜还给菜场大妈，在一群大妈的指指点点和唾沫星子下终于跑出菜场时，一路嘴角抽搐地往家走，一时没注意周围的境况，只埋着头默默无语两行泪地打算回家打季修黎一顿泄愤去。

"怎么了？"

在"砰"的一声房门被重重关上时，难得被允许过来这里吃饭的修黎惊异地起身去接过她手中的菜，却只见季莘瑶黑着脸说："我长得像小偷吗？"

季修黎惊："什么情况这是？"

"你姐我长得就那么像小偷吗？那些大妈居然为了一捆菠菜还要叫警察！你姐我被二十几个大妈围堵在菜市场里被人指着鼻子骂小偷，你小子就知道在家里等着吃饭！"她一巴掌拍在他胸口，"你走开，别挡着我！"

话落，季莘瑶就憋屈巴巴地转身跨进厨房，把一堆买回来打算做饺子馅儿的东西哗啦哗啦倒出去。

没一会儿，厨房就传出来一阵用力切菜的咚咚咚咚声，季修黎一脸不明所以地靠在厨房门前，看着那像是受了刺激一样的季莘瑶："到底受什么刺激了？"

"咚——"的一声，季莘瑶把菜刀往菜板上用力一剁，回头去看季修黎，"你知道她们说我什么？"

"说你什么？"

"她们说我一看就是一辈子都嫁不出去的货色……"

"……然后呢？"季修黎耐着性子，却是蹙起眉。

"她们说我嫁不出去啊，她们说我嫁不出去！还要什么然后！这就气死我了！什么叫嫁不出去，我怎么就嫁不出去了！不就是穿过一次婚纱闹了一场笑话吗！就算你姐我现在再找一个算是二婚，那又怎么样！你信不信，大把大把的男人等着我，我凭什么嫁不出去？我凭什么不能去忘记！这个世界谁离了谁活不了啊！谁说我嫁不出去的？谁说我放不下的！她们凭什么说我嫁不出去……"

说着说着，季莘瑶便骤然转回身，背对着季修黎，用力地呼气，吸气。

修黎终于懂了，看了她好半天，才走过去，绕到她面前，果然看见她眼底微红，却似乎是因为她自己知道自己失控了，在极力克制住情绪，他伸出手，在她眼角抚了一下："既然终于找到一个发泄口，干吗又忍住？"

季莘瑶吸了吸鼻子，眼泪被硬生生收了回去，忽然哑笑了一下："你说什么呢，我就是被那几个嘴太坏的菜场大妈气着了，你是真没见过几个嘴毒的大妈站在一起以那种长辈的语气莫名其妙教育你的感受，我他妈当时真想把菜篮子甩她们脸上去，还好你姐我素养比较高，不跟她们一般见识！"

说着，她又吸了一下鼻子，把季修黎推开："你去帮我把围裙拿来。"

季修黎叹了叹，转身正要去拿围裙。

这时有人按门铃，季莘瑶愣了一下，听说周姐这几天去了外地打理生意，芊芊又忙着谈恋爱，她住的这地方现在没几个人知道，怎么会有人这个时间来敲门？

第二章 逆转

39

"修黎，去开门。"她直接对外喊了一声。

季修黎将围裙给她拿来后，便走出去开门。

然而却是好半天，外边没有声音，季莘瑶朝外又喊："季修黎？开门了没有？是谁啊？"

莘瑶手里正弄着饺子馅儿，不好打理，暂时也没办法出去，见外边没动静，才将菜板上的东西整理好，转而洗洗手擦擦手走了出去，刚走出厨房就看见修黎关上门回来了。

"谁啊？怎么不让人进来？"季莘瑶有些奇怪地看着他。

修黎抿着唇，脸上没什么表情，淡淡地说："送快递的。"

"送快递的？我最近没有快递呀。"

"嗯，他送错门了。"季修黎说话的声音很沉，脸上却是没什么多余的表情，然后对莘瑶笑了笑，伸手推着她去厨房："来，我帮你。"

"哦。"季莘瑶怔怔地看着他的表情，最后没把之前敲门的人当回事，两个人进了厨房开始忙碌起来。

晚上吃过饺子，修黎霸占着她的沙发在看财经新闻，莘瑶悲催地去刷碗，随手打开窗子，将洗好的抹布并排挂在外边横过来的细杆上，这是她平时习惯性晾抹布的地方，眼角的余光陡然瞟向在小区楼下停的一辆车。

是一辆黑色陆虎，熟悉的款系，但因为这种老小区里没有太多灯光，借着各家各户窗子透出的光亮仍无法看清那辆黑色路虎的车牌号。

心口在刹那间缩紧，看着那辆路虎，许久，才缓缓收回视线，关上窗子。

应该只是巧合，这一款的路虎她常会在路上看见，又不是什么全国限量款型，季莘瑶你未免也太敏感了。

隔天，季莘瑶才知道原来林芊芊的新男友是开婚姻中介所的，晚上刚下班就被那妞拽去了她公司附近的一家咖啡厅。

按理来说，相亲这种事，实在不是她这种孕妇应该去做的事儿，但是听林芊芊说得那么好，而且她也不知道自己怀孕，非要自己支持一下她男朋友的工作帮撑撑人场，季莘瑶便存着一种好奇心，想看看现在这些跑出来相亲的男人都是什么样的类型。

好吧，她无耻了。

但是实在婉拒不了林芊芊的这份热心，非要给她介绍个男朋友云云，其实主要还是想让她做个托。于是季莘瑶被迫去了那家咖啡厅，去暂时当个托。

相了两次亲后她却觉得现在这个世道的男人都太不靠谱了……

什么样的极品都有！

从此林芊芊给她男朋友的婚姻介绍所找托的事她再也不干了！古人诚不欺她，果然鸟大了什么林子都敢飞！

窘窘地回了公司，窘窘地进了办公室。

结果有人拍了一下她的肩说："小季，陆总编找你，他在商务部那边。"

于是季莘瑶直接去了商务部，谁知道刚进商务部的主编办公室，陆寒就给她递过来一份表格。

"你在G市丰娱媒体工作过半年？"他问。

"没错，怎么了？"她对他这突出其来的问题有些不解。

"我托业内的朋友去查了一下你在丰娱媒体的工作情况，你那时是商务部主编，似乎对你的评价都不错，你是喜欢在娱乐部还是在商务部？如果是商务部的话，正好主编这里有空缺，我只是代管商务部，毕竟这个话题敏感，不是一般人能随便胜任，不过我对你还是很信得过。"

"可是我刚回公司没多久。"她有些尴尬地抬手将一缕头发拨到耳后。

"这个没关系，只要你自己认为能胜任，我最近就安排你来这边实习，我看你在娱乐部那边虽然也不错，但是似乎做起来并不得心应手，不如回归本职，也免得大材小用。"

"陆哥说的这是哪里话，我其实就是有一个适合的工作就满足了。"

陆寒点点头，没再说什么，转身又去拿了一份档案给她："明天上午几位国内大型企业的领导会在市中心欧成会所进行会晤，咱们报社可以过去在不妨碍到他们的情况下拍摄现场，但是切记一定不能打扰到他们，那几个都是商界的几尊佛，惹不得，明天我让小李去，你跟她一起去看看。"

说着，便将那份文件塞在季莘瑶手里："好好干，如果这次拍摄效果和新闻稿写得不错的话，你就能被提上来。"

谁放着升职这种好事儿不愿意做啊，季莘瑶自然也很是上心，便接过档案，和之前的那份表格一起抱在怀里，感激地笑笑："谢谢陆哥，前两年你就提拔过我很多次，现在又要仰仗您，我真的很感激。"

"不用说这些，去忙吧，记得明天一定不能出错，不能乱说话，那几个领导都是从各重要省市过来的，平日里难得一见。"

她点点头，却又顿了一下，蓦地问了一句："有G市的吗？"

陆寒看她一眼："G市？"他想了想："我问过会所那边，好像有两次会晤，G市的几位是下个星期过来，明天应该不在场，怎么了？"

"没什么，我就是问问。"季莘瑶笑了笑，抱着那叠文件转身走了出去。

第二天季莘瑶便随同商务部的李姐一起去了欧成会所。

欧成会所是F市的知名娱乐会所，一般情况下没有什么身份的是无法踏进去一步，但因为她们是城市晚报的特约记者，门前的保安仔细看了她们的工作证和身份证又用仪器扫描了一下身上是否持有危险物品后，才终于放行。

"看来今天这几位真不是一般人，平时我来这边做采访的时候，那几个保安差不多都认识我了，今天又这么严，看来都来头不小，莘瑶，到时候你就在后边帮我摄像，我去前边抽空问几个问题，你千万别插嘴啊。"李姐是这家报社商务部的老人，习惯性地把季莘瑶当小孩儿看。

季莘瑶亦是不喜欢露什么锋芒之人，便笑笑："好。"

上得六楼，里边一片安静，在工作人员的指引下，才知几位领导在走廊尽头的会客室，然而就在季莘瑶随同李姐一起走过去时，还没到会客室有窗的隔壁采访间，便忽然有个人匆匆地从里面走出来，将一份活页夹塞到她手里。

季莘瑶一愣："这是？"

"我是陈总的秘书，一会儿他可能会叫我把这些整理好的档案送进去，我现在肚子疼，急着上厕所，你是晚报的记者吧？反正你现在在这里也没什么事，麻烦你一会儿帮我送进去，谢谢，麻烦了……"说着，那男人便捂着肚子一脸痛苦地朝外狂奔而去。

季莘瑶嘴角一抽，与李姐对视了一眼。李姐笑她："送个档案而已，这些老总又不会吃了咱们，这样，你在这里等着，我进去拍摄，你一会儿再过来。"

季莘瑶只好点点头，低头看了一眼，见只是一份普通的商务统计档案，怪不得这么放心托她这么一个陌生人帮忙送进去，不过这秘书也真够马虎的，来工作之前就该去厕所把生理问题解决干净，现在倒是急了起来。

没一会儿就有个人出来喊某秘书进去，季莘瑶犹豫了一下才问："是不是陈总要送文件？"那人看她一眼，点点头，她便说了一下刚刚的缘由，那人又审视了她几眼，才谨慎地放行。

"进去吧，别乱说话。"

莘瑶点点头，刚走进会客室，旁边那人便轻声提点她："陈总在那边，左手边第三个沙发上的那位。"

莘瑶朝那边走过去，刚走两步，便是脚步一顿，在她踏入会客室的一瞬间，眼角的余光便陡然扫见正坐在右手边真皮沙发上的男人。

那个男人，静静地坐在那里，着了月白色的休闲衬衫，身型一如她记忆一般修长而挺拔，精细的五官如琢如磨，墨色的黑眸中总有暖意融融，清雅却自有万众瞩目的气质。

近一个月不见，陡然惊见顾南希，她脚步生生地停驻了两秒。

然而他的目光却没有看向她，正在听旁边一位同样衣冠整齐的男人说话，两人似相谈甚欢。

在她微微停下的那一瞬，他才缓缓转过脸，目光先是滞了滞，便对她微微一笑，那是一种温柔如昔的笑容，仿佛什么都没有发生过，仿佛他仍旧是将她保护在身后的那个可以替她挡去一切又可以包容一切的顾南希。

而季莘瑶却是刹那间敛住心绪，没什么表情，转身便走向陈总那边，将手中的东西递给他："陈总，这是您秘书让我代为交给您的东西，他突然有些急事，所以托我帮忙送进来。"

"原来是这样，我刚刚还在想，怎么忽然走进来的是一位美女。"陈总客气地站起身，笑着接过，又对她点点头："感谢，很感谢。"

"陈总客气。"季莘瑶亦是礼貌地点点头，然后便转身离开这间高档会客室。

身后传来一个人陡然的一句闲聊:"对了顾总,老韩生病后难得出来走动,但咱们这些人都还没机会见见他,听说你昨天中午在星巴克见过老韩?他身体怎么样了?"

在季莘瑶刚走出门的刹那,脸部蓦地麻木。

星巴克?昨天中午?

F市不算繁华的大都市,只算二线城市,所以在F市只有一家星巴克,就在她公司附近。

昨天她去帮着相亲的时候不就是在那家星巴克……

与此同时,她仿佛感觉到背后投来一道熟悉的目光,她站在原地,脚步只顿了一下,便直接走进李姐所在的那个房间,没有回头。

"你怎么了?"李姐正忙着摄像,见季莘瑶的脸色不太好,不由得转眼关切地问了一句。

季莘瑶轻轻摇了摇头:"没事,李姐,我们要在这里多久?"

"这都是一些平时难得一见的商业领域的大人物,就算咱们今天能过来隔着房间隔着玻璃拍一些现场,但也不能太久,久了容易被批的。"李姐摇摇头,叹了声,"现在这世道,就属咱们商务类的媒体最危险,一不小心得罪哪个大人物,或者写错了什么新闻稿,就连累整个部门被大换血,在商务部一切还是小心点比较好。"

莘瑶很是受用地点点头:"确实是这样。"

李姐虽然在带她,但并不啰唆,转而让她去拍摄,李姐在旁边观察,在找机会看看哪个老总会中途出来,可以做一下简单的采访。

大概一个多小时,几位老总相继而来,有不少人一进门便堆着满脸的笑容先与坐在右侧的顾南希打招呼,很是热情地握手,顾南希皆是淡淡一笑,他仍是气质涵养俱佳的那个他。

可惜此一时非彼一时,在季莘瑶的世界里,就算是戒不掉的毒罂粟,她也会努力地去戒掉。

这个高高在上的男人,在她的世界里,仅仅是一场不该做的春秋大梦罢了,仅此而已。

没一会儿就有一个看起来和李姐熟识的领导出来,李姐走过去像是走过场一样问了些话算是采访,没一会儿,李姐就转身回来,笑着说:"你知道,这个世界就是这么势利。你的朋友有档次有水平,你就跟着上档次上水平,如果混的都是些出不得台面的朋友,你也被人瞧不起。尤其像咱们做商务报道这一圈,就是拼谁的人脉足,谁的背景厚……"

听着她的滔滔不绝,莘瑶大概是听出了什么意思。

无非就是李姐是晚报商务部的老人,干了这么多年,还有这么多的人脉关系,可以随时随地掌控一些重要信息,就算是商务部主编的位置自然也该由她来做,而她季莘瑶再怎么样,也终究还算公司里的新人。

"其实我很好奇顾总……"李姐忽然咂咂嘴,隔着玻璃,远远看着在那间会

第二章 逆转

客室中始终举止优雅得体低调却仍是一众商业巨头争相巴结的对象的顾南希："真的很少见到这种宠辱不惊又十分年轻的老总,听说他在G市也很少露面,这辈子能见到他一次都算是幸运了,难得能看见他本人,真想去采访一下,但又怕太唐突,给咱们公司惹祸。"

说罢,李姐就叹了口气:"莘瑶啊,你要是人脉不错,不如试试看能不能采访到顾总?能采访到他,那可是咱们晚报的一大新闻,这星期报纸绝对销量破记录两倍还不止。"

李姐是抛了一个不可能的难题,亦是公司老人惯于倚老卖老下马威的一种方式。

季莘瑶盯着摄像头的镜头,眼皮都不抬,只轻声说了句:"李姐这不是在给我出难题么?我连你刚刚采访的那位都不认识,更何况是其他的什么老板了。"

李姐笑了笑:"你还年轻,看来还是要慢慢来呀。"

莘瑶转过头,对她露出崇拜的表情:"那可要麻烦李姐好好带我。"

"好说,好说。"

又拍了一会儿,李姐终于说可以了,两个人收拾了东西直接离开欧成会所,在走出这间会所的门时,陡然撞见正拿着一份资料走进来的苏特助,苏特助一看见她,就惊愕地低唤了声:"季小姐?"

季莘瑶顿了顿,终是避不开,便对苏特助客气地点点头:"你好。"

见她这种生疏的态度,苏特助本来想说"顾总也在这里"的话便被他硬生生咽了回去,迟疑地看看她,再又看看那边催促着快点一起回公司的李姐,似是想说什么,却只见季莘瑶已面无表情地转身走下门前的台阶,快步来到路边。

苏特助骤然转身,张了张嘴,季莘瑶已坐上出租车。

"刚刚那人认识你?"李姐一边翻看着摄像机里刚刚拍摄的镜头,一边随口问了一句。

季莘瑶坐在出租车后边,不以为然地说:"哦,一个朋友。"

"什么朋友呀?连欧成会所都能随意进出的?我看他穿得也很体面,不像是个小人物,看起来跟你蛮熟的。"

女人果然八卦,就算是李姐这种三十多岁的看起来相当稳重的女人,也照样八卦不误,遇事非想盘根问底不可。

"不算太熟,我在G市的丰娱媒体商务部时有幸与他交流过,关系一般,算是点头之交吧。"

"怪不得,他什么身份呀?"

季莘瑶被八卦得有些心烦,却不好表露,只好装困,将头向后仰去,闭着眼不说话。

李姐得不到答案,回头看看她,见她闭着眼像是快睡着的样子,才无奈道:"现在年轻人可不能这么懒惰,走到哪儿睡到哪儿,这种习惯得改。"

季莘瑶不语,虽是仰着头,却是睁开眼,静静地看着车顶,无论是总裁特助还是总裁秘书，在靠近他们的人眼里或许总有感情的存在，可在别人看来，他们只是金钱与权势的代名词。

还没到公司，季修黎的电话就打了过来。

"在哪里？"他问。

莘瑶坐起身，一边看着窗外路过的街景一边说："刚去了欧成会所摄像，现在在回公司的路上。"

自从那天在家一起包过饺子后，这两天修黎说是本来住的那套房子打算重新装修，非要搬到她那里住几天，还强调两人各睡一屋，他绝对恪守本分不贪图她的美色狼性大发云云，好歹两人也在一起生活了那么多年，就算是现在又住在一起也并无违和感，只要他能本分，季莘瑶也不是那么别扭的人，见他房子那边真的开始施工了，打他也打过了，骂也骂过了，知道他是故意的，但终究也不忍心让他住酒店，或者去另外两套没有装修好的房子，便也让他暂时住过去了。

只是这小子最近盯得她特别紧，隔三岔五地就打个电话过来问她的情况，她订了牛奶，每天早上上班前有人送牛奶过来会敲门，他也把她推进去，说他去拿牛奶，这小子最近俨然是把他自己当牛做马地在奉承她，也不知道是安的什么心眼儿。

这是恋姐癖，得治！

"我晚上公司那边有人摆庆功宴，只是一桌酒席，都是一些关系比较好的同事，在阳光大酒店，你平日下班回家也无聊，不如和我一起去？"

"又是酒席，我发现你们这些忙碌起来的男人怎么都这样，一个个的应酬比正常吃饭的次数还多。"季莘瑶抱怨，"阳光大酒店？你前几天不是刚去过吗？怎么又去？F市里就没别的地方吃饭吗？又是那么贵的地方。"

"现在的领导都爱吃那里的鲍鱼嘛。"

"鲍鱼？腻不腻啊……我晚上看看吧，要是没什么事就陪你过去，免得你总是和我唠唠叨叨地说'你同事都以为你没有亲人'。你个臭小子，平时就喜欢拿你姐的不忍心来做挡箭牌。"

"要不要我顺路过来接你？"

"不用不用，我自己过去，我公司这边打车还算方便。"

她这边说着，那边李姐便瞟了她一眼："阳光大酒店？也不知道今天会有多少老总会去那边下榻。"

说完，她又用口型对季莘瑶说："你要是去的话，可一定要找机会看看能不能抓一些采访，这样这两天的工作咱就都能拿这些交差了。"

季莘瑶无奈，点了点头。

晚上下班，季莘瑶打算拦一辆出租车去酒店时，陆寒开车停在她面前，看了她一眼："我听说，你是呈名公司企划部季总监的姐姐？"

莘瑶一怔："陆哥认识我弟弟？"

陆寒笑了笑："都是混商界的，平日里工作上偶尔有些往来，季总监为人不错，

我是最近才听说你是他姐姐，这么说，他今晚说会带去个人，应该就是你了？上车吧，我也去阳光酒店那边，他们公司的领导和我是老交情，有酒席从来都不忘叫上我。"

莘瑶觉得这样不太好，本想拒绝，但又想毕竟是顺路，这样拒绝反而矫情，犹豫了半天，才坐上车，客客气气地道了声谢，两人一路相谈都很客气，还好陆寒虽然平日很关照她，但始终都是个三十几岁的已经成熟并不毛毛躁躁的男人，不会让他们这上下属之间的气氛太尴尬。

但是最近在公司，陆寒知道她似乎是单身之后，对她的关照似乎越来越多，虽然都只是表面上的，但是谁都不傻，连季莘瑶自己都感受到了，又何况公司里其他的同事？

想避嫌，又不能避得太过，有时候避嫌也是一种学问。

到了阳光大酒店，陆寒与她走进去，季修黎迎出来，一看见莘瑶身边的陆寒，先是愣了一下，须臾走过来："陆哥你这是存心的？前两次酒席没现身，这次我们家莘瑶又回你手下工作了，你假公济私地载她一起过来，这让我情何以堪呐？"

明知是客套话，季莘瑶还是顺手在修黎手臂上一拍："去，谁是你家莘瑶。"

修黎笑笑，陆寒亦是随手解释了一句："只是顺路。"

几个人便一起进了定好的包厢。

在包厢中的一干人是修黎公司的一些高管，看起来关系都还不错，其中有一位是他们公司的副总，莘瑶非常明确地以姐姐的身份与他们客套闲聊，亦在分外热络之际，关于修黎工作一事，还请他们多多关照，那副总满口应承尽力帮忙，且看起来他对修黎非常客气，不曾有太大的领导架势。

酒过三巡之后，陆寒在一旁偶尔说两句很是应景又幽默的话题，桌上一时觥筹交错人人满面红光地带着笑，在桌上有人提到，莘瑶和季修黎是亲姐弟但是长得一点也不像，莘瑶看起来像刚刚二十出头，反倒像是修黎的妹妹时，莘瑶无话可答，只好赔着笑脸不住地点头。

修黎坐在一旁，喝着酒，不做什么表态，只是时不时给她夹菜，惹得桌上的几位女同事时不时用着怪异的目光流连在他们两个之间。

幸好此时季莘瑶的电话响，她起身出去接电话，才避免因为修黎对她的这种超乎众人所能接受的关心而被人胡乱猜测。

虽然因为修黎在场的关系，他为自己挡了酒，但仍是想出去吹吹风，莘瑶径自一边去了酒店门前接电话，一边吹着冷风，直到身后被人披上一件外衣。

她回头一看，是陆寒，便忙要将外衣褪下还给他："我不冷，陆哥，这天气太凉，你快把外套穿上。"

"今天晚上是零下五度，你穿这么少站这里吹风，容易感冒，穿着吧。"

"不用不用，你快穿回去，别生病了……"

"让你穿你就穿着。"见她推拒，他直接抬手一边为她重新披好外衣，一边仿佛顺手轻轻环过她的肩。

在她一脸尴尬地想要把衣服褪下来还给他时，两人正拉扯间，季莘瑶仿佛感受到一道视线，猛地回头，脸色瞬时变了变。

在酒店门前的砖石步行路上，一抹黑色的身影跃入眼帘。

那张熟悉得几乎早已印刻在脑海里的脸，使得季莘瑶脸上一紧，却是转而漠然地收回视线，仿佛陌路一般。

而与此同时，陆寒的手已帮她重新披好外衣，见她忽然顺从下来，没有再抗拒，虽是见她表情冷漠，却仍是顺手轻轻环住她的肩，似在关心她的上司又似夹了几分暧昧："你心情不好？"

那边顾南希与一群人走来，他走在最前边，身后跟了几个工作人员，一身灰黑色的风衣，一手拿着文件，另一手随意地插在裤袋，一边向酒店门前走近，一边将手中的档案递给身后的苏特助。

苏特助亦是站在几个人之中，眼神瞟啊瞟的，直接瞟向了季莘瑶和那个陌生男人的亲密举止。

他们站在酒店正门前，任是谁都能第一眼便看见。

眼见着顾南希直接朝季莘瑶走去，苏特助自然而然地轻轻咳了一声，示意身边几个工作人员别跟总裁一起过去，几人停下来，苏特助低声说："这是顾总的私事，大家不便在场，先进酒店。"

有一种境况叫做无处可逃，季莘瑶的眼神很凉，直到顾南希重新进入她的视线，她才睁着一双波澜不惊的眼平静地看着他，在陆寒有几分狐疑的表情下，并不退却，仅是礼貌而疏离地打了个浅浅的招呼："顾总。"

陆寒虽然商界的人脉很广，但顾南希毕竟向来低调，很少在媒体前露脸，刚刚本以为这是哪里的大人物，便未曾表态，直到季莘瑶如此一称呼，他才微微一惊："顾总？"

与此同时，陆寒那老练的社交手段便派上了用场，顾南希虽低调，但这一名字无论是海内外皆是响当当的名号，海外华人企业顾氏董事长兼前任CEO，顾家长孙，国内顾氏的一把手，任是谁初次一见都必然会巴结奉承。

陆寒满面笑容地对顾南希伸出一手："您就是顾总？真是久仰大名，您好，我是F市城市晚报的整体报业总编陆寒。"说时，便用另一手拿出一张名片递了过去。

"你好。"顾南希就那么随意与他握了握，随手接过名片，看了一眼上边的名字，嘴角弯起一抹似是而非的弧度。

见顾总如此客气，陆寒便仿佛轻松了许多："听说今天在欧成会所，顾总也在？不知道欧成会所的设施是否能入了您的眼，F市不比G市，希望顾总在这边的会晤能一切顺心，万万不要嫌弃。如果哪里有不足，顾总一定要告诉我，我与欧成会所的负责人关系还不错，一定劝他改进。"

"哪里，一场会晤罢了，不必这么上心。"

"顾总说得是。"陆寒连连点头，"我们商务报道部的小季今天曾去欧成会所拍摄现场，必定是已见过顾总您本人，怪不得刚刚一眼就认出了您，还叫我好一

阵惊讶。"

说着，陆寒侧头看了一眼季莘瑶："莘瑶？之前有没有找机会采访顾总几句？"

此时此刻，季莘瑶很想直接离开，但自己的上司现在就在这里，她这样转身走开实在不妥，可见顾南希那朝自己直接抛来的一眼，她立时心头一紧。

她现在恨不得离得他远远的，无奈时机不对，何况他刚刚明明可以避过，却是有心堵住她，她没办法躲开，却反而不得不站在原地，一阵风吹过，使她鼻间划过熟悉的馨香，那清新淡雅的气息依旧，她懊恼而有些不悦地敛住表情，并不说话。

但现在被直接问到，她便抬手双臂环胸，假装哆嗦了一下，低下头说："陆哥，我有些冷，先进去了。"

说着，便直接转身，在陆寒微愕的眼神下紧紧裹着他的外衣，匆匆走向里面。

她看不见顾南希的表情，听不见他们接下来的对话，只隐隐听见陆寒笑着说："真是不好意思，小季太年轻，不太懂事，顾总别见怪。"

季莘瑶没有回头，径直走进电梯，可偏偏又实在不想面对包厢里那满桌的觥筹交错。

她现在的心境并不如自己想象的平静，虽无大风大浪，却是已然失衡，她需要独处，但就这么离开会让修黎太尴尬，她只好一个人去了人来人往最少的那一层的洗手间。

洗手间里很安静，空间也不小，虽是洗手间，但周围却散发着很是特别的香味儿，浓郁而让人心旷神怡，她站在光洁明亮的长镜前，看着镜子里那个一身简单的卡其色 OL 套装的女人，看着她难得披肩的长发，看着她明亮的眼里那早已被生生按下去的迷惘，看着那个女人在镜前渐渐握紧双拳。

被刻意压制的回忆一幕一幕侵袭而来。

婚礼，婚纱，铂金婚戒，所有人对着自己各异的目光，秦慕琰的欲言又止，那几个巴掌，单萦的不甘与嚣张，小鱼的那一声爸爸，将手背刮出一条浅浅血痕的戒指……

这一个月以来的平静，她终于还是让生活重新走进原有的轨道，让那些原本就不该与她有关的一切，那些光怪陆离的梦与她彻底没有关系。她只是一个生活在这表里不一的社会里的一个现实而市侩的小市民，她只需要简简单单朝九晚五如此两点一线的平静生活。

一个月，三十天，或许并不长，本来应是足够她将该忘却的东西狠狠抛诸脑后，至少她现在很平静，她没有气愤，没有怨恨。

可为什么，在她终于彻底移开视线的时候，那个男人却以几乎想要斩断她后路的方式这样出现……

顾南希，你连退路都不肯给我吗？

这时手机响起短信的声音，她低头看了一眼，是林芊芊发来的：季莘瑶，你昨天和那个海龟是怎么回事？我今天下班回来就听我男朋友唠唠叨叨地说你季莘瑶不靠谱，到底怎么回事啊？条件那么好你都不喜欢的？

季莘瑶无奈，回了条短信：芊芊啊，我确实是答应帮你相亲去来着，但是事实证明，像我季莘瑶这样光芒万丈、魅力四射、神仙玉骨（以下省略赞美之词一万字）的人中龙凤，不是谁都能娶得了啊！

林芊芊：光芒万丈、魅力四射？我还东升西落呢！不相了就不相，反正也只是给我男朋友那边捧个人场，你干吗呢？明天周末，有没有时间？我们一起去 shopping 呀！

季莘瑶答应了明天的 shopping 后，接到陆寒的电话问她去哪了，她说了一声在洗手间马上就下去，便转而去用冷水洗了一把脸，一边用纸巾擦着脸一边走出去。

走到电梯时，她想想这个时间估计修黎那边的酒席也该进展到一大半，再去吃一点东西估计也快结束。

电梯"叮——"的一声停下，她低下头将一小包纸巾塞回包里，在门开的刹那正要走进去，却是刚迈出一步抬起头，看见电梯里的人，便霎时愣住。

她因为刚刚用冷水洗过脸，脸上一圈的皮肤还略有些发红，发际周围带着湿意，还没有补妆，脸上的几分憔悴显而易见，连衣襟上都溅了些水，要多狼狈有多狼狈。

本想着一会儿下楼回包厢之前随便在脸上拍点 BB 霜整理一下面容，却不承想就这样被顾南希看见。

所以她在看见顾南希的刹那，一瞬间澄澈的眼眸锁了几分冷意，转开身便要去找步行梯直接走下去。

刚一转身，却被顾南希的一只手抓住了手臂，他的手抓得那么紧，让她无力挣脱。

只好回头冷着脸看他一眼，熟悉的独属于他的馨香萦绕在鼻间，因为彼此的靠近而让她很想此时直接嗅觉失灵，她挣了一下，却因为穿着高跟鞋转身走得太急，刚刚在被他抓住手臂的那一刻就险些没站稳，这会儿更是眼看就要摔倒，却是身体刚一下坠便被他扣往怀中。

"放开我！"她懊恼地抵触，伸手去推他。

在这一层的走廊里没什么人经过，只在走廊另一边的尽头有酒店的值班人员，她想要喊些什么，人却已被他直接捉进了电梯，在跟跟跄跄间下了楼，又以从来都不属于他的那种霸道的方式一路将她带出酒店，打开车门，把她给放了进去。

季莘瑶气极，没想到向来温文尔雅的顾南希原来还有这么卑鄙的以男人的力气来强迫女人的嗜好，便咬牙切齿地骂了一声，想要下车，却被他按住，顺手给她系上安全带，在如此霸道的同时却仍给她认真的呵护，更是叫她受不了地终于破口大骂："顾南希！你以为这样我就原谅你的一切吗？"

她伸手要推开他的身体，想让他离自己远一点，这种温柔她受不起。

只怕再这样下去，自己真的会被折寿到不一定哪一天她就直接嗝屁了！

而他却是在她伸手推他的同时直接捉住她的手，不让她乱动，在她瞪着他的同时只是深深地看了她一眼，便按下她的手："别乱动。"

他的呼吸几乎萦在她耳边，在她愤愤地咬牙看着他的同时，车子移动，开往与她所住之处相反的方向。

即便已经怀孕两个多月，季莘瑶的妊娠反应仍然极重，因为情绪上的波动，这会儿她有些头晕，皱着眉，终于还是没了理智，气得伸手要去打开车门，却发现车门竟然被他上了锁，抠了好半天也打不开，她深呼吸两口气，坐在那里，终于不动，但也不看他，只将目光定定地看着窗外一点，连呼吸都被她憋得极浅。

"你们陆总编请我同意你们报社做一期与我有关的专题，你怎么想？"他轻声问，惯常清冷的眼眸依然不显山不露水，却因她而掺了几丝温度。

季莘瑶深吸一口气，她人都已经坐上车了，再怎么挣扎也没用，理智归于大脑，终究还是平静下来，却仍是恨恨的不甘心，沉默了一会儿，才冷声道："这是顾先生你的事情，和我没关系。我没任何想法。"

她并不会因为公司能采访到顾南希这号人物而开心，也不会因为顾南希破例同意而觉得惊奇，对于她而言，现在只不过那是一份本职工作，而其他的一切，都与她无关。

世上一切成王败寇，包括他堂堂顾南希会同意这一请求，无论是谁的荣耀得失，都与她这小小女子无关。

车行渐远，她不知道他究竟要带自己去什么地方，本以为不会再见的人就在她的身边，载着她去未知的方向，曾经或许她会觉得分外的安心，而此刻，她心底却因为那股强烈的排斥而渐升恐慌。

这时手机响起，她低头见是季修黎打来的电话，忙要接起，却是还没碰到上边的绿色键，手机便倏然被人接过，她一怔，只见顾南希随手将她的手机放在他身旁车门边的置物盒中。

她拧眉："手机给我！"

"坐好。"他轻声说。

手机铃声仍在叫嚣，季莘瑶气极，火大地看着那张向来斯文的对自己从来都是温和的脸，虽然他表情里没有半点的不耐烦，仍是耐心地对她，可她却没有耐心和他耗下去，干脆直接解开安全带便要探过去将已经安静下来的手机拿过来，因为铃声不再响，此时车速渐快，她又没有系安全带，他终究没有再剥夺她拿她自己手机的权利。

刚一拿到手里，季莘瑶便忙退了回去，低头看了一眼手机屏幕，刚要给修黎拨回去，铃声忽然又响了起来。

这一次是陆寒打来的。

听见她那手机响着的几乎被唱得烂大街了一样的流行铃声，顾南希隐隐蹙了蹙眉。

这手机铃声是小铃昨天下午无聊，在办公室翻着她的手机玩，不知怎么就用wifi下载设置上的，季莘瑶一直想着要把铃声改回平时简单的铃声，却因为忙碌而忘记改了，感觉到顾南希似乎对她近来的品位下降而眼角微动，她也懒得和他解释，干脆接了电话。

"喂，陆哥。"她的语气里有些无奈，刚刚要是接到修黎的电话，她可以很直接地说自己在顾南希车上，可现在对着陆寒，她实在无从解释，不知该怎么解释自己的情况。

"刚刚不是说去了洗手间马上下来么？怎么还没回？季总监的电话你怎么没有接？"陆寒的声音略有些焦急，似是以为她出了什么事，"是不是出什么事了？"

"我……我说我被绑架了你信吗……"季莘瑶迟疑地看了一眼顾南希，他的目光亦是同时扫了过来，脸上带着说不尽的无奈，却又是万分的宠爱，结果被她狠狠瞪了回去，继续转开脸，不去看他，免得自己一时脑残受到影响。

"绑架？"

"开玩笑的，陆哥，我没事，你们先吃，不用等我。"她认真地对着电话说着，可自己却不确定自己现在的状况，加上车速渐快，她在头晕之时又是一阵想吐。

她不由得咽了咽唾沫，在陆寒要继续问什么之前，忙挂了电话，转而看着车窗外，冷声说："放我下车。"

她靠在车座上，不知为什么，只觉得全身的力气仿佛都被抽空。

然而顾南希却没有理，她不由得转眼瞪向他，眼神里满是鄙视和轻蔑，就这样瞟了他几眼，任由他嘴角带着莫可奈何的笑，看着他眼角微动，清俊的脸在黑暗的车内泛着她无法忽略的魅力。

她让自己平心静气地开口："顾南希，我们已经结束了，可不可以放了我？"

她越来越想吐，却是越来越努力地让自己平静，她不想对他大吼大叫，更不想在他面前流一滴眼泪，也不想再让他看见自己的憔悴与狼狈。

在她先签上那两份离婚协议的时候，她已经告诉过自己，爱情是死不了人的，既然不属于自己，那就尽早抛却，至少长痛不如短痛，她奋力地移开视线，他何苦要来斩断她的退路！

"我要下车！"见他不为所动，季莘瑶咬牙切齿地提高了声音："我要下车！你听到没有？"

"不行！"

他终于给了响应，语气却仍旧是难得的霸道，原来这才是曾经那个温文尔雅的顾南希的真面目，他对她从来都是极为融通，豁达而理性，从来不会强迫她什么，那样高高在上的顾南希，他的气质他的涵养都与此时这个霸道的男人完全不同，却也让她第一次发现自己在他面前原来是这样的心有余而力不足。

"顾南希，你没必要对我这样，就算是心中有愧，也不用这样，这会让我认为你不舍得我，想脚踏两条船呢。"她冷笑。

然后她强忍着胃里翻搅的那恶心的感觉，冷冷自嘲地一笑："我有自知之明，自认比不上单萦，也没给你生过那么可爱的女儿，如果你对我只是愧疚，那大可不必，不如这样，如果你还是觉得对不起我，想补偿我些什么的话，那麻烦你给我开张支票，我也不敢狮子大开口，五十万人民币，怎么样？和平分手费，前边那半年

第二章 逆转

51

就当我们两个人做了几个月的炮友！现在不是流行这个吗？我觉得只要五十万已经很对得起你了。"

"你也不需要给我做什么将功补过之举，你答应接受采访是你和我们总编的事情，和我没关系。"她将头发轻轻拨弄到耳后，语气很是散漫。

很多时候，那些不是过不去，只是再也回不去。错了就是错了，伤害了就是伤害了，是否打一巴掌再给一个甜枣就可以抹煞一切？是否一句对不起或者想要用什么方式弥补就可以让一切回到当初？

顾南希绝对不会这样天真！她也绝对不会原谅！

所以，既然都是肯定的答案，又何必再彼此束缚，放各自一条生路，她放手，他也放手，岂不是对谁都好。

顾南希只是看了她一眼，眼神淡淡的，却是讳莫若深，仿佛带着几分无奈，亦对她的一番挖苦充耳不闻，见她脸色不太好，便问："不舒服？"

季莘瑶移开眼，冷冷地直接说："我想吐。"

他顿了顿，不知怎么，她仿佛在他脸上看见一抹近似松了一口气的欣悦之色，虽是一闪而过，她却是看到了。

忽然，他将车拐进转盘那边路口的一条安静的街角，那边是 F 市的一处商务公寓，她很少过来这边，看着这路况，忍着呕吐感，有些不明所以。

"忍一忍。"他的声音清越而沉静，仿佛能起到使人静心的作用，可在此时却偏偏让季莘瑶很想逃，更又忽然发现原来真的想要忘记一个走进了心里的人，一个月的时间，远远不够！

是她高估了自己，还是低估了这场梦在她心里造成的痕迹究竟有多重。

"顾南希，你知不知道，其实前边这一个月互不联系，挺好的。我们都自由，都各自恢复原本的生活，这是那场残局收尾的最好的方式。也是你给我仅有的尊重与最后的体贴，这些我懂，所以我享受着自己终于回归本来的一切这种平静的生活。你为什么现在要来打乱我呢？我觉得形同陌路对我们都好，你没必要自责，我也不需要你来补偿什么，我宁愿和你这辈子再不相见，总有一天我们会彼此都忘记这半年的戏，不过是两纸结婚证而已，想必在你也签下那份离婚协议的时候，我们两个就已经天各一方了。"

"还有，顾南希，既然是你把我拉上车，那就别怪我现在聒噪，我也是有底线的，曾经我们多相敬如宾多客气，现在我也可以多恶劣多龌龊，当然，我没必要对一个无耻伤害过自己的男人留任何情面，所以，也请顾先生你能有些自知之明，别以为自己魅力有多大，一脚能把女人踢开，再招一招手，就会有傻女人继续义无反顾的回到你身边。我也是在那一天才发现原来我们的感情可以这样脆弱，这样的不堪一击，只因为我们都不爱对方，才不过多久的时间，就算爱，有多爱？你说是不是？"

"其实你也看错我了，我也不值得你因为歉意而来对我补偿什么，我走得那么潇洒，你就该看得出来，我不爱你，我对你的感情永远都只会止步于仰慕，你好歹是堂堂总裁，我这种小人物能跟你扯淡这么久，也算是上辈子自己积了德，就算离开，我也很满足了。我那几个耳光打得帅吧？其实我在那时候都还理智地记着要给自己攒足了脸面，就算走到那一步，我也提醒自己不能真的那么丢人，所以你看，我这种比你顾总还绝情的女人，你何必心存歉意呢？"

既然终究还是不得不面对，那她不如把该说的都说清楚，可是她都说到这种地步，他居然还是不为所动，向她投来一抹温柔更甚的目光，见她身上依旧裹着之前陆寒的那件外套，便若有若无地叹了口气，随手拿起车后座上的一件他的外套，盖到她身上，免得她穿得这么少，真的受了凉。

他越是这样，她越是想直接把手机摔在他那张好看得令人发指的脸上！

是不是这个男人虏获女人芳心的手段从来都是这样？他以为这样就可以真的抹煞一切吗，他的心究竟是什么做的？居然可以无动于衷到这种地步！

他是觉得自己有多高贵？多优雅？多有涵养？对她多体贴关心？于是她就可以心软地原谅他在自己身上加诸过的耻辱？

如果真的是这样，那他顾南希未免也太自以为是！

黑色路虎停在一处新建的商务公寓楼下，下车时顾南希不容她反抗地直接将陆寒的那件外衣扯下，转而将他的外套披在她身上，在她想要出声时，她却渐渐忍不住那种呕吐之感，有点力不从心地被他直接推进了那处公寓的门。

一进了门，季莘瑶便四处寻找浴室的方向，看见浴室，便扔下包和手机，不管不顾地匆匆跑过去，拧开水龙头，便对着盥洗池里哇哇一阵吐，这次不再是酸水，是终于吐出了东西，胃里难受得很，她也顾不上去观察这栋公寓跟顾南希是什么关系，现在只想把胃里的一切都吐出来。

这一下季莘瑶终于舒服了许多，直到眼前被递来一杯水，她顿了顿，才伸手接过，漱了漱口，再又洗了一把脸，长吐了一口气。

而此时顾南希已转身回了客厅，拿起她的手机将之关了机，季莘瑶一边用浴室里的白毛巾擦着脸，一边狐疑地看看四周，不知道顾南希什么时候在F市居然也置办了房子，但看这公寓内的摆设，确实都是与他向来习惯的风格相符，整洁素静，一尘不染。

她抬手揉弄着胃，将毛巾扔在一旁，走过去便直接夺过自己的手机，又拿起包，转身便要走。

"他说你拿掉了孩子，情绪不稳，见到我，会心情不好影响康复……"

忽然，身后响起顾南希的声音，温和，又仿佛带着轻叹。

她猛地转眼，看着他俊朗的眉眼，与眼中那一闪而逝的疼痛，一时没弄明白他话的意思。

而他只是说了那么一句，没有过多的解释。

她冷眼以对："我确实见到你就心情不好，很不好！所以，顾先生，我们再也不见。"话落，她转身便走。

"莘瑶。"他叫住她。

她没理，心里却是犹疑着他刚刚的那句话是什么意思，谁说她拿掉了孩子？

手刚一碰到门上的把手，她便猛地仿佛回想起了什么。

那天修黎说的送快递的是……

原来如此。

这样也好，可她怎么偏偏今天在他面前就这样毫无预兆地吐了？像修黎对他说的那样，这样从此他都放过她，以为她拿掉了孩子，永远都不再与他有任何关系，这样多好。

她暗叹，却是没说什么，直接打开门，心态已是复杂至极，虽然她从来没有认真面对过修黎对自己的感情，但也知道修黎这样做是为她好，断得干净对她来说也是一种自我饶恕，可想想那日被拒之门外在楼下车里坐了一晚的顾南希，她终究也只能选择沉默。

有什么用呢？

她开了门，走出去，前脚刚迈出去，便听见顾南希已走至她身后。

"去哪里？"

她停顿了下，忽然觉得，既然是形同陌路，自然还是客气一些比较好，何苦怨怪着对方什么，便垂下头，想了想，才说道："回家。"

"家？和修黎住在一起的那间小屋？"

修黎……

她一怔，修黎的身世在顾家已算是曝光，顾南希这样称呼修黎，算是接受了这个弟弟，一个月之前的顾家究竟发生了多少事，究竟怎么样，她不知道，也不想知道，既然修黎已经是顾家的人，除却他们姐弟之间多年的感情之外，其他的一切都与她无关。

只是，修黎在他们眼里都已不是她的弟弟，顾南希的语气虽是平静，她却仍能听出他那话里的意思。

她和季修黎不是姐弟，修黎是顾家的儿子，是顾南希的弟弟，这样与她住在一起，论作是谁都会认为不妥。

她却仿佛不以为然地笑笑："这是我的私事，应该不需要顾总你来管，我和你之间，没有关系。"

说罢，她将肩上的包向上提了提，便直接走出去。

他已直接拦住了她的胳膊，她脚下一个趔趄，便骤然被他拉住，他将她揽住，温和的声音拂在她耳边："你气色不好，是不是这一个月没有按时服中药？我叫医生过来看看。"

季莘瑶转过脸，面无表情地看着他那满是关心的眸子，却是冷冷一笑："我怎么样都不需要你来管，顾南希，收起你的温柔，把它送给你的单萦和女儿吧！"

他拧眉："我的孩子在你季莘瑶的肚子里，与他人无关！"

呵呵，他还是想说小鱼不是他的女儿吗？

那天那声脆生生的爸爸，将她所有的希望和侥幸都震碎，可是他什么都没有说，他就那样俯下身去将那个叫他爸爸的孩子抱起来轻哄，是她看错了吗？还是她记错了？

季莘瑶哑然失笑。

她已连争执都不愿，更不愿去追讨任何的缘由真相，对她来说，这一切都已经够了，她不需要再被雪上加霜。

"你脸色很差，进来，我叫医生。"他不容分说地便要将她拉进门。

季莘瑶却是终于发了狠，用力甩开他的手，却是眼前蓦地一黑，身体隐隐摇晃了下，她顿了顿，勉强着自己站稳，不让他看见自己更多的憔悴，转身躲开他的手，转过眼看着他一脸的严肃，冷笑着说："顾南希，你真虚伪！"

话落，便冷冷看了一眼他紧皱的眉头，转身便走。

近来她因为新工作在公司奔波，加上之前胎气不稳，重新开始的生活一时间不太适应，就算有去诊所开中药。但是那种小诊所的中药也不知道是真是假，也不知道开的配方是不是对她没什么用处，她只觉得最近身体很乏。

有时候早上刚刚起来时都会一阵晕眩，或许是因为这一个月以来，白天很精神，可是晚上却整夜整夜都睡不好觉，总会做太多噩梦的原因，她最近的精神已经到了紧绷的地步。

所以，她想平静，她不想再受到任何刺激，更不想再看见这个虚伪的男人！

她冷漠地避开他的手，亦不去看他的表情，头也不回地大步走到电梯前，按了向下键，等着电梯快点上来，在心里企求着顾南希能放过自己，还她一方安宁，如果要付出代价，那她也甘愿。

电梯数字不停地变化，还好他所住的楼层并不高，只是眨眼间门便开了，她一刻都不停，直接抬步走进去，却是前脚刚跨进电梯，便忽地感觉一阵黑暗袭来，人便毫无预兆地倒了下去。

"莘瑶——"顾南希焦心的呼喊与周身跌入的一片温暖是她坠入黑暗前最后的意识。

第三章　方向

眼皮很重，费了很大的力气也没有睁开，直到终于察觉到一丝光亮，鼻间是一股刺鼻的消毒水味儿，季莘瑶勉力睁开眼，入目便是一片空荡的素白。

医院？

她猛地下意识地抚上自己的小腹。

"你醒了？"一道声音在病床边轻响，须臾便有人伸来一只手，将她身上的被子提了提。

季莘瑶转过脸，看见坐在床边的是季修黎，才吐了口气，双手仍是覆在小腹上，眼里有着急切的疑问。

季修黎见她这副表情，知道现在对她来说，除了这个孩子，也没什么是能让她如此紧张的了。便抿了抿唇，淡淡道："孩子没什么事，主要是你自己，医生说你贫血，精神衰弱，加上胎气一直不稳，险些因为这些而先兆流产。"

她愣了愣，缓缓坐起身，环顾四周，见这是一间封闭性不错的 VIP 病房，再看看病房里的其他设施，她才咽了咽口水。

修黎见她渴得说不出话，便起身给她倒了杯温水，递过去，看着她靠坐在床头，大口大口地喝着水。

"你这一个月是不是都没有睡过一场好觉？每天都睡不好？"他一边看着她一边冷声问。

莘瑶喝过了水，舒服了许多，抬起手用衣袖擦了擦嘴，刻意绕开他的问话，轻声说："我睡了多久？"

"昨天晚上被送来医院，我是早上赶过来的，医生给你打了少量的镇定剂，只为让你睡得安稳，现在是下午。"他接过水杯，眼神有些发凉，似是想对她发火，却见她脸色苍白，而终是忍了又忍："你胎气不稳，最近情绪被你强行压制，导致长期夜里失眠，精神过度衰弱，短期内不能受到任何刺激，你需要平静。季莘瑶，你怎么把自己折腾到这种地步？"

他顿了一下，才又说："他刚离开不久。"

她明白修黎口中的"他"是谁。

季莘瑶转头，看向窗外，窗外阴雨连绵，看不到半点阳光。

他在她醒来之前离开是最好的，至少她的心绪不必有太多的起伏。

季莘瑶也只是一个凡人，论是再强大的内心，仅仅一个月的时间也无法愈合得完整，何苦把大家都逼到如斯境地。

顾南希昨天从头到尾都没有解释一句，他终究还是懂她的吧，他知道在那样的伤害下，无论他口头上怎样的解释也抵不过那些深切的伤，就算他会学着琼瑶剧里那些男人握着女人的肩膀摇晃着去呐喊去解释，一边摇晃一边说："你听我解释啊你听我解释啊，其实是有原因的，我这么做是因为什么什么，我怕以后我们不能坦然地在一起，你原谅我吧原谅我吧"……

当然，她知道他不会这样说的。

顾南希永远都是顾南希，他不会为自己犯过的错去凭空解释，因为错了就是错了，他如果一开口便将自己撇干净，那也就不是他了。

其实她知道，她都知道。他不会平白无故地这样刻意去伤害她，他一定有他的苦衷有他的缘由，可是新欢旧爱，我们不能全都要。很多东西我们总是要付出一大笔学费，才能学会，就算已经是活到你我这般年纪。

这时手机响了，修黎拿起她的电话，看了一眼上边的一串号码，拧了拧眉。

季莘瑶转过头看着他，见他是要挂断，便伸手过去："给我，我接。"

修黎看她一眼，没有想把手机给她的意思。

"总要有个了结不是吗？"她面容憔悴，却是眼神依旧晶亮如昔。

修黎顿了顿，将手机递给她，莘瑶看了一眼那上边熟悉的号码，笑了笑，便接起，甚至不等电话彼端的人开口，便笑着打了一声招呼："顾总把我送来医院，现在又打电话过来慰问，这可让我怎么承受得起？"

"莘瑶。"

"算了，顾南希，其实我觉得我们做朋友也挺好的，想想我能有一个顾先生这样的好朋友，以后无论我在哪里，在做什么，都会觉得特有面子！你不会是以为我难过，在不想我情绪因为你而受刺激所以离开后，想打电话过来安慰我吧？呵呵，不用这样。一面之缘后就可以是未婚夫妻，见面不过两天就可以谈婚论嫁，两三个月就可以上床，看似你侬我侬，就算爱，有多爱？你也是这么想的吧，顾南希。"

"不是！"

他的答案斩钉截铁，她却不想再谈论下去，握着电话的手紧了又紧，静静地说："顾南希，你知道我最怕什么吗？我最怕纠缠。"

隔着电话，她仍是无法看见他的表情，但是够了，已经够了。

聪明如顾南希，他怎会不明白她这番话的意思。

电话里静默无声，只有他轻浅的呼吸，她知道，他始终懂她，她在向他索要一条生路，他如果对她哪怕还有一丁点的仁慈，就该放了她。

她静静地听着他在电话彼端的呼吸，挂断了电话。

手机屏幕渐渐变暗，直到归为静谧的漆黑。

第三章　方向

57

季修黎看着她放下电话，看着她沉默的表情，如死水般的眼底："季莘瑶。"

修黎看着她，许久，才道："对不起。"

莘瑶一愣，满脸好笑地看着他："什么？"

他又说了一句："对不起。"

季莘瑶叹笑，斜飞了他一眼。

"你也只是为了保护我，你也想让我的生活回到最初的轨迹，不想再被任何与我们无关的人走进来打扰，你的初衷是为我，我怎么会怪你？"

这是她第一次听见季修黎道歉，为一件其实和他并没有多大关系的事。

但是这份安慰，对她来说，已算弥足珍贵。

由于还有一个多星期临近春节，公司举办了一场年会，但是众人玩得还是不够尽兴，于是娱乐部和商务部的那几个女人去缠着她们亲爱的陆总编带她们继续去别的地方玩一玩。

于是当天晚上，娱乐部与商务部的小 party 便定在了陆寒在 F 市的那栋复式公寓。

要说女人真的嗨皮起来，一点都不比男人逊色，季莘瑶不想去，但是你知道的，她这个人其实对自己喜欢的朋友那是很怜香惜玉的，小铃揪住她不让她走，就这么一揪，她没办法了。

她们买了很多很多东西，十几个女人一起去了陆寒的复式公寓，说是来这里狂欢其实是假，主要是这群色女很想观察观察自家领导的窝。女人天生就是这样无聊，最能在无聊中找到乐趣，还能满心欢喜得跟什么似的。

因为公司的年会是白天举行，所以晚上到了这里时，外边刚刚华灯初上，里面却已经被几个女人折腾得四处拉上窗帘暗下来，桌上用玻璃座装水，里边飘浮着一小盏烛火，匠心别具。

小铃她们喜欢烈酒，来之前买了伏特加，季莘瑶趁着她们正嗨，独自拿了一杯柠檬汁坐在沙发的角落里看着她们疯。

那几个女人空坐无趣，拽着陆寒玩猜拳，小而精致的客厅水晶台上一台电视里正播放着歌，他们开始摇骰子，季莘瑶发现自己很久没有这样精力旺盛过了。

电视里不知什么时候换了一首舞曲，有两个特意穿得很妖娆的化了浓妆的女同事去拉着大伙一块跳舞。小铃拉季莘瑶起来，季莘瑶很坚持地拒绝。

窘，跳舞这种事情，她还是别出去丢人了。

最后她们又是拉着陆寒去的。

三十五岁的男人，虽仍算是正当壮年，但毕竟也不似二十几岁的小伙子那样爱折腾，见他眼里有着无奈，却又被一群女人拽着不得不陪着大家尽兴，季莘瑶坐在沙发上一边啜着柠檬汁一边笑，啧啧，果然领导不是那么好当的。

季莘瑶忽然觉得自己开始老了，对这种太过吵闹的环境已经不是很适应了。

去桌上抓了一把葡萄干和那群女人买来的爆米花之类的小零食，边吃边看她们跳舞,发现一个不争的事实,唔,陆寒这位大叔……虽然离过婚,年纪大了点儿,但是身材还不错,人也很平常很谦让着手下这些小丫头,如果真有哪个他喜欢的女人能嫁给他,他应该会很珍惜疼爱的吧?

不是说二婚的男人是个宝么?这种传言也不知是真是假。

一曲终,他们坐回来,有两个人在他这公寓里楼上楼下的找洗手间,莘瑶起身,将沙发让给她们,端着柠檬汁,站到阳台那边去,一个人静静地喝着果汁。

忽然感觉到身后有人靠近,她回头,见是陆寒手里拿着一杯杰克丹尼走过来:"怎么?一直只喝果汁,今晚不想喝酒?"

"你忘了?我前几天刚刚生了一场病,医生叮嘱过,不能喝酒。"季莘瑶笑了笑,随便扯了个理由。

他点点头:"怪不得,那,你喝你的柠檬汁,我敬你一杯?"

说着,他提起杯对着她。

莘瑶抬杯与他轻轻一碰,共饮了一杯,然后便假装是有些冷了,不想再这样单独在阳台上共处下去,打了个哆嗦,便做势要走进去。

手臂却忽然被他握住,她一愣,回头看他。

陆寒缓缓地,缓缓地靠近她,她警觉地想要向后闪,他还是深深地凝视着她,靠过来,与平日那个和善的好说话的陆哥不同,现在的他仿佛是一头想要逮准猎物的猛兽,不给她一丝退却的余地,目标亦是很明确,他盯着她的唇,俯首便要吻下来。

季莘瑶心头大惊,本能地忙用力甩开他的手,又怕他扑过来,急急向后连退了两步,她的表情在夜色下显得很是尴尬,但拒绝的意味却很明显,她举起酒杯放在胸前,借以挡开两个人的距离,是一种自卫的状态。

见她这么排斥,陆寒仿佛有些失落,却终也是叹笑了一下:"抱歉,是我冲动了。"话落,他非常正经地又喝了一口杯中的酒,对她示了一下歉意。

莘瑶这才放松下来,摇了摇头:"没事,陆哥喜欢开玩笑,是我反应太大了。"

"我没开玩笑,莘瑶,我们在工作上默契,生活中必定也会十分默契,就算是在一起,应该也不会很突兀,我喜欢跟我合拍的女人,而你的自信和个性还有种种收敛锋芒甘于平淡的性格,都深深吸引我,希望你能考虑一下,考虑我们的关系能不能更进一步。"他忽然说。

季莘瑶抬手将一缕发拨至耳后:"陆哥,我觉得我们……"

"我很好奇,你前边这半年多在G市,究竟发生过什么,怎么会去了半年又回来,我记得那时候你说你有一个男朋友,你是去找他,可现在,你应该已经是单身了吧?"

季莘瑶叹了叹,终于毫不犹豫地向他讲了这一段故事,她在G市大概发生的一切,关于那个所谓的前男友,关于那半年的一些大概,关于她在丰娱媒体商务部的一些工作和见闻。

当然,另外的一些人一些事,被她刻意隐去,只字不提。

原来过往的故事她也可以这样含糊地带过,那被她隐去的一切便也就是仅有

第三章 方向

少数人知道的过往，在 F 市，那些，终究也可算是烟消云散。

"莘瑶？莘瑶？"陆寒拍了拍她的手，"想什么呢？怎么讲讲故事倒是你自己先愣神儿了。"

她淡笑："没事，就是想起一些回忆而已，没什么好提的。"

"我和你可不一样，我念旧，季莘瑶，前边两年你在我身边让我觉得一切都得心应手，那时候你有男朋友，我可以避而远之，但你现在既然是单身，应该不影响我追求你吧？"

"我……"

然而他忽然话锋一转，在她拒绝之前又提到了工作："明天和我去一趟半山会馆。"

"半山会馆？那不是平日上流之人常去的高尔夫球场么？去那儿做什么？"她不解。

陆寒又抿了一口酒，看了她一眼，才道："前几天我不是和你说过，顾总答应了我们的一次采访，最近我联系了他的特助，得知他最近都没什么时间，不过明天在半山会馆他与几位领导一起去打高尔夫，趁着他明天的空闲，可以简单地采访几句，顾总可不是什么平常的人物，就算只采访到几句，也足够我们晚报这个星期销量攀升的了，绝对不能错过。"

"还有，你这次可不许再莫名其妙地转身走开，上次在酒店门前你忽然那么不懂礼貌地直接走了，我还以为你是怎么回事，后来才知道你原来是身体不舒服，当晚直接住进了医院，这回身体应该没什么毛病了吧？千万别给我出什么差错。"说时，他在她额头上轻轻一点，倒是很耐心地叮嘱。

季莘瑶直截了当地拒绝："陆哥，我担心自己真的会出什么差错，你还是叫李姐跟你一起去吧。"

陆寒一顿，看看她："你怎么回事？以前可不是这样的，有这样的好机会你自己不把握住，难道连机会也要我再给你创造第二次？"

"我怕自己会紧张，那种阶层和身家是难能一见，陆哥，我要是跟你去，肯定是拿不出手的，何况还是去高尔夫球场，如果他们一时兴起让咱们陪着玩一会儿，我这种连高尔夫球杆都没有碰过的人一定会丢人！"

"不是还有我在吗？无论任何状况，我都会帮你的。"他对她眨眨眼，是让她安心。

"但是我和那几个老总连面都还没见过一次呢……"她急忙继续找理由。

"好了，大家都在里边等着呢，明天的半山会馆，你必须来，你要是不去，我算你旷工，小小年纪连机会都不会把握，我当初怎么就没发现你这鬼丫头也有迟钝的时候。让你去就去，别让我说太多。"说着，他又在她额头上点了一下，转身便走了进去。

"陆哥！"季莘瑶转眼想叫住他，可他人已走进去，不给她拒绝的机会。

里边依然嗨做一团，她也只好不再坚持。

没一会儿商务部的另一个女同事琳琳过来拉住她说悄悄话:"莘瑶,陆哥是不是也让你明天去半山会馆呀?"

季莘瑶狐疑地看看她,点点头。

琳琳很神秘地说:"你知道他为什么不想带李姐去吗?李姐是咱们商务部的老人了,但是据说李姐的丈夫是某某报业现任的主管,一直想在咱们这边挖墙脚,李姐现在其实就是在借着咱们公司的条件然后与各领导搞好关系,陆哥现在可正防着她呢,这次见顾总,他绝对不会让李姐去的,绝对不可能让她插手。他之前说让我跟你一起随他过去,你到时候可要多照顾照顾我呀,一定要分我几条。"

原来是这样,怪不得商务部里现在有李姐这样的能人,却始终不提拔上来,连这样的重要采访也不让她干涉,所以陆寒并非是对自己完全的私心,这也能让自己释怀了许多。

隔日,半山会馆。

这一天是F市近来难得的好天气,天气颇暖,晴空万里。

因为与平时的工作不同,季莘瑶也不想自己穿得太束缚让在场的人都跟着拘谨,便在琳琳打电话过来时的建议下换了平底布鞋和一身简单的运动装,满头长发盘起,难得的因为不用坐办公室而脂粉未施,清清爽爽地便出了门。

乘陆寒的车到达半山会馆,下车时抬眼看向前面由半山会馆特意修建的一条颇有意境的山路,在看见不远处的停车场上停放着那辆高大而熟悉的黑色路虎时,她抿着唇,听着琳琳在陆寒身边雀跃地指着四周的各处风景在说话。

这里是F市难得的一处美景,前几年被市领导花了三个亿盘下来修建了这么一处高档奢侈的会馆,里边设有马场游泳池健身馆棋牌室茶室高尔夫球场等等设施,唯高尔夫球场也颇负盛名。

正因为这里,所以F市虽然只是一座二线城市,却仍旧吸引着各省市官员与富商来此一聚。

下午的采访是三点钟开始,她们下午一点就到了,陆寒代表着他们报社,与几位领导打了招呼,也谈论了一些过往的问题。

直到他们被带进了高尔夫球场那边,季莘瑶走进休息室,转头看向窗外广阔的球场。

琳琳一坐下就激动地拉着她的手小声说:"莘瑶,莘瑶,哪个是顾总啊?"

陆寒走出去打了一会儿电话,然后进来说:"等一下,顾总他们还在球场,马上就进来,亲自给我们留了一个小时的空当。"

季莘瑶起身去了洗手间,站在镜子前整理了一下,暗暗告诫自己,要用最坦荡的心态与他相处,绝对不要想太多,既然商务报道是她的工作,今天不遇见,以后也早晚有一天会遇见,总要端正好心态,然后昂首回到休息室。

他们三个人在休息室等了大概十几分钟,也没见顾南希过来,琳琳有些急了,悄声问他们是不是被涮了,陆寒瞪了她一眼,让她别多嘴。这时有工作人员过来解

释："对不起，请等一等，顾总今天和几位领导相谈甚欢，可能要迟一些，不过我刚刚看前边，他应该过来了，马上就到。"

季莘瑶看了一眼时间，知道以顾南希的时间观念，他是不会让人等太久。

果然，这时休息室的门开了，顾南希走进来，苏特助跟在他身后。

他着了一身白色的休闲服，偏运动款式，脖子上挂了一条白毛巾，整个人褪去平日的严肃沉稳，一身透一抹运动过后挥洒淋漓的轻松闲适，似是刚去洗过澡，濡湿的墨发晶莹黑亮，穿着印有半山会馆 VIP 标志的拖鞋，走进来便很客气地与已经起身相迎的陆寒握了握手，仿佛很是抱歉地说："让你们久等了，我刚和几位朋友聊得差点忘记时间，匆匆洗个澡才赶过来，没有耽误你们吧？"

说完，南希又转头对琳琳和莘瑶点了点头，目光落在季莘瑶脸上时，没有刻意的停留，在莘瑶和琳琳忙微笑着也向他点点头时，他便淡淡地重新将目光移开。

"哇，好帅哦，怎么会有这么年轻的老总。我确实听说过顾总很年轻，但是我没想到是真的啊，他看起来根本连三十岁都不到嘛，但是这气场，天呐……"琳琳转过头，小声地在季莘瑶耳旁嘀咕。

旁边一个工作人员听见琳琳这花痴样，不由笑着在一旁小声说："顾家是几代军人世家，百年来劳苦功高，享国家一级津贴和待遇，顾家的企业更是国内数一数二的商业巨头，顾总当然不是一般人了。"

琳琳更是激动了，转眼看看那一脸得意的仿佛知道许多小道消息一样的工作人员，同时又扯了扯季莘瑶的手："莘瑶，你怎么不说话呀？"

季莘瑶笑了笑："就听你在这边激动了，我说什么话。"

这时，顾南希随手扯了一张凳子坐下，看了她们一眼，又看看陆寒，轻笑道："不是要采访么？"

陆寒拿了两份资料过来，在工作人员同时送上前的凳子上坐下："这两个丫头是我们商务部新添的血脉，正在培养中，今天的采访由我来，她们在旁边打下手，这样……不妨碍顾总什么吧？"

"不妨碍。"顾南希笑了笑，举了烟盒过来，停了停，似是看了一眼季莘瑶的方向。

陆寒和琳琳以为他是看有女士在场，而以眼神在问她们能不能抽烟，陆寒笑道："您抽，她们不会介意。"

琳琳在后边狂点头："是的，顾总，您抽吧，我不怕烟味儿。"

季莘瑶虽然没表态，但顾南希的目光只在她的小腹部位略略扫过，便将烟盒放下："难得被采访一次，还是对你身后这两位商务报道界的幼苗爱护一些比较好。"

"顾总真是幽默。"陆寒豁然笑道，"既然大家状态都这么好，那我们开始吧，免得我们在这里耽误顾总您太多时间。"

"无妨。"他伸手揉了揉太阳穴，"难得出来运动运动，昨晚在游泳池里泡了一夜，没怎么睡，这会儿头倒是有些疼。"

"那我的采访问题一切从简。"陆寒怎会听不出来，虽然顾南希答应采访，但也是在提醒他，一切烦琐问题与敏感问题他都不会回答，所以陆寒便也挑了一些简单的问题，并不敢深入。

难得的是顾南希似乎心情还不错，一扫往日在顾氏中工作的沉稳严肃，在陆寒的几个问题下，谈笑风生，十分的健谈。

采访大概进行了一个小时，之后陆寒起身，与他握了握手："很感谢顾总能给我们这样一个独家，打扰您这么久，实在抱歉。"

顾南希看了眼外边的天色："今天天气倒是不错，你们平日坐在办公室，难得出来走走，既然来了，不如一起打几杆。"

任是谁对顾南希这样的邀请都不舍得拒绝，陆寒连忙答应："既然顾总相邀，我们也难得能到半山会馆这种地方，不过我打高尔夫的技术一般般，待会儿顾总可别见笑。"

"怎么办，我不会啊……"琳琳在后边一脸沮丧地嘟囔一句，满眼都是很想和顾总一起打高尔夫的期待感。

"不会可以学嘛，莘瑶你呢？"陆寒回头看看她们。

季莘瑶抬手抓了抓后脑勺，尴尬地嘿嘿笑了一下："陆哥，我也不会，实在不行你们去打，我在这边等你们。"

打高尔夫是不会，但装傻这一点她最会了。

果然不出她所料，一定会被邀着一起打高尔夫，只是她没想到要她们陪着一起打几杆的人会是顾南希。

不等陆寒再说什么，顾南希便将颈上的毛巾取下，扔给身后的苏特助，然后瞥了她们一眼："没关系，球场有专门的工作人员可以教你们，既然都来了，不如一起。"

说罢，他人便已走了出去。

"还愣着干什么？"陆寒似乎心情不错，脱下外套，看看满脸兴奋的琳琳和站在原地不动的季莘瑶，"难不成还打算让顾总等你们？"

"没有没有，但是我怕待会儿就算学会了也一样打不好，给咱们公司丢人嘛……"琳琳居然抢了季莘瑶刚想说的台词。

"那你打还是不打？"陆寒斜睨了她一眼。

"打！打打打！当然打！"琳琳忙雀跃着就跑到陆寒身边，抓住他的胳膊一阵摇晃："陆哥陆哥，以后再有这种好事一定要继续叫上我哈。"

说完，她回头去拉季莘瑶："莘瑶走，咱们一起过去。"

在这种情况下，季莘瑶也不想扫大家的兴，便只好跟着一起出去。

到了前面的高尔夫球场，才看见几位大肚便便的政要领导正在那边的凉棚下坐在躺椅上闲聊，还有几个人正在打着高尔夫，季莘瑶随着陆寒他们走过去，远望了一下这高尔夫球场的面积，简直为之咋舌。

没一会儿顾南希走来，他已换了运动鞋，头发干净清爽，拿了条毛巾过来，随手再次搭在脖颈后，没有去看季莘瑶她们，却是叫上陆寒一起过去。

63

就在琳琳纠结着要不要一起跟过去时，有两个半山会馆的工作人员过来，请她们去旁边，又递给她们两只球杆，说他们是顾总叫来教她们打高尔夫的。

季莘瑶让琳琳先去，她坐在凉棚下，喝着淡淡清香的花茶，抬眼望着在这种天气却仍绿草萋萋的宽广的草坪，也许这种地方真的能愉悦身心，怪不得人们常说高尔夫是一种高雅的运动，她曾经一直以为这是只有暴发户才会认为的高雅，只有那些大肚滚滚的官员才会喜欢在这种地方卖弄点技巧，结果没想到，此时坐在这里，她才明白，打高尔夫这种运动不是剧烈运动，不会在闲暇时反而让自己更累，且确实可以愉悦身心，加之高尔夫球场往往都面积不小，这样开阔的视野，真的能让人心情很放松。

这时旁边有一个老人送上来一盘梨子，季莘瑶转头看看那老人，见他胸前挂着的工作牌上写着"半山会馆果园"，看来这里应该还种着天然的蔬菜和水果，她对那老人笑笑："谢谢。"

那老人笑着说："很少看见来这里的小姐像你这样喜欢安静地坐在这里看风景，这是果园新结的梨子，现在天气冷，也只有苹果和梨子这些东西，等到夏天的时候就会有西瓜了。"

季莘瑶禁不住说："果园很大吗？"

老人点点头："是很大，比这高尔夫球场还大一些，因为种的东西比较多，平日里这些领导和富商因为应酬，山珍海味吃了太多，偶尔就会来F市，来咱们半山会馆吃吃素食，那些菜都是我们亲手种下的，没有农药，无菌无毒无公害，水果也一样。"

季莘瑶低头尝了一口梨子，对那老人笑了好半天："很甜。"

老人笑了起来，露出洁白的两排牙齿，仿佛带着一种很有成就感的骄傲。

"这梨子啊，有甜有酸，但是酸酸甜甜的放在一起吃才好，甜多了腻，酸多了会难过，所以这样的搭配才是吃梨子最佳的一种感受。"

"确实是这样，甜多了会腻，酸多了会难过，牙都会掉。"她笑，"不过这个梨子就算是甜的太多，应该也有很多人喜欢吃，因为确实很好吃，看来以后我要是有时间，也要试着自己种水果蔬菜，吃起来一定更不一样。"

老人笑呵呵地走了，在旁边躺椅上的几个不知是哪里的官员看着她，因为这棚里只坐了一个女人，便有人坐起身来，似是想搭讪，但又碍于她似乎是顾总叫来的人，而只是看着她，犹豫了一下，才正欲走过来："不知这位小姐……"

这时琳琳忽然跑过来，拽着刚吃了半只梨子的季莘瑶起来："哎呀莘瑶，你陪我一起，这玩意儿太难学了，我打了半天也进不了洞，根本连几米都打不出去，你快来陪我，我们一起玩嘛！"

"好好好，你等一下。"季莘瑶无奈，随手将桌上那半只梨子拿起，走到前边的球场时，因为手里要拿着球杆，只好将梨放在嘴里叼着，过了一会儿，便一边吃梨，一边看着那个工作人员在她面前做示范。

"莘瑶你看呀，这个球杆我就不会弄，别扭死了，怎么握都觉得别扭。"琳琳在一旁挥着手里的球杆,"你看他们打得多顺手!哎呀,你看那边,陆哥和顾总在比球呢。"

工作人员过来让莘瑶过去自己先试一试,莘瑶扔下梨核,走过去,握着球杆,盯着前边为初学者设下的一个比较近的球洞,盯了好半天,还是瞄不准方向。

这时工作人员走上前,戴着手套,手把着手教她,这样让她打了一杆,结果她手下力度不稳,那球还是飞得没多远,和琳琳的成绩差不多……

"没关系,这个要耐心,慢慢来。"工作人员笑了笑,继续手把着手教她拿着球杆的方式。

季莘瑶低下头认真地学。

"我来。"身后传来一道声音。

空旷的草坪,清新的味道,让她难得能这么静心地想要去认真学一样东西,只是一直握在自己手上的那双戴着手套的手忽然移开,接着是一只温暖而熟悉的手将她覆住,那属于顾南希的熟悉而独特的馨香在身后蔓延开来。

顾南希不知什么时候走过来,站在她身后,双手环过她的身子,直接握住她在球杆上的手,在她僵了一下的瞬间,轻声说:"别紧张,我教你。"

她低下头看着球杆,周身皆是熟悉的味道熟悉的感觉,一时间竟有些不知所措。

那边琳琳一脸的羡慕嫉妒恨,陆寒亦是有些惊异地看着他们,却是无法开口多说什么,他们却不知道季莘瑶此刻的水深火热。

她抿了抿唇,感觉到顾南希确实只是在握着她的手,耐心而认真地教她握住球杆的手法。

"高尔夫,被视作苏格兰国粹。"他一边顺手调整她的站姿一边说,"你首先要掌握高尔夫运动的技巧和规则,熟悉场地上每一个球洞的长度,草坪的地形地势,甚至是现在的天气、风速。"

季莘瑶暗暗拧眉,以只有他能听见的声音说:"顾南希,你到底想干什么?"

然而他仿佛没有听见一般,依旧如一个耐心的讲师,控制着她手上的力度:"减小握杆力度,要想击出远球,不一定要非常用力。这里,你的肩部要进行大旋转,保持膝部稳定和弯曲,若基础动摇或晃动过猛,就会出现力量泄漏,从而恰当卷球的力量就越小。懂了吗?"

她咬唇,抬眼看着前方的球洞,没有按照他说的方法,反而是用力握紧球杆。

她忽然一个用力向前一挥,可那球却跑偏了许多,连四米的距离都没到,就那样在草坪上向前滚了滚。

"不是这样。"顾南希轻叹,却依旧耐心,不给她一丝反抗余地地环着她的身子,握住她的手,在她耳边温柔地说:"别把气撒在球上,你越这样,它越不会给出你想要的结果。球场如人生,很多时候不像我们表面看到的这样,场地的起伏与风向都会影响太多。"

她沉默,目光盯视着球洞,宽阔的却是起伏不平的草坪,在那么一瞬间仿佛变成一座宽广却不知归途的迷宫。

"顾总，顾总……"那边琳琳一脸不好意思地举着球杆过来。

顾南希回头看了她一眼，手却依旧环在季莘瑶身上。

"那个……顾总，我也不会，你一会儿可以也教教我吗……"说完，琳琳就红着脸，笑得满脸期待。

"可以！"说话的不是顾南希，而是季莘瑶，她直接开口替顾南希答应这一请求，便欲借着这个理由从他的臂弯里挣脱，谁知她刚挣了一下，便陡然被他按住，竟不让她挣开。

顾南希不动声色地看她一眼，须臾转头看向琳琳，笑了笑，却是没说什么，以眼神示意那两个工作人员过去教她。

见那两个工作人员走向自己，琳琳暗暗噘了噘嘴，却是什么话都不敢说，满脸羡慕嫉妒恨地看着顾总那样温柔地环抱着季莘瑶教她打球的样子，低下头，没什么精神地去了旁边的球道。

莘瑶转头看着琳琳那边，暗暗又挣了一下，却又不敢有太大的动作惹人起疑。

"我们继续。"耳边是顾南希平和的声音，他轻轻拍了拍她的肩："这样，肩部旋转的方向大一些。"

在凉棚下的那几位领导都站起来，正站在那边朝他们这边看，陆寒亦是拿了瓶矿泉水，站在那里一边默默地喝水一边看着他们。

眼下这种境况，她挣扎也不是，骂也不是，推开他直接走人更不是，他是吃准了她现在进退两难，是逼着她在这里学会打高尔夫，还是强迫着她这样待在他怀里？

她吐了口气，脸色难看地低声说："学就学。"

说完，就直接按照他说的方式，旋转过肩部，上半身旋转向他，却是刚一转过去，就看见他眼中那份柔和的一如当初的笑，她一顿，握在球杆上的手更是紧了紧。

"手抬起来。"他将她握着球杆的手微微抬起，调整着她手腕的力度："看好球洞的方向，控制好力度，不能太用力，也不能太轻，这样，对。"

季莘瑶本来是不紧张的，但是看着顾南希那认真教她的样子，她难免开始紧张起来。

她竟然……竟然怕在这个混蛋面前太丢人……这是什么心态！

见她保持着手握球杆的姿势不动，顾南希的眉宇微微一挑，笑看着她："你想站成一尊雕像等我抱回去么？"

她抿唇，无视他这番玩笑话，深呼吸一口气，这才决定打一球试试。

挥动球杆的刹那，她紧盯着地上的那枚小白球，仔细看准了距离和风向，轻轻向前挥了一下。

小白球在绿莹莹的草地上抛出一道优美的弧线，直到落在球洞边缘，眼看着那球就要进洞，却在旁边滚了两滚，似是要被风吹开，就在她瞪着眼睛朝那边看时，本就刮得不是很大的风渐渐归于无声，小白球乖乖地滚进球洞。

她笑，转过脸，眼中是因为第一次学会打高尔夫的喜悦。

却是骤然对上顾南希很是欣慰的笑脸，他的眸光那么清澈，静静地向她投射过来。

只是一秒钟，她便迅速移开视线，轻微地在他怀中移动了一下身体，淡淡地说："现在能放开我了吗？"

然而他的手不仅没有放开，反而再次轻轻自她身后环住她的身子，一手握住她的手，另一手揽在她微隆的却是因为隔着衣服而看不出来的小腹，手指在她小腹上温柔地摩挲。

"你知道在刚刚那一瞬间，我在想什么？"他在她耳边轻声问。

她不语，想抗拒，想逃离，却又因为太多人在场而无法有什么动作，便只能抓紧了球杆，扭开头。

"我在想，你这一球若是进了，我就不放开你。"他顿了顿，"这球若是没进……"

他话音渐落，低眸看着她。

季莘瑶简直不敢相信自己的耳朵，猛地回头瞪他，几缕发丝自盘起的发间垂落，风一吹过，掠过他俊朗的脸颊，他的目光更是温柔得让她几乎说不出口，她咬唇，斥了声："原来你也能这么幼稚。"

他笑："你忘了？在我们初识那一天，我就说过，我也是人。"

那边琳琳终于也差点进了一球，但那一球偏偏就在球洞旁边转了一圈，愣是没进去，琳琳气得在原地一边跺脚一边气馁地低叫，更是打乱了季莘瑶此刻的思绪，她垂眸，看着他的手仍旧轻轻抚在自己的小腹上。

说没有一丝容动是假的，女人本就是感性的动物，可是她季莘瑶有记性，不愿在这样温柔的假象与牢笼中生活，她想要的平稳踏实，任他顾南希权势再大，再富有，也给不了她想要的。那场婚礼粉碎了她所有的一切，尊严、平静、理智、风度，也粉碎了他在她生命中曾经画上过的那一道永恒的风景。

那时候的顾南希就像是梦里的王子，他的笑他的温柔他的疼爱与呵护，都让她眷恋极了，可是这一个月来她每每在梦中伸手想抓，却怎么都抓不住，夜深人静时她睁着眼看着窗外，常常一夜无眠。

而这时候的顾南希仍像是最优雅的绅士，完美得无可挑剔的王子，给了她一如当初那般的温暖，或者比当初更甚。

如果现在回到季莘瑶十七八岁的时候，她或许会觉得自己真有够矫情，放着对自己这样好的男人不理，死活要闹分手，真是能作！可是现在这个二十五岁的季莘瑶，她已经没有勇气去一而再再而三地尝试了。

彼时夕阳正浓，晚蝉高歌。在她心里深埋的一根刺，就那么血淋淋地挑出来。

七个月之前的G市，那片湛蓝的游泳池边，那个随意地披着一件白色浴袍的男人，那般的谈笑风生而客气："季小姐，我也是人。"

"莘瑶，如果我想伤害你，根本不必等到婚礼那一天。"他轻声说了一句，便终于放开她。

……

"给。"

面前递来一瓶矿泉水，季莘瑶回过神来，抬头看了一眼，见是陆寒，才接过水，拧开瓶盖喝了一口。

"在想什么？一个人坐在这里发呆了这么久。"他坐下时问。

季莘瑶看了看天色，从刚刚一个小时之前打过高尔夫之后，他们就被半山会馆的那个老人留下，说是让他们在这里吃一顿晚饭再走，当时几位领导都没有带女伴，季莘瑶和琳琳是今天在半山会馆中唯一被接待的女性，所以那些领导很是乐意让她们留下，一起共进晚餐。陆寒是很会抓准时机拓展人脉的那种精明的商人，此时季莘瑶才明白，他为什么会在携自己前来时，又带上琳琳，因为琳琳是那种活泼好动又十分漂亮健谈的女孩子。

看来今天会一起打高尔夫，或者一起吃晚饭，都是在陆寒这个精明的商人计划当中的。

他想跟这几位难得一见的领导打好关系，而琳琳在不知不觉中竟变成了他手里的一枚公关。

当然因为他们算是被顾总请来的人，所以其他人也都不敢对她们怎么样。

"没什么。"她低下头，又喝了一口水。

"刚才……"陆寒欲言又止，看了看季莘瑶，"顾总教得真是细心，他没对你怎么样吧？"

季莘瑶一愣，却是转眼便明白过来，刚刚在球场上的角度，陆寒是刻意一直在看着他们，在他的角度，能看见顾南希在教她打球时略显亲密的举动。

所以，陆寒以为她是被顾总揩油了吗？所以他现在的表情似是来安慰她？

她还没说话，陆寒便道："想必他们平日应酬繁多，也是你足够吸引人，谁都喜欢和美女走得近一点，所以顾总才会亲自教你打高尔夫，你别想太多。"

季莘瑶忽然很想笑。

看看，这就是生活，有些人即便出淤泥而不染，可他终究还是身在泥沼，摆明了在陆寒眼里，她季莘瑶就是被揩油被吃豆腐了嘛。

她忍住笑："陆哥，我没想太多，应该说是你想太多了，刚才……顾总只是在教我打球而已，可能在你那边看的角度会显得太近了些。"

见她表情自然，陆寒才放心地点点头："那就好。"

没一会儿，半山会馆果园的那位老人就又拿了些水果过来，季莘瑶已经知道这位老人是这半山会馆幕后老板的父亲，这老人曾经是农民，后来就算家中富裕，也改不掉喜欢种植东西的习惯，半山会馆的幕后老板也同意自己父亲用这种方式来运动养生，就在这里专门辟了些果园菜园农场给老人负责，还请了不少人一起过来种植，之前老人来邀请他们留下来吃饭时，他就说过一会儿有时间要带她去果园看看。

"季小姐，让你久等啦，刚刚后厨那边在准备食材，我去叫人分配了今晚的蔬菜过去，忙到现在才过来，走，我带你去果园看看。"

莘瑶枯坐无聊，自然雀跃地起身和那老人一起去果园，琳琳对这些没兴趣，只跟着陆寒在这半山会馆里的其他设施场所走走。

去半山会馆的果园和农场是要坐一辆简式小车过去的，季莘瑶随着那自称简叔的老人下了车，在他的介绍下，随意地看着。

她曾在电视上看过，美国农场很大，但没想到这里居然比美国式的农场还要大，简叔问她用不用坐车在这里逛，她想走走，便徒步走在一片翠绿间，竟然还能看见对面有牛羊鸡鸭这一类禽畜，更是相信了这里吃的东西估计都是一手培养，真的没有一点公害。

此时已是下午6点，日西斜，天边只剩下一抹残阳似火，直到终于日落。

"每天在这里生活，一定会很惬意，很快乐。"季莘瑶远望着眼前的一片翠绿，心向往之。

其实很多时候，城市里再多的美景也比不上这自然的湖光山色或是一片翠绿的菜园。

"是很快乐，我们全家，包括我儿子，他平时那么忙，每个月也一定会抽出两天的时间过来帮我干一干农活儿，这样对身体健康有好处，人也会精神许多。"简叔在旁边的树上又摘了一只梨子给她。

季莘瑶接过，笑着道了声谢，只用手随意擦了两下就直接吃了起来。

"小姑娘，你不洗洗再吃啊？那边有水。"

"不用，不干不净吃了没病，既然难得来这种地方，我也不该太娇情。"她笑嘻嘻地一边吃着梨子一边往前走，却陡然看见前边的一片黄瓜架豌豆架和玉米地，都是高高立起的植物，若是走进去，恐怕转眼就看不到人影儿了。

简叔笑呵呵的："我曾经认识一个小姑娘，你长得和她很像，今天下午看见你时，我还以为你是她，结果仔细看了看，才发现年龄不对。"

季莘瑶本来只是随便听一听，但一听见他说那个人和自己很像，不禁迟疑地回头看看那走在旁边的老人。

"算算那丫头的年纪，现在也该四十几岁了，你看起来也就二十多岁，如果说你是她的女儿啊，这样我还能信。"他又笑笑，"不过说真的，她当年怀的那个孩子，现在也应该有二十五岁了，也不知道那丫头生活得怎么样……"

他走在前头，一边走一边叹息："哎，二十多年没见了。"

季莘瑶看看那老人，想起自己的母亲，她和自己母亲确实有几分相像，但是并不是很明显的那种像，除非是熟悉她母亲，认识她母亲很久的人，才会发现她们的相像之处，母女间的眉眼神态有时候真的仿佛是同一个影子。

她不禁跟过去："简叔，我能不能多问一些关于你说的那个女孩子的事？"

简叔回头看看她："怎么？你想听？"

季莘瑶咧嘴笑笑："女人嘛，大多数喜欢听故事，而且最喜欢听往事了，更何况您还说，她和我长得很像。"

第三章 方向

69

他点点头,却又像是想起了什么,又摇摇头:"那丫头曾经和你一样开朗随性,我以前在Y市也有一座果园,她还去过我那里帮忙务农了几个月,是个勤快的孩子。"

说着,老人又笑笑:"那时候我也才不到四十岁,正值壮年,和前妻离婚很久,身边只带着儿子,那时在果园和她相处几个月,很喜欢她时而温婉时而活泼的性格,只是后来她莫名其妙地怀了孕,还不肯说孩子的父亲是谁,性格又固执,没多久就独自一人离开果园,我又因为暂时忙不开,几个月都没抽出时间去找她,后来,就再也没有过她的消息……"

"那您知道关于她的其他一些事吗?我说的是,她的过去……"

简叔看看她,似是看出了什么端倪:"季小姐,你问这些做什么?"

不知不觉的,明明白天还是晴空万里,此时天色黑下来,竟下起了小雨,这雨看起来有越下越大的趋势,简叔回过神来,便回身叫车过来接她先回去,在车开过来之前,让她先站在果园旁边的凉棚下躲雨。

而夜色中,一道颀长的身影缓步而来,周围在果园里的帮工都因为雨下得太大而开始急急忙忙地收拾东西四处躲雨,人人身上都似是有几分狼狈,急匆匆地走着。而那身影走得也并不缓慢,却偏偏给人一种从容淡然徐步而行的感觉。

一刹那周围的四处奔跑的人群,翠绿的菜园与枝繁叶茂的果园都成了背景。

待到他走近,俊朗的脸与如画般美好的眉目渐渐清晰,待看清了那是顾南希,季莘瑶不禁变了变脸,即便她因为这突降的大雨而有些冷,即便那走来的人身上有着她曾经极为眷恋的温暖,她不去看他那温润如泉的视线,转开眼看着简叔:"我不等车了,先走了。"

说着,她便转身要从凉棚的另一边直接顶着雨离开。

却是她刚要迈出去,脸上湿凉一片,身上差一点被淋到,手腕便骤然被抓住,整个人便骤然被拉向一个温暖的怀抱里。

"莘瑶,雨下得太大,别乱走。"他拉住她,将她直接扣在胸前。

她蓦然回头,看着那撑着雨伞的男人,在雨帘中晃过的半山会所果园几盏小灯的照耀下,灯光勾勒,竟如此的使人目眩神迷清俊佳绝。

"下雨而已,我没那么娇贵。"她直接推开他,转身便走。

她不能再这样下去,再这样下去她会疯的,理智和情感的拉扯,她从来不知道原来他在她心里的影响力已经超出她本来的想象,只是这样的一个拉扯间就会被牵动心弦,再这样下去她一定会弃守,她一定会重蹈覆辙!

"你放开我!"她在他抬起手要拦住她的同时甩开他。

"莘瑶!"顾南希皱眉,一手便将她拦住,清越的声音在她耳边耐心而严肃:"你不能着凉!别闹,跟我走!"

他的语气他的表情无一不隐示着他的关心与心疼,似是怕她这番折腾下真的淋了雨,直接将伞举到她头顶,在凉棚的一旁就这样为她撑着伞,又同时褪下外衣披在她身上:"这种天气下雨很冷,你穿得太少,等等我叫人给你准备两套衣服。"

"顾南希!收起你的温柔,我不需要!"她几乎咬牙,用力地想推开他,他却是有意箍紧了她,"我们已经没有关系了!你别这样好吗!你顾南希什么时候变得这样拖泥带水,一个单萦前女友不够,现在还想跟你的前妻纠缠到天荒地老是不是!"

他皱眉:"我和单萦没有任何关系,包括小鱼!当然,如果你肯听我的解释!"

"有什么必要!顾南希,你知不知道彻底粉碎了我对你的那一份期待的是什么?就是那个孩子对你叫的那一声爸爸!那时候你在做什么?你俯下身去把小鱼抱在怀里轻哄!如果她不是你的女儿,你何故要做到这种地步,一直欺骗我就真的很好玩吗?顾南希我到底是什么时候得罪了你?还是我欠了你什么?你凭什么这样对我?"

她没有哭闹没有嘶喊,只是一个月以来她深藏在心底的不甘与愤恨在这一刹那全部汹涌而出,她冷冷地一字一句地质问,双眼始终盯着他的脸:"我以为最惨不过是在酒店看见你和单萦在一起而已,可是那个孩子……她叫你爸爸……"

"顾南希你告诉我,我要有多无坚不摧才能忍受你对我这样的欺骗和伤害!如果我阻碍了你和单萦什么,好啊,我给你解脱,那份离婚协议是我送给你们一家三口的礼物!可你为什么不放过我?是不是你看我这辈子饱受欺凌就真的以为我季莘瑶那么好欺负!你一定要这样对我吗?啊?"

他的目光在雨夜中温和而清亮,就这样静静地看着她终于破闸而出的发泄。

"还是你顾南希也一样玩世不恭,你觉得玩弄我的感情很好玩是吧?你还没有玩够?你非要我遍体鳞伤把全身的刺都拔干净才肯罢休是吗……"

话音未落,他便陡然将她用力抱入怀里,凉棚中不知何时只剩下他们两人,雨伞落在两人脚边,在寒风下和着雨水的泥土中翻滚,俯首在她冰凉的耳边轻吻,轻声说:"终于肯发泄了是吗?"

她僵站在那里,不动,鼻间全是他的味道。

那时候,这个男人就像是真的深深地爱着她,他在耐心等着她发泄,等着她的眼泪夺眶而出,等着机会,要抢尽一切先机地将她努力封锁的心防撬开,这种感觉真的太可怕,她不想让那颗心渐渐变得血肉模糊!

可他总是在最恰当的时候出现!

"原来你是来找骂的?"她任由自己的身体被他抱着,任由他的手臂将她牢牢按进他怀里,却是自嘲地一笑:"我骂过了,发泄过了,你舒服了是不是?"

"顾南希,我用了一个月的时间想通了许多,我们两个始终都不是一个世界的人,无论身份地位还是一切的一切,我在你的身边只会给你太多的麻烦,而你也只会给我带来无尽的压力与束缚,其实这样很好,一拍两散,我们本来就是陌生人,我们都是成年人,不过是半年的时光罢了,或许一眨眼就可以忘掉,我都可以这样洒脱,你又何必不肯放了我,放我一条生路吧!"

"你的一切,请你带走,带到需要的人身边去,至少我不需要,我要不起!我——"

话音骤然被止住,顾南希俯下身,长腿逼近,低下头狠狠地压住了她的唇。

第三章 方向

唇瓣与唇瓣之间的贴合直至辗转吸吮，她瞪大双眼，抬手拼命地抗拒，却被他牢牢地锁在怀里。一向理性的顾南希，斯文的顾南希，她无论如何也想不到他会这样吻住她，因为她毫无防备，那毫不犹豫地侵入她口中的灵巧的舌，就这样长驱直入，炙热又仿佛不知节制地攻城略地，在她唇中缠绵，肆意地来回扫荡。

"唔……"莘瑶几乎喘不过气，又无法挣脱，眼中一片眩然，心却仿佛在刹那间裂开一道深深的口子。

他的气息仿佛通过这一切而传到四肢百骸，更是抽走了她全身的力气。

不知过了多久，混沌中仿佛有雷声响过，这雨终是越下越大，小小的果园中的凉棚仿佛都已遮不住这漫天的大雨。

终于他放开她。

看着她气极的眼中已泛起氤氲的水雾，却是死咬着唇，满眼悲愤地不肯落下来，他轻叹："小鱼在两年前患了脑肿瘤，久治不愈，在我几个月前见到她的时候，已经恶化。"

季莘瑶清秀的面容在昏暗的天色下刹时有些发白，澄澈的眼有些愣然地看着他。

他将披在她身上的外衣向上扯了扯，将她裹住，不让她吹到一丝冷风，眼中是一抹清泉一样温暖的目光："在小鱼第一次开口叫我爸爸时，我像你一样震惊过，我没有四处认干女儿的习惯，也没有你说的那样博爱，每个人都有自己的原则，或许我的原则比任何人都更多，我更不想单萦借着这个理由而让你我的关系走入僵局。"

"那时在单老的接风宴后，独自在酒店里的小鱼忽然发病，因为她是单老的曾孙女，酒店负责人联系到我，我和单老他们一起赶过去，将她送到医院时才知道她是恶性脑肿瘤，仅余的生命最多还有半年。单萦自从离婚后，联系不到小鱼的爸爸，而小鱼得病后一直很想找到爸爸……"

说时，他薄唇轻抿，眼中终是一抹歉意："我知道这种事情放在任何人身上都会介意，何况以我和单萦过去的关系，所以有两次我临时送小鱼去医院时，我隐瞒了你。而当小鱼再次开口叫我爸爸，我虽很抗拒，但是莘瑶，原则抵不过人心，面对一个五岁的每日受着病痛折磨却还能笑得那么开心，而其实已经将要走到生命尽头的孩子，对于这个称呼，我没有默认，也没有否认，只随她这么叫了。但无论是怎样的理由，对你的伤害终究是在所难免，这是我的疏忽和失误，你可以怨我恨我，但是别这样否定你自己。"

他抬手，将她因为刚刚挣扎时微微凌乱的发丝拨弄到耳后，即便是在如此雷雨交加的雨夜，他仍旧是那个优雅卓然的顾南希，只是他的目光带着深深的歉意，修长的手指抚上她的脸，一阵风吹起，他松软的头发微微掀起。

这时候的季莘瑶还能想到曾经就是那样的一瞥，这个足以使任何女人倾倒的和蔼谦逊的男人，高高在上而完美若神祇，仿佛这样一个纤尘不染的男人站在这里，与风雨亦仿佛浑然一体。

她想，无论她有多无法释怀单萦的存在，但若是小鱼泪眼汪汪地站在自己脚边叫她一声妈妈，她也不会……那么残忍地将孩子推开吧……

何况，还是一个在病痛中苦苦地拥有着一个"爸爸梦"的孩子。

所以，那天在小鱼面前，他无法当面否认，过后要对她解释，而她却已逃之夭夭？

可是……

又能怎么样呢？

曾经的一切皆在当日G市那仿佛时光隧道的街头被抛却，那些温柔在如梭的时光中渐渐退后。

也许他们都错了。

无论如何，终究他们始终都没有完完全全地信任对方，一如她不愿在他面前提及往事，一如他不想她误会而隐瞒小鱼的事情，顾南希是个完美得可以掌控一切的男人，他知道怎样才是最好的方式，甚至他给了她那么多的美好与信任，其实他的心里是真正的信任，还是仅仅给予的信任，这或许没有答案。

其实，他可以早早告诉她，这样又怎会走到今天这一地步……

她抿唇，冷静地看着他："谢谢你解开我的心结，那道我始终想不通的问题，终于有了答案。现在，我可以走了吗？"

仿佛他早已预料她不会因为这样的解释而原谅什么，可他却终究没有因为她渐渐平静下来的冷漠而有丝毫的退却。

此时此刻季莘瑶忽然觉得自己很刻薄，她冷眼看着他，斑驳的雨夜，昏暗的只有几盏微光的凉棚，她冷眼以对，他仿佛能包容她的一切情绪，耐心而坚定地看着她。

她知道，那天在婚礼上或是婚礼前夜，一定有什么牵绊住他的东西，或许是小鱼，又或许是其他原因。

她也知道，他不会刻意地去伤害她。

那场婚礼是顾南希筹划已久，他答应给她的幸运给她的婚礼，也许是命运的齿轮交错，又也许是那天站在众人各异目光下的新娘终究不堪重负。

两个世界的人非要挤在一个世界，于是整个世界都开始变得狭小，包括她这颗心。原来她也不过是个俗之又俗的女人，在付出了真心之后，不过也只是想要一个安稳，想要一颗独属于自己的完整的心。

贪婪吗？或许吧，可哪个女人不贪婪。

谁说人生不能戏剧化？其实人生多可笑。

她不得不承认单萦那么久以来在她身上做的一切都成功了，终于在那一天让她彻底地爆发，无论单萦是想借着孩子争取，还是只是她多想，终究，她成功了不是吗？

她将身上的外衣扯下，还到他手里："衣服还你，伞借我，谢了。"

说罢，她便骤然俯下身将在凉棚里被风吹得翻滚的雨伞拿起，举过头顶，她

知道他在看她，始终在看着她。

可她，仍是头也不回地独自走开。

季莘瑶一路打着伞回到半山会馆前的别墅，虽心中并不平静，但理智仍在，她回头看了一眼天色和这雨帘，将伞交给旁边的工作人员："顾总在菜园那边，他的伞借我了，你们去接他一下。"

"好的。"

直到工作人员拿过伞又叫人开车去接他，她才扭头快步走进去。

却是刚一走进去，便赫然撞到一个人的胸口，那人扶住她的肩："莘瑶？我正要去接你，之前听你说要去农场那边，等了你半天以为你被雨挡住回不来，你怎么回来的？有没有着凉？"

莘瑶摇头，抬手将陆寒扶在她肩上的手扯下："我没淋湿，怎么样，晚饭开始了吗？吃过后我们就可以走了吧？"

陆寒指指外边的天气："先不说现在天黑了，又下这么大的雨，半山会馆在山上，雨天路滑，没办法开车，我们今晚要在这里住一晚，明早走。"

"明早？"季莘瑶转头看看外边的雨，目光滞了滞。

这种天气确实不方便下山，那简直就是不要命了。

窗外的雨还在下，季莘瑶在半山会馆工作人员那边拿来一身厚实的衣服换上，站在窗前看着外面漆黑的天色，看着落地窗外的地面，那下得几乎冒起阵阵白烟般的瓢泼大雨。

不知站了多久，半山会馆的晚餐时间终于到了，她转身出去，在工作人员的指引下去了餐厅。

虽然今晚会留在这里住，又虽然是顾南希邀他们留下吃晚餐，但毕竟那么多重要的人在，她们几个报社的人再怎么样也没法和他们共坐一桌，何况陆寒比她们更是谨慎许多，让工作人员给他们额外准备一个旁桌就够了。

而那些人依次进了那边的包厢，直到菜上齐了，也没见顾南希的身影。

"奇怪了，顾总怎么还没到？"琳琳一直看着包厢的方向，一个领导一个领导地看，就是没看见顾总。

"估计是有什么急事没有忙完。"陆寒一边轻声说，一边给她们两人各夹了些菜："吃吧，毕竟没去里边那桌坐，你们两个可以随便放开了吃，不用矜持。"

季莘瑶一边用筷子轻轻拨弄着自己碗里的青菜，一边想着这么大的雨，刚刚他又淋了不少的雨，这会儿应该是被接回来了，应该是在洗澡换衣服吧，在她的印象里，顾南希虽然没有那些高高在上的人那种矫情的洁癖，但他很爱干净。

"莘瑶，你发什么愣呢？"琳琳点点她，"是不是下午顾总教你打球，你心跳加速，都快喘不过气来了？当时我一直盯着你的表情来着，看看你，都吓得连笑一下都不会了，人家顾总不是挺好的吗？这么帅根本就不吓人，就算官大，你也不用这样呀！"

季莘瑶撇撇嘴，笑了："是呐，吓得不轻。"

"我就说嘛，当时如果顾总是教我打球，我一定会给咱们再多要一次采访机会的！一定应付自如！"琳琳笑着继续说："其实在侧面看顾总也帅得迷死人，他怎么很少在媒体上出现啊！哦，我真是看腻了那些土肥圆和老秃顶了！"

季莘瑶"扑哧"笑出来："人家再怎么是老秃顶是土肥圆，咱们商务部不也要靠着他们吃饭，有新闻就好，至于那张脸嘛，长成什么样也不能当饭吃！"

"切，跟你这种人没法沟通，"琳琳一扭头，"陆哥我们今天晚上住哪里，离顾总他们住的地方近不近？"

这边不等陆寒说话，包厢那里就有两位政要走出来问："顾总怎么还没到？他人不到，咱们不敢开席啊。"

在包厢外的几个工作人员点点头，忙转身拿起呼叫机，没一会儿便走回来说："之前顾总似乎是去了农场那边，雨下得太大，应该是被大雨阻在农场无法回来，刚刚我们已经派车去接了，但是他们还没找到顾总。"

"农场有那么大？你们开车找人都找不到？这么大的雨，顾总难得来F市一次，别生病了才好，赶快去找！"那位说话的似乎是F市的某位市领导，眼里尽是焦急，"赶快把人找到！"

没一会儿，便又有人走回来说："农场里的车因为雨太大轮子陷了进去，抛锚了，现在已经分了几伙人四处去找，只是果园和菜园的面积太大，这雨夜里拿着手电筒也照不了多远，在果园后边就是半山会馆的后山，那边路比较陡，下雨后会很滑，这么久都找不到顾总，我们在猜测他是不是……"

那位F市的领导当即脸色大变，忙道："快去找！我也去！可千万别出什么事！后山那里不是被挡住了吗？怎么会出这种事？"

"最近果园的围栏在整修，在后山那边的围栏上个星期就拆了，现在还是空的……"

这一会儿，季莘瑶味同嚼蜡，一直在担心会不会出什么事，听工作人员这样一说，更是放下筷子，转头朝外边看去。

"这可怎么办，这雨一时半会儿都没有要停的意思！快找，多派几辆车！"

"是！"

"后山？"这边陆寒忽然低声说，"这半山会馆的后山，是当时修建半山会馆时断裂的山壁，很危险，若是失了足，那后果不堪设想。"

"不会真出什么事吧？"琳琳惊愕地看向外边，"顾总去农场干什么？"

说时，琳琳忽然把目光落在季莘瑶身上，似是狐疑了起来："莘瑶，你刚刚不是在农场吗？你有没有……遇见顾总啊？"

陆寒亦是看了她一眼。

季莘瑶瞥向她："就算有幸遇见，我也先回来了，这会儿你问我有什么用？"

说实话她很不喜欢这个琳琳那往往装无辜的样子和口中若有若无的试探和敌意。

第三章 方向

琳琳努努嘴:"我听说你是打的顾总的伞回来的呢,他要是因为淋了雨真有什么三长两短可怎么办……这么大的雨,谁能看得清路啊!"

季莘瑶被她叨叨得心烦,加上本就在担心会不会出什么事,骤然起身。

"莘瑶!"陆寒叫她。

她没理,转身向工作人员借了把伞,便匆匆走了出去。

"季小姐,现在雨太大,您还是别出去了吧!"见她打开伞便要向后边走,工作人员连忙拦住她:"现在这么大的雨,视距还很短,目前不清楚究竟发生了什么状况,季小姐您若是贸然出去,万一您一时也找不回来,我们就还要分心去顾及您,所以……"

季莘瑶一顿,见那工作人员有些为难。

但是他说得没错,这种天气,她就算出去找又能怎么样?她能比得过那几台车吗?

但是……

她不语,站在门外远望着那边,终究还是不想添太多麻烦,可心下却是不安。

既是几位领导的饭局,若是没出什么事,顾南希是绝对不会迟到这么久,也不会莫名其妙地失踪!

大概找寻了二十几分钟,仍旧没有消息,众人眼里皆有些慌了,季莘瑶站在原地,终是再次打开伞,快步走进雨帘。

"季小姐!"

这场雨下得太大,但她依稀还能记得自己刚刚走回来的时候所走的方向,便快步向那边走去,路上隐约能看见前边有些光亮,应该是半山别墅正在寻人的车辆,她向着果园的方向走,路上并不平整,磕磕绊绊好几次险些摔倒。

大概走了二十分钟的时间,她才走回到之前的那处凉棚,但棚下已全是被风吹进去的雨水,空无一人。

她顿了顿,没有打算往回走,而是更加快了步伐快步走进果园。

他们说在果园最里边的地方就是后山,顾南希该不会真的去了那边?

"顾南希!"

瓢泼的大雨噼里啪啦地打在雨伞上,她虽穿了厚的衣服,却仍被这冷风吹得直哆嗦,心下却想着他之前也并没有穿太多,那件外套也不知穿回身上没有,千万不能出事!

她不停地大声喊,一边喊一边环顾四周,却不知究竟是因为冷还是什么,声音竟渐渐满是颤抖。

仿佛是一场噩梦,一场害怕真的如自己所想那般的噩梦。

一路向前走,在终于看见那处据说是因为修理而被拆除了围栏的地方时,她停下脚步,知道再向前几步就有可能会很滑,很容易失足坠下去。

这里虽然没有什么光亮,但是果园里毕竟还是有些在地上的小灯,隐约还能看见前边这里的轮廓,如果是顾南希走到这里,他绝对不会傻到向前迈出那一步。

因为对他的了解，悬起的心微微放下些许，却仍是焦心地回头看看四周，快步走了回去。

又因为走得太急，在果园里不知是踩到哪里的石头，她蓦地脚下一滑，险些跌倒，忙抬手在旁边一棵果树下撑住身体，再要向前迈出一步，结果脚下一阵钝痛。

她倒抽一口冷气，扭到脚了！

她咬咬牙，勉强向前走了两步，终于走顺了一些，不再像最开始那样一动都不敢动，也是因为这冷风太强，吹得她脚踝上的痛楚也没那么重，便勉强一瘸一拐地向前走，左右看看："顾南希！"

走回到之前那处凉棚，她心急地正要去对面看看，一边走一边仍旧喊着他的名字。

一想到顾南希可能因为将伞借给她，而一时被雨挡在这里遇到了什么危险，她心头便仿佛被扎进一根刺，疼得她不得不努力向前走。

雷声轰鸣，完全听不到四周的声音，明知这样的呼喊徒劳无功，可是现在让她在干燥安静的屋子里等，她一定会受不了！

"顾南希——"

不远处的玉米被狂风吹得摇曳，她转身打算再去果园那边看看。

也许因为雨下得太大，地上的灯光根本不清楚，他因为看不清路，所以在果园真的……

一切可能都会有！不行，她必须再去看一眼！

却是刚一转身，身后便隐约传来一道声音："莘瑶？"

她脚步一顿，因为雷声轰鸣，以为自己是听错了，却还是举着伞猛地一回头，只见顾南希正站在玉米地的这一边，身上虽已淋湿，却没有所想象的那般狼狈，她怔了怔，心口的大石落下，忙转身要走过去，却因为转身时太急，之前扭到的脚上一阵剧痛，她踉跄了一下，在差点摔倒的刹那，手臂骤然被抓住。

顾南希走过来扶住她："这么大的雨，你又出来干什么？"他皱眉。

季莘瑶忍着脚下的剧痛，看着他毫发无损的样子才松了口气，接着就气不打一处来，猛地推了他一下："对！这么大的雨，你不赶快回去，失踪了近一个小时让所有人都在找你！你顾总又是在干什么？你知不知道因为你的失踪，F市的那几个市领导都急得像热锅上的蚂蚁一样，就怕你出什么事害得他们乌纱帽不保！"

他看看她，没有说话，低下头看看她的脚："你的脚怎么了？"

"没怎么！"她转身便走，却是一瘸一拐的。

刚走了两步便被他一把拉住，他走上前："脚扭到了？"

"没有！我好得很！"她恨得牙痒痒，所有人都急得要死，他倒是满脸无辜的样子！

顾南希叹了叹："雨下得太大，之前那座凉棚也已经遮不住雨，因为这里距离住处有一段距离，我就去了那边的玉米地中间的凉棚，那里四周都有挡雨的效果。"

季莘瑶回头看看那边高高的根本看不见里边的玉米地，原来那里还有凉棚，

第三章 方向

77

可所有人都将注意力放在后山危险的地方，都担心他是在那里出了事，谁能想到他在另一边！"

她板着脸，不说话，却是忍不住打了个哆嗦。

顾南希身上的外套同样已湿，他叹了叹，环抱住她，给她些温暖："傻瓜，回去后喝些姜茶，不然以你这种体质，明天一定会感冒。"

季莘瑶什么都不说，想从他怀里躲出去，被他牢牢按着，刚挣着向前迈了一步，便终于忍不住，痛吟了一声，缓缓低下身去。

他却忽然俯下身，直接将她拦腰抱起，在她低呼的同时轻声说："撑好伞，别再湿透了。"

她僵僵地被他抱在怀里，也许是雨太大，雨伞太小，他尽量将她抱紧，不让那些吹进来的雨再淋到她半分，雨在他们四周倾泻而下，她的肩抵在他胸前，她能直接感觉到他的呼吸，他周身被雨冲刷后的愈加清新的味道。

她抬眼，看着他的脸。

有那么一刹那，她仿佛才发现，也许他们之间的爱，比她想象的要深。

恍惚中，她以为会这样被他抱着，一路一直走到天荒地老，但是没走多远，前边一直在找寻他们的车子便发现了他们，迅速开了过来。

"顾总！您没事就好！这是……季小姐？"

"车里有没有干爽的衣服？给她穿上。"顾南希抱着她上车时说。

"车里没有，别墅那边有，已经有工作人员准备好了衣服！"

他点点头，即便已经上了车，仍没将她放开，在车里的两个半山会馆的工作人员也不敢将太多的目光投向他们，只是快速将车开回去。

季莘瑶想从他怀里挣出去，但他用力抱着她，一边耐心地搓着她的手替她取暖，一边看着她的脚踝，腾出一只手来，刚轻轻摸了下去，她便猛地"咝——"了一声。

他眉头紧皱，低头见她疼得脸色发白，他脸色顿时几乎冷了一度："连自己都顾不周全，除了逞能你还会什么？下次给我乖乖待在屋子里别出来乱跑。"

季莘瑶瞪他一眼："我是怕有些人因为被我抢了雨伞，被雨挡了回来的路，万一有个三长两短，我一个小记者可负不起这个责任！"

他不说话，只是看着她，眼中的冷意已缓了下去，却见她浑身也都湿透，似是拿她莫可奈何地叹了口气，在车停在半山会馆别墅门前的刹那，直接抱着她下车，快步走了进去。

"你放我下去！都已经回来了，我自己能走！"见他仍不放下自己，季莘瑶被那些人各异的目光看得不自在，伸手要推他："放我下去，顾南希！"

"有没有医生，叫过来给她看看，她脚扭伤了。"他却是没理会她在怀里的挣扎，一路抱着她回房。

"顾……"他将她放在床上，直接脱下她的鞋子轻轻转过她的脚踝，季莘瑶顿时疼得忍不住低叫一声："疼！"

"知道疼了？"他抬眼，淡淡看了她一眼，便起身去换衣服，同时对走进来的那两个女工作人员说:"她脚伤得不轻,你们帮她换好衣服,医生过来时告诉我。"

"好的,顾总。"

"我……哎你们……"季莘瑶因为脚踝的伤不能动,竟然连反抗的余地都没有,直接被那两个女人剥光了衣服,再又给她换上干爽的衣服,头发被擦干后高高地盘起,之前冷得煞白的脸渐渐缓和了许多。

直到其中一个女工作人员将一杯热水递给她:"季小姐,先喝一杯热水暖一暖吧,后厨那边已经在准备姜汤了。"

季莘瑶接过水杯,因为有些烫,便没有马上喝,放在手里取暖,觉得鼻子有些发堵,可能真的着凉了。

没一会儿,顾南希换过了衣服出来,直接走过来,伸手在她额头上抚了一下,她没来得及躲开,就被他摸了个正着,她顿时蹙起眉:"我能走了吗?"

而他没说话,俯下身来抬起她的脚,很是轻柔地放在掌中看了看,回头问那两个女工作人员:"医生来了吗?"

"顾总,刚刚我们已经从医疗部那边把医生调过来了,他正在外边。"

"让他进来。"说着,顾南希继续看了看季莘瑶的脚,再抬眸看她:"肿成这样,这叫没事?"

她哪想到果园里的路那么不平,她季莘瑶活了二十五年,扭到脚这种小事很正常,但从来没这么严重过,估计扭得再狠一点,脚骨直接就裂了。

脚踝上的剧痛已经够让她恼火,她深呼吸两口气,猛地用力将脚从他手里拽了出去,却是痛得她倒吸一口气,在他皱起眉的瞬间便要寻找鞋子离开:"我回自己房间,让医生去我那里!"

"别闹,你现在不能走路。"他拦住她,让她坐回床上。

"我想回我自己的房间。"

"不行!"

她抬眼:"怎么就不行?顾南希,我们已经没有关系了,就算事情解释清楚,也已经晚了!我自认为自己没那么大魅力,不需要你这样对我!我自己可以走!"

他却是一手按着她的肩,没怎么用力,竟完全让她没办法起身,她抬眼瞪他,这时医生已经走进来。

"看看她的脚。"顾南希淡声道。

那医生点点头,小心地捧起季莘瑶的脚,手指刚一碰到红肿起来的脚踝,她便疼得浑身一激灵,猛地咬住嘴唇,转开头去硬生生地忍着。

那医生又轻轻捏了一下,她顿时痛得颤了一下,更是狠狠咬紧下唇。

"别咬自己。"顾南希低声说。

她仿佛没听见一样,他妈的,疼成了这副德性,她不咬自己,难道还要大喊大叫不成吗?那不是要丢死人了!

那医生似在检查她的伤势,碰到脚踝的红肿处在所难免,可实在疼得她想飙泪。

就在她觉得快要把嘴唇咬出血的刹那,一只手伸过来,贴在她嘴边。

第三章 方向

她一顿，愣了愣，回头看看顾南希，再又看看他的手。

她转开头，躲开他的手，继续咬自己。

结果那只手再度伸了过来，贴在她嘴边。

她再转头，他再伸过来。

终于，她气急，在那医生忽然微微使力按她最痛的地方时，她猛地狠狠咬住那只手，狠到不能再狠。

"踝关节扭伤，所幸没伤到筋骨，先冰敷12个小时，减少红肿，再涂些药，静养几天就好了。"那医生说。

听这医生说她没伤到筋骨，顾南希似是松了口气，刚要将手从她嘴里抽出来，却发现她仍然在咬着他，且力度始终未变，他侧头看看她，她一边咬一边斜着眼看着他，四目相对，他眼中渐升几丝笑意："咬得很舒服？"

她蓦地张开嘴，放开他的手，看着他手背上被她咬出的那一块很深的血印，很是冷血地转开头："凑合。"

顾南希轻笑，示意那医生可以走了，再吩咐工作人员取两只冰袋过来。

直到工作人员及时送来冰袋，最后房中只剩下他们两人时，他俯下身，将冰袋敷在她的脚踝上。

"咝——"她缩了一下。

"别动。"他稳稳地握着她肿得跟个猪蹄儿似的脚。

"我自己来。"她顿了顿，伸出手要接过冰袋。

见她坚持，他这次也没再勉强她，将手移开，让她自己按着冰袋。

折腾了一下午，晚上也没吃东西，这会儿又折腾了半天，季莘瑶低头一边给自己冰敷，一边低着头盯着自己的脚，眼神很是惆怅。

她这是造的什么孽啊！

"下这么大的雨，为什么跑出去找我？"身侧忽然响起一道淡淡的声音。

她抓着冰袋的手一紧，倒是没有逃避这个问题："我说了，我不想因为抢了你的伞，而害得你……"

"季莘瑶，关心就是关心，何必找那么多理由？"他低笑。

"随你怎么想。"她按着冰袋，一副无所谓的样子，但是好在她没那么幼稚地去做一个缩头乌龟逃避问题。

是啊，她刚刚为什么会举着伞冲出去，为什么这么担心他有事，为什么在看见他的那一刹那悬起的心终于放下，为什么在他将她抱起来的时候觉得踏实。

可是那又怎么样？现在说什么都晚了！

"不仅全身长满了刺，你这嘴也够硬。"他笑了笑，垂下被她咬得险些鲜血淋漓的手，扯过一条被围在她身上。

这时有人敲门，他去开门，是半山会馆的工作人员送来的姜汤，顾南希让那工作人员离开，径自推着小型餐车进来，将那上边的姜汤倒出来一碗，递给她："喝些姜汤，别再生病了。"

季莘瑶没接，没有要继续受他恩惠的意思。

见她铁了心地不动，顾南希倒是不恼："看来是等我喂你。"

她蓦地抬眸看他一眼，直接抬手接过姜汤，低下头，闻见冒着热气的姜汤里那浓浓的姜味儿，明明姜汤并不辣，可却莫名其妙地让她觉得辣得眼睛疼。

"小心烫。"他温柔地说。

他仍然是那个一次一次将她裹进那层层温暖里的顾南希。

那种暖在心底的温柔，那种他永远深知她心里所想，懂她所需的一切，仿佛是一个最柔软的触角。

不是感觉不到他现在的种种呵护里带着一抹歉意与珍惜，她季莘瑶不是那种喜欢和人闹别扭没事找存在感的小丫头，她只是，过不去心里的那道坎儿。

因为她喝姜汤，不得不双手捧着碗，顾南希坐在她身旁，帮她继续冰敷。

直到她喝完了姜汤，终于觉得身上由里向外地暖了些，之前鼻子的堵塞感也消退了许多，她伸手想要自己去按冰袋，他却是忽然轻轻抓住她的手。

她想收回手，却感觉到他的手指在她右手无名指上轻轻抚过，她心里一酸，想起那一日他手心里的那一枚始终未能给她戴上的婚戒。

"那天的事情，还有一些复杂的原因，无非也是我太过自信，以为可以及时赶过去，却没想到中途会发生一些我并未预知的因素。"他握着她的手，没有放开，修长的手指在她右手的无名指上温柔地轻抚。

"莘瑶，我很抱歉给了你那么大的伤害。"他的眼神温柔如水，目光静静地看着她抬起的眼，"但是别这样封锁自己，你的刺已经几乎被拔光，再重新生长出来，会比拔掉更痛苦，别因为我而承受这样的痛楚，我也不会让你这样。"

印象中的顾南希仿佛大把的时间都在工作，出差，开会，忙碌，他很少有这样闲暇的时间停留在这样一个地方。

而他这样的停留是为了谁，他的眼中看到的是谁，她怎会不清楚。

她咬唇，低头看着两人交握的手，本能地想要抽出来，却发现他握得很紧。

"顾南希，我们……"

"离婚协议我没有签。"他说。

她一怔，猛地看向他："什么？"

他墨色的眸温和而暖意融融地看着她："离婚协议，我没有签。莘瑶，就算想要离婚，只是那两份简单的离婚协议根本没有任何用处，一切都并不晚，只要你的心还愿意回来，回来这个你曾经说过永远不愿离开的地方。"

你的心，才是我最想去，也一辈子不愿离开的地方。

这是她曾经说过的话。

她几乎有些回不过神来。

那份协议他没有签？她不可思议地看着他，渐渐蹙起秀眉："顾……"

他的手不知何时抚上了她微湿的发间，眸光柔和温润，她没有再想试着抽出手，那条在她心里的时光隧道仿佛在心里画了一个圈，在慢慢倒退，再倒退。

第三章 方向

很多次季莘瑶都在问自己，那一天如果她没有闯进那家酒店，而是耐心地在将要举行婚礼的酒店等着他，等着他解决眼前的阻碍与难题，会不会，一切都不会走到那一步。

只是那一刹那她很难过，难过到不堪重负，难过到不想独自饮恨，难过到已不甘心一个人去痛，于是，那便一人分一点吧。

可是那一切的一切，若是在知道真相后重新来过，她是否还真的能打得下去那一巴掌。

她目光迷离，脑子里有千千万万条思绪在转动，却没注意顾南希抚在她发间的手已停止了动作，抬起她的脸，俯视着她，须臾当那温暖薄润的唇温柔地吻上她的，那熟悉的触感和几乎能逼出她眼泪的熟悉的气息无一不在摧毁着她心底的壁垒。

有人说，温柔是刀，是最锋利的刀。

她从来没有像现在这样相信过这句话。

如是这一刀，他往往劈得丝丝入扣，让人一不留神，便几乎彻底地掠城夺地。

她动了动嘴唇，其实是想说话，他的舌却在刹那间钻了进来，让她本能地想躲闪开。

但他的手托住她的后脑，舌尖耐心地一点点撬开她的牙关，她想后退，他却前进，她想闪躲，却被他扣在怀里。在这温柔的厮磨里，季莘瑶才发现原来坚强是给别人看的，在顾南希面前，她常常是被他看透的那个最脆弱孤单的小丑，在他的眼里，无所遁形。

其实这样的男人才最可怕不是吗？

她抬起手，手上不自觉地想要抗拒，却是感觉他反手将她抱紧，在两人身体紧密相贴的瞬间，他的呼吸渐渐变得急促，他墨色的眸里是深暗的见不着底的渊潭，火热的凝视终是让她有些承受不住，却又退缩不得，只好闭上眼睛。

有什么东西在体内乱窜，似是一股热潮，又似某种渴望，她隐约记得似乎有什么事情被她忘记了，一件很重要的事情，可是心头蹿起的那股热情仿佛烫着她的心。

他的全身仿佛每一寸肌理都凝聚着高热，将她放在床中，颀长而火热的身体覆住她的身子，淡冷平静隐去的魅然眸色浸沉着凌乱和迫切。

心口有一个角落漫起一股酸意，揪得她心痛，她睁开眼，看着他深暗的黑眸。

当他的手覆在她胸前，温柔的挑逗引得她轻轻颤栗，却是隐约记得好像不该这样，却又像是被他的目色魅惑住。

温润的唇再度轻轻覆上她柔软粉唇，他的吻，那样轻，那样细致，无比耐心地安抚她酸楚的情绪，引诱出她几不可察的羞涩回应。

唇舌缠绵中他暖热的掌探入她衣内，抚过她的肌肤，极度动情而无限爱怜地轻柔逗引，惹得她不由自主地嘤咛出声，却是满脸胀红。

"别……"她终于从这片混沌中想起了自己怀孕两个半月的事，忙想要叫停。

却是似乎他比她更清楚这一事实，在她刚一开口的刹那，便在她耳边吻了吻，然后克制着欲望，抱着她翻过身，让她侧躺在他的怀抱里。

她在他怀里不敢乱动。

季莘瑶不知该说些什么，只好借口自己脚疼，他便直接扶她重新坐起身，将冰袋放在她脚上："这样躺下，别再动了，冰袋这样可以固定住，不用一直用手去扶。"

说时，他将冰袋微微移开了些地方，看着她脚踝上的红肿，似是在观察有没有消退一些，伸手以很轻很柔的力度轻轻抚了抚，虽然仍会觉得有些痛，但她忍了忍，没有将脚缩开。

"你在找到我之前，就已经扭伤了？"他忽然问。

如果是刚刚扭伤就被他抱回来，绝对不会肿成这样，除非她扭伤了很久，却一直一瘸一拐地在坑坑洼洼的衣场里走。

"没伤多久，就是之前不小心踩到一块石头。"她假装像是很疼一样，忙伸手拉开他的手，自己捂着那处红肿不再让他看。

然而他却拨开她的手，一边帮她冰敷，一边轻轻握住她的脚，轻轻转动了一下她的脚面，她便骤然疼得低叫一声，忙要将脚缩回去。

"伤成这样，你明天也不必和那个陆寒回公司了，先把脚养好再说。"他按住她的腿没让她逃开，也没再去碰，却是转眼看着她，淡淡地说。

她一滞："不行，我才刚回这个公司不到一个月，还差几天就能发薪水了！我这样无故旷工岂不是那三千块钱的薪水就要泡汤了！"

"钱重要还是你的脚重要？肿成这样，连鞋都穿不了，你上什么班？"他目光如水，语气却是十分的严肃。

季莘瑶蹙了蹙眉，低声嘀咕："都重要。"

顾南希似是怔了一下，皱皱眉："什么时候开始这么会顶嘴。"说话间，直接将她拦腰抱起。

"你干吗？"她一惊，险些没扶住冰袋，抬眼惊愕地看着他。

"抱你去洗澡。"

她没抗拒，只是抬眼看着他，他抱着她时那种小心翼翼，仿佛她是这世界上最珍贵的宝贝，他眼中的疼惜作不得半分的假，或许有些事情她能接受解释，能接受真相和原因，但她仍旧无法释怀，可是面对这样的他，她不知道是该推开还是该任由他这样对自己迷惑下去。

也许理智在告诉她应该推开他，至少要给她点时间，让她仔细想清楚前前后后的一切，可是她的意识却主控了她的动作，在他抱着她走进浴室时，下意识地抬起手臂圈抱住他的脖颈。

他本来下午在高尔夫球场的白色休闲衣刚刚被雨淋湿，这会儿换了件浅灰色的柔软舒适的针织衫。

他的头发干得很快，根本不必做任何造型，便十分松软有型。抱着她时那样温柔而小心，像是怕摔到她和孩子，直接将她抱进浴室，更因为她主动抬手圈抱住

第三章 方向

他，俊朗的脸上升起一抹几乎能涤荡人心的浅笑。

他俯首在她额头轻轻一吻，在她头顶说："莘瑶，这场雨对我来说，如同甘霖。"如果没有这场雨，还不知道以她这种小刺猬的脾气，会和他别扭多久。

"说得我好像是那种没事找事作来作去的女人似的。"季莘瑶不乐意地小声嘀咕。

顾南希被她的样子逗笑了："你就算是作一作，也是情有可原，但你不舍得。"

"你用不用这么自信啊？"季莘瑶横了他一眼。

顾南希在将她放在满是热水的浴缸里时，手臂微微顿了一下，低头看着她那一副不满的表情，当即笑道："难道我说错了？"

季莘瑶不说话，将脚小心地放在浴缸边缘，微红着脸说："你出去，我自己洗。"

她能感觉到他眼中那本已经渐渐熄灭的火光再度燃起，忙拽过毛巾在水里遮住自己的身体，她肚子上边已经微微隆起来一些，看起来像是胖了许多似的。

他不勉强她，替她将浴巾和毛巾放在伸手可及的地方。

"洗好了叫我，你的脚现在不能自己走动，若是胡乱逞强摔倒了，你该明白后果。"

她伸手抚了抚肚子，点点头："嗯。"

他这才放心地转身出去。

静谧的浴室热气蒸腾，季莘瑶抬起眼，有些乏力地靠在浴缸边缘。

她以为顾南希一直都是那么风月博雅的，她以为他们之间所谓的爱，不过是找个人来将就，不过是责任与日久生情的淡淡亲昵。

当她离开他的时候，她发现原来自己爱着他。

而在这场雨中，在那凉棚下，他无所顾虑的亲吻与解释，他此时此刻的疼惜与耐心，当他在雨中向她走来，将差点跌倒的她扶住，抱着她走过那条长长的坑洼不平的农场时，她知道，原来他的感情也已是爱，而这份爱，或许比她所想象的还要深。

在热水里泡了很久，她大概忘记了是有多久的时间没有这样脚踏实地过，就在正要起身时，听见外边传来敲门声。

她一怔，想现在自己这样出去被人撞见似乎不大好，便安静地继续泡在热水里。

"不好意思，打扰到您了，顾总，请问莘瑶她是不是在你这里？"

是陆寒的声音。

季莘瑶僵了一下，陆寒怎么会找来这里？

想想也是她的错，外边还在下这么大的雨，她又忽然拿着伞走出去，那么久没回去找他们，陆寒和琳琳肯定会以为她出了什么事，只要问过工作人员，就会有人告诉他，她和顾总一起被找回来，现在她正在顾总这里。

可是陆寒竟然会特意来找她……

她抬手抚额，有些担心事态的发展，但是以手撑着浴缸边缘想要起身，却因为脚肿得完全无法行动，加上她怕站不稳而真的摔倒，只好坐在浴缸里，却是实在担心。

之后外边便传来房门被关上的声音，听不见顾南希的声音，也听不见陆寒接下来的话，想必顾南希是叫他出去说了。

过了五六分钟，房门又开，没一会儿顾南希便走进浴室，见她还泡在水里，便走过去，伸手试了一下温："洗了这么久，头晕了？"

她摇摇头，抬眼看他，却见他的神情没什么异样，而是直接拿起浴巾，将她从水里抱出来，用浴巾包住她的身子，不让她受到一丝的凉，又小心地托起她的脚，擦干净周围的水，才将她抱出去，放在床上，随手拿过似乎是被工作人员刚刚又送过来的新的冰袋，放在她的脚踝上。

本以为他和陆寒之间应该没聊什么，季莘瑶便扯了扯身上的浴巾，腾出手来想要去拿桌上自己的手机，刚刚在外边淋了雨，手机在衣服里，似乎是进了水，不知道还能不能用，看起来好像问题不大。

却是刚一伸手，便听见顾南希问："你和那个陆寒，是怎么回事？"

她一滞，忙缩回手，转头看看他，见他正看着自己。

"他是我们公司报业部的总编。"她说。

"他很关心你。"他又睨了她一眼。

"……"

季莘瑶不知道刚刚陆寒会不会是说了些什么，但是她和陆寒确实清清白白，又见顾南希这意味深长的表情，实在不知道要从何开始解释："我两年多前刚刚大学毕业出来后，就到了这个公司实习，那时候直接被分到报社这边，很幸运地直接由总编陆寒带我，他帮了我很多，也教我学会了很多，但是他年长我足足十岁，我对他始终是近似长辈和实习导师的那种情感。"

莘瑶看他那但笑不语讳莫若深的神情，于是问道："我刚刚听见他来敲门找我了，你们都说了什么？"

顾南希在床边的桌上随手倒了杯茶，杯中热气腾腾，他转过身来看看她："你是怕我说什么？"

"没有。"她抬手抓了一下头发，"我又没有做亏心事，有什么好怕，只是陆哥对我一直很照顾，我在F市曾经读了四年大学，后来还在这里生活了两年，这边我的朋友和回忆都不少，我只是不想弄僵这些朋友的关系，包括陆哥，他以为我是单身，对我有所追求，我没有同意，和他之间也没有半点暧昧，所以我不想你伤害他。"

他点点头，没有说话。

季莘瑶看见那边桌上有两盘水果，想到半山会馆这里的水果真的很好吃，还有她晚上没怎么吃饭就出去了，现在很饿，便起身想要去拿水果。

"别动，想要什么直接说，你的脚要静养。"他按住她。

她便指了指水果盘："水果。"

顾南希走过去，端来那两盘水果，放在她身边，她坐直了身体，伸手拿水果。见她那像是饿得不轻的样子，顾南希笑笑，抬手将她脸颊边的头发拂到她耳后："晚上没吃东西？"

季莘瑶一边啃着苹果一边点点头："没事，吃点水果就饱了，反正很晚了，晚上不吃东西也没什么关系。"

他轻叹，抬手在她微湿的发间抚了一下，便走了出去，他刚出去，季莘瑶的那支进了水的手机便响了，她犹豫了一下，在想会不会是陆寒打来的，如果是的话，她要怎么说才能不伤人，她又不是有意要隐瞒，只怪这中间发生的事情太多，但想必陆寒在得知真相后，会很难做吧。

打开手机一看，竟是季修黎打来的，看看时间，本来她们今天在半山会馆采访完后就应该离开，却没想到会留下住一晚，她忘记跟修黎说一声了，怪不得他会忽然打来电话。

"喂？修黎，我今晚被雨堵在半山会馆这边了，下山的路太滑不安全，我今晚只能住在这里，你别等我了，早点睡。"接起电话，她便直接开口。

"我还以为你是出了什么事，这么晚不回来也没个电话。"季修黎担心的声音在电话那边传来，须臾道："留在半山会馆过夜？安全么？用不用我去接你？"

就在她这边正说着的时候，顾南希开门回来，见她在打电话。

"不用了，山路太滑，你开车上山跟我这坐车下山没什么区别，山路太陡了，你别开车过来，自己早点休息。"莘瑶拿着电话说。

听见她这口吻，顾南希刚要走向落地窗那边的脚步便停了停，回眸看看他，低问："是修黎？"

季莘瑶点头，正要挂电话，他却走过来，接过她的手机。

她愣了一下，怔然地看着他的动作。

只见顾南希将她的电话放在耳边，修黎之后在电话里也不知是说了什么，却只听见顾南希说："你不必担心，她在我这里。"

季莘瑶重新拿起苹果啃了一口的动作顿时停下。

之后那边不知修黎又说了什么，顾南希微微扬眉，竟说道："临近春节，你不打算回G市？"

之后电话里似是静默了许久，稍后修黎说了一句话，莘瑶这边听不太清楚电话里的内容，只能一直盯着顾南希看着他接电话时的神态，却似乎也看不出什么端倪。

但是修黎毕竟是顾家的孩子，曾经是她的弟弟，而现在顾南希和修黎在聊些什么，一切都不是她所能掌控的。

"那好，你最好想清楚。"他又对着电话说了这样一句，才挂断。

须臾他转眼看向她："我叫人准备了晚餐，一会儿会有人送来，少吃些水果，免得吃不下饭。"

季莘瑶放下苹果："修黎他……"

"不用我说，你也知道修黎和顾家的关系。"顾南希随手将手机放在她身边，将她手中的果盘拿开，仿佛没什么感觉似的说道："这是二十几年来最大的遗留问题，二十几年前官商两界盛行外遇，几乎是个有头有脸的人物身边都少不了那么几个女人，无论是你的母亲还是修黎的母亲，都一样是那个时代下的悲剧。"

"至少修黎的爷爷和父亲在找到他后，会想要给他一个家，至少妈她不会去伤害修黎。"季莘瑶忽然笑了。

顾南希在放下果盘时，转眸，看着她带笑的脸，坐到她身边，将她抱进怀里，温柔地拍着她的肩："如果没有季家的冷漠，又怎么会有这样一个坚强的季莘瑶，人生无法回头追溯，要向前看。"

她在他怀里点点头，仿佛有很多东西不知在何时早已释怀，正如她在婚礼那天看见季家人时，即便不去打招呼，但心情也不会因为他们的出现而受任何影响和波动。

只不过她对季程程的怨念有些深，但她知道，不是不报，时候未到，静静看着就是了。

忽然想到了什么，季莘瑶不由得问："修黎的妈妈还活着吗？在我妈妈二十年前自杀之前，修黎是被她从孤儿院抱回来的，说是怕我一个人无聊，于是让我多一个弟弟，事实上修黎确实是我前边那些年活着的唯一支柱，如果没有他，也许我活不过那七年。"

想想二十几年前的那个时代，确实是太流行搞外遇的年代，几乎随便抓来几个官员都能发现他们身边的女人无数，风流史滥情史太多，她很怀疑当年修黎的母亲和她母亲是否认识，否则怎么会那么巧合地就将修黎抱了回来？

这时有工作人员敲门，顾南希起身出去，之后工作人员送了丰富美味的晚餐进来。

季莘瑶确实饿了半天，刚刚本来以为吃水果能垫垫肚子，但是发现越吃越饿，这会儿看见吃的东西便两眼放光，直接要起身。

顾南希却是眼疾手快地来抱她过去，免得她又碰到脚伤。

直到季莘瑶开始吃东西，一边吃一边看着顾南希慢条斯理地喝着茶，不由得接着问："你刚刚还没回答我，修黎的妈妈还在世吗？"

顾南希端着茶杯的手顿了顿，看了她一眼："在世。"

"还在世？那她活着怎么不找修黎？放任自己儿子在外二十几年？有这么当妈的吗？既然不想要，当初又为什么要生？"她有些愤怒。

而他只是浅浅饮了一口茶，才淡淡道："她患了失心疯，生下孩子没几个月后就被送到美国去疗养。"

季莘瑶握着匙子的手当即顿住。

抬起眼，错愕地看着顾南希。

"失心疯？"她不敢置信。

顾南希仿佛对这件事已知会许久，早无半分惊讶，帮她盛了一碗汤，然后放

第三章 方向

87

在了她面前，语调淡然："用医学的角度来说，就是癔症，间歇性精神障碍。"

季莘瑶哪还有胃口吃下去，放下匙子，他却是用眼神示意她必须吃下去，她才重新拿起匙子，但心里却仿佛瞬间被戳了一个大洞。

修黎自出生后就没有见过自己的亲生母亲，如果是已逝的天人永隔也就罢了，虽有遗憾，却也只能认命，可是他的母亲还在世，却是……失心疯……

她忍不住问："修黎知道吗？"

顾南希看看她，才道："也许。"

"也许？什么意思？我不懂。"季莘瑶难得地困惑，她能感觉得到，无论是顾家，季家还是什么，中间仿佛有着隔着二十几年时光的一面大网，像是环环相扣，又像是没有联系，而每每想追溯些什么，却发现中间都被某些奇怪的阻碍给拦截住。

"就算他知道，他也找不到她。"

"不是在美国吗？二十几年前就被送去美国？谁送去的？送去了哪里？怎么会找不到？"

顾南希却似是没有看到季莘瑶那心疼修黎的表情一般，坐在她身边，看着她吃东西："先吃东西，有什么我们以后再说，这里不是日暮里，说话并不方便。"

莘瑶虽是有些焦急，但也明白在半山会馆这里，就算再高档的客房也不知道是否隔墙有耳，她又看看顾南希那并非要刻意掩饰什么的神情，才点点头。

他淡淡笑了笑，给她夹了菜："平时不是喜欢吃肉吗，多吃些，别忘记我说过，每天摄入的营养要均衡。"

季莘瑶看着他给自己碗里夹来的红烧肉，心下一暖，抬眼看向他："顾南希，你是想用你的温柔来摧毁我心里的城墙吗？在我以为一切都结束了的时候，在我想要彻底移开视线的时候，在我绝望地只把你当成一场做了半年的梦的时候，在我已经重新拾起曾经的人生的时候，你为什么要忽然跑来挡住我的去路……"

而他只是直接夹起她碗里的红烧肉，喂到她嘴边："你是复读机吗？吃东西。"

她一窘，只好张开嘴。

第四章　回归

　　这一夜睡得无比踏实，一个月以来每日强迫自己闭上眼，却是浑浑噩噩的根本无法真正入眠，有时直接睁眼到天亮，又因为怀孕而不敢乱用安眠药，这整整一个月，这一晚，才是她睡得最踏实，最香沉的一晚。
　　清早醒来，便落入一双温润如泉般的黑眸里，她怔了一下，只见顾南希穿着睡衣，躺在她的身边，却竟然一直在看着她。
　　她忙下意识地扯过被子挡住自己的脸，然后探出头来看看他，奇怪地问："你干吗一直看我？你看多久了？"
　　"醒来后就在看。"他浅笑，温柔而隽永。
　　他倒是直言不讳，却是让她忙抬手摸摸自己的嘴和自己的脸，在想自己有没有在睡觉的时候流口水，有没有什么磨牙打鼾的怪习惯，睡觉时候的脸会不会很难看……
　　每一次清晨起来看见他，他松软的干净的头发总是那么自然地让她心脏有点不能承受之美好。
　　"你看我干什么？"她用被子捂着脸，以前他们在家里早上起来都是正常的起床洗漱，她是第一次发现原来在她睡觉的时候，他竟然会看她这么久，害得她怪不好意思。
　　他却是笑而不语，拉下她捂在脸上的被子，俯首便封了她的口。
　　她推推他："不早了，我要起来，陆哥琳琳他们应该还在等我……"
　　"嗯。"顾南希的声音里竟难得有一丝懒洋洋，俯首在她鼻尖吻了吻，才终于放了她。
　　洗漱好换过衣服后，季莘瑶的脚因为昨晚冰敷的效果还不错，虽仍有些肿，但是可以穿着拖鞋一瘸一拐地走了。刚一出去，就看见有半山会馆的工作人员进来收拾房间，一看见她，便恭敬地对她点点头："季小姐。"
　　"顾……总人呢？"她出来后没见顾南希。
　　"刚刚那边的赵副总过来似乎有事，现在顾总和赵副总在门外说话。"那工作人员恭敬地说。

季莘瑶会意，对那工作人员笑笑："谢谢。"

走出去时，就看见他们所住的房间的玻璃墙走廊外，着了一身浅蓝色针织衫和米色棉质长裤的顾南希正站在玻璃墙外满是阳光的草地上，和那位身着藏青色衬衫的中年男人在说话。

季莘瑶不便走出去，只是站在走廊里，见顾南希在与那位赵副总说话时，眼中带着几分看不透的笑，她定了定神，转眼看看这边离昨晚本来定下住的房间不算是太远，便转身朝那边一瘸一拐地走去。

刚走回去，便陡然看见一抹靓丽的身影在房间对面的茶座上一边照镜子一边化妆。

季莘瑶顿了顿，走过去："琳琳，陆哥人呢？"

琳琳化妆的手停了一下，没有回头看她，而是在手里的小镜子中扫了她一眼："哎哟，是莘瑶呀。"

那酸溜溜的语气直让季莘瑶皱眉："陆哥没在？"

"我怎么没看出来，你平时不怎么化妆也不怎么研究时尚，这清汤寡水儿的表面下实际是一颗狐狸精的心呐？才不过一下午竟然就能跟咱们顾总好上了，昨天晚上我说你怎么就忽然跑出去了呢，原来是去找顾总，上演一出感人至深的苦肉计，最后感动了顾总，上了他的床，是吧？"

说着话，琳琳直接合上手中的小镜子，回头冷笑着看着季莘瑶皱起的眉："怎么？被咱们顾总睡了一晚，就觉得自己高人一等了是不是？我怎么才知道你原来是这种女人？咱们全公司上下都知道陆寒喜欢你，我就说你女人怎么一直没同意陆寒的追求，原来你这女人这么朝三暮四，而且是眼睛高到头顶上去了，自家公司的总编什么的看不上，直接看上人家顾氏的顾总了哈。"

"啧啧啧，我琳琳自认为自己姿色不错，咱俩站一起你绝对是个绿叶的命，谁能想到，现在的绿叶都会玩雨中苦肉计这招来博取顾南希的怜爱之心呀！"

"琳琳，别胡说，莘瑶和顾总不是那种关系。"这时陆寒拿着两杯饮料从走廊那边过来，听见琳琳的话，便直接喝了她一声。

"怎么就不是那种关系了？昨天还是陌生人呢，要去打高尔夫球都是我在旁边帮着喊的，也是我要积极参与的，可怎么什么好事儿都让她给碰上了！当时顾总教她打球的时候我就看出来了，这豆腐被吃得很爽嘛……"

就在季莘瑶正要开口的同时，忽然腰身一暖，她猛地转头，只见是顾南希不知什么时候走了过来，直接搂住她的腰。

"陆总编。"顾南希看向那边走来的陆寒。

陆寒一看见他，便放下饮料，客气地点点头："顾总，抱歉，琳琳不明情况，多有冒犯。"

"无妨，是我把自己的妻子气到离家出走一个月，好不容易借这种机会将她哄回来，却不小心中了别人的口舌。"顾南希笑笑，淡淡看了一眼已经张大了嘴的琳琳："不好意思，莘瑶是我太太。"

瞬间，琳琳的嘴型从 O 形变成能吞下一个鸡蛋，惊讶了半天，才忙收起手上的小镜子放进包里，有些尴尬地跑到陆寒身后站着，缩着肩膀小声说："对不起，对不起，是我误会了！"

季莘瑶叹了口气，发现顾南希气人的手段越来越炉火纯青了，他哪里是不好意思，分明好意思得很！

再又看陆寒也是有些尴尬但却并不惊讶的表情，看来昨晚顾南希就已经跟他说清楚。

"陆哥，对不起。"季莘瑶直接看着陆寒说，"这中间发生了一些一时间无法说清楚的事，但我回报社是真心想回去，打算在你手下继续工作下去，只是没想到事态的发展有点……"

"不用这么说。"不等她解释完，陆寒便仿佛释怀地笑笑，"你肯回来我很高兴，咱们公司本就喜欢吸纳人才，就算不是我在上面，是其他总编在，也会一样收你进来。"

"可我工作还不满一个月，这样来来去去，会给公司造成一些损失，我很抱歉……"

陆寒看看她身边的顾南希，然后又笑了一下："怎么会？现在我才明白，因为你，我们才有这个机会采访到顾总，是顾总回国几年来唯一一个获得采访权的报社，这会给我们公司带来十年来最大的赢利和销量。"

听他这样说，季莘瑶心里才舒服些，对他点点头，陆寒的笑容里有些苦涩，却亦是甘拜下风，看了看顾南希："昨晚之前，我也没想到二位竟是伉俪，一直以为莘瑶是单身，甚至曾有过追求的举动，也只能说是顾总您这眼光独到，早早地就娶了一个好妻子，只望您别见怪才是。"

顾南希叹笑："虽是误会一场，却是难得有缘相识，陆先生自己不往心里去就好。"

顾南希这般的有风度，陆寒便也只能笑笑，连连点头称是："顾总卓尔出尘、风度博雅，陆某实在望尘莫及，只盼顾总日后多多提携。"

琳琳站在他身后，一直低着头，不敢再乱说话，只是偶尔悄悄抬起眼扫一眼季莘瑶，像是在重新认识她一般。

季莘瑶也没打算说她什么，琳琳看起来本来年纪就不大，社会经验不多，仗着自己青春漂亮不可一世，这一次她自己口舌是非的教训，足够她以后知道该怎么做人了，她又何必去多说什么，何况这种人，是道不同，不相为谋。

这时有两位领导过来，恭恭敬敬地打招呼，其中一位拿了份规划图过来，季莘瑶不认得这位领导究竟是 F 市的还是 G 市的，总之这次在半山会馆的几位官员她都并不熟悉，看样子是最近新提携起来的几位。

顾南希接过那份规划图，看了一眼，便转头对陆寒点点头："失陪一下。"

陆寒点头轻笑："请。"

本来以为顾南希是要去忙，但他却并没放开季莘瑶，见她站在原地不动，便

91

转头看看她:"跟我来。"

"顾总,这是 G 市凌氏公司建筑翻新之前的最终规划图,还有那边被审查过之后送来的名单,负责人的其中之一包括安越泽与前段时间消失的部门经理徐立民等人。"

一听见徐立民的名字,季莘瑶脚步一顿,蓦地停下脚步,却是同时,顾南希握住她的手,回眸给了她一记安定的目光。

都已经过去了,季莘瑶笑了笑:"你在查他们?"

"嗯。"顾南希让那个人先离开,然后翻看着手中的规划图:"一直在查,但他们都做得滴水不漏,就算有证据,却不算足够的证据。而这一次,足够他们露出狐狸尾巴。"

莘瑶看了一眼那名单上的几个名字,和他手中的规划图:"包括安越泽?"

她记得顾南希很早就已经打算动安越泽,但是他做事向来比任何人更是滴水不漏,她知道,近几个月来,凌氏虽然表面上风平浪静,实际内地里并不太平,一直在发生各种大大小小的事,似乎他一直都需要一个最合适的时机,然后同时一网打尽。

季莘瑶咬了咬唇,轻声问:"找到徐立民了没有?"

"已经找到了,且他身边现在有我派的人在暗中控制,任何举动都能马上传来我这里。"

他合上手中的规划图,伸手将她轻轻揽在胸前,置于她肩上的手温柔地轻轻拍抚:"别怕,我不会让你再受到这些伤害,徐立民与他背后的幕后黑手一旦入网,便可以牵出不少案件的源头,他现在是我手中一枚诱饵,对你不会再有任何威胁。"

"你的意思是,他背后的人,并不仅仅是季程程那么简单?"她惊异。

"程程与徐立民只是合作关系,但却干涉不了徐立民的行动,在这背后,仍存在一个更大的阴谋,不过威胁不大,你别担心。"见她眼里的担心,他将她拥紧,语气满是安慰和疼惜。

"你先回房休息,中午我们离开这里。"说着,顾南希直接将她抱起,虽然在这边的走廊上没有多少人经过,但季莘瑶仍是十分不好意思,忙开口要让他放下自己,可抬眼见他那认真的像是怕她的脚伤再加重的举动,看着他眉眼中的温柔和关怀,却一个字都说不出来,只能尴尬地不去看旁边路过的两个工作人员,任由他将自己抱回了房间。

须臾,顾南希因为有事要处理而暂时离开房间,季莘瑶只好坐在窗前看着外边在昨夜下过雨后,清新而阳光灿烂的天气,随手拿起水果盘里的梨子又啃了起来。

吃着吃着,她陡然想起昨夜简叔说过的话。

就在同时,有人敲门进来,是一个女工作人员和昨天那位医生,那位医生进来,恭恭敬敬地对她说:"季小姐,是顾总派人叫我过来再给您检查一下脚伤。"

季莘瑶点点头,一瘸一拐地走到床边。

"红肿还没有完全消掉,要继续冰敷。"医生检查过她的脚后,细心地说,"不过昨晚肿得那么严重，现在就已经消了这么多，已经很快了，再冰敷两三个小时，涂些药，继续静养，一个星期后就不会再疼，活动自如了，但切记以后一定要看清路边的碎石，别再扭伤。"

"谢谢。"季莘瑶拿过冰袋，抬眼见那女工作人员又帮她换了两盘似乎是刚摘下来的新鲜的水果，便轻声说："请问你们农场的负责人简叔在什么地方？他现在有没有时间？我能去找他吗？"

那工作人员似是愣了一下，回头看看她："季小姐要去找简叔？他这会儿应该在果园，您现在的脚不方便，我去帮您叫简叔过来吧。"

"那多麻烦。"莘瑶轻笑。

"没关系，简叔平时就喜欢四处走动，说是对身体好。"那工作人员笑笑，便转身走出去。

直到那医生也走后，季莘瑶想到简叔昨晚说的话，加之他说过之前是在Y市与那个女孩儿相识，她能百分之九十九地确定，他说的那个女孩儿，就是她的母亲单晓欧。

没一会儿工作人员回来，说："季小姐很抱歉，简叔今天没有在果园，我刚刚问过其他人，才知道今天是简叔出外采购树苗的日子，要三四天后才会回来。"

季莘瑶眼里瞬时有些失望，却对那工作人员笑笑："没事，辛苦你了。"

由于陆寒已知道莘瑶的身份，便也无法等她，上午吃过早餐后便于半山会馆前告辞。

而季莘瑶上午在房间里又睡了一觉，到了中午，醒来时是顾南希正帮她脚上换新的冰袋，她因为白天浅眠，睡得不是很沉，便直接睁开眼。

"醒了？要不要继续睡？晚上离开也可以。"他见她脚上的肿已经消退，便拿起医生之前送来的药膏和药油，在她虽已消肿却仍然有些疼的脚踝上轻轻涂抹。

季莘瑶起身："不睡了，最近孕吐反应稍微减少了些，但时不时会有恶心，睡眠也还是欠缺，估计我这肚子在满五六个月之前，这种妊娠反应都会一直持续下去，在哪里都能睡，先下山吧。"

说时，她又伸出手想要接过他手中的药膏："我自己来。"

他没有放手，继续耐心地替她轻轻涂着药，一种冰凉沁入肌肤的舒服感在脚踝处袭来，加上他手下的力度适中，让她舒服得不想抗拒，便也没再伸手，只是坐在那里，看着他替自己认真地涂药。

"爷爷应该很气我吧。"她忽然问。

他手下未停，仍旧耐心而认真地涂药，眼也不抬，淡声说："气你什么？"

"不管怎么样，我好歹当着他老人家的面，打了他的孙子，还让顾家的脸几乎都丢尽了。"她脸色有些黯淡。

顾南希看她一眼："老爷子很想你。"

她一顿，有些不可置信地看着他。

第四章　回归

而他笑了笑，又帮她将药油涂上，因为没有表面的伤口，所以包扎简单不需要假他人之手，他便拿起旁边简单的医用绷带将她的脚踝轻轻缠了两圈，在包好之后，擦去手中的药油，轻笑道："在那种情况下，就算是你要拿枪崩了我，老爷子绝不会阻拦，反而会亲手递给你一支枪。"

"啊？"季莘瑶诧异地看他，"你逗我呢吧？"

顾南希但笑不语，随手拿起一件外套披到她身上："穿上，我们下山。"

之后再坐上那辆熟悉的黑色路虎，季莘瑶终于有心欣赏起了这半山会馆四周的美景，待终于下山时，顾南希先在F市的顾氏分部这边停了一下，下车去办了一些事，十几分钟后便回来，直接开车送她先回F大附近的小区。

在那处小区的楼下停下时，季莘瑶一边解着安全带，一边看向他。

"那天晚上，你在这里坐了一整夜？"她问。

他下车的动作停了停，却没说什么，便已走下车，她看着他，想起那夜修黎将他拒之门外，想起当他以为她竟拿掉了孩子，想起他在这里坐了整夜……

心里说不出来是什么滋味，只是看着他的身影，季莘瑶已渐渐归于安定的心里是更为宁静的一种馨然。

刚下车走到单元门口，便赫然看见林芊芊那妞正拉着季修黎的胳膊在那边嚷着什么。

季修黎眼中的几分不耐在一看见季莘瑶和顾南希时，便僵了僵。

"哎呀修黎你就故意气我的是吧，我刚刚去莘瑶公司找她，她分明就不在，她肯定是在家里休息，你干吗不放我进去找她！"林芊芊正拽着他的胳膊嚷嚷不休。

蓦地，林芊芊仿佛察觉到什么，扭头看见季莘瑶，先是愣了一下，再又看看她身旁高大的帅哥，当即又愣了一下，看看那帅哥，再回头看看季修黎的脸，再看看那帅哥，再看看季修黎的脸。

"嘿，修黎，你和莘瑶难不成还有个失散多年的亲哥哥？"

修黎冷着脸，将她的手推下去："我说过季莘瑶没在，你缠了我足足十几分钟，现在她回来了，你有什么事直接找她。"

说完，修黎便头也不回地直接转身走了进去。

"哎，修黎！靠！你丫的就这种态度对我这个客人！"林芊芊挥舞着小拳头对着他的背影敲了一下，然后便兴冲冲地跑到季莘瑶身边，然后偷偷瞄了一眼她身旁的帅哥："哎，这帅哥是谁啊？"

"……芊芊，你今天不上班？怎么这个时间跑来我家了？"季莘瑶回头看看顾南希，便转眼问她。

"哎呀现在什么都没有帅哥重要！这帅哥你泡到手没呀？要是没有的话，我可要下手了啊！正好我现在刚恢复单身！话说回来，他和修黎有点像哎！不过正好是我的菜！快说啊，你有没有下手？"林芊芊拽着她的胳膊低声嘀咕。

但是她声音再低，也因为她本来就是半大个嗓门儿，顾南希在旁边听得一清二楚。

94

季莘瑶尴尬地回头看看顾南希，却见他在笑。

"呃……他……"

他的手臂同时半环在她肩上，在她正不知道要怎么跟林芊芊这只傻妞儿介绍他的同时，顾南希便已露出客气而温暖的笑容："你好，我是她丈夫。"

"嘎！"

林芊芊彻底石化，好半天才猛地回过神看着季莘瑶那正微微红着脸却是淡淡甜蜜的笑意，再又迟疑地看着顾南希那帅得简直入神共愤的俊容。

"季莘瑶！你丫还真的结婚了啊！那次在米粉店你跟我说的那个总……总……总……"，"裁"那个字她半天没说出来，一直觉得完全不可能，但是眼前这男人的气质明显就不是个泛泛之辈。

"我们进去说。"莘瑶拉了一下她的手。

林芊芊咽了口唾沫，又看看顾南希，再又看看莘瑶，见她身上穿的应该是他的外套，两个人看起来又那么相得益彰，再花痴也不敢再胡来，便只好耸耸肩："好吧。"

嘤嘤嘤，可怜她林芊芊刚刚从上一段匆匆的感情中走出来，好不容易看上一个，结果还是人家季莘瑶的老公，她的命怎么这么苦哇……

回到家里，刚一进门，林芊芊便跑到沙发边拿起一杯水，喝了两口后便哇啦哇啦地一顿说："季莘瑶你太不够意思了，你哪天嫁人的，什么时候结婚的！连个请柬都不给我！"

季莘瑶斜眼瞄她，没解释，只是回头看看顾南希，怕他因为她这里的房子太小而不适应，但见他走进来时那自然而然的表情，见他随手轻轻打开旁侧的门，似是在观察她这间曾经住过很久的小出租屋，这种被自己在乎的人在乎，被自己喜欢的人探视过去的感觉升上心头。

这时修黎从另一边的卧室出来，顾南希便看了他一眼。

修黎亦是没什么表情地看着他。

为免尴尬，季莘瑶忙要打圆场："那个，修黎，你去帮我……"

"出去聊聊？"顾南希开了口，这话是对修黎说的。

季莘瑶当时就噤了声，迟疑地看着神色平静的顾南希，再又转头看看修黎。

修黎点点头："也好。"

虽然是同父异母，但他们毕竟是有血缘的亲兄弟，这种生疏客气与距离感，季莘瑶不知道要说什么，而顾南希俨然是看出她的担心，在走出门之前，给了她一记让她安心的目光。

而季修黎在出门前，看见他们两人的眼神交流，面色冷了冷，没说什么，直接出了门。

"莘瑶，他真的是你老公呀？"没一会儿，林芊芊终于平静了下来，坐在沙发那里一脸惆怅地问。

显然，在林芊芊的思维里，她仍记得几年前季莘瑶与安越泽在校园里的爱情

第四章 回归

95

童话。

可是人这一辈子,又有几个女人能真正嫁给第一个牵手的男人,那时的爱情只是懵懂,也许是爱,又也许只是青春的一场见证,至少在那场失败的感情里,季莘瑶学会了珍惜,明白了什么才是她真正想要的。

这场人生的必修课,她已圆满毕业。

季莘瑶走过去,将顾南希的那件外套放在沙发背上,坐在林芊芊身边,看着她眼中那份惆怅:"芊芊,曾经我们是最好的朋友,很多事情我从来都不打算隐瞒你,而且这一个月以来,是你让我分了不少的心,让我仿佛回到了曾经还在大学时那种潇洒疯狂的年纪。"

"我和安越泽在一起的时候,你曾经说过如果安越泽能甘于平凡,一步一个脚印地慢慢努力,我们的未来一定会很好。可是我们都把男人的野心看得太简单……"

季莘瑶用了近一个小时的时间,将这半年来大概发生的一切重新叙述了一遍,包括安越泽的利用与背叛,包括她与顾南希的相遇和生活中的一些事,包括那场婚礼和因为小鱼和单萦而发生的误会,包括许多许多,也包括这一个月间她的心情。

听过这些后,林芊芊安静了许久,才说:"我没想到他会变成这样。可是几个月前,安越泽曾来F市出差,回学校这边找过一些东西,好像是曾经你们在一起时的那个相册,那时候我见过他一面,我问他你过得好不好,他说你过得很好。我以为你们还在一起,但是看你回来后的状况,我才知道你们早已经没在一起了,但是我也一直没敢问。"

季莘瑶一愣,须臾释怀地笑笑:"我当然过得很好,人生没有绝对,在生命没有走到终点的时候,谁都不会知道自己下一个会遇见谁。在我因为安越泽的背叛和利用伤心痛恨并对爱情排斥时,是顾南希给了我太多的希望与温暖,他拔掉了我的刺,让我不必再一个人面对那些风霜苦雨……"

"原来那次在米粉店里,你说的都是真的。"林芊芊忽然低叹,"可我记得当时你像是在讲一个笑话一样,莘瑶,我……"

忽然,林芊芊抿唇看了她半天,轻轻问:"莘瑶,安越泽与顾南希,谁才是你真正深深爱过的男人?"

季莘瑶笑:"这个没有答案,人生是要向前看的。"

"而至于顾南希。"她转眼看着窗外的阳光,"曾经听人说过,每个人都是一个半圆,当他找到另一个半圆的时候,生命中才会有永恒的阳光。"

"而他,应该就是我的那另一个半圆。"

所以,当这一整个圆被硬生生掰开时,她会痛,却不愿多落一滴眼泪去示弱,可是那痛也足以让她一生都无法忘记。

而当她那半圆的缺口被重新补满,以无痕的方式重新凝聚成一个圆时,她才知道,原来这就是她久未曾有过的归属感。

翌日去解决了公司那边的辞职问题，回家后，季修黎不在，修黎似乎始终都没有表明态度，是回去还是不回去，但他似是并没有辞了这边的工作，他对这份初初毕业时的公司很有感情，这公司也是他生命中的伯乐，如果他和顾家没有关系，他仅靠自己的能力，也一样可以生活富足，但是对于顾家，修黎却始终背负了太多。

还有那个不知道他究竟知不知道的，仍然存活在世的母亲，那个失心疯的母亲。

季莘瑶在推开修黎卧室的门时，看见在床旁放着一只精致的黑色丝绒盒子，她愣了愣，回头看向顾南希，仿佛是想起什么，但是没有多说，便直接走过去，将床上那只盒子拿起，打开来看，是当初她交到修黎手里的那串水晶项链。

她记得这个水晶项链的几张图片，似乎在顾南希的计算机里曾有过，而当她打开这个盒子时，一直见她神情有异，便将目光朝她手中的盒子看过去的顾南希亦是同时眉宇微动。

"这条水晶项链？"他看了她一眼，走过来，拿过那串项链看了看。

"这是我妈妈留下来的遗物。"季莘瑶放下盒子，看着那串在他手中虽陈旧却仍在阳光下熠熠发亮的白水晶项链："我不知道它究竟有什么意义，我也曾怀疑过这条项链里是否藏着什么秘密，只不过因为季家的人这些年一直想要找回这条项链，所以我没有将它放在身边，一直让修黎拿着，我以为他是放在什么保密的地方，没想到他一直就这样放在身边。"

"季家的人一直在找？"他看向她。

莘瑶点点头："是啊，一直在找，在我的印象里，似乎听说过，这条项链是当年我妈和季秋杭在一起时，季秋杭送给她的信物，也就是在我出生之前，二十五年前吧，后来不知道是因为什么，季家的人一直在寻找这条项链，我因为不希望我妈的遗物就这样被他们抢走，所以一直保存得很好，没让他们发现过。"

她抬眼，见顾南希的表情并没有什么异样，但却是在认真观察着这条项链。

"南希，你认得这条项链吗？"她问。

他侧头看她："怎么这么问？"

她抿唇，有些不大好意思说自己曾经恶作剧似的翻看过他的计算机，但是心里的疑惑实在是重，又实在是不想再有什么太多的隐瞒而引发任何误会，便实话实说："我在你计算机里，曾经看见过这条项链的草图，有好几个角度，很形似，那时候我就在想，你是不是认得这条项链，只是那时候项链不在我手里，我也不好提及。"

他目光了然地笑了笑："你以为我也窥视你母亲的这条项链？"

她窘了一下："你一大男人窥视这东西干吗？我哪有那么多疑。"

他笑笑，将项链放回她手里，认真地看着她："莘瑶，这条水晶项链有百分之八十的可能，牵系着一桩二十五年前的重大军事设备贪污案，不过因为案件已经过了追溯期，查起来有很多地方都无从下手，而除去当年被卖到国外的一些独特的行贿物品之外，还有几样由巴西进贡的首饰是这桩贪污案唯一能找到的证据，你手中的这条项链应该是其中之一，但没有经过专业的仪器检测，我不能完全确定。"

97

"不过，你先收好，季家想找这条项链有他们的理由。"说罢，他便安抚似的轻轻拍了拍她的肩："既是你母亲的遗物，你就好好珍藏。"

看来这条项链里还真的藏有什么秘密，季莘瑶低头看了一眼这条材质相当顶级的白水晶项链，想到当年母亲为了留下这条项链而在自杀时戴的那一条假水晶，她始终都不太明白这条项链究竟是怎么回事，而顾南希这简短的几句，却是终于替她解了一半的疑惑。

"二十五年前的重大军事设备贪污案？"她说，"我好像听说过这件事，是在一些老师口中听说的，他们只是在课堂上设举了一个反面教材，提到二十五年前那起一直没有侦破的贪污案，好像是当时暗中有几大势力联合，在那一年国家的军事设备制造时偷工减料，导致所有设备全部返工重做，而被吞了的近十亿人民币却渺无踪迹，与这件事有关的人当年死的死病的病，还有许多已经出国，完全没办法追溯到……"

顾南希淡淡一笑："看来你这只小刺猬的脑子里，装的东西不只有这些商务新闻，还有这些很少会有人知道的事情。"

季莘瑶明显听出他这话中的几分调笑，不由得伸手环抱住他的腰，笑着说："谁说我的脑子里只有商务新闻的？这里边有很多也许连你都不知道的事。"

"哦？说来听听？"他笑，满是宠溺地抱住她，俯首便在她鼻尖吻了吻。

"不告诉你……"她想了想，忽然觉得自己像个娇羞的小女人一样，竟然自己想着想着就红了脸，蓦地将头靠在他怀里。

两人的感情，在不知不觉中，因为这场不小的误会与差池，而竟似变得愈加地深了起来。

不知道是小别胜新婚，还是曾经她被这些太多的悬殊遮住了双眼，她睁着眼，看着他的眉眼，能在他的眼中看见自己的倒影，满满的都是她。

当顾南希洗过澡后，有人敲门。

周姐从外地回来，直接敲门来找莘瑶。

一进门就拿了两件新衣服递给莘瑶："莘瑶你快穿穿看，这是我在Z市那边的服装厂的朋友新做的款式，我穿着实在太嫩了，这种衣服啊就适合你这种二十多岁的小姑娘穿，你快穿穿看，喜欢的话就直接给你了。"

结果周姐刚一进门，说完这些话，抬起眼时，才看见开门的是个无比清俊的男人，直接拎着衣服愣在当场："这位是……"

"周姐，他是我老公，姓顾。"莘瑶没想破坏周姐的生活平衡，更也没有那种遇见谁就说自己老公身份的习惯。

周姐也没太大的惊讶，只是愣了一会儿便笑了："啊，顾先生一表人才，娶了咱们莘瑶啊真是没错，你看我，还以为就莘瑶一个人住呢，就胡乱闯了进来，你们别见怪啊，都怪我平时来莘瑶这里习惯了，没太注意这家里有其他人。"

"没关系，不必这么客套。"顾南希倒是不以为然，很是亲和地笑笑，示意她进去坐，之后看着周姐拉着莘瑶坐在客厅中间的沙发上，便去冰箱里拿了些水果过来，俨然以主人的态度，送来一盘水果。

"谢谢，莘瑶啊，你什么时候嫁人的，你这丫头啊我一直都觉得是块璞玉，没想到还真的有有心人能把你找到，顾先生一看就不是普通人，不过还真是有眼光，能看上我们莘瑶……不过你能娶到她啊，还真是有福分！"周姐很是开心地说。

顾南希嘴角勾起，俊雅的脸上多了一层淡淡的笑意，对周姐笑了笑："没错，娶到莘瑶是我的福分。"

周姐虽然在生活上很是懒惰，但毕竟是个生意人，且见过太多世面，她的眼神很是精明地在顾南希身上划过，再又看看笑得有点不大好意思似的莘瑶，顿时就笑了笑，伸手拉过莘瑶的手，在她手背上拍了拍："好孩子，你是不是要和顾先生走了呀？你当时一口气交了半年的房租，我一会儿就把剩下的钱和押金给你拿回来。"

"不必了，周姐，这房子你先给我留着，房租我会定期付，这里有我太多的回忆，不舍得看见你转租给别人。"季莘瑶忙按住她，"不用退钱给我。"

"这……"周姐愣了一下，"你还打算回来呀？"

"我把这里当成是我的娘家还不行吗？"莘瑶抱着她的胳膊，贴在她身边笑得很是亲昵。

周姐看了她半天，顿时就笑了，拉扯着她的手，满眼的不舍："你这丫头……既然都成你的娘家了，还收什么租金啊！"

"那可不行，租金照付，周姐你是生意人，没必要因为我而破坏做生意的规矩，朋友是朋友，租金是租金！"说着，季莘瑶转眼看向顾南希，不知道她想一直给这套房子付租金的事情他会不会同意。

顾南希目光专注，在莘瑶看向他时，当即便笑了笑，道："随你。"

当然季莘瑶没想到过后顾南希会直接跟周姐将这栋房子买下。

……

回 G 市之前，林芊芊抱着她很久，季莘瑶只贴在她耳边说了声："谢谢。"

回来的这一个月里，无论是周姐给她的一如既往的帮助还是林芊芊常常带她四处吃喝玩乐的方式，都是她这一个月中最好的安慰。

林芊芊是那种粗心大意的不太会表达的姑娘，她一直以为季莘瑶可能是因为失恋了还是发生了什么伤心的事所以回来这里，但是一直都没有追问过，只是用她的方式，带着莘瑶去吃吃喝喝，去啃猪蹄儿，去唱 K，去喝酒……

好姐妹安慰一个人的方式有很多种，而林芊芊恰恰是在用她的方式陪伴了季莘瑶整个月。

这一声谢谢，她会记上一辈子，到季莘瑶垂垂老矣。

由于顾老爷子在春节前要在北京那边与不少军界的老友相聚，所以临时改了地点，于是莘瑶没想到自己在飞机上一觉醒来，人便已到了北京。

而当她得知老爷子正在人民大会堂附近的酒店与老友相聚时，她便忙着找衣

服，嘴里还不时地抱怨顾南希怎么就这么放任她在飞机上睡着了，不提前告诉她他们已经转了去北京的机票，她之前在候机大厅醒来的时候就迷迷糊糊地跟他上了飞机，在飞机上继续睡，结果下飞机时才知道自己居然到了北京。

然而，顾南希却看着她那一副着急忙慌的样子不免觉得好笑，当酒店的工作人员拿了套衣服给她时，她看着那件似是极称自己身材的银白色小礼服，优雅中透着一些灵动的气质，颜色也很配她的肤色，她不禁指指那件小礼服，再指指这家酒店："你早就帮我定好了？"

顾南希笑意持久："穿上看看。"

季莘瑶没想到顾南希已连她的穿衣风格都这样地了若指掌，这样一件简单大气却不失优雅的小礼服，无论是在哪一个场合穿着都很得体，又不会太过引人注目，低调中带着点点的小灵动俏皮，且腰身那里又并非紧身剪裁，不会显出她现在微隆的肚子，也不会勒得太紧而伤到孩子。

她抬眼看见他眼中那专注的目光，心下一动，陡然想起单萦曾经信誓旦旦地在她面前说过的话。

或许有许多东西，单萦都猜错了，那种因为家族的优越与过往的自信将单萦变成了一个只能凭借这些优越感而寻找生命支撑点的女人，而顾南希的心，早已不再属于那个女人。

不知是否女人都这样，但季莘瑶难免会因他这专注的目光而红了一下脸，而那场婚礼，季莘瑶想，又何尝不意味着单萦输得彻底，而她季莘瑶，竟获得了胜利。

在她换上那身小礼服出来时，顾南希看着她的装束，和她自己全部束起的盘在头顶的长发，眼中是几分赞美。

"很漂亮。"

他由衷的赞美目光在她身上流连，在她有些不大好意思地走过去时，揽过她的腰，俯首在她耳边低声说："一个女人最美的时候，就是她自己根本没有发现自己有多美。"

季莘瑶也许是心情好的缘故，便也没婉拒他这番赞美，而是伸手环住他的脖颈，抬眼看着他清俊的脸，看着他那从容淡定的气质，心里正冒着幸福的泡泡。

"南希，那你知道一个男人最帅的时候是什么样子么？"

他挑眉，笑看着她："什么样子？"

"就是像你这样，专注而深情地看着自己的妻子，以她为唯一，待她好，给她幸福，深情不悔。"她晶亮的眼睛看进他深邃如黑潭般的眼里。

他笑，俯首在她额上亲吻："傻瓜，这只是本能。"

本能？这样的本能，总会是因爱而生的吧？

她不语，只是笑着看他，心里却像是塞满了一整罐儿的蜜糖。

临近春节，天安门广场前的路上车辆终于稀少了许多，国家的首都终于在春节之前变得不再拥挤，然而在人民大会堂附近，却是停了上百辆红首黑字白牌的军车。

当顾南希将车停在这里时，季莘瑶刚一下车，看见这些车辆，不去看这些车的标识，只看车牌，便能知晓今晚老爷子所见的那些老友都必定大有来头。

而顾南希仍旧是那辆黑色路虎，他显然是对车子并不怎么挑剔，因为自身从小便在顾家长大，完全没有需要借靠任何外在的东西去炫耀的习惯，他的人站在这里，便足以是令人仰慕的资本。

他的这种低调内敛的脾性成就了如此气度非凡的他，更是让季莘瑶只要站在他身边，就觉得前所未有的安定与自信。

"爷爷今天见的都有什么人啊？我一个月没见过他老人家，现在来见他，结果是跑来北京撞见他与老友在年前相聚，会不会不太好？"在走到附近的那家酒店之前，她一边看着四周的那些车牌，不由得低声问。

"老爷子特意要你前来，明显是要率先补偿那场我未能及时赶到的婚礼的过失，让你先在他的这些老友面前露露脸，也算是昭告天下，你季莘瑶是他的孙媳妇。"顾南希清明的眼中在又一次提及那场婚礼时，仍是划过一丝歉意。

顾南希再怎样厉害也终究非圣人，必然也有他陡然无法预知和掌控的事情，既非原则性错误，她当然可以在经久之后释怀，但没想到老爷子原来存的是这样一个心思，顿时滞了一下："你的意思是，他要把我介绍给在场的所有人？"

在她问这话时，顾南希抓住她的手，似时半开玩笑，又似是极认真道："老爷子是要以身作则，替我这个不肖孙子给孙媳妇正名。"

看着他眼底的笑意，季莘瑶不由诧异道："我一直以为爷爷会怪我。"

"老爷子虽顽固，但是只要他真心接受了你，就会考虑到你的感受，所以，他只会更疼爱你，而非责怪。"

他安抚地轻轻握了握她的手，须臾两人便走进酒店的大堂，顾南希今日的着装虽是剪裁合体的黑色休闲西装，与她的白色正相呼应，低调中却仍是那般的引人注目，他们刚一进门，就引来一番备受关注的赞叹。

今日这才是真正上流人士的聚会，眼前不论老少皆气度不凡，众人非富即贵，果然都是大有来头。

"哟，这不是顾老将军家的乖孙南希嘛！可真是说曹操曹操就到，我们都正说到你呢！"

有人率先认出她们，忙迎过来打招呼。

之后众人皆纷纷打量着他们，眼中尽是笑意，好几个人迎了上来。

"姗姗来迟，众位莫怪。"顾南希面带笑容，与几人握手，须臾看向那边几位正朝他们这边看过来的老人，便示意莘瑶与他走过去。

"陈老，张老，白老。"

顾南希与最近的几个人打了招呼，那几位老者看着他，皆目露赞许，再有人特意看向季莘瑶，有些人大抵是知些内情，而有些人却是完全不知，但毕竟一个月前顾家的这场婚宴莫名暂停，有些准备前往道贺的人心里都有自己的一本小九九，

第四章 回归

101

但在面子上，也没人敢多言。

可终是有人好奇地问："南希身边的这位漂亮小姐是？"

"我的妻子，季莘瑶。"顾南希介绍道。

莘瑶面带微笑，与那几位满面笑容的老人问好："晚辈季莘瑶，给几位前辈问好。"

而其中有几位老人脸上皆有几分讶异，陡然回头看向那边，这时季莘瑶才发现，单老竟然也在这里，正在不远处与人交谈，而这几位老人的目光皆是看向单老的方向。

看来单萦与顾南希的过去，是这些老人都知道的事情，又或许在几年前，他们都以为单顾两家必定会联姻，所以此时才会这么讶异。

季莘瑶却是始终委婉含笑，直到那些人终于看向她，笑着赞叹："没想到南希都结婚了，时光真是催人老啊，我们这些老头子啊，恐怕真的活不了几年咯。"

这时顾老爷子的声音在另一侧响了起来："让让，快让让，让老头子我看看我那孙媳妇儿！"

只见一身笔挺军装的顾老爷子，没有让任何人搀扶，拄着拐杖就匆匆地从人群那边走过来，一看见站在这边的季莘瑶，当即老脸上便几乎笑开了花，快步走来："莘瑶啊，你可让爷爷好等啊！"

老爷子似是有些激动，莘瑶一惊，怕他老人家摔倒，忙快步走过去站在他身边搀扶住他："爷爷，您小心些……"

"没事没事，老头子我摔不着，主要是你这丫头，肯回来就好。"老爷子拍了拍她的手，又以只有她能听见的声音小声说："傻孩子，苦了你了，是爷爷当时考虑不周全，在前一晚就应该找人把南希这臭小子看住，这样也就不会发生那些事了，哎……"

莘瑶满心感激，扶着老爷子，小声说："爷爷，都已经过去了。"

"你不记在心上就好，好孩子，爷爷一定给你补办一场更好的婚礼，要是南希这小子再敢出什么差池，我绑也要把他绑去！"

"哈哈，看来顾老将军对这个孙媳妇是很满意啊？这转眼爷孙两个就说上悄悄话了！"

"我这孙媳妇儿懂事着呢，识大体懂分寸，老头子我稀罕得紧！"顾老爷子看了他们一眼，半开玩笑似的又说，"还有我们南希啊，能遇见莘瑶这丫头，可真算是命中注定了，当初他们结婚的时候我还不知道，气得半死，现在呀，才知道南希的眼光有多好，给我娶回来这么一个称心的孙媳妇儿。"

"听说了，听说了！"这时旁边有另一位老人笑呵呵地说，"半年多前，我就听说南希不顾你老将军的反对竟然结婚了，把您老气得够呛，还在想南希这小子怎么敢在你老将军这太岁头上动土，挑战你老将军的权威，说结婚就结婚了，活活地被自己的孙子给气了一回！"

顾老爷子哼了哼，显然是真被他说中了。

102

当初他最气的，就是顾南希无视他的反对，挑战他在顾家的权威，更也活活地输给了自己孙子，真是气得不轻。

"顾老将军都这么大岁数了，气度仍不减当年，如今的孙子孙媳妇仿佛都承了您的气度，果真是不一样！"

"您这爱孙和孙媳妇已经结婚几个月了吧？什么时候打算生一个曾孙给您老抱抱，那才叫四世同堂其乐融融啊！哈哈！"

众人有疑问的，有挑刺的，有巴结奉承的，有旁观的，但更多的还是祝福。

季莘瑶一直只能满脸堆着笑，老爷子却是拍着她的手，老神在在地说："我这曾孙啊已经在这丫头肚子里了，再用不了几个月，老头子我就可以抱着小娃儿满院子晃悠咯！"

"爷爷！"

季莘瑶不好意思地叫了他一声，老爷子却是乐呵呵地看着她，眼中尽是因为她能回来而有的数不尽的开心。

老爷子对她如此的疼爱和关怀，对季莘瑶来说已是最大的认可与温暖，她感动得不知如何是好，只能任由老爷子扯着她，一个一个地给她介绍那些老人的身份，她便一个一个地叫着叔叔爷爷。

"孩子打算叫什么名字啊？"

"有没有去看看？是男孩儿还是女孩儿啊？"

在一阵寒暄中，季莘瑶每每觉得自己有点快要应付不住这么多的热情时，一转身便能看见顾南希浅笑的目光，然后她便瞬间又恢复了满身的士气，继续陪着老爷子和这些热情洋溢的老人说话。

这是老一辈人的聚会，虽然话题常常引到顾南希和她的身上，但主题毕竟还是这些老人之间的寒暄，当老爷子见莘瑶脸都快笑僵了，才心疼了起来："累坏了吧丫头？"

"没事儿，爷爷，我不累。"莘瑶笑笑。

"你不累，我这曾孙子还累呢，南希啊，陪莘瑶去休息休息，别让她太累着。"这时老爷子才舍得放手，把她还给顾南希。

顾南希揽过她，见她眼中确实有几分倦色，知道她因为怀孕，本来身体就容易累，又是这样的场合，就算一直在笑，但一直这样也会累，抬手将她脸边的两缕头发拂在她耳后："去那边坐坐？"

老爷子刚刚话都说到这份上了，季莘瑶便也没推托，就对顾南希点点头。

顾南希便带她去了不远处的茶座那里坐下。

"看起来，南希和季小姐还真是恩爱啊！"这时，在老爷子那边，有人看向他们这里，由衷地说。

"能不恩爱嘛，才结婚多久啊，就已经怀上了！"有位爷爷在旁边调笑。

老爷子亦是笑着点点头，这边季莘瑶被看得不大好意思，但顾南希却已给她倒了杯花茶，她捧在手心里一口一口地轻啜着。

当然，这一会儿单老同样早早地就看到了她们，却始终没有过来打招呼，顾南希亦是没有怎么去看单老，不过，季莘瑶能感觉到，单老刚刚在不远处向自己投来的目光，略带着几分冷意。

而当她以为单萦应该是并没有随单老来北京时，那道倩影便已入了她的眼帘。

单萦今天着了一身黑色的长款礼服，上身罩了一件黑色短款貂绒外套，满头长发同样全部盘起，大气而端庄，眉目间仍旧是独属于她单萦的那种非一般人能比的气质。

可是在季莘瑶看来，透过这个同样表面坚强的女人，仿佛能看见那个躺在病床上即将走到生命尽头的小鱼。

可是即便她知道小鱼的病，她仍旧对单萦无法释怀。

自己的女儿得了恶性脑肿瘤，而单萦却在替女儿圆一个"爸爸梦"的同时，也为她自己设计铺好将来的路。

这是一个何其聪明的女人。

却是聪明得可怕。

这时又有一些故友前来。老爷子乐呵呵地叫顾南希过去，虽然顾南希本是在这里陪着她，但季莘瑶不想显得自己太娇惯反而给这些人留下不好的印象，便也由着老爷子的那种热情劲儿。

季莘瑶独自坐在茶座这边喝着手中的花茶，时不时对几个过来打招呼的人笑笑。

她今天倒是没有看见温晴的身影，想必那一次温晴在顾家对她所做的一切，终究还是让老爷子看得清楚，在温晴没有真正醒悟之前，老爷子是应该绝对不会再让她那样放纵下去。

其实老爷子对温晴仍然是疼爱的，只不过老爷子虽疼爱温晴，但却明辨是非，一个被他从小宠惯坏的温晴，他有责任教她重新做人。

她抬眼，看见顾南希游刃有余地在众长辈之间微笑，周围不时引来阵阵笑声，而顾老爷子更是笑得满面春风的。

这时旁边的一位工作人员过来将她茶座边的茶壶里换了热水，却是因为旁边一个人不小心撞了一下，而险些将满壶的热水洒在季莘瑶身上，幸好莘瑶很快起身躲开了，那工作人员忙连连向她赔不是，季莘瑶抬眼，见那边顾南希似是看见了她这边的状况，正要走过来，她忙摆摆手，对他笑笑，让他放心，用嘴型对他说"没事"。

之后她低头见那工作人员似乎真的不是故意的，便也没说什么，弯下身帮她捡着茶壶的碎片。

"季小姐，还是我来吧，您别伤到手。"那工作人员紧张地说。

"没关系，我帮你。"季莘瑶笑了笑，伸手一片一片地捡起这茶壶的碎片，这是顶级的紫砂壶，摔碎了一壶估计这工作人员这个月的工资也就没了，见那工作人员苦恼的样子，季莘瑶倒也没有那么大的善心多管闲事，只是想起自己曾经打工的时候，因为摔碎了一个碗而被老板炒鱿鱼的那一幕，便不由自主揽过那工作人员手里的碎片："我来吧，你去忙你的，如果你们经理问起来，就说是我失手打碎的。"

那工作人员感激得连连称谢，季莘瑶只是笑笑。

曾经她生活在人生的最低谷时，若是有什么人能大发善心帮她一个举手之劳，或许她季莘瑶便也不会在日积月累下真的变成了刺猬。

就在她捡起最后一块碎片，扔进旁边工作人员赶忙递过来的垃圾筒里时，忽然一双锃亮的皮鞋进入她的视线。

季莘瑶看了一眼那皮鞋，缓缓抬起头，见是不知何时走过来的单老，当即便接过旁边的湿巾擦了擦手，站起身。

"单老。"她自然地打了声招呼，眼里带着几分对他的恭敬。

无论他与单萦是什么关系，或者他与她母亲单晓欧是什么关系，至少这份礼节还是必需的，她季莘瑶没有在这种场合下与任何人撕破脸皮的习惯。

"一个月不见，季小姐倒是丰润了许多。"单老笑看着她，炯炯有神的双眼盯着她的脸，似是在观察着什么。

季莘瑶微笑，轻抚了一下自己的肚子："胖了就是胖了，单老您不用这样说，呵呵。但是我也没办法，女人怀孕后难免会不自觉地横向生长一些，我只能尽量让自己不要胖得让大家认不出来。"

仿佛她怀孕的事单老并不知晓，竟隐隐皱了皱眉。

季莘瑶淡然而站得笔直地看着眼前沧桑的却仍旧英挺不凡的老人。

"几个月了？"他轻问，言语间的冷漠收敛了些，却显然心情并不太好。

"两个半月。"季莘瑶微笑。

他又看了看她，眯起眼，似是在打量她的眉眼，季莘瑶并未闪躲，直到那边单萦看见了他们，又看见她的爷爷在这边，似乎是犹豫了一下，才朝他们这边走来。

而当单萦走来之前，顾南希已回到莘瑶身边，牵过莘瑶的手，客气而冷漠疏离地看着脸色有些生硬的单老，之后仿佛只是中途过来好奇地一并闲聊一般："在聊些什么？"

那边单萦本欲走来的脚步，在看见顾南希对着季莘瑶那温柔而在乎的目光时，当即便顿住，站在原地静静看着他们，终究没有再走来，而是转身走向另一边的人群，似是不想和他们打照面。

与其说是不想和他们打照面，不如说是单萦不想和她季莘瑶打照面。

而季莘瑶当然明白单萦在想什么，或许在小鱼的身份和顾南希的态度不明朗时，她无法揣测，而现在，她知道单萦在想什么。

若是等小鱼真的不幸离开后，顾南希是单萦唯一的寄托，也许单萦没有她所想象的那样卑鄙，但是她知道，不得不防，女人在真的想得到一样东西时，是很可怕的。

"没聊什么，不过是单老说他一个月没有看见我，便特意来打声招呼，倒是叫我不大好意思，你说我这一个晚辈，刚刚忙得忘记过去和单老说句话，还要麻烦

第四章 回归

他过来……"

莘瑶客客气气地笑着,而看顾南希的表情,明显他懂她,于是他亦是讳莫如深地笑看着单老那没什么表情的脸:"单老太客气了,该是我们给您敬杯茶才是。"

"你们二位可真是鹣鲽情深。"单老表情不变,嘴角的笑容掺了几分冷意,回头看了一眼顾南希那笑得让人完全看不透的俊容:"南希,你确定不接受我当初的建议?"

单老的这话,季莘瑶倒是有些听不懂了,却没露出疑惑的目光,只是转眼看了看顾南希。

顾南希表情平静,随手接过工作人员手中托盘上的两杯茶,递给单老一杯,姿态从容而淡然:"单老的建议虽中肯,但却并非晚辈所想要的,还望……"

在将茶杯放在单老手里时,顾南希的声音顿了顿,意味深长地看看他:"您老自己多加考虑。"

单老板着脸,接过茶,却是没有喝,冷冷地将之放下,又冷笑着看了他们一眼,转身走了。

直到单老走远,季莘瑶才问:"他给了你什么建议?"

顾南希亦是放下茶杯,让她坐下,轻声说:"事关重大,回去再说。"

莘瑶点点头,看着单老的背影,心下却是在想着,单老刚刚看自己的眼神,他究竟是认出了自己和单晓欧的关系,还是只是她想多了?

单老在看着她时的眼神,说不清楚究竟是一种什么样的情绪,有冷漠,有复杂,又似乎带着几分怀疑。

这场宴会持续了很久,季莘瑶在茶座那边休息了片刻,便去了老爷子那边,陪着老爷子谈天,老爷子乐得合不拢嘴,看起来他实在是高兴。

时针已经指向晚上 10 点,老爷子还神采奕奕的,这场由老人所办的聚会,不乏这些老人家中的子孙,所以有一批年轻有为的也同样是来头不小的二三十岁、三四十岁的人在宴会的那边三三两两地聚着。

这时有特意前来看顾老爷子的客人因为身体不好,顾南希便替老爷子招呼着,派人送那人回房间休息。

而就在这时,单萦走过来,看见顾老爷子和他身边的季莘瑶时,晶亮的眼神只在季莘瑶的身上划过,便走到老爷子面前,笑着说:"顾爷爷,您老啊真是越发地满面红光了,别人是逢年过节就老了一岁,而您呀,是每每逢年过节都年轻了一岁似的!"

顾老爷子笑着点点头,却没因为单萦这番话而太开心,只是对她走个过场似的笑了笑,便直接拉过季莘瑶的手:"莘瑶啊,你去帮爷爷找南希回来,再看看刚刚那白老的身体怎么样了。"

看得出来老爷子应该是有什么话要和单萦说,要支开自己,季莘瑶不动声色地点头,转身便走了。

106

她没有回头去看，也没有打算偷听。

从刚刚顾老爷子在看见单萦的那一刹那的表情来看，老爷子对单萦的出现是有几分忌惮的，或许是那场婚礼上，小鱼的那声"爸爸"让在场的所有人都震惊，但是顾南希过后必然说过原因，否则顾老爷子刚刚看着单萦的表情绝对不会是带着几分疏离的笑。

小鱼是可怜，可是单萦的目的何在，恐怕顾老爷子看得也是同样的清楚。

季莘瑶直接去寻找顾南希，在到了酒店的六楼时，才知道老爷子的房间定在了六楼，只是竟看见一条熟悉的黑狗趴在门口，正叼着顾南希的裤腿可怜兮兮地呜呜着，季莘瑶笑了。

好家伙，老爷子您真是奇葩，出个门都能把这狗给带上！

看来这只小二黑，曾经在部队里应该就和老爷子亲，来一趟北京都能搭个顺风车。

"白老怎么样了？"季莘瑶走过去问。

顾南希将房门关上，走过来："已经睡下，毕竟年岁大了，高血压，一年就有这么一次机会能来北京聚一起，有些受不住这奔波劳顿，休息一晚就好了。"

说时，他轻抚了一下她的脸："脸色这么差？"

"可能是一直在笑，都已经快笑僵了，谁能想到老爷子居然有这么多老友啊，见一个笑一个！"季莘瑶难得想要撒一下娇，趁着走廊间没人，在他抱过自己时，趁势靠在他怀里，将身体的重量也完全交给了他。

他轻叹："那等晚上宴会结束后，我送你早点去休息。"

"没关系，爷爷刚刚在大堂里叫你呢。"

她被顾南希揽着肩头，看着他眼中的温柔，笑咧了一下嘴。

"我去看看。"他拍拍她的肩，又看她一眼，须臾拿出房卡打开不远处的一个房间的门："你先在这里休息，等我上来接你。"

她点点头，也确实累了，趁空找房间躺一会儿也不错。

晚上 11 点，酒店大堂里仍是一片热闹。

季莘瑶下楼回到大堂时，便见那边顾南希仍在招呼着客人，便直接朝他那边走过去，刚走了几步，身边陡然走来一道黑色高挑的倩影。

见是单萦，莘瑶停下脚步，平静地看她一眼，而单萦似是对当日她甩的那记耳光而有几分记恨，平日里单萦待人皆是带着笑脸，至少表面上是明丽嫣然的，可面对她季莘瑶，目光亦是淡淡的，带着几分冷意。

"我以为你会一走了之，几年内都见不到你，没想到你竟自己回来了。"单萦率先开了口，又仿佛基于这场合下的礼貌，随手递给她一杯香槟。

季莘瑶接过香槟酒，却没有喝，只是勾唇笑了笑："那单小姐你可就错了，如果一个男人有心想找到他的女人，他根本就不需要花几年的时间。一个月，足够他解决所有棘手的事情，至少对于南希来说，就算我跑到了美国，跑到了阿根廷，

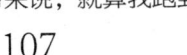

第四章 回归

或是跑去了非洲，只要他想找到我，又能有多困难呢？"

单紫冷笑，却是没再说什么，季莘瑶明明在她眼里看见一抹一闪而逝的苦笑，明显地是被自己说准了。

以顾南希的实力，如果他想找一个人，想挽回一个人，何须耗上几年的时间？那是电视剧和小说里才会有的桥段，而他们的人生里，又有多少个几年可耗，谁都不傻，在乎还是不在乎，其实已经足够明显。

否则她季莘瑶又何须这样轻易地回头？

"怎么不喝？难不成怕我下毒？"见季莘瑶拿着装了香槟酒的高脚杯在手中把玩，却不喝一口，单紫挑起秀眉，眼里仿佛对她有些瞧不起。

季莘瑶眼波淡然："单小姐在怀小鱼的时候，也常喝酒吗？"

单紫眼神一僵，仿佛是已知道她怀孕，却一直没有确定，但却从她这番话里明白过来，当即缓缓垂眸，看了一眼她小礼服下的小腹。

她的目光里带了些复杂的情绪，看了一会儿，才深呼吸一口气，看着季莘瑶道："看来，你为了维护这场婚姻，暗地里下了不少的功夫，这么轻松就有了？"

"单小姐这话，我似乎没听明白，我的婚姻合理合法，我与南希夫妻和睦，结婚半年多，现在有了孩子，这分明是人生十分正常的经过，怎么是我下了不少的功夫呢？"季莘瑶挑眉，淡然地笑看着她，"其实单小姐，你若是时间足够多，就多陪陪自己的女儿，就算你很想替自己铺好未来的路，就算你不甘心，但是有些东西，不是你想遗弃就遗弃，想收回就收回的。"

在季莘瑶提到让她多陪陪女儿的刹那，单紫的脸色瞬间变白，仿佛被戳到了痛处，握着酒杯的手指渐渐收紧，眼中是一片飒然。

"如果小鱼生命真的只剩下不到半年，你真的舍得让她常常一个人在酒店里被你雇去的阿姨看管着？你和她亲生父亲之间的问题或许没有多少人知道，但是一切本来就已经对小鱼不公平，直到她生命的最后，难道还要为你这个母亲散发最后的光和热吗？她只是一个五岁的孩子，你怀胎十月生下的女儿，是她重要，还是曾经被你自己弃开的那段旧情重要？"

季莘瑶因为怀孕，对孩子特别敏感，语气终是忍不住重了些。

单紫白着脸，眼中是隐隐的痛苦，却是微咬着下唇，死死地看着她，仍旧骄傲地抬着头，就这样看着她。

许久，单紫才哑声说："她不知道自己生病，平时我怎么待她，在得知她病后，依然怎么待她……"

"我只想她生命的最后有着如往常一样的生活，除了偶尔的病痛之外，没有害怕，没有哭泣，我让我的女儿漂漂亮亮地走下去，总比矫情地整天哭哭啼啼的要好！"说到这里，单紫的肩终是有些颤抖，"季莘瑶，每个人都有自己的认知，站在我们各自的角度，我们的确互相仇视，而你也确实可以与我势均力敌，那天你们的婚礼，你的那个耳光，我单紫记下了，早晚有一天，我会让你知道什么叫悔不当初。"

"当你在确信顾南希对你是深情不悔,别忘记去照照镜子,看看你的脸,看看你的眉眼,我们究竟有多相像。"

说罢,她转身便走,那挺得笔直的背影,坚强得像是浑身长满了刺的女人,有那么一瞬间,让季莘瑶仿佛看到了另一个自己。

季莘瑶的身上从上楼之前,一直到下楼时,都披着顾南希的西装外套,顾南希始终在给她勇气,每时每刻都在让她拾起自信,无论单萦如何说,季莘瑶相信用心体会到的感觉。

旁边有人走过,不小心撞到了她手中未喝的高脚杯,杯中的香槟酒瞬时洒了出来。

"呀,不好意思,我走得太急了,没事吧?"那人忙伸手要帮她擦一下。

莘瑶笑了笑,摇了摇头,接过湿巾:"没事,我自己来吧。"

她低头看了一眼,是顾南希的外套洒了些酒,她叹了口气,这么好的料子,就这样脏了怪可惜,但用湿巾仿佛是擦不干净。

她一边擦一边走向顾老爷子这边,她回头看了一眼,才发现不见顾南希的身影。

顾老爷子见她下来了,又见她低头在擦着衣服,便问:"怎么了?洒了东西?"

"嗯,一杯酒。"季莘瑶又擦了两下,便攥着湿巾,抬头对顾老爷子笑笑:"爷爷,这么晚了,您还不回去休息?"

"没事,心情好,睡不着,和这些老友多聊聊,你要是累了就早些去睡,不用一直想着下来陪我,我之前不是叫人给你们在这家酒店订了房间,你拿到房卡没有?"说着,老爷子又指指后边:"南希去了那边,你们从F市奔波来北京还没怎么休息,都早点睡。"

果然,他正说着,顾南希便已经从后边的隔厅里走进来,见莘瑶偶尔低下头在看身上的衣服,便走到她身旁,瞥见她衣服上的污渍,抬手轻轻覆上她的肩,表情坦然,目光柔和,似乎很享受有她在身边这般温馨的相处:"怎么没休息?"

"下来看看你们进展到哪里了,需不需要帮忙。"

"不用,你快回去休息,别让我担心,嗯?"

莘瑶点点头,确实乏了,便也不再推托,顾南希送她重新进了电梯,她便回了六楼。

回房间后,她虽然乏,却是不想睡,干脆拿起那件被洒上了香槟酒的西装外套,仔细看了看,便直接拿进浴室,随手放进水里,试着洗了洗。

因为酒店房间里没有洗衣机,她又是想给自己找些事情做,但是这西装外套洗完之后似乎看起来哪里有些别扭,等到季莘瑶将之洗干净,又拧干水后,在柜子里找了衣架挂在落地窗那边,之后便一边摆弄着衣服一边想着,是不是等干了之后要熨一熨才会平整?

没过多久,顾南希回来,季莘瑶还在那里摆弄着衣服。

结果背后忽然一暖,顾南希自她身后将她轻轻拥在怀里,贴在她耳边吻了吻,似是有些好笑地问:"不是让你早些睡?怎么倒是洗了衣服?"

第四章 回归

109

"你的西装都是很好的料子,我担心这香槟酒在上边太久,以后会洗不掉,所以干脆先洗洗,但是怎么洗完后这么皱?"季莘瑶又抬起手,扯了扯那件衣领。

抬起的手被他轻轻拉下,直到她的身子被转过去,顾南希似是已忍不住笑:"你不知道西装不能用水洗?"

"啊?"季莘瑶瞪大双眼。

"傻瓜,这衣服要干洗。"

明明被她给毁了一件衣服,但顾南希却仿佛心情极好,眼中满是疼宠地笑看着她,半点生气都没有。

季莘瑶大窘,以前在日暮里,她就想过,顾南希的衣服大多数都被家政服务的人拿出去,她平时没有洗过他的衣服,也没有洗过西装,似乎听说过西装只能干洗,但是刚刚一时脑热,居然把衣服放进水里……

"那岂不是……"她窘了窘,回头看看那件西装外套,"好好的一件衣服被我给浪费了……"

顾南希没去管那件衣服,他微微一笑,低着头,看着她脸上的那一阵阵懊恼的神情,把季莘瑶看得不由脸红。

"明天还有许多事,这衣服就这样吧,别再想了。"他好笑地拍拍她。

季莘瑶无奈,只好去洗澡,但是洗过澡出来后,直到睡觉之前,看着挂在落地窗前的那件被她洗得皱巴巴的衣服,仍然是懊恼,这衣服估计至少几万块,她的心在滴血……

翌日顾南希与龙人在酒店会面,似是有什么事情要谈,季莘瑶没有去打扰他们,而是转身看着这酒店会客室中墙上挂着的那几幅油画。

前两天在F市半山会馆的农场时扭伤了脚,到现在虽然行动自如,但脚踝处偶尔还是会痛,毕竟伤筋动骨一百天,虽然季莘瑶在顾南希的悉心照料下已经好得很快,可这两日在北京奔波,她这脚踝难免还是会暂时撑不住。

于是她稳了稳脚步,不想让顾南希发现她的脚不舒服,悄悄在一幅油画下边坐下,抬眼看着那幅画,久久未动。

画上的一家三口,幸福地坐在满是花草的园子里,在一架秋千下,年轻的女人抱着可爱的小女孩儿一起坐在秋千上,而在秋千旁,一个男人站在那里,笑得满脸宠溺。

这幅画也不知是谁画的,却让季莘瑶的目光久久无法转开,那个男人的衣服款式几分眼熟,但是这一家三口的脸都画得十分简单,只有简单的线条与表情,却仍能让人感受到画这一幅油画的人的心思,这幅画的作者是在画中寄予了幸福的期望,每一笔勾勒,每一根线条都是那样的流畅自如。

这时酒店的工作人员进来,见季莘瑶坐在那里,便走过去,给她倒了一杯温水,季莘瑶接过时不禁小声问:"请问,这幅画是哪个画家的作品?这种油画的风格我似乎从来没见过。"

110

那工作人员抬眼看看她说的那幅油画,之后笑着说:"季小姐,您没见过也是正常的,我们酒店内所挂的画作大都并非出自名家之手,都是在民间收集来的一些很漂亮的画,我们老板这二三十年间,常在民间四处寻找好看的画作和那些被临摹出的古代大家的字帖,这幅画好像是二十多年前,我们老板从Y市的一位年轻漂亮的小姐手里买下来的,当时他在那位小姐手里买下好几幅,不过只有这幅是我们老板最喜欢的,就装裱上,挂在这里很久了。"

"Y市?"季莘瑶低喃一声,便只看着那幅画,不再言语。

这时季莘瑶才隐约记起,自己的母亲,曾经在她刚刚记事的时候,喜欢带着她和修黎一起去野外,那时母亲会抱着雪白的纸在那里一坐就是一下午,曾经季莘瑶很小,完全不懂,对这些也只有模糊的印象,直至今天想起这个,才陡然明白,原来她母亲是学油画出身。

油画,二十几年前甚至是三十年前的油画在中国虽然盛行,但能画得这样专业,定是在国外深造过。

这么说,这幅画有可能是她母亲所画?而她母亲,曾经在国外深造过?能在那种年代既出国又学这种高雅的东西,她母亲必然不可能只是平民小户的家庭。

想到此,季莘瑶又想起单老曾经与自己说过的话,还有自己与单萦有两三分相似的眉眼,该不会,这其中真的有什么利害关系?

然而当她再看着那幅画时,看着在那个画中的小女孩儿,心下却是一片凄冷。

单晓欧啊单晓欧,季秋杭这样一个无耻到没有下限的男人,你何苦为他牺牲了一生的幸福断送了二十几年美好的生命,只在画中寄托着这些梦又是何必。

肩上一暖,顾南希的气息靠近。"脚又在痛了?"他轻声问。

季莘瑶转过脸看向他,没有说话,却是将额头轻轻抵在他身前,静静地呼吸着他的味道,感受着在他怀中的这份温馨和宁静,还有被他温柔呵护与关怀的幸福。

无论她的母亲的过去是什么样,无论其中究竟有多少是她不知道的事情,但是有顾南希在身边,她便已足够安心。

顾南希轻拍着她的肩,须臾俯下身,在她不依地还想往他怀里钻的时候,他既严肃又像是在呵斥一个孩子似的低道:"别动,让我看看。"

季莘瑶一窘,只好坐在椅子上不动,看着顾南希俯下身,握着她的脚,仔细地看了看。

他以两指轻轻掐住她脚踝处很痛的一点,没有太过使力,只是微微掐了一下,季莘瑶便忙要缩回脚来,当即便只见顾南希皱起眉头。

"是我的疏忽,你脚伤还没好,就带你四处奔波。"他叹了叹,眼中是满满的心疼,在她脚踝处轻轻揉了揉:"这样还疼吗?"

其实脚踝上那个位置,还是一碰到就会疼,但是他这样轻轻地揉弄,虽然还是有些疼,但却又很舒服,季莘瑶便摇了摇头:"没事了,伤筋动骨一百天嘛,虽然没伤到骨头,但是脚踝这里是筋,肯定会多疼几天的,不影响走路就好,何况这两天无论是去哪里,你都坚持让我坐车,我已经少走很多路了。"

顾南希叹了叹："虽然踝关节扭伤是小伤，但若不重视，仍会留下后遗症，今天是从什么时候开始疼的？"

"在外边的时候没有疼，就回来的时候刚刚才有点疼，可能是这个鞋子不舒服。"季莘瑶如实回答，说罢她还笑了两下。

"今天就先这样，别再出门，过两天直接回G市，马上就是春节了，别一直疼到春节才好。"见季莘瑶那虽然诚实回答，但却对这脚伤不以为然的表情，顾南希好笑地看了她一眼，便起身，叫工作人员去准备一些跌打损伤的药来，之后直接送她回了房。

回房后，季莘瑶刚刚坐下，工作人员就送了一瓶红花油进来，之后顾南希竟直接半跪下去，抬起她的脚将她的平底鞋脱下，一边在她的脚踝处涂上红花油一边以指腹轻轻替她按揉。

阳光透过酒店房间的落地窗，洒进房内，铺开一层惑人的金纱，金纱里的顾总半跪着，并不以为自己屈尊降贵，完全以一种坦然平和的态度，专心给他心爱的女子涂药，按揉着她脚踝上仍旧泛着疼痛的伤处。

他的手指修长而骨节分明，掌中没有厚茧，温暖的掌心握着她的脚，指腹在她细嫩却在此时紧绷的脚背及脚踝处的肌肤上轻揉。

季莘瑶承认自己在那一刹那，心底竟是微微地一颤，有些不可置信，震惊中几乎忘却要不好意思地收回脚，只是看着他耐心的动作，忽然间，是满心的感激。

因为即将春节，老爷子自从季莘瑶回来后，一直心情很好，莘瑶与顾南希一路陪同老爷子回了G市，暂时没来得及回日暮里，便直接去了顾宅。

没想到何婕珍和王妈她们竟然早早地就在顾宅前面等候，车子刚一停下，季莘瑶和顾南希扶着顾老爷子下了车，那边何婕珍便仿佛有些激动又开心地走过来，直接握住莘瑶的手，紧紧地握着："莘瑶，好孩子，这一个月苦了你了，回来就好！"

"妈。"莘瑶不无动容地看着眼前这位始终都疼爱自己的婆婆，心里是由衷的感激。

在这个顾家，她终于是找到了家的感觉，有关心自己疼爱自己的丈夫，有把自己当成亲生女儿一样关怀着的婆婆，有和自己聊得来的雨霏，也有现在把自己几乎疼在手心里的老爷子。

"傻孩子，是咱们顾家委屈了你，让你受这么多的苦。"何婕珍拉着她的手，满脸心疼地看着她，又抬起手抚了抚莘瑶的头："看看你，虽然人没怎么瘦，但脸色也没有当初那样好了，这一个多月，都没怎么睡好吧？"

女人始终是最了解女人的，即便中间隔了二十几年的代沟，可终究还是互相了解。

季莘瑶既已释怀，便也没什么好藏的，于是轻轻点了点头，眼中带笑："妈，我最近的睡眠已经改善了，每天都能睡上足足十一二个小时呢，您别担心我。"

"孩子怎么样？"何婕珍一边拉着她的手走进顾宅，一边低下头很是关心地看看她的肚子，仔细看去，她的肚子已经微微隆起了一些，顿时喜笑颜开道："莘瑶，妈就知道你无论如何都不会忍心拿掉肚子里的孩子，这一个月妈都担心死了，先是怕你想不开，再又担心你一气之下拿掉孩子！"

"这也是我的孩子，不管发生怎样的误会，他始终是我的孩子，我怎么会舍得那么轻易让他消失……"季莘瑶低下头，轻轻抚着微隆的小腹，眼中尽是对里面这个小小生命的期待。

"算来这个孩子也快三个月了吧。"何婕珍伸出手，小心地摸了摸她的肚子，然后像是笑得合不拢嘴似的，让她坐下，然后回头对王妈说："去把陈医生叫来，来给咱们莘瑶检查一下身体，看看用不用再继续喝中药补一补，这孩子太瘦了，真担心以后她生孩子的时候会吃不消。"

那边王妈也是笑着点点头，转身去打电话。

而老爷子在开开心心坐下时，目光在屋子里扫了一圈，眼神一顿，似是想到了什么，便看了看季莘瑶，再又看看何婕珍，似是欲言又止。

这时何婕珍仿佛全然没有感觉到老爷子的目光似的，只是在莘瑶身边笑着说话，直到王妈回来后，说陈医生一会儿就到，她才笑着点头说好。

不过季莘瑶已经感受到顾家里那一点点微妙的气氛，仿佛，在老爷子与何婕珍之间，在这公媳之间，到底还是有一些不愿明说的话。

而这个话题的中心，季莘瑶明白，是修黎。

顾南希的手机响起，他淡笑着看了一眼和何婕珍紧挨着坐在一起的莘瑶，起身去接了个电话，顾长的身形站在窗前，莘瑶朝他那边看过去，忽然听见有人下楼的动静，便转过头，只见是温晴走下来，眼中没什么表情，看见老爷子回来了，便咬了一下唇，站在楼梯上，看看老爷子，再又看看顾南希，最后才将目光落在季莘瑶身上。

"爷爷，您从北京回来啦。"温晴的声音很低，也略有些发哑，似乎是病了，脸色有些病恹恹的，却是努力撑出一丝朝气蓬勃的样子，很不想惹老爷子不开心。

老爷子双手交叠地覆在拐杖上，回头看了一眼温晴，点了点头："嗯，回来了，听说小晴着凉了？怎么样了？好些了没有？"

顾老爷子对温晴说话的口气，难得这样的不含半分宠溺，而仿佛只是对一个普普通通的家人那样的随口的一声关心。

温晴从小被溺爱得习惯了，对老爷子这种看起来有些冷淡的态度不太习惯，但却不敢造次，便走下来，向这边走来。

她今天穿了一身雪白的裙子，给人一种很高贵干净又很乖巧的感觉，走到老爷子身边，小心翼翼地倒了一杯热茶："爷爷，您刚赶回来，路上一定渴了，喝杯茶吧。"

见温晴这样乖巧的模样，顾老爷子很是欣慰地看了她一眼，接过茶杯，再又看看她这一身打扮，便放轻了声音问："小晴这几天没有出门？"

"爷爷说让我在家里，一个人在房间里好好想一想，我就没有出去，一直在

房间里，等爷爷您回来。"温晴低着头小声说。

她那仿佛乖巧玲珑的样子，让季莘瑶都忍不住转头去看她。

想想一个月之前的那场婚礼，她记得那天没有见过温晴，想必温晴那天没有去，但是听说婚礼没有成功的进行后，恐怕温晴的心情是很好的吧。

这时顾南希接过电话回来，目光在温晴身上只停留了不到半秒便淡淡地移开，但是那不到半秒的时间，季莘瑶便能察觉到。

她不在的这一个月，温晴定是试图接近过顾南希，否则他对这个几乎是一起长大的温晴的耐心也绝不会消耗得这样彻底。

直到顾南希坐在莘瑶身边，温暖的气息将她笼罩，莘瑶回头看看他的表情，小声地问："秦慕琰的电话？"

她刚刚看见他手机来电上的名字。

他几不可闻地嗯了一声，似乎是在想什么事情，但是他平时惯于喜怒不形于色，所以季莘瑶没有在他的神情里看出来多少，但隐约能感觉得到，或许是跟秦慕琰与雨霏的事情有关。

而最近她没有见过秦慕琰，而雨霏似乎也没在顾家，她正想着雨霏现在的肚子应该已经很大了，怎样遮掩都还是会被人发现，她现在应该是已经出国了。

但现在正坐在顾老爷子还有何婕珍旁边，她不好开口问，便只能转过脸看了一眼温晴。

老爷子喝了温晴给倒的茶，眼里有几分欣慰："小晴啊，你这孩子让爷爷我这些年操了多少心，就想让你好好长大，曾经是想你做我的孙媳妇，现在既然上天给南希安排了莘瑶，爷爷也就不再勉强，只想这几年给你找一个不错的人家嫁过去，享一辈子的清福，可你这孩子就是一直想不开，让爷爷我这心里一直都不是滋味，现在既然你想清楚了，爷爷也就放心了。"

温晴微微一笑，乖乖地应道："嗯，是小晴以前不懂事，爷爷您别再生气了。"

老爷子笑着拉过温晴，拍了拍她的手，然后转头看向莘瑶："莘瑶啊，上次小晴用水果刀险些伤了你的事，看在爷爷的面子上，你别再往心里去，咱们是一家人，和和睦睦地过个春节，好不好啊？"

季莘瑶对那件事情虽不算是耿耿于怀，但是说不往心里去是假的，但是既然过去了这么久，老爷子又发话，便笑笑："爷爷做主就是，我没关系，家和万事兴嘛。"

而当季莘瑶抬眼看向温晴时，温晴亦是回看向她，老爷子此时没有看温晴，于是在温晴眼中那一闪而过的隐忍的怨恨与冷意就这样被季莘瑶全数看进了眼里。

看来，她终究也只是表面上给老爷子做做样子看的。

莘瑶仿佛没看见温晴那抹怨恨一般，仅是走个过场似的对她笑了笑，而同时将一直被顾南希握着的手在他手里轻轻动了动，反握住他的手掌，她转头，小声地以只有顾南希听得见的声音说："南希，春节过后，我们还是会回日暮里住？"

顾南希似是看出她的担忧，明白她不愿与温晴共处在一个屋檐下太久，而季莘瑶的表情也是明显地怕在温晴身边待太久而出什么事,他便安抚地轻声说:"你想住哪里都可以,重要的是让我们都安心。"

他一语中的,季莘瑶便也放心了许多。

她倒并不娇惯,虽然怀了孕,但是正常生活是怎样都好,只是对于温晴,她觉得还是能防范就防范,以免有什么不必要的闪失,毕竟温晴因为"不懂事"而犯过的无心之失已经太多,她没有道理赌上自己和自己孩子的安全,而顾南希显然也不会再给温晴任何能伤害到自己的机会。

之后陈医生便到了,先是给季莘瑶检查过身体,确定过季莘瑶身体很健康,胎气比之前已经稳了许多后,何婕珍和老爷子的心才放下。

不过陈医生嘱咐,最好再吃一个月的中药,毕竟怀孕时不能乱用西药,中药虽慢,但是慢慢调理对母子都很好,于是何婕珍便命人将之前专门给季莘瑶熬药的琴姐调进了顾宅,依旧让琴姐专门负责照顾季莘瑶的身体。

顾远衡在忙,老爷子平日无聊便喜欢自己和自己下下棋,听听评书,当晚季莘瑶洗过澡后下楼时见老爷子在那儿自己一个人下象棋,便笑着走过去:"爷爷,我陪您下吧。"

"哟,你这丫头会下象棋?"顾老爷子笑呵呵地看了她一眼,倒是没拒绝,招呼着她坐下:"来来来,坐下吧。"

"我只会最基本的,和爷爷您这种老手相比,估计没走几步就输了。"季莘瑶将眼前的棋摆好:"不过两个人下棋,总比您一个人自己和自己下要有趣些,陪您解解闷嘛。"

"好好好,来让老头子试试你的功底。"

季莘瑶见红棋在自己这边,便先走了一步,老爷子见她上来就直接走了炮,当即乐了:"你这贼丫头,上来就想来吃老头子我的一卒,当我这么好惹?"

"爷爷,我其实只懂得马走日象走田,其他都不太懂,这还是我三四岁的时候,隐隐约约地记得一些,是我妈妈教我的。"

老爷子挪动棋子的手一顿,忽然看了她一眼,正色地问:"贼丫头啊,老头子我有话要问你,你可要如实地说。"

"爷爷是要问修黎的事?"

"聪明!果然和你这丫头说话啊,不累!一点就透。"

顾老爷子笑笑,然后抬起手,似是已没了下棋的兴致,坐在躺椅上,看了看她,才低声说:"老头子我无论如何都没想到,我那失踪了二十几年的小孙子,竟然是在你身边长大,关于我这个小孙子的事情,是咱们顾家的一个大忌,二十几年来没人敢开口随便说这件事,但是既然修黎那孩子和你很亲,老头子我也不妨和你说说。"

莘瑶给老爷子倒了杯茶,放在他面前,没有多话,而是安静地听着。

老爷子眼中对她是更多的喜欢和欣赏,似是对她的信任也越来越多,笑着点头看看她:"二十多年前,远衡和一个女人有染,在外边有了孩子,那时候南希才刚刚五岁,雨霏也才三岁,那时我知道了,就果断地让远衡和那个女人断了联系,

第四章 回归

115

而那个孩子……"

他叹了口气，又说："小珍嫁到顾家后，一直都是个很懂事的儿媳妇，而且很聪明，其实小珍一直都知道这件事情，但是她为了南希和雨霏，而始终假装不知道，隐忍多年。我们都不想破坏家中的这一平衡，我更没打算让远衡在外边的那个孩子进顾家一步，只是后来发生了一些事情，那个和远衡在外边有染的女人生了一场大病，之后被送去美国疗养，而她刚刚生下不久的孩子莫名其妙地就失踪了……"

说到这里，顾老爷子又是叹了叹："当年的事情有些复杂，但是为了顾家，为了南希和雨霏，也为了远衡的名声，我便靠着强权将这一切流言蜚语都压了下去，后来在那孩子失踪多年后，我以为这孩子八成是已经死了，刚出生不久就失踪，何况他妈妈还是一个病重的神志不清的母亲，一切都是有可能的，这二十几年，我虽有试图想找找这孩子的踪迹，但是大多数时候都认定了他已经不在世，所以没怎么再用尽全力地去找过。"

"其实，也是我的错。"他揉了揉已经快掉光了头发的脑袋，"当年的事情虽是为了顾家好，但毕竟孩子是无辜的，没想到那孩子在外流离失所这么多年，若不是你母亲好心将他收养，若不是你一直把他当亲弟弟一样地照顾疼爱，更若不是因为莘瑶你的出现，恐怕老头子我到死，也见不到这个已经长大成人的小孙子了……"

顾老爷子的这些话虽然大多是回忆感慨，但是季莘瑶听得出来，他在话语间巧妙地避开了所有敏感的话题。

"老头子我会和你说这些，莘瑶，不知道你是否能明白我的心思，我老了，年轻的时候再怎么样抱着枪杆子打天下，现在再怎么精神，也终究是老了，兴许还能多活个一两年，要是真能长寿的话，最多也就只能活个十年八年，南希和雨霏也都已经长大，小珍对当年的事情虽然始终持着漠视的态度，但是那天她看见修黎的时候，却没有说什么，我知道她心里苦，但是她比谁都明白修黎就算是远衡的私生子，但毕竟他身上流的也是顾家的血脉，是老头子我的亲孙子，和南希一样，手心手背都是肉，老头子我只想让修黎这孩子能回顾家来，希望所有的孩子都能陪着我绕膝长谈……咳咳……"

"爷爷，您喝些水，慢慢说。"见老头子忽然剧烈咳嗽，莘瑶忙举起茶杯到他面前。

老爷子喝了一口热茶，顺过气儿来，炯亮的眼里难得地有了几分浑浊："对于小珍，是我们顾家亏欠了她，但是她始终识大体，忍常人所不能忍，这么多年来，她一直心照不宣，虽常与远衡那个牛脾气争吵，但从没有在远衡面前提及过当年他在外边和那个女人的事情，小珍太懂事，她知道有些东西在表面上一旦破裂了，便无法再归于原形，所以她多年来一直在忍受，于是老头子我也始终都替小珍做这个主，没让那个女人踏进过顾家的大门一步。"

"当年的事情都是老头子我一手铸成，无论是对修黎他母亲的伤害，还是对修黎的不公平，我只希望那孩子能回来，和我好好谈一谈，别恨小珍，也别恨我，更也别恨远衡，上一辈人的纠葛就随着我百年以后一起入土吧，你们这些年轻人，不该承受这些。"

"所以贼丫头啊……你能不能，让修黎在春节时回来顾家，让我再看看他，他是姓顾的啊，他也是我顾占中的孙子，他不该姓季，他身上流的是我的血啊，我怎么能在知道他在哪里之后，还放任他在外面生活，让他回来吧，贼丫头，我知道他听你的话，算老头子我欠你一个人情，你想办法让他陪我吃顿团圆饭……"

季莘瑶低头看着眼前的棋盘，终是忍不住问："爷爷，您既然说到修黎的亲生母亲当年是得了重病神志不清，那她……"她假装一切都不知道似的问："她还活着吗？"

老爷子想了想，眯起眼似是在回忆什么："我这些年也没去过美国，听远衡说，那边有专门的医生陪着她，而远衡这么多年也没去过，但一直都没有听过什么噩耗，应该，是还活着吧。"

人情多么淡薄。

即便曾经那个女人险些破坏了顾远衡的家庭，但毕竟也为顾家生下了一个儿子，而她虽有错，可她的惩罚也已经足够，二十几年的骨肉分离，二十几年的失心疯，恐怕她也不知是在哪个富丽堂皇的牢笼中疗养，甚至这么多年，顾远衡竟从来没有去看过她，竟连她是死是活都不清楚。

所以顾远衡的这种冷硬的脾气，季莘瑶就也能理解了，他始终都是个没有心的男人。

就在这时，温晴抱着一盆快要枯萎的花下了楼，似是要找办法救活它，见季莘瑶正陪老爷子下棋说话，当即目光一闪，抱着花盆走过来，甜甜地叫了老爷子一声："爷爷，这么晚了，您该去休息了。"

"我还不困，小晴啊，你那手里的花怎么了？"

"一个月忘记浇水了，枯了。"温晴仿佛很是心疼地低头看看手里的花，然后瞟了一眼季莘瑶手边的茶壶，见季莘瑶在给老爷子已经空了的杯里倒茶，便忽然笑了笑，放下花盆，走过来，从她手里拿过茶壶："莘瑶姐你怀孕了，以后给爷爷倒茶的这种事还是我来吧。"

说着，她就笑眯眯地给老爷子倒了茶，老爷子倒是没多想，只是听她叫的那一声"莘瑶姐"，眼里有了几分欣慰。

而季莘瑶却是知道温晴怕自己彻底夺了她在老爷子这边的宠爱，连倒茶泡茶这些事都不愿假她之手，不由在心里叹了叹。

罢了，也没必要争什么。

但是温晴却显然不肯让她置身事外，给老爷子倒了茶后，又拿起另一只杯子倒了一杯，送到季莘瑶面前，笑眯眯地仿佛讨好似的："莘瑶姐，你也喝一杯吧。"

季莘瑶眼色一滞，抬眸淡淡地看着她。

温晴就这么举着杯，她若是不接，就是小肚鸡肠，可接了又能如何？

顾老爷子看出不妥，不由得说话了："小晴啊，莘瑶现在不能喝这么浓的茶，

她最多也就能喝喝花茶。"

温晴没想到老爷子会开口，握着杯子的手不由得紧了紧，眼中却仍是挂着笑，一派天真地"哦"了一声，便要放下杯子。

季莘瑶却是同时伸手接过她的茶杯，没有喝，而是放在桌上，平和地淡笑道："马上就是春节了，温晴也该24岁了吧，你也不再是小孩子，怎么连孕妇不能喝浓茶这样的事情都不清楚？"

说罢，她便在温晴渐渐敛住笑容的同时笑眯眯地又说："我那里有几本孕期知识的书，找时间拿给你两本，反正你这年纪也该是快结婚了，早晚都要用到，免得你一个不小心，自己喝了这些不该喝的东西，弄掉了孩子，那可就得不偿失了，毕竟一旦自己失去孩子，才会知道有多痛苦……"

顾老爷子似是隐约听出了季莘瑶这番客套话的意思，她在警告温晴别做"己所不欲勿施于人"的事，老爷子看了看莘瑶放在桌上的茶杯，又看看温晴那仿佛隐忍的表情，不由得微微拢眉："小晴，你去睡觉吧，这盆花能救得活就救，救不活就算了，早点睡。"

老爷子这逐客令下得这么直接，温晴顿时咬住嘴唇，藏于袖中的手握成拳，一声不吭地转身抱着那盆花，噔噔噔地跑上了楼。

在走上二楼之前，她停了一下，低低说了声："我一定会救活它。"

说完，便又迅速上了楼。

季莘瑶倒是疑惑，想温晴竟然会有亲自养花这种闲情雅致，于是问："爷爷，温晴很喜欢养花？"

"不是，她仅仅独爱这一盆而已。"老爷子摇头，"这盆花是几年前南希回国后，小晴缠着他去花鸟鱼市，本意她是想买只小鸟回来玩，但却看中了这盆四叶花，小晴说这是她的幸运花，南希就给她买了这盆四叶花，之后这些年，小晴自己学着养花养草，终于让这盆东西活了这么多年，但是最近这几个月，她精神萎靡不振，估计是很久都忘记浇水了。"

说到这里，他忽然低笑："贼丫头，你不怪爷爷时常偏向着小晴吧。"

"爷爷是博爱之心，并不是偏向，温晴毕竟是您亲眼看着长大的，和自己的亲孙女无异，待她亲些也是自然，我哪会怪您呀。"莘瑶咧嘴一笑。

其实刚刚温晴端茶给她时，季莘瑶就知道温晴存的是什么心思，但是不想在老爷子面前明着戳穿她，却没想到是老爷子出口"提醒"了温晴这一句，不然的话，温晴若是真的一直给脸不要脸下去，季莘瑶真想狠狠直接回击她两句。

回房时，顾南希似是站在阳台上接电话，但在莘瑶刚进门的同时，他亦是同时挂了电话，回眸看看她，便微笑着走来。

"陪老爷子去下棋了？"他的声音，一如既往的温润，亦是悠然而轻浅。

"你怎么知道我在陪老爷子下棋？"

"刚刚下楼时看见了，但临时接了个电话，就又转身回房了。"他淡笑。

季莘瑶将身上披着的外衣取下来，挂在一旁，看了一眼他的手机，再又抬眼看他。

她不会乱猜，何况如果是小鱼的电话，她知道他一定会告诉自己，但见他目色平静，但却似是有些心事，不由得想到其他方面。

既然今天下午他接的那通电话是秦慕琰的……

"雨霏怀孕的事，老爷子和妈知道了吗？"她轻问。

"他们还不知道，但也已经瞒不住了。"顾南希的声音很平静，眼中却是几分严肃，"雨霏明天回来，事情总要有个结果。"

"秦慕琰是不是知道了？"

顾南希薄唇微抿，严肃的表情因为她而微微染了几分暖意，终是轻轻点头。

怪不得秦慕琰这么久都没再出现，怪不得他最近没再打电话逗弄她，也没再时不时地出现在她面前，看来是真的琐事缠身了。

但是她现在更担心雨霏的处境，算算时间，雨霏的肚子应该快五个月，但是无论她怎么瞒，身边来来往往的人那么多，也不可能将自己终日关在屋子里不见人，终究还是瞒不住了么？

那雨霏的孩子究竟能不能保住？秦慕琰的性格行事向来不定，她无法确定他会做出怎样的选择，只期望他千万不要做出伤害雨霏的事情……

"秦慕琰知道多久了？"莘瑶问。

顾南希微笑，只轻轻抚摸她，揉乱她本就散开的发，却是没有回答。

之后因为G市临春的天气不是很冷，今夜又微风习习，莘瑶知道顾家在这种远郊之地，但是在后山祠堂那边却是另一道风景，一直很想出去走走，便逮到机会让顾南希陪她去。

到了后山祠堂的附近，莘瑶远远看着坐落在前边的祠堂，但是这么晚了，实在不想进去打扰到先人，便只在附近的小山丘坐下。

莘瑶主要是睡不着，一面担心雨霏和秦慕琰的事，一面又想到老爷子之前和她说的那些话，让修黎心甘情愿地回顾家，其实，真的很难。

顾南希揽了她，在山丘上的草丛间舒舒服服地坐下，不忘在她身下垫了一件外套，免得她受凉。

"这么担心秦慕琰，嗯？"

"鬼才担心他！"季莘瑶嗤了一声，"我是怕他伤害到雨霏，我能感觉得到，雨霏虽然很强势，对什么事情都仿佛无所谓的样子，但是她喜欢秦慕琰这么多年，如果因为这个孩子，秦慕琰做得太绝情的话，我不知道雨霏能不能受得了……"

"那丫头脾气从小就倔强，认定的事情说一不二，受些挫折也是好的。"顾南希若有所思，"现在主要看秦慕琰想要怎么做。"

季莘瑶笑了笑："对了，刚刚温晴抱了一盆花，那花快枯了，爷爷说是你送她的？"

顾南希瞅了她一眼，淡淡笑了笑："你已经让她在老爷子面前越来越小心翼翼，步步艰难，这就够了。"

莘瑶躺了下去，想了一想："其实我知道，温晴只是因为自卑，她在顾家长大，却不是顾家人，应该是从懂事起就很想变成顾家真正的一分子，真正地融入进来，可是她用错了方法，何必一定要花这么多心思这样斗来斗去，不如努力让自己变得更好更优秀，总会遇到更适合她的人。"

"如果谁都能轻易放下执念，这世界也就真的太平了。"顾南希忽然侧过身来，温柔地看着她，然后他做了一个手势。

他这手势的意思是让她把手伸过去，季莘瑶看看他，便只好坐起身，随手拍了一下背后的草叶，然后抬起手，满脸好奇地看着他。

"是什么呀？"她摊开了手掌，掌心朝上，以为她是要给他什么东西。

顾南希挑眉笑了笑，懒懒道："你始终欠我一样东西。"

"我欠你什么了？"季莘瑶惊疑，她什么时候欠了他东西？

顾南希摊开掌心，在他干净的掌心里是两枚铂金对戒，两枚戒指有一半交叠在一起，看这尺寸，仿佛大的能直接圈住小的，曾经莘瑶没有机会看见这两枚戒指被放在一起对比过，现在一看，才发现这戒指的大小竟是可以大圈套小圈，你中有我，我中有你。

设计精巧简单的铂金对戒，在月光下散发着微微的淡光，顾南希目光与她短暂的对峙，她便瞬间脸上发烫："呃……这个……"

他只是看着她，优雅而轻浅地淡笑，似是极喜欢看她一脸尴尬又脸红的表情，一侧身轻轻捉住她的手，将之轻轻拉过去，为她戴上戒指。

季莘瑶盯着右手无名指上那枚铂金戒指，莫名地竟有一种失而复得的感觉，不由得微微攥住了手，脑子里恍惚忆起那一日她将这枚戒指放在离婚协议书上的情景。

顾南希在看见那两份离婚协议和这枚被她取下来的戒指时，是什么样的表情呢？

她抬眼，看着他温和的目光，那时的他是否依旧这样从容淡定……

再又看看他手心里的另一只戒指，季莘瑶默然，斜飞了他一眼，一个月不见，顾总说情话玩浪漫的功力见长，在F市她是真心见识到原来他这种人也可以无赖到这种地步，却又弹不虚发，几乎招招都对她致命。

她顿时满脸一本正经地看看他："看你这么有诚意的份上，本小姐就牺牲一下，帮你戴一次婚戒。"

说着，她便又叹息道："娃可怜，连个戒指都没人给戴，也就只有我了。"

顾南希低低笑起来，在她随手拿起那枚戒指套在他的无名指上后，他便陡然翻身覆了上来，将她压在草地里："那要不要牺牲得再彻底一些……"

季莘瑶忙从他身下爬出来，滚到一旁去，紧揪着衣领娇声道："顾大人强抢民女，草民抵死不从！"

顾南希清俊的眉微微一挑："再不乖乖就范，别怪本官用强的！"

季莘瑶哈哈笑着去推他，心想顾南希这一整天日理万机的，难得耍一次流氓，她要是不从实在是不给面子，但是她肚子里的宝宝不允许，还差几天才满三个月，她要忍，一定要忍，坚决抵死不从！

从后山回到顾宅时已是深夜，虽然因为临近春节，顾氏那边已经放假，但顾南希似是仍有许多事要忙，在莘瑶躺下时，转眼看见他房里的小隔间的书房里灯亮着，便起身过去给他披了一件衣服。

他揽过她，让她靠坐在他怀里，再看了一眼那份资料后，抬手揉了揉她的发，轻声说："莘瑶，在你母亲自杀之前，她有没有什么异常的举动？"

季莘瑶怔了怔，看了看他，又努力回想了一下："我那时候才四岁……有很多回忆都是一些小片段，而且很模糊，我只记得，那时候她把我和修黎抱在天台上，却不让我们靠近她，之后……她就……"

其实对于那些过往，季莘瑶并不想深究，她不愿说太多的过去企求任何人的可怜，但是她在顾南希的眼里看见了真真切切的心疼，不由得轻轻抿了一下唇："南希，我知道你在查案，能不能告诉我，当年的那个案子，是不是和我妈妈也有什么关系？"

顾南希没有回答她的问题，而是目光中露出一抹淡然的笑容，似是在笑她的异想天开和多心。

季莘瑶立刻也觉得自己或许是真的多心了，不管她妈妈究竟是什么身份，当年究竟发生什么样的事，那件贪污案怎么可能会和她妈妈有关系，那条项链也仅仅是季秋杭送给她妈妈的定情信物，有可能这仅仅是当年的一个重要证据罢了。

再又看看他，顾南希已合上了桌上的卷宗和数据，面色从容，她便收起了对那件案子的疑虑。

他骤然将她打横抱起，在她低呼了一声时俯首在她额上安抚地吻了吻："为免你胡思乱想，先陪你睡觉。"

莘瑶大窘，人却已经被放到了床上，之后他便直接躺在她身边，将她抱进怀里，莘瑶最近本来就嗜睡，整个人便不由自主地缩在他怀里，没一会儿就香沉地睡去。

顾南希的手始终轻轻覆在她的小腹上，仿佛以保护她们母子的姿态，那样的自然而安静。

第四章 回归

第五章　保护

第二天一早，莘瑶醒来的时候，顾南希已经不在，她起身换了衣服，再出门时，发现楼下只有王妈和几个佣人在忙。

"王妈，爷爷他们呢？"莘瑶走过去。

王妈顿了顿，只是笑了一下："老爷子在后边的小阁楼。"

老爷子去后边的阁楼没什么问题，可是眼前大家的气氛……沉默得有些古怪……

她想了想，转头忽然瞥见客厅沙发上的一个手袋，那个手袋她见雨霏拿过，好像是雨霏一直很喜欢的牌子，她一滞，赶忙快步走了出去。

后边的小阁楼外一片安静，这座小阁楼是雨霏平日在顾宅最喜欢的地方，可是莘瑶现在向里边走的每一步都觉得无比沉重。

直到她赶到小阁楼里，匆匆地跑上楼时，只见老爷子气得脸色铁青地站在那里，不知何时回了顾宅的顾远衡亦是脸色冰冷而难看地坐在一旁，似是气得不轻，何婕珍却是始终站在一旁看着雨霏，雨霏跪坐在地毯上，穿的是宽松的衣服，但是肚子已经完全显了出来。

莘瑶看了一眼这气氛，不知该不该说话，忙走到顾南希身边去，抬眸看了他一眼，顾南希握住她的手。

"孩子到底是谁的？"老爷子青着脸，举起拐杖指着雨霏的肚子，"你再不说，别怪我下重手！"

季莘瑶拧眉，看了一眼倔强地跪在那里，以手抚着肚子，是保护的姿态，却是死活不肯开口的雨霏。

"还不说话？不肯说是不是！"老爷子咬牙，骤然挥着拐杖就要直接朝顾雨霏身上打去。

"爷爷！"莘瑶惊叫。

顾南希陡然上前挡住老爷子的手，淡然而冷静道："爷爷，您确定要下这个重手？"

"不打她，难道留她把这不知从哪里揣来的孩子生下来！咱们顾家的脸面还

122

要不要了！"老爷子瞪他。

"莘瑶也怀着身孕，您忍心让她看见你就这么打雨霏和孩子？"顾南希虽严肃，却又明显知道老爷子气得不轻，没打算刺激他，所以语气放轻了许多。

"爸，雨霏也许是有什么苦衷。"何婕珍的嗓音竟哑了许多，却还是走过来，轻声替雨霏求情："有什么话好好说，她毕竟是您的亲孙女……"

"我的孙女？我的孙女就能干出这种事情来？就算现在时代不同了，老头子我跟不上你们这时代了，你未婚先孕我可以勉强接受，但是孩子是谁的？究竟是谁的孩子！你居然也不肯说！雨霏！你想气死我是不是！"

"爷爷！您消气！"莘瑶忙过去，搀住老爷子的胳膊，又将他手里的拐杖轻轻拽了出去，放在一旁，免得他真的挥着这拐杖去打雨霏。她轻轻拉着老爷子的手，小心翼翼地说："爷爷，既然您也知道现在时代不同了，雨霏的事情其实是很小的一件事，不值得您这样大动肝火！雨霏也不是孩子，她有她自己的生活，有她自己想要的东西和所坚持的一切，我想，等她肯告诉您的时候，她一定会说的！您别这样生气……"

老爷子深呼吸了两口气，满眼的恨铁不成钢。

旁边顾远衡却是正襟危坐，冷着脸一句话不说。

顾雨霏跪坐在地毯上，抬眼看了一眼季莘瑶，勾唇笑了一下："嫂子，爷爷如果能理解，也就不会这样了，您现在对他说这些没用，如果不是因为事情瞒不住了，连我妈都已经知道了，我今天也不会回来，但是既然我回来了，也就知道我会面对的是什么。"

说着，她抬眼，看着老爷子："爷爷，您要打就打，反正我离开顾家这么多年，你从没关心过，现在我不就是让您老觉得给顾家丢脸了吗？如果你丢不起这个脸，好啊，打我吧，大不了一尸两命！"

"你……"

这时，外边忽然传来一阵脚步声，下一瞬，房门倏地被人自外向里一脚踹开，秦慕琰的身影赫然出现在门前。

众人皆惊愕地看着忽然踹门而入的秦慕琰，雨霏显然不知道发生了什么事，不由得转过头，一看见秦慕琰，本来在老爷子的拐杖下都没有变过的脸色，瞬间一片煞白。

秦慕琰似是匆匆赶来，站在门前时，竟有些喘，却是面无表情地看着眼前的景象，再又看了一眼跪坐在地毯上的雨霏。

"秦慕琰？"顾老爷子本来铁青的脸，一看见他时，更是添了许多惊讶，再又仿佛是联想到了什么，顿时再又看了一眼脸色惨白的雨霏。

"孩子是我的。"

秦慕琰的一句话，使得满屋子的人都被震在当场，只有知道内情的季莘瑶和顾南希镇定如常，却似是也都在忧虑秦慕琰会怎么做。

秦慕琰一步步走进门，看了一眼顾南希，再又看了一眼季莘瑶，目光在莘瑶

身上停留了三秒，才硬生生地转开，低头看着试图站起身的雨霏，然后几不可闻地叹了叹，伸手将她扶起来。

但雨霏明显是被眼前的突发状况惊住了，频频要从他的手里挣脱开，可秦慕琰却是牢牢握住她的手腕，拧眉看着她，眼中的严肃是所有人都不曾见过的。

"我没想到是你。"秦慕琰仿佛压住了他所有的脾气，眼神有些冷，却是尽量放轻了声音，盯着顾雨霏的脸，紧握着她的手腕："可是雨霏，你不认为自己这一步是大错特错？如果爱情是自私的占有盲目的追求，那现在，她！"

他忽然指向季莘瑶的方向，却是没有再说下去，可眼神已是代表一切。

那一个"她"字被他咬得太重，让雨霏哑然："我……没有想要你负责……"

"没有想要我负责？"秦慕琰顿时就笑了，却似是有些自嘲。

他的声音很轻，可那握着雨霏手腕的力度却似是要将她捏碎："我秦慕琰就算是个彻头彻尾的王八蛋！也绝不会让自己的孩子在外流离失所！"

秦慕琰淡淡道："如果，这就是你想要的结果。"

雨霏摇头，抬眼看着他："秦……"

秦慕琰忽然一笑，笑意却不达眼底。

"我娶你，我们结婚。"他说。

顾雨霏惊愕地看着他，纵使向来干练强势，却似也耐不住这连番的震惊，错愕地张开嘴。

只是秦慕琰的眼神很冷，冷得让站在老爷子身边的季莘瑶和顾南希同时蹙眉。

然而顾雨霏却是用力地摇头，倏地使尽力气从他的手里挣脱，向后退了一步，眼中满是坚决："如果我是想用孩子来强迫你，那我根本也不必等到现在！秦慕琰，你说得没错，爱情不是自私的占有！我也从没有想过要自私地去占有！"

说到这里，顾雨霏忽然低笑了一声，眼角终是微微泛了一丝红："抱歉，是我给你造成了困扰，那天是我没有推开你，是我自做自受，我只是想有一个美好的回忆而已，我没想到会有孩子，事后我考虑过去医院，可我错就错在太需要在身边有一个最亲近的人！我想留下他，所以我没舍得打掉这孩子！但我发誓，我留下孩子的目的并非想要现在的结果！我没有打算去强迫你做任何事情！"

"所以你想隐瞒我一辈子？"秦慕琰冷眯起眼。

顾雨霏咬唇，眼中的倔强终是掩盖不住那份独自一个人支撑了五个月的脆弱。

季莘瑶知道，雨霏被秦慕琰那一句"我娶你，我们结婚"伤到了。

多么施舍的口吻，多么无奈而痛恨的妥协，于是眼下千错万错，都仿佛成了顾雨霏一个人的错。

"谁来给我解释清楚？这到底是怎么回事？"顾老爷子铁青的脸色渐渐缓和了许多，但却依旧难看，又仿佛是从这些对话中听出了什么，已将眼神定在秦慕琰身上。

秦慕琰将目光从顾雨霏身上平平地移开，看了一眼顾老爷子，声音平平道："不需要解释，既然孩子是我的，这个责任我负，老爷子如果您想追究，可以全对着我来，秦顾两家始终有往来，您老的脾气我知道。"

他停了停："您放心，婚礼我秦家会办得风风光光，不会让顾家损一丝一毫的颜面。"

老爷子瞪他一眼："你小子……"

"我不嫁！"顾雨霏骤然大喊一声，声音是前所未有的决然干脆，在秦慕琰面无表情地转头看向她的同时，她瞪向他："我不需要同情！也不需要施舍！秦慕琰，如果婚姻只是一场勉强实行的责任，我顾雨霏死都不会嫁给你！"

说罢，她便头也不回地快步走了出去。

"雨霏——"

秦慕琰拧眉，只僵滞了一下，便骤然转身快步追了出去。

季莘瑶亦是紧张地忙跟着众人冲向门口："雨霏……"

然而她刚冲到门口，拐到楼梯口时，只见顾雨霏已经疾步跑下了楼，而秦慕琰却是忽然停下脚步，在季莘瑶没来得及停下的刹那一把抓住她的手。

季莘瑶大惊，愣然看着他。

快步走来的顾南希亦是微皱起眉："慕琰？你这是做什么？"

这里是顾家，顾老爷子完全不知道季莘瑶与秦慕琰是青梅竹马，老爷子才刚刚喜欢上莘瑶，绝对不能受到丝毫的影响，老爷子在感情方面又十分古板，若是看见了这举动，那现下就不仅仅是顾雨霏一个人的麻烦了！

"秦慕琰……"莘瑶僵滞地看着他，见他眼中已有了一层淡淡的血红，冰冷的眼底是数不清的情绪，他就这样牢牢举起她的手，冷眼看着她。

"你早就知道了是不是？"

秦慕琰冷声问，眼中是一片寂冷，逼视着她。

季莘瑶哑然，只是抬眼看着他眼中的那近乎是浓浓的憎恨一般的神情，张了张嘴，却是说不出话："我……"

"果然。"他冷笑，赫然甩开她的手转身快步奔下楼。

他甩开的时候力气极大，像是带着满腔无处可发的怨恨，莘瑶被甩得身体一晃，险些跌到，幸好顾南希在她身旁直接扶住她，可她来不及后怕，只是不敢置信地回想着刚刚秦慕琰的眼神。

有那么一瞬间，莘瑶忽然发现，她竟然不知该如何是好了，不由得有些仓皇地回头看向身边的顾南希："南希……"

顾南希安抚似的轻轻拍了拍她的手，半环着她的肩，向怀里轻轻揽了揽，给她勇气和安慰。

他始终懂她，懂她此刻心中对秦慕琰的歉意，虽然感情是单方面的，她不欠秦慕琰什么，可是现在，她却是真的觉得天意弄人，心中全是愧疚。

"究竟是怎么回事？南希，秦慕琰和雨霏一直都在波士顿，他们两个什么时候好上的？你不知道？"老爷子走出来，同时，老爷子的目光又转到莘瑶身上："秦慕琰刚刚指向你，那个'她'是什么意思？"

季莘瑶转过眼,看向老爷子,正在考虑要怎么解释才最恰当,顾南希却在老爷子严肃地看向她的刹那,将她在怀里圈紧:"秦季两家同在Y市,莘瑶与秦慕琰年幼时就已经认识,和我一样,都是关系还算不错的朋友。"

老爷子显然还想问什么,但眼下雨霏跑了出去,何婕珍也已经追了出去,他又看了一眼莘瑶,见她虽然眼中满是担心,但却是十分坦荡,才点点头,拄着拐杖也疾步下楼。

直到老爷子和始终冷着脸仿佛全家人都欠了他几千万似的顾远衡走了,季莘瑶才松了口气,转眼看着顾南希:"虽然我和秦慕琰没什么,但现在事情弄到雨霏身上就复杂了,如果他知道秦慕琰和我之间似乎有那么一点点暧昧,估计事情就大了……"

"我知道!"

他知道,他始终都知道。

在顾家里,顾南希从来都会多替她考虑几分,也不会让她遭受任何屈辱和伤害,甚至是怀疑和委屈。

"爷爷只是在气头上,对一切都分外敏感,不过是一句疑问,别怕。"顾南希的声音温和,抬手安抚地轻轻拍着她的肩。

外面忽然传来一阵急乱的叫声,莘瑶和顾南希对视了一眼,便快步赶了出去。

只见雨霏似是在顾宅的前院本要开车离开,却是刚将车开到院门前,便不知是怎么了,竟没有踩住刹车,车子前端的一角撞到了花棚,虽然力度不大,却仍是惊到了所有人。

秦慕琰是率先冲上前,打开车门,便只见顾雨霏整个人从车中栽了下来,他顺手将她接住,却只见雨霏脸色惨白一片,双手死死捂着肚子,像是哪里在疼,却是死活不肯痛喊出声来。

"雨霏!你怎么了?你可别吓妈!"何婕珍奔过去,俯在她身边,低下头赶忙看看雨霏的裤子,见她下身没有血,再又见她双手死死捂着肚子:"你哪里疼?告诉妈啊……"

雨霏吃力地摇摇头:"我……没事……"

"都疼成了这样了还没事?叫医生!快叫医生!"何婕珍转身大喊。

秦慕琰二话不说,直接将雨霏打横抱起,转身快步走进了顾家主宅。

一个小时后,陈医生从顾雨霏的房间里出来,看了一眼候在外边的众人,再又看了一眼虽然表面上看起来似仍是气愤难消,眼里却明显是满满担心的老爷子,然后低声说:"雨霏小姐受孕后可能是因为一直隐藏着怀孕的迹象,在怀孕前期所吃的食物没有太过注意,吃过一些生冷的食物,加上经常乘飞机国内外的奔波,所以身体状况不是太理想,所幸孩子没什么事,可能今天是受到了一些刺激,导致腹部剧烈阵痛,险些没踩住刹车差点酿成祸事,现在已经没什么事了,孕妇要多多休息,心情必须平稳,情绪不能起伏太大。"

一听陈医生这样说,众人才松了一口气,老爷子却是侧头看了看那扇门,然后叹了叹，一句话不说，转身走了。

紧张的情绪得到缓解，但老爷子却仿佛瞬间苍老了许多，坐在客厅里，手拄着拐杖，却似是在考虑什么。

季莘瑶不知道现在是否应该去打扰老爷子，但还是忍不住走过去，蹲在老爷子身边，抬眼看着他："爷爷，既然您说过雨霏的脾气很像你，您就该了解她，她是因为太缺少家人的疼爱，觉得在顾家备受凄冷，才会这么在意那个孩子，她是试图自己给自己留下一点温暖，无论结果如何，您别再骂她怪她了，好吗？"

顾老爷子淡淡看了她一眼，叹了叹："我老了……年轻人的事情，管不了了……"

莘瑶想再说什么，但见老爷子那疲惫的神情，便也知道现下不适合再多说。

两天后。

顾宅中张灯结彩，王妈她们在里里外外地忙活着贴春联挂灯笼，这些都是老爷子喜欢的东西，贴了许多，说是看着喜庆。

"莘瑶，你这肚子已经越来越明显了哟。"从楼上看过雨霏后下了楼的何婕珍笑着看了看季莘瑶的肚子。

季莘瑶不由得低头，看了看自己衣服下微微隆起的腹部，转眼又迎上顾南希的目光，见他眸中那满足而期待的笑容，于是也跟着笑了出来。

她转头："妈，雨霏吃东西了吗？"

"吃了，现在已经睡了。"何婕珍点点头，走过来，再又仔细看了看莘瑶的肚子："真是的，才三个月，我就迫不及待地等着这孩子出生了，瞧瞧这肚子，已经显出了这么多，该不会是怀了两个吧？"

顾南希在一旁轻笑："兴许还真是。"

季莘瑶当即尴尬地抬手放在嘴边咳了咳，小声说："我第一次当妈妈，一个都照顾不过来，如果是两个，那岂不是要手忙脚乱到顾此失彼了？"

顾南希却是附在她耳边轻声道："到时顾家上下应该都很乐意为你分担。"

莘瑶的脑子瞬间脑补出顾南希抱着一个小宝宝然后一边拿着奶瓶喂奶一边哄着孩子的样子……

她大窘，却是忍不住笑，不由得也开始期待这一天的快点到来。

"是啊，如果能是两个就更好了，如果你只生了一个，老爷子他一个人天天霸占着孩子不给我们抱，到时候恐怕我会眼馋到不行！"何婕珍笑着说，"要是两个的话，好歹我也能多抱一抱。"

"这孩子还没生呢，你就跟老头子我抢上了……"这时，顾老爷子从门外走进来，老神在在地瞥了何婕珍一眼。

何婕珍笑了："爸，瞧您说的，您不是好多年前就一直在叨咕，说是很想能有几个孩子在您老眼前晃悠，这不，莘瑶这肚子争气，才三个月，就已经这么明显了，我看呐，一定是个双胞胎！"

见自己婆婆那兴奋的表情，莘瑶不由得轻声说："妈，这只是猜测，也许是

第五章 保护

因为我最近吃得多，胖了一些呢……"

"胖些好，生一个还是生两个都好！都是咱们顾家的心肝宝贝！"

老爷子却在刚刚何婕珍说完后，便特意看了看莘瑶的肚子，眼里也多了几分光亮："确实明显了许多。"

季莘瑶现在显然已经就是顾家上下的重点保护对象，再又见老爷子眼中的光亮，她不由失笑。

"爷爷，我听说孩子还没出生的时候，也不能让孩子太娇惯，你们现在就这样疼着他宠着他，就怕还没出生就被你们宠惯坏了。"

"我看有可能，这老爷子一直都在盼这一天呢，说不定以后这孩子想要一架航空母舰，他老人家都能想方设法地弄来。"何婕珍调笑。

顾老爷子眼中是几分悦色："我自己的曾孙子，我不疼谁疼？"

顾南希轻搂着莘瑶，低笑着说："你现在可是顾家上下的宝贝，恐怕现在是连我都说不得碰不得。"

莘瑶笑弯了眼，忽然想起当初第一次进顾家时，老爷子冷漠的脸色、温晴那夹枪带棒的话和诬陷，顾远衡的那一耳光和这个顾家曾给她的那些所有疏离感。

而如今，几乎真的将她当成宝贝似的顾老爷子，他的接受，他的笑脸，他的替她做主，都让她感觉到家的温暖。

那些她缺失了二十几年的骨肉亲情与家的温暖，竟是顾家给她的，也是因为她身边的这个叫顾南希的男人，让她曾经不得不独自坚强行走的未来的路仿佛被照上了无边的暖阳。

这时外边传来一阵车声，老爷子以为是顾远衡回来了，便转身走出去看看。

而当季修黎出现在大家的视线里时，老爷子的脚步骤然停顿，拄着拐杖站在门前，远远地看见季修黎关上车门，站在车边，朝他们这边望来。

莘瑶亦是看见了修黎，当即挑起秀眉。

两天前的那一晚，是修黎打来的电话，她便直接将老爷子说过的话讲给他听，那时修黎沉默了许久，之后说他考虑一下。

因为不知道修黎究竟会不会回来，所以莘瑶一直也没对老爷子说，没想到修黎真的来了。

顾南希知道她那一晚的电话，所以并无惊讶，但他们却是同时看了一眼何婕珍。

何婕珍在看见修黎从车上走下来时，没说什么，在莘瑶和南希的目光传来时，只是朝他们笑了笑。

想必今天是除夕，无论何婕珍作为一个女人，对自己丈夫和别的女人生下的孩子有多排斥，但今天这种日子，又是老爷子最盼望的团圆，聪明如何婕珍，她又怎么会扫大家的兴。

于是在这一刹那间，季莘瑶终于明白，为什么老爷子明明想找到这个小孙子，却始终没有大动干戈地去找过，也许是因为这个儿媳妇太懂得分寸，所以顾老爷子不想伤害她，也不想破坏这个家。

老爷子在最前边，只僵顿了一下，便连忙拄着拐杖快步走过去。

他们跟在顾老爷子的身后，直到修黎走进来，老爷子似是有些激动："孩子……"

修黎的表情很淡，漠然地看了一眼顾老爷子，站在老爷子面前，虽然没什么表情，但却仍是有礼地对他点点头："顾老。"

他喊的是"顾老"，而非爷爷，但顾老爷子却完全没有被影响，只是开心地笑着点点头，似是已十分的满足："好，好孩子，你肯回来陪爷爷过除夕，爷爷实在是太开心……"

修黎唇角微动，算是笑了笑，须臾转眼，直接仿佛无视着所有人，走向季莘瑶。

见修黎向自己走过来，莘瑶愣了一下，却亦是在他走过来的刹那同时镇定地开口："修黎。"

"季莘瑶，自我记事起，这二十几年的除夕夜我们都是在一起度过，今年也不例外。"

然而他却如是说。

言下之意，他会回来顾家，并非因为他与顾家的血缘关系，而仅仅是因为她季莘瑶一个人而已。

因为她在这里而已。

莘瑶心下一动，迅速调整了最适当的神情："看你说的，你从小就黏着我这个姐姐，总是形影不离的。但毕竟你身上流的是顾家的血，今年你不仅仅能继续和我一起过除夕，还可以和你所有的亲人在一起，这样多好啊！"

那边顾老爷子走回来，眼中有着期盼，看着修黎的身影，又看看莘瑶："是啊，孩子，既然回来了，我们一家人坐在一起好好团圆团圆，那些上一辈的事情就放下吧，以后这里就是你的家。"

而修黎却仿佛没听见，只是看着季莘瑶。

莘瑶亦是因为老爷子这句话而微有动容，曾经修黎说，哪里有季莘瑶，哪里就是他的家。

那时他们还是姐弟……

纵使心中感慨万千，但她没有表现出来，只是恬然地笑笑。

修黎顿了顿，抬起手正要去碰她，却是忽然，顾南希伸出手，直接握住他的手，不动声色地隔开了他与莘瑶之间的距离。

无声的交握，顾南希从容淡然地笑看着修黎，修黎亦是在那刹那间回握住他的手，面无表情地看他一眼。

那一刹那季莘瑶仿佛能看见在他们两人之间，似乎有一层无形的网，看似友好客套的兄弟一般的握手，可这平静的表面下，她能感觉得到，他们之间的敌意。

"欢迎回家。"顾南希淡然自若地以兄长的包容之态，轻笑道。

修黎亦只是冷冷勾了勾唇，算是客气。

之后两人松开手，顾南希便随手将季莘瑶身上的外衣领口拢了拢，动作娴熟

而体贴，之后他将她轻轻揽在怀中："今天风很凉。"

"进去吧，你确实不能着凉，每一次感冒都会发高烧。"修黎紧接着响起的声音，带着几分仿佛季莘瑶曾经专属于他的一种漠然。

顾南希却是没有理会，拍了拍莘瑶的肩，示意她进门去。

直到众人都进了门，何婕珍在接到修黎的目光时便转开脸："我去看看雨霏。"说着，她便上了楼。

"你们姐弟的感情看起来很好。"顾老爷子坐在沙发上，笑着看看莘瑶，再又看看修黎："真好啊，如果不是莘瑶，恐怕老头子我直到入土也还是见不到你这孩子。"

"爷爷，人生本来就很奇妙，也许这都是冥冥中注定呢。"季莘瑶接过话。

"是啊，冥冥中注定。"老爷子点点头，再又看看修黎，"修黎啊，春节过后，就别回F市了吧，我看你和莘瑶这姐弟的感情也好，你也在顾宅住下吧，想要什么工作咱们顾家都能安排，F市太远了，爷爷年纪大了，想见你一面，实在是难……"

"爷爷说得没错，既然回来了，就在顾宅住下。"顾南希的声音波澜不惊，淡淡的眼神却是有些耐人寻味。

修黎没有同意也没有否定，只是在王妈倒了茶过来时，接过茶杯时淡淡道了声："谢谢。"

有那么一刹那，莘瑶仿佛能感觉到，修黎变了许多，他比以往沉默，性子也低沉了一些，不再像曾经那个阳光的大男孩儿，也不再是那个总是在她面前嬉皮笑脸陪着她相依为命的那个季修黎。

是身世的真相，还是其他的什么，总之，眼前这个沉默的男人，已让季莘瑶渐渐看不透。

于是她也不好说什么，虽然很想去敲开这小子的脑袋看看他现在究竟在想什么，但是在顾老爷子面前……

还是给这小子点面子吧……

待到下午，王妈她们在给修黎收拾房间，修黎被叫去了顾老爷子的书房，莘瑶便去了王妈那边帮忙，把修黎平日的生活习惯和他们说了一下。

而就在莘瑶从房间里出来时，只见温晴站在楼梯的拐角，昨天晚上没见她，现在一见，才看见她竟剪了头发，本来长及腰的大波浪卷发变得只到肩膀那么长，人却看起来精神了许多。

莘瑶走到楼梯那边，正要下楼，温晴守在楼梯口不让路。

"麻烦让开。"季莘瑶淡淡看她一眼。

"这个家里，向着你的人越来越多，现在又多了一个季修黎，哦不……或许他应该叫顾修黎才是。"温晴的目光带着怨恨，嘴角却是微微上翘着，笑得有几分诡异："季莘瑶，你为什么一定要这样逼我？"

莘瑶漠然看着她，"我逼你？"她顿时笑了出来，"温小姐，你的脑子该不会是上次中秋节的时候不小心进水了？是真的是非不分还是就这么喜欢跟我胡搅蛮缠？究竟是谁在逼谁？究竟是谁整天无理取闹还自以为是地让所有人都不得安宁？我不管你跟季程程这对姐妹是有多讨厌我的存在，但是温小姐，对于你这种看我不顺眼的人，能给你们心里添堵，我真是舒坦！"

温晴依旧只是半笑不笑地看着她，眼里仿佛有什么在闪过，又仿佛像是捉住了她的什么把柄一样，那般的傲然而不惧，就这样站在楼梯口，就是不肯让开路。

"我说你堵在这里做什么？"季莘瑶怒极反笑，"是想用眼神杀了我？还是扇我一巴掌？到底想干什么你直接说，用得着跟我啰唆这么多废话？"

"我打你干什么？"温晴弯了弯唇，"现在你是顾家的宝，我动你一根毫毛就是在把自己往绝路上逼，你以为我真这么傻？上一次若不是借着酒意，我也不会拿水果刀那样做，不过事已至此，我也没话好说，但是季莘瑶，你别真以为自己那么好运，该来的始终会来，我等着看你的好戏。"

季莘瑶听她这话很奇怪，本以为她是故意神经兮兮地想挑拨些什么，但见她那一副笃定的样子，不由得盯着她的眼睛："你什么意思？"

"没什么意思，慢慢看好戏而已。"温晴笑。

季莘瑶对她全无耐心，又看了她一眼，便打算直接绕过她，转身下楼。

"季莘瑶，你知道季家为什么一直很想找到那条水晶项链吗？知道他们为什么要把你妈妈当年跳楼自杀的事情封锁住不传出去吗？"温晴的眼神幽幽的，却是带着深切的凉意，像是一块沉在深渊里的寒冰，狠狠刺进季莘瑶的眼里。

"少跟我扯这些废话！有话你就说，用不着跟我玩心理战术！"季莘瑶陡然转眼，毫不留情地回斥道，"温晴，老爷子可以念在抚养你多年的感情上对你容忍，但我可不惯着你，我警告你，别想在我身上玩任何把戏！"

温晴冷瞥她一眼，森然笑道："什么时候轮到你警告我？"说完，她扭头就走，走了几步又停下，忽然回身，道："季莘瑶，你真可怜。"

莘瑶被她那种眼神刺得心头一乱，却是漠然道："如果我是可怜的，那么温小姐，你就是可悲！"说罢，她便转身下了楼。

在走到二楼时，看见顾南希竟上来接她："去了这么久？房间收拾好了？"他身上淡淡的好闻的味道顷刻萦绕在鼻间，清越淡然的声音总是能瞬间抚平她内心的动乱。

季莘瑶点点头："差不多了，你怎么上来接我了？我又不是小孩子，再说修黎的房间在三楼，我又不会走丢。"

顾南希笑笑："小孩子都比你省心些。"

莘瑶撇了撇嘴，回头又看了一眼上边的楼梯，犹豫了一下才说："刚才我和温晴之间的对话，你都听到了是吗？"

他挑眉，却亦是默认。

"她那话是什么意思？我妈妈的那条项链不就是一条当年那起贪污案的证据

第五章　保护

之一吗？可不管涉案人究竟是何方神圣，现下那条项链就算是物证，但是我妈妈这人证也已经不在世了，但温晴又提到季家，她到底什么意思？"

季莘瑶很是认真地问。

顾南希勾了勾唇，眼神中是几分安慰的意味："温晴的话你也当真？"

"我知道当不得真，但总觉得她那话说得很笃定，所以难免会仔细想一下。"

季莘瑶很是疑惑，可心知自己的母亲已经死去那么多年了，就算真的有什么隐情，又能怎么样呢？

于是她便将那些心头的困惑隐去，露出笑脸来："算了，你说得没错，温晴的话有些时候确实当不得真，就当是刚听了一场笑话吧。"

顾南希听她这样说，唇角微微上扬，半环住她，带她一起走下楼。

"南希，你们顾氏的春节休假是几天？"下楼时莘瑶忽然问。

顾南希看她一眼："公司各个部门不同，有一些只休五天，不过大多数的人都有十天的假期。"

"那我们哪天回日暮里？等你休假结束吗？"她小声问。

也许是她的私心作祟，虽然真的很想多陪陪老爷子还有何婕珍，何况雨霏的事情似乎还没解决，但是因为顾家里有温晴这个定时炸弹，还有修黎和顾南希之间若有若无的敌意，于是她忽然很想念日暮里，那个只属于顾南希和她的家。

或许是莘瑶并没有掩饰心中的那些顾虑，情绪都已放在眼底，顾南希便仿佛已瞬间看透了她的心思。

"过了今夜的除夕后，你想哪天回去，我们就哪一天回日暮里。"他笑道。

"今夜是除夕，你让我走我也不会走。"莘瑶瞪了他一眼。

"我知道在顾宅里你难免还是有诸多束缚，特别是温晴，不过现在毕竟是春节，可能要委屈你一两天，再忍一忍，嗯？"

刚刚还说她都不如一个小孩子省心，现在又以像是在哄孩子的口吻，莘瑶唇上弯出欣悦的弧度，释怀地说："那我们再多陪爷爷几天吧。"

顾南希好笑地看着她，说话间两人已行至客厅。

何婕珍正站在窗前，不知站了多久。

莘瑶一顿，想了想，小声说："南希，我去陪妈说一会儿话。"

不需要太多的话语，顾南希便能知道她现在心中所想，如水的目光看了看她，轻笑："真是个贴心的儿媳妇。"

之后季莘瑶便倒了杯水，走到窗前，站在何婕珍身边，先是不说话，只是侧过头悄悄地看了看她的表情。

结果何婕珍却是回头瞥了她一眼，本是平平静静的眼里染了一丝好笑："干什么这样看着我？"

"妈。"莘瑶笑着递给她一杯水，"女人平时没事的时候要多喝些水，虽然您保养得极好，但是多喝水比任何护肤品都管用。"

何婕珍接过水杯，放在手中，却是没有喝，只是看着她："想和我说什么？"

果然，她这位婆婆不喜欢和人拐弯抹角，于是莘瑶再也不必去考虑要怎么将话拉入主题，便直接说："那次您见过修黎后，是不是就已经猜到他的身世了？"

何婕珍点点头。

"妈，您会不会怨我？"

"我为什么要怨你？"

何婕珍握着水杯，声音很轻，轻得只有季莘瑶一个人才能听见："有些事情，都已经过去二十几年了，这二十几年，纵使再不能释怀的东西，也已经释怀了。无论修黎对顾家是怨恨还是接受，是留下还是离开，都是他自己的选择。毕竟他也不是孩子，身上流的终究是顾家的血，既然是上一辈的事情，我也不会对修黎太冷落，既然他曾经和莘瑶你一起长大，想必也是个好孩子，你放心，妈不会搅了老爷子这合家团圆的兴致。"

"如果日后修黎的态度太过冷硬，希望妈您别往心里去。"

何婕珍呵呵笑了一声："好孩子，妈知道你的好意。"

莘瑶不再多说什么，只是恬然地与何婕珍相视而笑。

因为是除夕的关系，但又因为老爷子年纪大，不适合熬夜，所以年夜饭提前了三个小时，在晚上9点便开始了。

光洁明亮的长桌两旁，顾家的人一个都没落下，全数到齐，老爷子似乎是很久都没有心情这么好过了，大晚上的换了一身新衣服，拄着拐杖走下楼，坐下时，看着桌上丰盛的菜肴，又看看在座的所有人，笑得几乎合不拢嘴。

何婕珍与顾远衡坐在老爷子右手边，顾雨霏坐在何婕珍身旁，然后一圈下来，依次而坐。

而顾南希坐在莘瑶的左边，修黎好巧不巧地坐在了莘瑶的右边，看着老爷子那开心的笑容，莘瑶亦是由衷地轻笑。

"修黎。"她忽然转头，看着目光镇静，却是有些疏离冷漠的修黎，"这是我们自懂事起，第一次有这么多亲人陪我们一起过除夕，是不是？"

季修黎冷抿的唇在听见她这话时，终是微微勾了勾。

"莘瑶啊，你和修黎做了这么多年的姐弟，在外边都吃了不少苦吧？"老爷子看着他们，眼中是满满的慈爱，"以后顾家就是你们的家，每年的除夕我们都在一起吃团圆饭，再也不会挨饿受冷了……"

听老爷子这口气，该是已经在得知修黎的身世后，派人查过他们这些年大概的经历，莘瑶顿了顿，感觉身旁的顾南希温暖的大手将自己轻轻握住。

她转过眼，笑看着他，看见他眼中那纯粹的心疼与关怀。

这时何婕珍说："梅花香自苦寒来，莘瑶这孩子若不是吃过那么多的苦，又怎么会有现在这种坚强得让人心疼的性子？"

"是啊是啊，修黎这孩子也一样，年纪轻轻的也是事业有成。"老爷子点点头，很是欣慰。

第五章　保护

顾远衡却是坐在老爷子身边，没怎么说话，只是看了看修黎，眼神说不出是喜是怒还是什么，似是在考虑什么事情。

这时顾南希和修黎同时给莘瑶夹了菜，桌上众人皆是看了他们几眼，顾南希举着筷子的手微微一顿，不动声色地看了一眼季修黎，然后将菜放在莘瑶碗里。修黎亦是看看他，同样没有做声，把菜放在她碗里后，静静地收回筷子。

"对了，"坐在那边的温晴忽然笑着开口，"听说莘瑶姐你和修黎的姐弟关系一直很好，那你们这些年是不是都住在一起呀？"

仿佛不经意的一句疑问，却是骤然使得桌上欢欣的气氛僵滞住，老爷子听罢，刚刚拿起筷子的手便停了一下。

"是姐弟的话，每天都一起生活着，一定经常睡在一起吧？如果是真的姐弟，倒也不奇怪，可如果你们没有血缘关系的话……"温晴眨着眼，笑得很是好奇和无辜。

季莘瑶淡淡看着她，季修黎亦是没什么表情地扫了她一眼。

而最先发飙的却竟然是沉默了整整两天多的顾雨霏。

雨霏"砰"的重重放下筷子，她因为两天前的事情憔悴了许多，这两天也都一个人在房间里，不怎么出来，也没说过什么话，此时却是面色煞冷地看着温晴："好好的过年吃个年夜饭，你哪来那么多废话？整天没事儿找茬就这么有瘾？"

温晴一滞，当即看向雨霏，倒是不以为然地轻声说："我又没有别的意思，只不过这孤男寡女的，又不是亲姐弟，这万一有过什么暧昧，不小心像雨霏姐你一样，没结婚就搞大了肚子……这个就很难说了……"

雨霏当即拧眉，还没开口，老爷子便骤然道："小晴，爷爷今天心情好，你少说些，别给我找不痛快。"

一听老爷子发话了，雨霏才忍了忍，却明显是没了胃口，放下筷子后便没再拿起来。

温晴咬了咬唇，没想到向来惯着她的老爷子这一次竟然完全没再包容她，而是直接在众人面前拿话教训自己，刚刚还很得意的表情这一会儿便收敛了许多，却是不甘心地低下头用筷子戳着眼前的碗，小声叨咕："我说的是事实……"

"小晴！"何婕珍亦是在一旁蹙起了眉，低声斥了她一声。

温晴用力咬着唇，负着气，不再说话。

季莘瑶刚刚到了嘴边的解释终究没有说出口，只是在众人都在呵斥温晴的同时，镇静地坐在那里看着她。

而这时顾南希随手接过王妈拿过来的刚刚热过的牛奶，给莘瑶倒了一杯后放在她面前，同时风轻云淡地笑道："这次去F市接你，才知道修黎在那边有几套环境不错的房子，你怎么没去住？反倒一个人住在F大附近的旧楼里？"

顾南希那从容淡定的表情，仿佛刚刚温晴的一句话不过是一场玩笑话。

他温柔地笑看着莘瑶，淡淡的声音却是四两拨千斤，轻而易举地将众人此时心中所怀疑但却不好开口问出来的答案道出了个大概。

莘瑶当即领会，坦然笑道："我和修黎虽然姐弟关系一直很好，但我们上学时基本都住在学校的宿舍，后来我临近实习时，在F大附近租了那套房子，我经常去住，修黎毕业后我让他留在F大考研，所以他也一直住在宿舍。后来他有了工作，也只是住在公司给他安排的住处，很少去我那里。所以他现在在F市的那几套房子，我都没去看过，也没有搬过去，因为一个人住在F大那边习惯了。"

她说的是实话，虽然是姐弟，虽然有时不可避免地会住在一起，但是这种机会真的很少，就算住在一起，也都是分开房间睡，所以她也没什么好隐瞒的。

只是刚刚温晴那种逼问的方式，季莘瑶就算是回答了，气氛也不见得会有所好转，反而只会让大家以为她解释其实是掩饰，更会起疑，但顾南希这样四两拨千斤的话，却是让她的对答如流也变得坦荡而顺理成章。

修黎亦是在接到季莘瑶转过来的带笑的视线时，敛去了之前漠然的神色，难得地像是来了兴致，似笑非笑地看着那边脸色渐渐挂不住的温晴："温小姐这么'天真无邪'，难得开口的一个问题都这么犀利，知道的明白你是'天真'，不知道的还以为你患了被迫害妄想症，时时刻刻想着这些不干不净的东西。"

"你……"温晴张了张嘴，有些讶然地瞪着修黎。

修黎却是连看都不再看她一眼，直接移开目光，镇定自如地说："莘瑶自从七年多前在季家受过一次严重的冻伤后，只要感冒就会发高烧，我平日想去照顾她，都没什么机会，她的个性太独立，说我在她身边总是碍手碍脚。"

一句似是半开玩笑的话，同样将他们姐弟的感情说得既融洽又清清白白，之后修黎看了一眼淡笑的顾南希，难得的一次他们两人看起来这么同仇敌忾。

季莘瑶觉得，她可以瞑目了……

"是呀，莘瑶比修黎年长一岁，又很有做姐姐的风度，就算没有血缘关系，这二十几年的姐弟亲情也是真的，小晴，你以后少看那些没营养的电视剧，别整天就会胡思乱想。"

何婕珍这边打了圆场，之后饭桌上便又恢复了一片其乐融融，只有温晴像是受了委屈，一声不吭地低头吃东西。

而老爷子却是一边笑着跟顾远衡偶尔说些话，一边时不时地仿佛若有若无地将视线在季莘瑶和修黎之间转了转，似是在观察什么。

显然老爷子将这件事听进去了，也似是本来没考虑到这个问题，经温晴这冒着被众人批评的危险这样隐晦地提醒了几句，顾老爷子便似是开始有心开始注意起他们之间的举动。

所以说，温晴果然是一枚定时炸弹。

季莘瑶瞥了一眼温晴，心想她还真是不撞南墙不回头，这种执着也足够让她季莘瑶佩服了。

这时顾南希给莘瑶盛了碗汤，莘瑶很是顺手地便将那碗汤推到修黎面前让修黎先喝，然后在众人略诧异的目光下，很是亲昵地对顾南希道："老公，再帮我盛一碗，我们两个喝一碗吧，我喝不了那么多。"

顾南希笑笑："怎么？今晚胃口这么差？"话虽是这样说，却是随手又帮她盛了一碗，放在她面前，温润的声音里满是宠溺："你先喝，实在喝不掉再给我。"

他们之间的这一举一动，自然而没有刻意掩饰，她对弟弟的相让与关怀，和南希之间的亲密无间，都是自然而然的，老爷子似是也觉得自己多心了，眼中那观察的神色渐渐消失，之后便又淡淡看了一眼温晴，似是对她在年夜饭上捅出这么几句话很是不满。

"多喝些汤，对身体好，对孩子也好。"之后老爷子笑得很是和蔼。

今天晚上虽然老爷子很开心，但却没吃多少东西，一顿饭下来，几乎都是一直在笑着看大家吃，但是他的眼神很满足。

温晴始终不再吭声，只是偶尔抬眸淡淡瞟一眼季修黎和季莘瑶，不知是在想着什么。

而顾南希却是瞄了温晴一眼，他的目光沉静，却显然将温晴的眼神和一举一动都看在了眼里。

温晴当即转开视线，避开他眼中那淡淡的却是带着警告的目色，随手抽过纸巾低下头悄悄擦了擦委屈的眼泪。

顾老爷子却是看了看季修黎，说道："对了，听说修黎和莘瑶一样，修的是商务系的专业？"

季修黎看了一眼老爷子，目光很淡，这边莘瑶在桌下偷偷掐了他一下，悄声斥他："来都来了，你态度好点儿。"

被她这一掐，修黎才淡淡道："对，商务系。"

"既然修的是商务系，那正好，你若是肯留在Ｇ市，让南希给你安排个像样的工作，商政皆可。"老爷子一边说一边看向顾南希。

顾南希笑了笑："当然可以，只不过要先走一下正常流程。"

"对对，在Ｇ市工作，虽然你姓顾，但一些必要的过程还是得有的，不过也只是走走过程而已。"老爷子点头，"不过倒也不忙工作的事，修黎难得能和大家坐在一起，我也很难得能和所有自己的孩子们吃一顿团圆饭，今天只讲开心的事，来，为了迎接老头子我即将跨入八十六岁的高龄，孩子们都陪我干一杯……"

外边传来佣人专门去放的鞭炮声，而遥远的市区那边也开始隐隐响起烟花爆竹的声音。

这顿年夜饭上，因为顾老爷子很开心，所以大家都陪老爷子喝了不少的酒，而莘瑶和雨霏皆是以果汁代酒，陪着老爷子一起喝个尽兴。

夜晚，站在阳台上，能看见在遥远的Ｇ市市区那边，漫天的烟花。

季莘瑶远远望去，看着漫天的星火，忽然间发觉自己的内心，不知是从何时起，竟仿佛终于有了归宿，无论是身还是心，都找到了归宿。

她脚下所处的地方是她的家，而家这个字，对她来说有多重要，或许只有她自己才知道。

而顾南希犹如她生命中最灿烂的那抹阳光，也成为了她生命中的一个新的支点，这是一个温柔的支点，却也是她生命中最大的温暖。

顾老爷子今天很开心,刚刚非要拉着顾南希在外边说话,这会儿都已经凌晨1点了,也不知道他们这爷孙俩都在聊些什么。

顾宅的前院花棚那里在斑斓的夜色下飘来阵阵芳香,季莘瑶站在阳台上用力地闻了闻,忽然,身旁有人走过来,阳台落地窗上的窗帘微微拂动,似是被那人的容光所惊。

而那人只是轻轻地笑,将窗帘拉开,靠近她身边,道:"什么时候开始,竟变成了一只夜猫?一点了还不睡?"

季莘瑶没有回头,喃喃道:"我在想我妈妈,曾经每一年的除夕,我和修黎两个人都会在小桌上多摆一副碗筷,而今年却没有,我在想,她看见自己的女儿现在这样,会不会很开心。"

顾南希笑了笑,半晌道:"自己的女儿在岁月的磨砺中变得这样优秀而坚强,她当然会很开心,莘瑶,你值得让她骄傲。"

季莘瑶靠在阳台上,双手支着下巴,遥望着远方,再又以手遮着眼,透过指缝间看着Y市的方向:"你猜,今晚季家的年夜饭,桌上都有什么……"

她又突然住了口,顿了顿,说:"Y市不在北方,很少吃饺子吧。"

而这时身后忽然传来一阵香味儿,她猛地又用力闻了闻,确定不是花棚那边的花香,骤然转过头。

然后,立即窘了。

只见他们玉树临风英俊不凡的顾总手上正端了一只白色的……盘子。

一盘饺子。

季莘瑶盯着那盘饺子,眼皮狠狠抽了一抽,难怪他这么久没回房。

一盘饺子,别人也许未必在意,很多时候人怎么可能想要什么就有什么,在满足之余也要学会不妄想不奢求,却没想到顾南希这个男人从始至终都让她出乎意料。

见她傻站在那儿发愣,顾南希略略抬了抬手中的盘子,挑眉道:"就知道你晚上胃口不好,现在这会儿该是饿了,还傻站着干什么?"

季莘瑶顿时就笑了,开心地伸手接过,转身快步走到桌边,也不用筷子,直接用手抓起一个就塞进嘴里:"唔,味道不错!"说着,她转过眼,看着他眼中那如春日暖阳般的淡笑,不由得一脸惊讶地问,"这是你做的?"

说完,不等他答,她便又拿起一只饺子塞进嘴里,含糊着说:"你要做饺子你就和我说嘛,用得着用老爷子叫你去聊天的理由吗?你堂堂顾南希说起谎来都脸不红气不喘的,就算是想给我个惊喜也不要这么晚一个人去弄嘛……"

顾南希不理她,任她这小饿鬼自己一个人在那儿吃,转身拿了件衣服便去洗澡。

等到他洗完澡出来时,一盘饺子已经被季莘瑶吃光了,不过貌似她还没吃够,正坐在那儿等他。

"没吃饱?"他问。

"有点。"虽然觉得没吃够,但也算是吃得心满意足,季莘瑶朝他一笑:"还

第五章 保护

有吗?这饺子真是你做的?你做了多少?"

顾南希走过来,瞥了她一眼,将那盘子拿了过去,很是云淡风轻地说了两个字:"偷的。"

季莘瑶嘴角一抽:"偷的?"

尊贵优雅的顾总大半夜的偷人家刚刚煮好的饺子?

哎,可惜……顾总偷菜偷得不熟练,怎么只偷到一种馅儿的,但是想想他居然会去偷饺子,她真是不敢想象那场景……

季莘瑶想笑,却是强忍住,咧了咧嘴,然后又抿住嘴,站在顾南希面前,看看他那一本正经的脸色,再看看他手里的盘子,她忽然忍不住了,猛地转过身去,背对着他,笑得肩膀一颤接着一颤。

直到她笑够了,才转回身,见顾总的脸都被她给笑黑了,她又是忍了忍,然后咧着嘴笑问:"在哪儿偷的啊?这顾宅在远郊,前不着村后不着店的,你能去谁家偷啊?"

顾南希睨了她一眼:"想吃就跟我来。"

季莘瑶忙跟着他一起出去,因为是这辈子第一回偷东西,还是和堂堂的顾总在除夕夜里偷饺子,她不免放轻了脚步。

但是和她的蹑手蹑脚比起来,顾南希倒是一派悠闲自然,缓步下楼,再又瞥见她那一副真跟做贼似的模样,眼角忍不住抖了抖。

两三分钟后,他们两人顺利摸进了顾宅的厨房,不过顾宅的厨房很大,平时王妈和四五个佣人一起在这里做饭,厨房里正飘着一阵饺子的香味儿,应该是他刚刚煮饺子时留下的。莘瑶闻到这香味,不由得小声问:"G市这边不是很少吃饺子吗?晚上年夜饭的时候都没有,怎么现在竟然有。"

"老爷子年轻时在北方的部队,几十年来吃惯了这些东西,不过他只在年初一时吃饺子,王妈她们早早地包好放在冰箱里,准备明天一早再煮。"顾南希波澜不兴地说。

或许每个人在小的时候都会有一些根深蒂固的难以忘怀的期望,对季莘瑶来说,曾经她和修黎在季家,除夕夜时只能看着那一家三口其乐融融地吃着饺子,那时候小小的季莘瑶只有一个简单的愿望,就是每年春节的时候能吃到一盘饺子。

后来她学会自己包,那些年她始终都在自给自足着,靠着自己的双手吃得饱穿得暖,于是那些期望渐渐便也放在心底,自己学会满足自己就够了,她未曾奢望过谁能去怜悯她幼时的那简单而傻气的愿望。

而此刻,顾南希竟纡尊降贵地在顾家里为自己偷一盘饺子,季莘瑶其实是应该感动得热泪盈眶的,但是她却是咧着嘴,笑得像个孩子,也没有开口去说一声感谢他的话,而是干脆跑上前跟他一起偷……

……

十几分钟后。

厨房里一派其乐融融的景象,季莘瑶站在锅前,为避免饺子上的淀粉落到身上,便系了一条挂在墙边的围裙，手中握着一把勺子在沸腾的锅中翻搅，她知道顾南希晚上也没怎么吃，为了奖励自己亲爱的老公，她决定自己上阵煮饺子。

于是季莘瑶一边翻搅着锅中的汤汤水水，一边时不时地回头看看那位纵使是坐在满是柴米油盐的厨房里，却仍是清俊卓然自有万众瞩目气质的顾总，他奉妻之命坐在那里剥蒜，偶尔抬眸含笑看着站在锅前忙碌的莘瑶，眼神温润如泉。

整个空气中都是四散的香味。

季莘瑶心中是一种说不出来的感受，如果非要形容，或许就是希望这一瞬便是永恒，一路到白头。

我怕时间太快，不够将你看仔细，我怕时间太慢，日夜担心失去你，恨不得一夜之间白头，永不分离。

就在她正有点走神的时候，顾南希走过来，接过她手中的勺子："小心锅边烫，我来。"

季莘瑶便松了手，安静地坐在一旁看顾先生为自己煮饺子，再看着他将饺子盛出来，望着望着，心里便欢喜得要命。

啧啧，连煮个饺子都这么赏心悦目，怪不得苏小暖那小姐每次看见他都会犯花痴。

直到两人在厨房吃饱喝足后，悄悄推开厨房的门正要出去，结果门刚一打开，就只见王妈正坐在厨房门口，一脸等着小贼上钩的表情在看着他们。

然后，季莘瑶的脸瞬间涨成了猪肝色，连连跟王妈道歉，觉得自己半夜偷人家辛苦包好的饺子，害得王妈她们明天要早早起来重新包一些，便更是愧疚得连连道歉，王妈不由得看着她发笑，最后季莘瑶是被顾南希连拖带拽地给带回了房间……

"我明天早点起来，陪王妈她们一起包饺子吧……"回房后，季莘瑶还是很愧疚地说。

而顾南希却是挽住她的手，笑着睨了她一眼："你明天应该是没办法早起。"

季莘瑶一怔："我用手机定个时间做闹钟。"说着，她便转身就要去找手机。

顾南希却是目光一亮，忽然将她拉了回去，直接将她扣在怀里，莘瑶还没反应过来，他火热的吻便铺天盖地而来。

莘瑶一愣，下意识地抬眼，见他深邃的黑眸中已是深暗得见不着底，她心头一顿，陡然想起自己怀孕似乎已经过三个月了，医生说，在怀孕初三个月后，可以……

一想到这里，她顿时脸上一阵羞赧，两个人都清心寡欲这么久了，他这突如其来的吻仿佛比每一次都更火热而急切，她不由得轻轻挣扎了一下，想说些什么，却被他牢牢扣在怀里，他眼中竟带着几分渴求，贴在她的唇边低哑着说道："莘瑶，我等不到十个月……"

季莘瑶眼神一暖，在他将自己越抱越紧仿佛要将自己直接揉进身体里的刹那，缓缓闭上眼，抬手缠住他的脖颈，仰起头，主动响应他的吻，在他因为她这主动的

第五章 保护

139

响应而呼吸越发不稳之时，她踮起脚尖，紧紧抱着他的颈。

"南希……"她不由自主地唤了一声他的名字，接着便再次被他吻住，他将她压向身后的墙壁。

她抬手，捧住他清俊的脸，忽然间很想认真地看一看这个她所爱的男人的眉眼，他笑了笑，抬手握住她的手，抚过她无名指间的铂金婚戒，眸内是柔和的星芒。

第二天清早，大年初一。
顾南希推门而入："起来去吃东西。"
"不要。"她把被子蒙在头顶，直接拒绝，声音却是软软的咕哝。
顾南希不由莞尔，走过去，将她从床上抱起来，莘瑶无奈，知道是大年初一，爷爷他们或许都还在等着自己一起吃早饭，她没再抗拒，下意识地抬起手在他抱起自己时缠住他的脖颈，可不到十秒双臂便无力下垂，整个人缩靠在他怀里，她却是一副累得要死要活就算天塌下来也不想去理会的懒软之态。
"今天是初一。"他扯下她裹在身上的被子，直接将她抱进浴室。
季莘瑶慵懒地缩在他怀里嘟囔："都怪你……天快亮的时候才让我睡……我现在又累又困……"
他低笑，将她放进装满热水的浴缸中，温暖的水舒缓了她困倦而疲惫的身体，终是舒服地低吟了一声，却是仍旧懒洋洋的不动，仿佛很享受他替自己洗澡时的舒适，而他所有动作都仿佛熟练得自然而然……
就在他将自己从浴室抱出去时，莘瑶其实已经没有睡意了，只是贴在他怀里，听着他稳健的心跳，心头升起一抹无法言语的愉悦，忽然调皮似的仰起头便朝着他的下巴狠狠一咬，因为她这一咬太突然，顾南希脚步一顿，接着低下头瞥了她一眼。
她一笑，抬起手缠住他的脖子："爷爷还在等我？"
他则是轻轻躲闪开她调皮的再度啃咬，蓦地覆住她的唇，借着她张开的嘴直接噙住她的舌，直吻得她气喘吁吁宣告投降才笑着将她放至床畔。
"先起床吃饭，顾氏那边临时有事，我下午要去开个会。"他安抚地轻轻拍拍她的头："我过几天可能会出差，你如果不想在顾宅，我们明天就回日暮里。"
"出差？"莘瑶怔住，"现在可是春节。"
顾南希微笑："没办法，公司的一些紧急工作没有节假日之分。"
"那要出差多久啊？"季莘瑶第一次体会到，自己的老公即将出差，而她却要留守在家中等待的这种感觉，心头竟像个孩子一样有些失落，顿时就委靡地坐在床上不动了。
"少则一星期，多则半个月。"他轻笑，安慰似的轻轻吻了吻她："先别这么不舍，要过几天才会走。"
莘瑶想想，也觉得自己可能是有点孩子气了，但是心头这种不舍和失落也是真的，她顿了顿，便转身去换衣服，换好衣服后，跟顾南希一起走出房间时，她才想起问："你这次出差，还是去北京？"

"不，这次是上海。"

两人走进顾宅的餐厅。

大家都已经在等着了，季莘瑶第一次在顾家这样赖床不起，刚刚还在怕老爷子会怪罪，结果她刚一走进去，顾老爷子便笑得满面春光地看着她："莘瑶起来啦？来，快吃点东西，这人呐，哪顿饭不吃，早饭也必须多吃些，你们这小两口年纪轻轻的晚上不睡觉，现在再困，也得吃了早饭再回去睡！"

季莘瑶刚坐到桌旁，便被老爷子这句话给惊得笑脸一僵，眼巴巴地看着老爷子那副仿佛很理解似的笑脸，再又转过眼，看看在座的几人，何婕珍抬手放在嘴边偷笑，顾远衡虽然脸上没什么表情，却俨然是知道些什么。

与此同时，顾南希坐到她身旁，见她那一副脸红得说不出话的样子，不免笑笑，随手拂了拂她的发："傻坐着在看什么？"

莘瑶做了一个吞咽的动作，然后呵呵一笑，暗暗瞪了他一眼，却见他那一副自然而然的表情，好像是她别别扭扭少见多怪了一样，拜托，他不是说不会有人听见的吗？

顾南希将一杯热牛奶放在她面前，又在她碗里夹了些清淡的食物，挑眉示意她，轻声说："吃东西。"

季莘瑶这才觉得自己找到了一个台阶下，低下头不管碗里都有什么，直接往嘴里塞。

那边何婕珍撕了一块面包后，才忍不住笑说："莘瑶啊，实在太困的话，就吃过早饭后，出去走十分钟再回卧房睡个回笼觉，今天家里会有不少人过来拜年，大都是商界的人物过来巴结，你也不必出来应对。"

"对对对，太困就回去休息，今天家里确实会有不少人过来！"老爷子点点头。

这时王妈她们将煮好的饺子送了上来，莘瑶趁着大家吃饺子的时候，忽然注意到坐在那边的修黎，他的目光很淡，没有看她。

何婕珍给莘瑶夹了一盘饺子，放在她眼前，笑眯眯地说："喜欢吃饺子是吧？多吃些。"她确实没有厚此薄彼，也给修黎弄了一盘，但是并没有刻意地去说什么，只是对他笑了笑。

修黎亦只是客气地对何婕珍淡淡勾了一下唇，笑意却不达眼底。

可季莘瑶却是始终红着脸，对每个人都是尴尬地笑笑，但又看看顾南希那完全风平浪静的样子，直恨得牙痒痒。

而就在她正暗暗瞪着他时，顾南希回过头来瞄了她一眼。

"怎么了？"他低声问。

她只是含怨地瞪瞪他，气他顾总的脸皮厚似城墙。

被她这么偷偷瞪了半天，顾南希仿佛才明白过来，当即更是笑了笑，眼中的促狭之意更浓，却没有戳穿她，只是笑意渐深。

"莘瑶啊，你不是喜欢吃饺子吗？怎么不吃啊？"老爷子忽然问。

第五章　保护

141

"啊？"莘瑶一愣，猛地转过脸看向顾老爷子，却见顾老爷子眼里也是带着满满的笑意。

"是啊，听王妈说，你和南希凌晨一点多都还不睡，小两口居然跑进厨房里偷饺子吃。"何婕珍终于是忍不住了，坐在那里就咯咯笑出了声来。

桌上众人脸上皆是再也憋不住的笑，季莘瑶却是窘了。

貌似……是她想多了……

她还以为……

再看向顾南希，结果只见顾南希气定神闲地睨了她一眼。

那一眼的意思好似在说：老婆，你想多了。

虽然确实很困，但莘瑶最终也没有选择再回卧房睡觉，大年初一，以顾宅在国内的名望，从早上8点多开始，就陆续有众政客商客携同家眷前来拜年，而以顾家的规矩，不在商界谋事的小辈就没必要去添乱，顾南希身为总裁，又是商界的当红人物，自然躲不开应酬。

于是当季莘瑶一个人在顾家主宅后的花圃里散步的时候，同时看见了站在花圃那一端，一动不动站了许久的季修黎。

她顿了顿，缓步走了过去："修黎，你虽然不在商界，但爷爷刚刚不是说让你陪他一起在前边吗？他想将你这个失而复得的小孙子昭告天下，也等于正了你这个顾家孙子的名分，你怎么没去？"

而修黎只是看着她，目光仿佛透过她走过来的身子看到了什么，有些缥缈，在她走近时，漆黑的眼瞳里才有了焦距，定下目光。

"怎么了？有心事？"见他沉默，莘瑶笑了，伸手就习惯性地在他肩上给了他一拳："臭小子，跟你姐我装什么深沉？别忘了，你是我看着长大的，就算你现在是顾家的孙子，你也是那个被我揍大的季修黎……"

她说了这话时顿了一下，才有些别扭地说："呃……应该是顾……修黎……老爷子现在已经想让你认祖归宗了，你也是该姓顾了吧。"

说时，她便不等他有反应，便将刚刚捶到他肩上的手拿下来。

却是手刚一抬起，手腕便陡然一紧，修黎倏地握住她的手腕，紧紧的，没有放她。

一阵风吹过，撩起季莘瑶肩头的长发，她颈间被头发盖住的淡淡粉痕就这样清晰地落在他眼里，而她却是并没察觉，只是见修黎一直盯着自己的脖子在看，握着自己手腕的力度亦似乎有些发狠，不由得忙要挣脱："修黎，你干什么？"

"修黎……放开！这里是顾家，你别乱来！快放手……"

她抬起另一只手去推他的，可他却是仍旧紧紧握着她，似是在极力隐忍着什么而没有发作，可他的目光是季莘瑶从来没有看过的。

仿佛是一头即将被激怒的雄狮。

"修黎……"莘瑶见挣不过，顿时便要呵斥他几句，眼角的余光却忽然扫到，在顾家主宅后边的阳台上，温晴正抱着那盆仍旧枯萎的花站在那里，她在看着他们。

莘瑶心头猛地一阵惊慌划过，温晴这个女人虽然有时很无脑，但她现在近乎发疯的心思歹毒得很，这一幕被她看见了，再若是被添油加醋地出去说些什么，别说是修黎和她，就是整个顾家的颜面也会被这些妄加猜测的风言风语毁掉！

她一急，顿时用力甩着他："顾修黎！你放开我！"

她的声音是前所未有的冷漠和排斥，还有眼中那份惊恐和愤怒，终于让他目光一震，微微松开了手。

手腕一得到自由，季莘瑶忙向后退了两步，抬手揉着手腕，再抬起眼时，见那边温晴的身影已经没有了，可悬到了嗓子眼儿的心一时半刻地也落不下去，只觉得周身忽然一阵冷意袭来，她打了个寒战。

"是不是在外面站太久冷了？"

修黎见她在打寒战，似是自己已经平静了下来，忙要上前脱下外套给她，却被莘瑶直接一把甩开。

被她这毫不留情地甩了一下，外套险些落到地上，修黎随手握住那件外套，蓦地转眼看着她，口气带着愠怒："你什么意思？"

莘瑶也觉得自己似乎有些过分了，可在顾家里，有温晴这种唯恐天下不乱的人存在，为免殃及所有人，也为免修黎刚刚回到顾家就遭人非议，她只能这样。

"修黎，从你这次走进顾家的门开始，你就该清楚，从此以后我都不再是那个和你相依为命的姐姐。"她冷静地说。

"那又如何？就算只是个朋友，你也没必要把我推开！"

季莘瑶拧眉："那你认为我们现在是单纯的朋友关系吗？我们确实没有血缘关系，但在你我之间，还有另一道更可怕的枷锁！道德的枷锁！我想你应该比我更清楚，顾南希是你哥，那我就是……"

"够了！"他沉声打断她，似是要发怒，却是忍了又忍，忽然就笑了，却是笑得有些无奈，握在那件外套上的手愈加紧握，骨节交错的声音分外的明显。

"我懂了。"他冷声道。

说罢，他便头也不回地转身走开。

"修黎……"

莘瑶心口一疼，这是她朝夕相处了二十几年的弟弟，是她曾经最孤苦的那七年里，她生命中最重要的人，是她生命里唯一的支点，亦是她活下去的理由和动力，她怎么可能不心疼，她忍不住张了张嘴，却是发不出声音来，只能看着他的背影一点点远去。就仿佛是他们二十几年的亲情，他们的姐弟之情……那过去的一切一切，都在离她远去。

顾宅里政客云集，顾南希在应酬了几个小时后，下午便因为那边的一场临时的紧急会议而开车赶去了市区。

因为他开会之后就回来，所以莘瑶留在顾家，但是她现在因为修黎的事情而正难受着，所以一整天都一个人闷在房里不愿意说话，就连王妈过来给她送水果，她也是一个人坐在床边，一句话都不说。

"呵我果然猜得没错！"

房门忽然被推开，温晴一脸笑意地走进来，左右看看，她似乎很少能来到顾南希的房间，难得莘瑶在房里，门没有锁，才能进来，只是看了看四周，眼里的怨恨便似又多了些，可嘴边始终带着笑容："季莘瑶，你和你那个修黎弟弟之间，恐怕是真的不只有姐弟亲情这么简单吧？"

"滚出去。"季莘瑶连看都懒得看她一眼，静坐在那里，头都不抬地说。

温晴笑着瞥着她："怎么了？让我说中心事了？昨天晚上我就看出来了，你和那个修黎之间本来就不同寻常，你又不是白痴，自己身边的弟弟长得有多像南希，你又怎么会不清楚？是不是你在婚礼上离开后的那一个月，你跟这个修黎在F市住在一起，你伤心过度时还能把他当成南希去寻找安慰啊？"

说着，温晴忽然走过来，弯下身笑得一脸天真无邪地看着她："怎么样？修黎的技术和南希的比起来，谁的更让你满足一些？这又是弟弟又是小叔的，啧啧，季莘瑶你口味倒是挺重的嘛……"

"我让你滚出去，听见没有？"

季莘瑶抬起头，看了她一眼，眼里透着不耐烦的煞冷。

"怎么？被戳穿了自己那点儿龌龊的丑事，恼羞成怒了？我还以为你季莘瑶究竟有什么手段，原来也就是点狐媚的样儿么，身边有了一个同床共枕的乱伦之欢还不够，居然还想顺藤摸瓜攀上顾家，怪不得程程说你这女人从小就心计深，看来果然没错，真是贱死了！"

"啪——"

一声惊人的耳光声后，温晴惊愕地捂着半边脸，不敢置信地瞪着季莘瑶："你敢打我？"

"你信不信，你再不滚出这个房间，我会让你站着进来，横着出去？"季莘瑶波澜不惊地瞥她一眼。

"你！"温晴娇目一瞪，气极地伸手就要还给她一巴掌。

季莘瑶冷眼看着她，上一次被她持着水果刀险些威胁到自己，那是因为她防备不及，刀已经逼在自己肚子上了，而且四周没有可以后退的地方，她怕真的伤到孩子，所以才让温晴那么顺利地威胁到，看来温晴还真当自己那么娇气。

想她季莘瑶这么多年，拎着两桶水，照样爬得上五楼，好歹也算是五大三粗么，就温晴这小细胳膊细腿儿的她根本就没看在眼里过。

她手刚一伸过来，季莘瑶便侧头一闪，在温晴气急地咒骂着要直接掐她的时候，季莘瑶拧眉，猛地抬手便挡住她的胳膊，用力一推，顺手又是一耳光扇在她另一边脸上。

温晴被扇得直接愣在当场，脸颊上一片五指印直接显了出来，却是一副委屈可怜像是受欺负了的样子，直站在原地瞪着她："季莘瑶！"

"前面那一耳光，是因为你这张嘴实在太欠！"季莘瑶站起身："现在这一巴掌，是还你跟季程程勾结徐立民对我的那场绑架和玷污！你该知道，只还你这一耳光已经算是轻了！"

温晴的嘴一颤，完全被季莘瑶的气势震到，在她站起身的同时不由得向后退了一步，眼中竟露出一丝怯然。

"温晴，我可以明明白白地告诉你，这么久以来我对你的容忍和退让，不是怕你，也不是怕爷爷，而是我可怜你。我可怜你一个小孤女无亲无故，寄住在他人屋檐下，每一天都在想方设法地夺得所有人的宠爱，想方设法地挤走雨霏，包括挤走现在的我，你活了小半辈子都还没有过过一天省心的日子，我纯粹是看你太可怜了！别把我对你的容忍当成你继续不要脸的资本！滚出去！"

温晴深呼吸一口气，暗暗咬牙地看着她，却似是被季莘瑶这番话刺到了什么，肩膀竟在恨恨地发颤，眼中是一股幽怨的冷。

而季莘瑶却是不再看她，嘴上是这么说，可她心里从未打算真的容忍和退让过，不过是给各自一个台阶下，如果温晴真这么没脑子，想在大过年的时候闹出一场丑事，那她季莘瑶不介意奉陪到底。

这时，房门被人轻轻敲了一下，王妈走过来，见这房门开着，便站在门前小心地敲了敲门，同时说："少夫人，老爷子请您下去。"

而王妈说完这话，才注意到温晴竟在这里，不由得怔了一下："温晴小姐怎么也在？"

温晴当即便红了眼，赫然转身跑到门前，一脸委屈地直接扑进王妈怀里："王妈……"

"这……这脸是怎么了呀？"

"王妈……我也算是你亲眼看着长大的，现在我在这个顾家，连一个佣人的地位都不如，有些人说打就能打我，可她仗着自己怀着爷爷的宝贝曾孙，欺负我不敢还手……"温晴梨花带泪地委委屈屈地诉苦。

王妈当即就怔住，下意识地轻轻拍了拍温晴的肩哄着她，再又看季莘瑶转回身来时眼中的坦然，心中已有了定数。

毕竟是过来人，在顾家也服侍大半辈子了，知道温晴是什么样子，也差不多看得出来莘瑶是什么样的个性，王妈悄悄地给莘瑶递了一个安慰的眼神，手边却是拍着温晴，明显是想大事化小，多一事不如少一事。

季莘瑶对王妈点点头，心中一样有数，今年是正月初一，她也懒得闹出太多不愉快，便只是随口问："爷爷叫我？"

"对，瞧我这记性，这一打岔，差一点就忘了，是季董一家忽然到访，不过倒是很奇怪，平时每年季家虽然也会前来拜年，但都会在初五之后，这忽然大年初一的就赶来了，而且这一次程程小姐却没有跟着一起过来……"王妈径自叨咕了一句。

莘瑶一听是季秋杭他们来了，本能地有些抗拒，不想去见，但老爷子平日应该是知道她与季家的疏冷，不会这么特意地叫她过去，于是只沉吟了一下，便点点头说："我收拾一下就过去。"

过了一会儿，季莘瑶换了身衣服，又将头发束起，这时才在镜子前注意到自

己颈间那块若有若无的淡淡粉痕，陡然想起顾南希早上盯着自己的脖子一边看一边笑的神情，她一顿，瞬间脸上升起一片可疑的红晕，赶忙去找了一件高领的鹅黄色毛衣穿上，下身只穿了一条牛仔裤，因为怀孕的关系，所以都不是特别紧身的衣物，毛衣宽松而舒适，牛仔裤也很贴身，重新将头发绑成一条简单的马尾，整个人看起来格外有精神。

直到下楼时，她才注意到，白天前来拜年的那些政客几乎都走得差不多了，至少当她走到客厅时，除了顾家人之外，只有季秋杭跟何漫妮夫妇在。

一看见季莘瑶走下来，本来是坐在沙发上的季秋杭倏地站起身，向她看了过来。

莘瑶不动声色地瞥了他一眼，虽然没什么表情，心里却在想着，季秋杭这表情怎么看起来这么不同寻常？

"莘瑶啊，快过来。"顾老爷子此时眼中虽然带笑，但却让季莘瑶看出他眼中透着几分精明老练，招呼自己过去时那热络劲儿，完全是给季家人看的。

见顾老爷子对季莘瑶这么关心，一旁跟随季秋杭而来的何漫妮脸上那本来就是很淡的笑容顿时就变得有点牵强。

"莘瑶，来。"何婕珍亦是招了招手，拉着季莘瑶坐过去。

"妈，爷爷。"莘瑶在座下之前，跟众人打了招呼，见顾远衡也在，便直接叫了声："爸。"

当然这声"爸"跟季秋杭倒是没什么关系，当她坐下时，抬眼看着有些尴尬地缓缓坐下身的季秋杭，没有说话，眼神很平静，仿佛只是在看一个与自己无关的人。

"好了，现在既然莘瑶也来了，有什么话，你们直接跟她说，不过南希今天下午在那边有一场临时的会议，恐怕暂时无法见你们，但既然事情和莘瑶有关，你们直接和她说也无妨。"顾老爷子目光炯然，老神在在地说。

"这……"季秋杭笑得有些勉强，看了看季莘瑶，似是想说什么却说不出口，只得轻叹了一声。

而何漫妮毕竟是何婕珍的妹妹，而季顾两家的关系也是因为她们姐妹的关系而维系了这么多年，何漫妮自然也比季秋杭有底气了许多，但此刻，却也是欲言又止。

过了一会儿，何漫妮笑了笑，转头看向何婕珍："姐，南希现在在顾氏？现在可是初一啊，他今天要忙到什么时候？不如……我和老季等等他。"

何婕珍摇头："不太清楚，估计他暂时没办法见你们。"

何漫妮顿时就蹙起了眉，似是对自己姐姐这种完全没打算帮自己的态度有些不满，却又敢怒而不敢言，只坐在那里，目光扫了一眼季莘瑶。

"真正的当事人是莘瑶，找南希和找莘瑶的结果都是一样的，我想……"这时，老爷子拄在拐杖上的手轻轻地交叠，半开玩笑似的说："这事情还得看莘瑶愿不愿意尽释前嫌，如果莘瑶不想就这么算了，南希必然会为自己的老婆孩子做主，也一样不会就这么算了。"

莘瑶从顾老爷子这番话里似是听出了什么，心下不由诧异，难道季秋杭跟何漫妮这样急匆匆地赶来顾家，这一副有求于人的态度，是和季程程有关？

"哎，漫妮啊，你们平时是怎么教程程的？怎么让她认识那些狐朋狗友？像徐立民这种败类，我听说他当初在Y市就是个混混，包括八年前程程请去的那些'朋友'，都是一些三教九流的人，你们怎么能让她和这些人走在一起？好歹莘瑶也是秋杭的亲女儿，程程也太任性了，就八年前那件事，那时候莘瑶才多大啊，才十七岁，你们怎么就能眼睁睁地看着她一个十七岁的小姑娘被那群人带走？"

何婕珍这忽然带着几分不满的话，让季莘瑶脊背一凉。

八年前……她十七岁的那件事……

她僵坐在沙发上，坐在她身边的老爷子却忽然伸出手，像是感觉到了她的紧张，便在她手上安抚似的拍了拍："贼丫头，别怕，有爷爷在。"

莘瑶看看老爷子，从他这目光里能看出，顾老爷子似乎已经知道了她当年发生过的事。

见老爷子眼中那对自己的安慰，心下不由一暖，微笑着点点头："谢谢爷爷。"

老爷子欣慰地笑笑，眼中全是慈爱和心疼："你这贼丫头，怪不得平时这么宠辱不惊的，原来人生的大风大浪都在年幼时便已经尝过，以后啊，顾家就是你的后盾，你小时候没有的，爷爷一定叫南希一样一样地给你补偿回来。"

莘瑶摇头，却是感动得鼻子发酸，忍了又忍，没让眼泪落下来。

这时季秋杭终于无奈地开口："当年的事情，我在外忙了一段时间，完全不知道莘瑶是发生了那样的事，只是当我得知莘瑶病危的消息才赶回去时，她已经奄奄一息了，我连忙把她送到医院，对这些事情一概不知道啊。"

"莘瑶，爸如果知道你是发生了那样的事，爸一定不会放过那群王八蛋！可我真的不知道，那时候你一直昏迷着，醒来后就一句话不说，后来就忽然离家出走，这一走就是七年，我……"季秋杭痛心地看着她，似是真的才刚刚得知那件事的真相，"对不起，孩子，爸没想到程程那时候年少气盛，这么不懂事……"

"是啊，程程那时候太小，程程比莘瑶还小一岁呢，那时候程程也才十六岁，还在叛逆期，我们这做父母的，也管不了她，根本不清楚她在外边认识了什么样的人，对于莘瑶发生了这样的事，我那时候也不清楚……"何漫妮跟着轻声解释。

"你不清楚？"

这时，修黎不知是从哪里得知季家人来到的消息，竟从里边走出来，刚一现身，便讽刺地笑问："你既然不清楚，又何苦在我们把莘瑶救回来的第二天，把高烧三十九度的她扔在季家前院里，让她一个人穿着薄薄的单衣就那么在雪地里被冻了近两天？你既然不清楚，又为什么如此恶意地要将她活活冻死，想要造成她不幸病亡的假象好替你的女儿遮掩这一险些酿成的大错！"

修黎这一番话，让何漫妮当即便脸色发白，微蹙起眉，解释着："你们误会了，那时候莘瑶身体状况不太好，又忽然发烧，不适合打针吃药，我那时候也是一时犯糊涂，想着用冰袋物理降温与雪的物理降温没什么区别，才让她在前院去弄些雪给自己降降温，只是这孩子那时候太任性，趴在雪地里就不动了，好像是我这个后母虐待她一样……"

说着说着，何漫妮便看向从始至终都没有发话的莘瑶，似是明显知道莘瑶从来都没有放下过那件事，知道希望不大，便仍是赔着笑脸和蔼地说："莘瑶啊，你那时候在季家，常常叫我何阿姨，我把你和修黎一直都当成亲生孩子一样看待，就算你十七岁莫名其妙地离家出走，但你毕竟四岁的时候就来季家了，如果我真的对你们怎么样，又何苦等到你十七岁心智完全成熟了才伤害你，是不是？对于程程因为不懂事带给你的伤害，我跟你爸在这里向你道歉，程程是被我们从小就惯坏了，所以她从小就喜欢欺负你，但是我们都没想到那年发生的是那样的事……"

莘瑶不知道现在这巨大的转变是因为什么，但她明白，应该是因为顾南希。

可他是什么时候开始彻查，什么时候开始动手的？她完全不知道，原来他每日在忙碌之余，不曾忘记过要替她出这一口恶气，他始终都在悄悄为自己做着这一切吗？

虽然季秋杭对那件事情确实不清楚，但是自从她离家出走后，他也没查过，完全没有真正将自己当女儿看待，这种薄情就足以让她与他断绝父女关系，但是何漫妮这口口声声的无辜倒是让季莘瑶想笑。

莘瑶镇定地问："恕我没有听懂二位这些话的意思，这些陈年旧事，忽然被翻出来，原因是什么？而二位忽然跑来，只是想告诉我们所有人，你们那位宝贝女儿，十六岁的时候有多么的不懂事？还是我季莘瑶的疮疤这么好揭？"

何漫妮表情一滞，季秋杭却是有些无奈："莘瑶啊，爸知道你恨季家，恨我，恨漫妮，更恨程程，但毕竟你和程程身上都一样流的是我的血，你们都是我的女儿，无论你们哪一个受到伤害，爸都是一样的难过，现在程程因为你的事，在昨晚，全家其乐融融吃年夜饭的时候，忽然被公安机关的人带走！"

"这个春节，我们过得是心惊胆战，我们知道这是南希一手策划，是程程让你在八年前的春节里受到那种伤害又险些送了命，八年后，南希分明是要让程程感同身受一回！我们在程程被带走后接到一通电话，得知了出事的原因，凌晨就订了机票，今早就赶了过来，可是南希对我们避而不见，我们只好赶来顾家，但是……"

季莘瑶用几秒的时间接受了这一讯息，不得不承认顾南希这一手段之凌厉，在他那云淡风轻温和浅笑的表面下，暗藏的深沉与杀伐决断恐怕不仅仅是这些而已。

这个除夕夜，她过得异常的幸福温馨。

顾南希，在昨夜送给她一场人生的圆满，却没想到那时远在Y市的季家，亦上演着那样惊心动魄的一幕。

这一切都在他的算计之中，可他却不动声色地让她毫无所觉，也许像顾南希这样在平静之下运筹帷幄的男人在某些对手的眼里是十足的可怕，而在她这里，却是十足的贴心与温暖。

"莘瑶啊……"见季莘瑶沉默不语，季秋杭叹了叹，眼中是几分企求，"能不能看在我们父女血缘关系的份上，饶了程程这一次？"

季莘瑶抬眼，虽是想到季秋杭的求情，却没想到他这么直接，眼中不禁有几分惊异，就这样不敢置信地看着他。

季秋杭搓了搓手，似是坐立难安："程程她是被惯坏了，可那时候她毕竟才十六岁，她当年犯的错，还好没有铸成大错，也幸好修黎和秦慕琰找到你，把你救了出来。爸知道自己过往对你的疏忽，连你出了这么大的事情都不知道，你恨我怨我，无论你对程程有多大的怨恨，那就都算在爸的头上吧。"

季莘瑶忽然就笑了，冷笑："季，原来你也知道我们之间还有父女的这一层血缘关系，但可笑的是，你无视了二十几年的关系，现今却成了你为季程程求情的理由，原来你也知道你是我父亲，如果我这一生，哪怕有一天感受到你尽了为人父的责任，也许，我此刻真的会念在哪怕这一点点的情面上，放过你那个最宝贝的女儿。"

季秋杭脸色一僵，何漫妮在一旁劝说道："莘瑶啊，你爸他平时忙，事情那么多，他如果没有尽到父亲的责任，又怎么会把你接到季家去呢？"

"那是因为我母亲二十一年前跳楼自杀，他不想事情被闹得沸沸扬扬，要压下整件事情的风波，不得不将我和修黎接进季家！"

季莘瑶淡淡地瞥了一眼何漫妮，语气很是淡漠。

"跳楼自杀？"何婕珍惊讶出声，诧异地看向脸色刹那难看起来的何漫妮，"漫妮？怎么回事？你不是说过，莘瑶的母亲是病死的吗？怎么又变成跳楼自杀了？"

顾老爷子亦是蹙起眉，却像是想到了什么一般，竟没有表态，只是冷冷看了看脸色同样灰白的季秋杭，没有出声。

莘瑶没有理会众人的表情，只是看着季秋杭跟何漫妮那一副说不出话的样子，冷冷一笑："怎么？看来那件事情真的是被你们以强权压了下去，而且也瞒得滴水不漏啊，如果不是这样，季先生你又何苦把我接进季家，好来堵住我母亲那些朋友的嘴呢？"

"莘瑶，我们现在说的是程程的事，至于二十几年前的过往，我不认为适合在今天提起。"季秋杭毕竟是混商界几十年的人，只是沉默了一会儿，便直接转移了话题，且目光逼人，俨然在警告莘瑶别再提那件事。

季莘瑶则是歪头看着他："程程的事？哦对，你那个宝贝女儿在昨天晚上被公安机关抓走了是吧？既然如此，我很奇怪，我又不是公安局的人，你们来求我有什么用？难道说，我的一句话，就能抹消季程程犯下的所有错？"

何漫妮急急开口："我们知道背后的一切都是南希在控制，只要莘瑶你肯放过程程，南希那边就一定能尊重你的想法，程程毕竟是他的表妹啊，如果不是为了你，南希怎么可能会对程程动手！"

季秋杭亦是点点头，满眼期望地看着莘瑶。

而此时，季莘瑶却是看着他们，忽然一阵发笑。

究竟是在笑什么，她也不知道，只是心里那沉甸甸的不甘心，和在季家那十几年有的冤屈，虽然终于守得云开见月明，可季秋杭的态度，却让她彻底寒了心。

看看，这就是她的父亲啊，她母亲当年爱惨了的男人，甚至不惜为之自杀抛

第五章 保护

149

却了年轻美好生命的男人。

竟是如此的混蛋！

她暗暗咬牙，忍住想揍人的冲动，继续微笑："爷爷，妈，爸，我可以单独和季说些话吗？"

顾老爷子想了想，然后点点头，示意何婕珍和顾远衡跟他先离开，也看了一眼何漫妮。

何漫妮没动，似是并不打算给季莘瑶和季秋杭单独说话的空间。

而莘瑶却是淡淡看她一眼："漫妮阿姨在怕什么？"

"漫妮，你来，我有话问你。"何婕珍同时说。

何漫妮现在是人在屋檐下，亦是有求于人，没了平日的镇定稳重，亦是因为程程被抓走而心浮气躁，一时间也没办法，终是冷冷看了一眼季莘瑶，这才转身跟着一起离开，在离开前又看了莘瑶一眼，似是有所忌惮。

那边修黎始终站在不远处，同样没有过来打扰什么，率先走了。

"莘瑶，你想和我说什么？"见大家都走了，季秋杭的眼神渐渐染上一抹难得的为人父的慈爱，又似是有太多的无奈和无法诉说的苦衷。

当然，季莘瑶不会因为他这些眼神而心软，就算他有什么苦衷，一个男人能做到他这么窝囊的份上，她就已经没有心软的必要了。

她站起身，直接问："我母亲的家世如何？你知不知道她的背景？"

季秋杭一愣："晓欧她……她似乎是哪个富贵人家的私生女，不过从小就不被家中承认，身世可怜，二十几年孤苦伶仃，没有什么特别的背景，你怎么会这么问？"

季莘瑶眉心一结："你知道的只有这么多？"

季秋杭轻叹："晓欧看起来温婉，其实性子里很倔强，你有很多性格都随了你母亲，她那时有很多事情都隐瞒着我，我也没有深究过，她自杀后，我也尊重她的尸身，没有让法医检查，直接给她净了身子，偷偷葬了。不过这都已经是二十几年前的事情了，莘瑶，你如果恨爸这个负心人，我也没办法，可程程她……"

"可程程是你跟何漫妮的宝贝女儿，是你的命根子，她要是有什么三长两短，你也活不下去了是不是？"季莘瑶笑。

"……"

"季秋杭，我从来没有像今天这样和你说过话，现在我也将为人母，我明白为人母亲的期待和盼望，而今天，我只想问你，如果八年前你赶回来，将我送到医院时就已经知道事情的经过，如果你那时就知道季程程对我做了什么，你会怎么样？会惩罚她吗？还是宁愿我一辈子说不出话，就这样沉默着将事情掩盖下去？"

他顿在当场，似是被她这话问住了。

"其实你那时知道，和现在知道，没有什么区别。"莘瑶冷笑着看着他有些尴尬的脸色，"我始终都是你季秋杭的累赘，你巴不得我早死，巴不得我安安静静地惹不出一点祸端来！而今天，季程程出事了，你才想起来我这个女儿，你才想起来求我，而我当年在那间废弃仓库那样绝望地哭着喊着'爸！你快来救我！'，那时候你在哪里？你在做什么？现在季程程只是被公安局带走了而已，你就连夜飞来G市，不惜放下你的脸面来求我，季秋杭你这般厚此薄彼，你认为我会怎么做？"

"莘瑶……爸只是……"

"你只是从来没有把我当过女儿来看待而已！所以，我也不会把你当成父亲一样去看待！国有国法，你放心，我不会公报私仇，不需要我去做什么，自然有法律去制裁她！还有，不仅仅是八年前，包括几个月前，你的女儿仍旧想在我身上旧事重演！如果你不想季程程死无葬身之地的话，我劝你，闭上您尊贵的金口，别来恶心我！"

"莘瑶，算是爸求你了，行吗？你就放过程程吧！"

季莘瑶仰头，她不想哭，早在八年前离开季家的时候她就告诉过自己，这一辈子都绝对不会再为这家人流一滴眼泪。

她仰头看着精雕细琢的天花板，看着琉璃璀璨的吊灯，硬生生地忍住眼泪，可还是有一丝温热顺着眼角悄悄滑落。

这是她的父亲啊……

她曾经求过他们多少回，像个乞丐一样蹲在季家里可怜兮兮地望着他们一家人，他们可曾给过她一点点施舍？

而如今，他为了季程程，竟然直接开口求她。

见季莘瑶背对着自己，完全漠视不理，季秋杭见周围没人，想了想，便忽然缓缓低下身，双膝跪地："爸给你跪下，只要你放过程程，你让我做什么都行。"

季莘瑶一惊，猛地转过身，不敢置信地看着那果真跪下的男人，那个男人早已逾不惑之年，头上已有少数斑白之发，棱角分明满是风霜的脸上带着属于军人的刚毅，可他居然对自己的女儿下跪。

季莘瑶当即喉咙发哑，发现自己竟然说不出话来。

"如果你想要我这条老命，我可以给你，莘瑶，放了程程，现在还是春节，她被关在公安局里会冷，会怕……爸求你了，你们毕竟是姐妹，就算过去咱们季家人再怎么对不起你，爸求你尽释前嫌，看在漫妮跟你婆婆是亲姐妹的份上，看在南希是程程表哥的份上，看在爸给你跪下的份上……"

季莘瑶双腿一软，险些站不住，向后退了一步，背过身去，却是恨恨地咬牙，藏在毛衣袖口中的双拳紧握，呼吸渐渐不稳。

而就在她彷徨无助，忽然间就不知道自己该怎么办才好的刹那，衣袋里的手机响起悦耳的铃声，她一怔，仿佛从一片迷雾中清醒了过来，低头见号码是来自总裁办公室，猜想是顾南希，这才稳了稳心神，接起电话。

"喂？"

"季小姐，我是苏特助，顾总他正在开会，但他在开会之前让我抽时间打个电话给你。顾总他让我告诉你，徐立民一案的证据已经全面掌控，包括八年前在Y市远郊废弃仓库的那件案子，所有人证物证一样不落，你不需要担心任何事情，一

第五章 保护

切有他。"

季莘瑶握着电话的手一紧，却是说不出话。

苏特助继续道："顾总说，如果此刻有人前来求情，季小姐您若是在理智与良心之间举棋不定，就暂时回避，不要将自己逼得太紧，一切等他会议结束回去后再做定夺。"

季莘瑶从来没有像现在这样无比急切地期待顾南希早点出现，她紧握着电话，心里是无限地感激。

顾南希永远知她所想，甚至竟算得到她现在会被逼到从一开始的坚决直到彷徨不定。

就算再恨，跪在这里的始终都是她的父亲，即便她不想心软，即便她会因为季秋杭这样的态度而更加怨恨，可她不想让仇恨蒙蔽了自己的双眼。她不能心软，却竟无法集中精力狠得下心，所以这个决定她根本就做不了。

还好顾南希知道她现在的状况，即便是在紧急召开临时会议，也不忘吩咐苏特助适时打电话过来，她因为这通电话而终于重新稳住了心神。

挂断电话，她转身，淡眼看了一眼季秋杭那仿佛瞬间苍老的脸："你再跪下去，我只会更加憎恨，你这对季程程伟大无私的父爱，用错了地方！也找错了对象！"

季秋杭拧眉："莘瑶！爸都已经做到这份上了，你还想怎么样？难道你想我们所有人都为你年幼时的那点委屈偿命！"

季莘瑶被他这反咬一口的话堵得怔在当场。

季秋杭骤然站起身，指着她的鼻子愤然道："程程好歹是你的妹妹，我这个父亲跪都跪了，可你连眼睛都不眨一下！你季莘瑶才当真是心狠！无情无义！"

莘瑶不怒反笑："季这心理战玩得好啊！"她不再看他那瞬间大为不悦的脸色，转开头去，冷笑，一字一句地诵着她曾经印象极深的词："绝顶峰攒雪剑，悬崖水挂冰帘。倚树哀猿弄云尖，血华啼杜宇，阴洞吼飞廉……"

她停了一下，再向季秋杭，挑眉轻笑："比人心，山未险……"

季秋杭的脸瞬间冷凝。

没一会儿，顾老爷子他们走回来，众人又表面上客套地说了些话，季莘瑶却始终顾左右而言他，不给季秋杭跟何漫妮半点机会。

刚刚何婕珍不知究竟是问了何漫妮一些什么，何婕珍之后没有再说一个字。

老爷子叫修黎过来一起坐，季秋杭看见修黎，忽然双眼一亮，笑着说："顾老爷子，你看……修黎的身世从最开始我就怀疑过，但也没有仔细去查证，您老能不能看在我们季家替您照顾了这么多年小孙子的份上，给我点面子，叫人把程程放出来吧。"

季莘瑶眼露精光，瞥了一眼季秋杭那想从修黎和顾老爷子身上下手的神情，忽然很好奇。

季程程现在究竟是怎样的遭遇？能让季秋杭连给自己女儿下跪的事都做得出来？

顾南希到底是怎么做的？

"季记错了吧？"修黎似笑非笑地看他一眼，"这些年和我相依为命的人是莘瑶，季家虽收留过我们，不过我的日子跟莘瑶过得没什么太大区别，需要我列举一二么？"

季秋杭当即噤了声，却是蹙了蹙眉，侧头瞪了一眼何漫妮，似是怨她当年把事情都做得太绝了。

"季莘瑶，你好歹还是姓季的，真没想到，你这丫头竟然这么狠心肠……"何漫妮忽然出口，气势汹汹地反将了一军。

而就在此时，顾宅院外传来一阵车声。

顾老爷子透过落地窗朝外一看，然后老神在在地笑道："南希回来了。"

莘瑶没有朝外看，目光仅是淡看着何漫妮。

"漫妮阿姨这么多年最恨的一件事，就是我也姓季吧？"她忽然笑问。

何漫妮表情一滞，冷眼看她："你……"

这时王妈去开门，G市很少下雪，但此时外边竟飘了些雪花，顾南希修长挺拔的身影走进来，他身上的黑色风衣肩头与松软有型的头发上仍有几片雪花，虽行色匆匆，却仍掩不去那抹独特的气质与涵养。

他一进门，仿佛并不知道季家人在这里一样，看见季秋杭与何漫妮，年轻而疏冷的脸庞划过一丝耐人寻味，然后他颇讶异了一下，慢条斯理地将车钥匙随手丢在一旁。

"这么热闹？"他清越的声音夹着优雅的笑意，仿佛满场的寂沉都与他无关。

季秋杭直接站起身，眼中是几分作为长辈的愤怒，却亦是在犹豫着要如何开口，而何漫妮却在季秋杭要开口之前忙伸手拽了一下自己的丈夫，用眼神提醒他别冲动。

"南希回来了？"何漫妮笑笑，眼中尽是客气和小心退让。

顾南希侧头扫了他们一眼，眸中是一抹讳莫若深的笑意，褪下风衣，随手递给走过来的王妈，随即笑道："我没记错的话，今天才是初一，姨夫和姨妈这么早就来给老爷子拜年了？"

季秋杭却是不愿再拐弯抹角，以长辈的气势直接冷声道："南希，明人不说暗话，你既知道我和漫妮是你的长辈，程程又是你唯一的表妹，Y市公安局那边，你要怎么样才肯收手？这大过年的，程程就这样被抓走，你是想直接跟季家撕破脸？"

季秋杭这一会儿已经被消磨得完全没了耐心，态度很是生硬。

顾南希唇线一弯："姨夫说的这是哪里话？程程是我唯一的表妹不假，她年纪轻轻，却也该是定了性的年纪，好好管教管教也好。如果是其他人，除夕夜女儿被抓，恐怕此刻便已方寸大乱，倒是二位竟直接连夜赶往G市，我相信二位定是知道事出的缘由，也不必我多说。"

季秋杭被他这表面上看似夸赞奉承实际讽刺的话气得直接铁青着脸："顾总杀伐决断，程程她八年前只是个孩子，就算她有错，最多是同谋，你让他们把人给我放出来，需要多少人情，我季家用钱来补上！"

第五章 保护

顾南希专注地听着："嗯，八年前程程还是孩子。"一边点头一边仿佛想到什么："不过，八年前莘瑶难道就不是孩子？我看姨夫你是连一些基本的案情都没搞明白，就妄自打算以钱来弥补人情债，数月前徐立民私人账目内凭空多了三百万人民币，而汇款人是季程程，别说八年前一案她已犯下多重的罪，单是这一次合谋绑架案，就足够判她个三十年。"

说着，他看了一眼坐在那里，正望向他的莘瑶，须臾淡淡道："这样吧，难得姨夫姨妈连夜赶来，诚心可见，等程程做了笔录回来，我再针对她的案情和表现另作安排。"

形势变得太快，季秋杭拧眉，何漫妮亦是听得出来，顾南希虽仿佛退让一步，却根本毫无打算松口放人的意思，脸色不由一片僵白，却又因为他这句话而一时间无法再多说一句。

"南希，你……"

"来。"顾南希走到季莘瑶面前，温柔地伸手拉起她。

莘瑶此刻不想做任何决定，无论顾南希是打算对季家留一丝情面，只小小惩治一次季程程便作罢，还是不打算收手，她都没有任何异议，至少她明白，从此以后只要他在她身边，季家人便不会再有机会伤害到她，这便已经足够了。

"南希，你什么意思？现在可是春节，你忍心让程程就这样在公安局里做笔录？Y市现在漫天大雪，我听说公安局那边今年的供暖不是很好，包括关押程程的房间里根本就是低于零度，程程她从来都没有受过这样的苦！有什么话咱们好好说，你何苦要赶尽杀绝？程程小时候最喜欢黏着你了，你忘了吗？"何漫妮忍不住大声说。

季莘瑶本欲上楼的脚步一顿，抬头看了一眼顾南希，见他面色无半分波动，只是在她停下时，看了她一眼，从她眼里没有看见半分的怜悯和退缩，反而竟在她眼中读出诡异、奸诈、狡猾、挑衅、暗爽……等等一系列情绪。

季莘瑶挑着眉，悄声说："南希哥哥你真忍心啊？"

顾南希明显看见她眼里那一丝丝暗爽和报复快感下的小嘚瑟，却仍不动声色地微笑："嗯？"

"我怎么不知道你是从什么时候开始下手的？这也太突然了……"季莘瑶斜了他一眼。

他默然，抬手轻轻扣住她的后脑，将她按进自己怀里，温柔地在她肩上轻抚："你先上楼，事情交给我来解决，不用多想，所有的一切都让我来想。"

季莘瑶点头，她完全不担心顾南希会受到季家人的影响，这件事情，也许她会因为一时的妇人之仁而做出什么错误的决定，但是他不会，而且与季家有关的事，她回避一下也好，至少她真不愿意在这好好的春节里看见那家人虚伪的嘴脸。

莘瑶一个人先上了楼，在走到二楼之前，回头看了一眼那个一身西装浑身透着内敛沉稳的清俊的男人，他亦是在她回头时转过头来与她对视，仿佛心有灵犀般相视一笑。

上了楼时，才忽然瞥见温晴正站在楼梯口，似是一直在偷听。

莘瑶面色一怔，抬眸看了她一眼，见温晴面色略有些发白，手里正捏着一张纸，只是那纸已被她的指甲掐断了一角，似是在极力忍着什么，站在原地不动。

见温晴这一副魂不守舍的状态，季莘瑶当即了然，却也只是淡淡看着她。

季程程出了事，几个月前的那件事温晴也有参与，顾南希还没把账算到温晴头上，恐怕也是因为顾老爷子从中阻碍，但是既然顾南希能动季程程，也就代表了他同样可以动温晴，这一次，可谓是杀鸡儆猴。

瞥着温晴那僵白的脸色，季莘瑶一句话没有说，直接漠然地从她身边走过。

回到房间时，只见二黑那条小黑狗居然正靠在卧室门口睡得四脚朝天，二黑虽然是只黑狗，但肚皮却是白白的，这么四脚朝天露个白肚皮，连睡个觉都是一副欠揍的样儿，季莘瑶啧啧有声地摇了摇头，绕过它，回了房间。

一个小时后，莘瑶正躺在床上看书，忽然听见动静，只见睡醒了的二黑偷偷潜入她房里，她床边的桌上正放着一杯刚刚热过但是忘记喝掉的牛奶，二黑把桌布拖了下去，牛奶倒了它一头一脸。

季莘瑶黑着脸，放下书，翻身下床，拎起它就把它塞到了客房的浴室给它洗澡。

它不愿意洗，又不敢挣扎，憋着个小样儿委委屈屈的。

王妈眼尖地看见她卧室里洒在地上的牛奶，迅速收拾干净，然后在客房这边找到她，这时莘瑶手里正拿着一个吹风机，用力按着那被吹得呜呜叫唤的二黑，不停地吹。

"少夫人，我煲了莲藕汤，你要不要尝尝？"见她在给二黑吹毛，王妈更是乐了，"说来也奇怪，这二黑还真就只认老爷子和你呢。"

季莘瑶唯有干笑，她要不揍它它能认她么……错了，不是认她，是怕她……

好不容易给它吹干净，莘瑶便美滋滋地去喝王妈特意给她煲的莲藕汤了，因为心情不错，莘瑶靠在床边，随手拿了一块饼干喂给二黑，二黑这回倒是很乖，生怕咬到她的手似的，小心翼翼地叼过去吃了。

狗亦懂得是非人情，不随便出口伤人，而人呢？

第五章 保护

第六章　开始

　　季莘瑶做了一个梦，梦里整个世界都是猩红的血。

　　妈妈站在那座高楼的顶端，迎风而立，只是那个背影仿佛已经被血色掩盖，她看不清楚，想要哭喊着上前拦住，却发现自己根本无法动一下。

　　然后，然后此次经年，她已是季家院落中那个消瘦的小女孩儿。

　　她从未因季家的任何人任何事而哭泣过，包括十七岁那一年她永生的噩梦，她那时在医院醒来后亦不曾哭过。

　　可是梦中辗转反复经年已过，季秋杭跪在她面前，何漫妮伸手掐住她的脖子，死去的妈妈忽然出现，满眼怨恨地看着她……

　　这辈子从来没有哭得这样凶狠过，可她终究还是哭了，从梦中惊醒的那一刹那，她看见顾南希正坐在她床边，她猛地坐起身，死死地扑在他怀里，将那些所有过去的噩梦以眼泪的方式通通发泄个干净，眼泪鼻涕蹭了他一身，鼻音很重，还时不时吸一吸鼻子，委屈痛心而更仿佛仍在那一片梦境中没有完全醒过来。

　　她毫无顾忌地用力把鼻涕蹭在他身上——

　　她呜呜哭着说："我妈妈为他自杀，留下我一个人孤苦伶仃，他从没有为她掉过一滴眼泪……"

　　她呜呜哭着说："我被接到季家，漫妮阿姨说我是小杂种，程程说我是野孩子，冬天睡在零下几度的房间里，夏天睡在蚊子堆里，他们给我吃一顿残羹冷饭对我来说都是奢侈，那时候他从来没有在她们面前替我说过一句话……"

　　她呜呜哭着说："我其实只想要一个家，有一个爱我疼我的爸爸，会给我煮面的妈妈，就算一家三口只住在茅草屋里也是幸福啊……"

　　她呜呜哭着说："我妈妈死了二十一年，他从来没有去为她扫过墓，只有我在每年清明的时候和修黎一起去给妈妈扫墓，那时候妈妈坟前的草已经长得很高很高，他从来都没有去过……"

　　她呜呜哭着说："我不知道妈妈究竟爱他哪里，为什么要因为他这样的人渣自杀，可是他毕竟是我爸爸，就算他从来没有爱过我疼过我，可是他今天居然对我跪下，他求我放过程程……"

她呜呜哭着说:"我从来没有像今天这样恨过他,为什么我要是他的女儿,在他跪下的那一刹那我真想让自己直接重入轮回,我不想和他有任何关系……"

她呜呜哭着说:"在我最孤单无助的时候,在我快被冻死的时候他一句话都没有说过,程程刚刚被抓走,他就担心她会怕冷……我也是他的女儿……我的心不是铁做的,我表面上没有感觉不代表我真的没有感觉……"

她呜呜哭着说:"他们怎么可以这样对我……我只想要一个家,只是一个家而已……"

感觉到自己哭得发颤的身子被顾南希拥紧,温暖而踏实的感觉包围着她,季莘瑶趴在他怀里哭了一阵,丝毫没察觉自己眼泪鼻涕都蹭了他满身,只是忽然莫名其妙地被这些她以为早已不在乎的过往刺痛,终于有一个人的怀抱能让她毫不顾忌地痛快哭一场,她只想哭,只想把所有的委屈都哭诉个干净。

最后季莘瑶哭够了,抬起手臂,以手背用力擦去眼泪,抬起肿得像核桃一样的眼睛眼巴巴地看着顾南希,他始终抱着她,任由她哭着发泄,没有离开过,耐心而温柔地听她哭诉着这一切,顾南希是季莘瑶这辈子见过的最通透冷静的男人了,他知道什么时候该让她发泄,什么时候该哄她。

她再擦擦眼睛,嗓子哭到发哑,委屈巴巴地说:"他们走了吗?"

顾南希没有答,只是伸手揽住她,抱着她让她坐在他腿上,傍晚的风透过阳台微敞的落地窗吹过,窗帘微微荡起,晚霞已在天边艳红如火。

一室寂静,晚风轻送,只有顾南希身上淡淡的独属于他的清新的味道,莘瑶刚刚哭够了,只是可能哭得太凶,有些头昏脑涨,但是不得不承认这一哭是真的哭得特别爽,整个人干脆腻在他怀里不动。

她在他身上蹭了蹭,转过眼,静静看着窗外的晚霞,她刚刚也不知自己是什么时候睡着的,也不知道自己究竟睡了几个小时,但这一会儿只靠在他怀里便又开始迷迷糊糊的,鼻子用力地嗅着他身上好闻的味道,耳边是窗外微风吹动花棚的沙沙声。

那一刹那仿佛这一整个广阔无垠的世界唯有他们二人在此时定格,岁月无声游走,周身是无尽的匆匆时光,而他们仅属于彼此。

之后听见顾南希轻轻道:"莘瑶。"

季莘瑶腻在他怀里,整个人犯起了懒,兴许是被人这般疼爱的缘故,便懒懒地哑哑地"嗯"了一声。

他温暖的手覆上她微微隆起的肚子,温柔地摩挲,唇贴在她耳畔缓声低语:"有我在的地方,就是你的家,不需要再去寻找。这个家,为你而停留,只要你一回头,就有我在原地驻守。"

季莘瑶偏过头,看着他在晚霞下清俊的脸,瞬时便笑弯了眉眼:"我只是因为季那一跪而激起了沉积多年的委屈,我懂得人要向前看,不会太纠结那些过去,你说得没错,对于现在的我来说,有顾南希在的地方,就是我的家,老公,谢谢你,我很幸福!"

说着，她忽然翻转过身，伸出双臂紧紧圈住他的脖颈，扑在他怀里。

她也顾不得自己现在红红肿肿的一双核桃眼，直接一脸狡诈地凑到顾南希脸边，眼露精光："南希，在昨晚之前，你就已经安排好一切了是吗？"

顾南希瞅她一眼，声色不动地微笑："嗯。"

"你是怎么知道季秋杭跟何漫妮今天一定会赶过来求情？你下午在顾氏开会的时候，那通电话，是你让苏特助打过来的？你简直就是非一般的老奸巨猾，还好我没得罪过你，不然，我是怎么死在你手里的都不知道……"

顾南希默然，半晌道："也许应该被惩罚的还包括我自己。"

季莘瑶远山眉微微一挑，惊疑地看着他。

顾南希面上继续若无其事地笑笑，垂下眼，十分诚恳地道："如果八年前我没有把你的手推开，也许我就不会错过那么多的你。"

季莘瑶听见这句，脑中突然灵光一闪，心口刹那间一阵狂跳。

原来他不仅仅知道了她过去所发生的一切，就连八年前她跪在雪地里爬到他脚边拽住他裤腿的那一幕，他都已经知道了。

一抹苦笑在他唇边漾开，眸中是未加掩饰的歉意与后悔，他端起她的手，贴在唇边轻吻，她隐约听见他夹着几分懊悔的声音在空气中隐隐轻颤："对不起，莘瑶……对不起……"

季莘瑶用力摇头，扑到他怀里，释怀地笑道："南希，你没有错，那件事情并不是你的过错。如果我是你，在留学多年归国后，奉母命去季家探望，我也不会多事到去管一个陌生人的死活。或许有些事情真的是命中注定，但如果那时候我真的被你救走，也许从此我在你的生命里都只是一个脆弱无助的小孤女，也许我们穷尽一生也无法走到一起。其实这样也很好啊，这七年多来，我让自己变得越来越坚强，我能靠自己的双手撑起自己的生活，这样一个真实的季莘瑶才能误打误撞地走进你的生命里，这样的季莘瑶才不会胆怯，不会卑微，只会坦然地面对！"

他抱住她，令人窒息的拥抱和沉默里，终于听见顾南希一声悠悠的叹息。

温暖的吻如星子般点点落在额头与发际，那般的细心呵护与怜爱，季莘瑶安静地任由他细细地吻着自己。

日西斜，天色渐暗，外边始终飘着的雪花渐渐停歇，因为顾南希早上说过，晚上会直接带莘瑶回日暮里，所以便只打算在顾家吃过晚饭后便离开。

只是没想到季秋杭夫妇竟始终没有离开，顾老爷子亦是非一般的聪明之人，自然不会公然撕破脸，便很是热情地邀他们一并共进晚餐。

只是当莘瑶随同顾南希下楼时，季秋杭跟何漫妮一看见他们，便神情肃然，仿佛眼前这个不是他季的女儿女婿，而是仇人一般。

当然，也不知顾南希究竟和他们谈过什么，季秋杭也仅仅是瞪了瞪季莘瑶，却始终没对顾南希露出任何负面的态度，只是在看向他时，几不可察地皱了皱眉。

季这状态，倒像是吃瘪了，季莘瑶不禁回头，便看见某总裁依旧怡然地微笑，顿时小宇宙噌噌噌地冒烟，也不向下走了，直接站住，捏着嗓子小声说："总裁大人，我忽然觉得你阴险的程度让我防不胜防啊。"

"嗯？"顾南希浅笑，笑容一如二人初识那般的高深莫测，却又清俊好看得令人发指："你想防着我什么？"

季莘瑶磨牙："既然你早就算到他们今天会来，而且今天晚上一定不会离开，干吗不早早告诉我？你今天就陪我回日暮里，其实是不让我和他们在顾宅里有过多纠缠。"

他只是笑。

"我忽然觉得我错了！"季莘瑶小眼神唰唰地在他身上放箭："我不该在你和单萦之间横插一脚的，单萦那种不动声色就能把人玩弄在股掌之间的女人，你俩才是绝配呀！"

"所以？"他眉宇微挑，一脸的好笑。

季莘瑶一想到顾南希的运筹帷幄再想到单萦那一笑间的胸有成竹，心口就直冒酸气，磨着牙说："都一样是笑里藏刀，让人防不胜防。"

顾南希看着她，眼神似笑非笑，半晌道："莘瑶，这是个表里不一的世界，不过我可以向你保证，从认识到现在，也许我对你有没有明说的事情，不过但凡我开口说出的话，必然都是真心。"

见他竟严肃起来，像是很不愿她误会他似的，季莘瑶翻翻白眼，仔细地想了想……好像这么久以来，顾南希对自己确实心口如一，他给她的只有关心疼爱，温柔呵护，给她的这份感情纯粹而简单，真实又从未掺进一丝一毫的复杂。

用过晚饭后，季莘瑶便回房去收拾少数的行李，从F市被接回来后，就直接来了顾宅，许久没有回日暮里，不过上次她离开时，倒是没从日暮里拿走太多的行李，所以她也不用收拾太多。

等她收拾好东西下楼时，才见何漫妮正堵在楼梯口，而她堵着的人是顾南希。

莘瑶不由得放下小行李箱，走过去。

何漫妮肃然地看着顾南希，顾南希神色不变，浅淡地勾了勾唇："借过。"

何漫妮眯起丹凤眼一笑："南希，你这一回是一点面子都不给姨妈留下，是不是？你究竟查出了什么？竟已到了宁可撕破脸的地步，也不让分毫。难道单单就是为了那么一个季莘瑶？这天下女人何其多，比季莘瑶漂亮比她聪明的女人更是不在少数，她有什么好？"

她顿了顿，继续说："姨妈知道现在无论我说什么，你都不会改变这个决定，那好，不如我们来讲条件，要怎么样你才肯放了程程？"

季莘瑶眼见这一幕，似乎不适合自己在场，犹豫了一下，便转身想走，顾南希适时伸手拉住她的手腕，将她揽了过来。

同一瞬间何漫妮面无表情地看着季莘瑶，接着不明所以地看向神情淡然的顾南希："你什么意思？"

"除非季家全部财产归于莘瑶名下，程程主动且诚恳地道歉，直到莘瑶满意

为止，关于对程程的处决，我可以另做考虑。"顾南希笑了笑，揽在季莘瑶腰间的长臂隐示着事情没这么简单。

何漫妮又惊又怒："你是想把我们全家逼上绝路！"

顾南希唇弧若灿，似赞还讥："区区一点手段，应该比不过姨妈你多年来的精心策划。"

他轻描淡写的一句话不知为何竟让何漫妮实时哑口，当场回不了嘴，却用着极端错愕的目光眼睁睁地看着顾南希携着季莘瑶走下楼梯。

莘瑶刚刚有一刹那的恍惚，似是没听懂顾南希跟何漫妮之间的那几句对话，总感觉像是有什么她不知道的事，可看顾南希那淡然的表情，却觉得自己似乎是多心了。

将她送上车，疾驰上路后顾南希的手机响起，他接起电话，那边不知是谁说了什么，顾南希正稳稳握在方向盘上的手一停，他隐在公路昏黄路灯下的俊颜没有波动，只是眉宇微微挑起："然后？"

之后他便只是听着电话那端的人说话，许久后才随手翻开车门边置物盒中的一份资料，看了一眼后，便将那数据重新往置物盒里一搁，道："我明天过去再说。"

回到日暮里已有三四天，琴姐又从顾宅搬来日暮里，每日的任务就是给莘瑶熬中药。

因为很久没有再见过苏小暖，小暖得知莘瑶已经回来G市了，便兴冲冲忙约着她一起去逛街，莘瑶反正在家里也无事，便跟苏小暖约着在北斗大道见。

G市毕竟在南方，初春的天气时冷时热，今日的天气较好，莘瑶穿得不是很多，在北斗大道等小暖的时候，便干脆直接站在街边无所事事地看着街边的一些贩卖的小摊。

低下头正摆弄着东西时，忽然注意到似乎有谁在看自己，她猛地转过身，却在影影幢幢的人群中并没有看见什么可疑的人，心下却是开始小心了起来，不再闲逛，转身走进对面的奶茶店。

刚坐下，跟服务员点了一杯清水，正转头向外望时，忽然，眼睛被人一把蒙住了。

"猜猜我是谁？"

季莘瑶嘴角一抽，抬手把那只滑嫩嫩的小爪子拉了下去："死丫头，手上从来都抹着留兰味道的护手霜，以为我闻不出来呀？"

苏小暖撇了撇嘴，转身坐到她旁边："我还以为你这么久不回G市，把人家忘了呢，原来还记得我手上有留兰香的味道呐。"

莘瑶乐了，叫服务员过来给她点了一杯草莓味儿的奶茶。

"季姐，你是哪天回来的呀？是顾总把你接回来的吗？他亲自去找你了？"苏小暖一坐下就叽叽喳喳问个不停，"他跟你道歉了没有？话说回来，季姐，上次你在婚礼上就那么一走，真是把我吓坏了，我以为你再也不会回来了呢。"

"我也以为我永远都不会再回来。"莘瑶轻笑，"可是事实往往都超出我们在表面所看到的一切，虽然难以释怀，但是我不想太矫情地错过这些美好，误会可以解释，心也可以安抚，他在我心里，始终都不会出现任何原则性的错误，既然如此，又何必要让大家都痛苦？随着心走而已，于是我就回来了。"

小暖嘿嘿一笑，一边喝着奶茶一边说："对了季姐，刚刚我在街上看见一个人……"

"谁啊？"

"就是上次在你和顾总的婚礼上，那个后来忽然出现的帅哥，他长得和顾总好像啊！看起来就像是从动漫里走出来的一样！他到底是谁啊？刚刚我还看见他了呢，就在打车来北斗大道这边的时候，刚刚下车就看见他了！"

季莘瑶握着玻璃杯的手微微一顿："你看见修黎了？"

"他叫修黎呀？"小暖双眼放光，顿时一脸兴味地问，"他是顾家的亲戚吗？"

修黎怎么会来这里？

刚刚她感觉那个在看自己的人……应该不会是他吧……

现在回想起来，那个眼神给她的感觉似乎并不像是修黎，那会是谁呢？修黎又怎么会一个人来北斗大道这边？他向来最讨厌的事情就是去这些太热闹的地方，修黎的性格喜静，很少出来逛街。

"你在什么地方看见他的？"莘瑶不由得问。

小暖见她问得认真，便愣了一下，然后抬起手，向外指了指："那边，咱们北斗大道上唯一的一家碧城会馆，他刚刚就在会馆外面，似乎是在等什么人。"

等什么人？

修黎以前很少来G市，他能等什么人？

不知怎么，明明不该管这些事，明明谁都该有些个人隐私，可此刻季莘瑶却是总觉得哪里有些不对，忍不住转头看向那边在商场顶楼的碧城会馆。

"季姐，你怎么啦？"小暖一脸的不明所以。

莘瑶沉吟了一会儿，才定下神，对小暖笑了笑："没怎么，修黎是顾家人，是顾南希的弟弟。"

"嘎？顾总不是说过他没有弟弟吗？"

季莘瑶不知怎么解释，便干脆没解释，拿起手机，想了想，便给修黎打了个电话，电话响了数声才被接起，也不等他开口，莘瑶便直接问："你在什么地方？"

那边似乎很安静，电话彼端的人亦是沉默了片刻，才淡淡道："有事？"

这种生疏的语气让莘瑶很恼火，却也知道是因为自己的问题才让修黎会有这种态度，便也只能受着，她转眼看着窗外对面的会馆："修黎，你这几天在顾家没什么事吧？爷爷对你怎么样？"

"我还有事，你要是没什么事情，我先挂了。"修黎的语气很淡漠，直接挂了电话。

季莘瑶一怔，愕然地看着手机上渐渐黑下去的屏幕，渐渐蹙起秀眉。

不是她多心，只是这次修黎回来后，整个人都仿佛变了，虽然变得更加稳重

第六章 开始

这是好事，可人也变得越来越沉默，他仿佛从她身边长大的那个季修黎瞬间真的变成了顾家的小孙子，仿佛与她瞬间隔了一个世界，可她明显感觉得到，这一切并不是他想要的，而他此次留在顾家，她总觉得修黎是想要做些什么。

还有他那个已经疯了的却不知所终的母亲，他究竟知道多少……

心口沉甸甸的，她希望自己的担心纯属多余，希望自己只是关心则乱而已……

"季姐，宝宝很健康吧？"见莘瑶似是有什么心事，小暖很懂事地没有多问，只是轻声地岔开话题。

莘瑶抬眸看了她一眼，须臾轻笑，抬手轻轻抚上自己微隆的小腹，眼中瞬间满是期待与渐渐绽放的母爱："刚开始的时候胎气不稳，现在已经没什么事了。"

"嘿嘿，季姐你现在真幸福我好羡慕你！"

莘瑶亦是微微一笑。

只不过一想到顾南希从明天开始会出差一段时间，心底便没来由地一阵发空，以前不是没有分开过，但是感觉不一样，现在忽然想起他明天就要走的事情，莘瑶心下不由得一急，忽然很想早点回去……

顾南希出差的前一晚，季莘瑶做了满满一桌好吃的菜，当顾南希从顾氏下班回来时，看见在厨房和餐厅之间里里外外忙活着的莘瑶，便站在门边，看着她轻笑。

因为下午见过小暖，和小暖逛过街的原因，所以季莘瑶整个人的气色看起来活跃了许多，一身简单的家居服外裹了一件可爱阿狸图案的围裙，长发挽起，在头顶只用一只发夹固定住，因为一直在忙，顾不上去整理头发，颊边两缕发丝滑落至脸旁，整个人看起来干练中不失柔美温婉。

也许是因为顾南希明天就要出差，莘瑶将万千的不舍化成了动力，只想在他出差之前为自己亲爱的老公做一顿丰盛好吃的晚餐。

"去洗澡，洗好澡就可以吃饭了。"莘瑶在厨房那边探出一个脑袋，朝站在门前的顾南希甜甜一笑。

然而顾南希没有去洗澡，只是脱下西装外套，随手挽起衬衫的衣袖，走到她身边："我来。"

"不行，你明天就出差了，今天我来做，你别插手。"季莘瑶坚持着要把他从厨房里推出去，"虽然你们这种阶层的人物在外边有的是山珍海味可吃，但我坚信无论是怎样的山珍海味也比不上家里的一顿晚餐，我要用我的手艺把我老公的胃填得满满的，就算出差在外，心里想的也是我烹饪的味道。"

顾南希含笑看着她："你这是话里有话啊？"

季莘瑶站在厨房里，手里举着锅铲晃了晃，然后有点怅惘地说："听说上海那边有不少美女，你们那些必不可少的酒局饭局上，必然少不了有美女作陪吧……"

"如你所说，外边再精致的山珍海味，也比不过家里的一顿晚餐。"顾南希本来正要去倒一杯水，却是转过眼来，深深看她，"莘瑶，商界浮华万千，我只要这一方有你的净土就足够。"

"好像我这里也算不上什么净土。"季莘瑶咧了咧嘴，却是笑得满眼开心。

这一霎她忽然觉得，虽然爱情不是一场互相只为赢利的生意，亦虽说不求报偿，但是那些一起走过的路，牵过的手，流过的泪，那些抛却在这些浓墨重彩生活下的辗转呢哝，那些他们互相为之付出牺牲和努力的东西，最终换来一句有她的净土，还是很值得很幸福的事。

她笑着问顾南希："确定出差要半个月吗？那时候连元宵节都过完了。"

"情况有变，或许短则半月，久的话……"顾南希答，"我尽快缩短行程，近来上海又有几起年初展会，我暂时脱不开身。"

说时，顾南希眼中是几分歉意："抱歉，莘瑶，在你怀孕的时候，我却要出差这么久。"

季莘瑶挑眉："男人本来就该兢兢业业，疼老婆是必要的，但要是整天都围着老婆孩子转，那叫无所事事，我哪有那么娇惯，何况有责任心的男人，才是真正的男人，你的责任远远比我想要的要厚重……"

话虽这样说，但是心里是真的很不舍，或许女人在怀孕的时候，真的时时刻刻都希望在乎的人陪在自己身边，想撒娇，甚至想偶尔无理取闹一下，但是他是顾南希，顾老将军最得力的小孙子，他有他要做的事，有他要尽到的责任。

顾南希默然看着她，看着她径自晃荡着手中的锅铲，直看到她渐渐嘿嘿笑出来的样子，才道："你锅里炒的什么？"

"啊！我的鱼香肉丝——"季莘瑶陡然惊醒，闻见一阵焦糊味儿，顿时一脸懊恼地扑到了锅边。

一副哀哀凄凄魂不守舍的样子，却非要装得大义凛然的模样，到底也还是露馅儿了……

顾南希失笑，看着那个在厨房里忙活着的小女人儿，唇边的笑意恒久而不绝。

是夜，莘瑶虽已想到两人分别在即，免不了一场欢爱纠缠，只是顾南希热情如火，仿佛怎么要也要不够似的，据说这还是他自认为很节制很收敛了……

于是季莘瑶第二天醒来的时候，险些再度赖床不起。

若不是顾南希上午的飞机，他一早就要走，她恨不得直接睡个昏天暗地，但他本是放轻了起床时的动作，似是不想吵醒她，她却本能地在他起身的同时也醒了过来。

也许是太贪恋身旁那温暖的热源，于是他刚一起身她便有所察觉。

须臾，季莘瑶看着顾南希衣装整齐，高雅清贵中透着卓尔不凡的气度在她面前走过时，她忽然无比的满足，有一种女性本能的小小虚荣与骄傲的心被塞满的幸福感。

眼前这个玉树临风修长挺拔的男人，是她的丈夫，她宝宝的爸爸。

因为他去机场前要先去顾氏办些事情，中间的过程太多，所以她也不方便送他，只好也跟着穿戴整齐，打算送他到小区外看着他上车。

然而就在临出门之前，莘瑶穿好鞋子，刚抬起头，一阵清新干净的气息便迎面而来，顾南希长臂一伸，紧紧搂住她的腰，将她揽进他怀中，他这突如其来的吻

第六章 开始

十分用力，仿佛要直接将她生吞入腹直接带走，搂在她腰间的力道也不放松，只是用力地吻着她，撬开她的唇舌，点开她的齿关，灵活的舌便直接攫住她的，似要生生夺走她全部的呼吸。

他这一吻来得太突然，莘瑶本能地伸手想要抗拒，也是怕自己会耽误他赶飞机，可他这一吻虽不至于急切狂热，却是无比的用心，唇舌间的力量仿如他的心，让她真真切切地感觉到他的不舍，她不禁闭上眼，抬起双臂圈住他的脖颈，踮起脚主动地响应，那一刹日暮里清晨的阳光如点点碎金般透过一侧的落地窗洒在他们身上，温暖而柔和。

"南希，你还要赶飞机……"莘瑶小力地挣扎了一下，轻声提醒他。

抬起眼，却看见他正深深凝视着自己，在顾南希的眼中，仿佛多了些什么，深切而缠绵，让她一时间竟有些手足无措。

"傻瓜。"他淡淡地笑，声音如清泉般清冽干净，看了她半晌，忽然倾身在她额上印下温柔的一吻。

他的身上散发着淡淡的须后水的清香，在这清晨的阳光照耀到的厅室里，是那样的美好而让人不舍。

"莘瑶。"

"嗯？"她抬眼。

"今天你真美……"

那时季莘瑶因为只是想送送他，头没有梳，脸也没有洗，只是随便把头发束起，穿戴整齐的要出门而已，一副半睡半醒的样子。

她想不透顾南希的审美什么时候差到了这种地步，但是好吧……她很受用……

顾南希的飞机，在上午 10 点半便已起飞，莘瑶趴在阳台上本来只是晒晒太阳，但是仰头时却看见湛蓝的天空上飞过的隐隐约约的小黑点，便忍不住多看了一会儿。

等她收回视线的时候，才发现因为今天阳光太好，她一直盯着天上看，这一会儿眼前乌七八黑的，差点直接被阳光给晒瞎了，窘。

因为顾南希出差，莘瑶最近又没工作，她在家里实在无所事事，这种太悠闲的生活实在不适合她，平时来给她熬药的琴姐年纪大，太过严谨，所以莘瑶也没办法和琴姐整日腻在家里，便只好没事就拽着苏小暖出来逛。

一个星期后，基本上所有公司春节的假期都已经过完了，苏小暖也没时间继续经常陪着莘瑶，不过因为莘瑶偶尔会去丰娱媒体给小暖送些自己在家新研究出来的菜式，所以公司里以前的那些同事都知道莘瑶回 G 市了。

下午，季莘瑶记着王妈昨晚有打电话过来，让她这两天回顾宅一趟，莘瑶正打算着回日暮里收拾东西，忽然就接到丰娱媒体唐总编的电话。

"莘瑶，打扰到你了，实在不好意思。不过毕竟你过去在咱们公司工作过，这次建设局那边有个新项目要做采访，不过建设局新上任的局长是过去他们局的那位刘科长，他性格挺难伺候的，咱们公司商务部的这些新面孔他都不见，不过这个新项目的采访很重要，你能不能来帮忙去做一下采访？"

季莘瑶琢磨了一下，这个唐总编是秦慕琰接手她们公司后换的，跟她又没什么太深厚的感情，她都已经离职了，又不存在人情账在里边。而且都已经辞职这么久了，忽然回去帮忙，这不明显等着公司里那些新人在背后骂她么。

这赔本儿的买卖，不能做。

于是她很干脆地拒绝："我不方便。"

唐总编似乎很纠结："莘瑶，这个新上任的刘局长只有你采访过他，我听说他对你印象还不错，这个新项目的采访真的非常重要，不如这样吧，这个采访如果你做成功了的话，我单笔支付你工资，只要你把刘局长的这个采访拿到手，直接支付你一个月的工资，怎么样？"

季莘瑶不屑，你丫是我的谁啊？让我帮忙就帮忙？一个月的工资无非四千多块钱，那建设局姓刘的新局长脾气傲得很，虽然她成功采访过他，但采访一次也能被气到内伤好不好，她好歹还怀着孩子呢，这种气她可不愿意再去受。

于是她笑了："一个月的工资啊？"

唐总编见有谱，便笑着说："嗯，如果能拿下这个新项目的第一手新闻，而且做得好的话，另加一千块奖金。"

季莘瑶呵呵笑了笑："还是不去。"

"……"

她已经可以想象得到这位唐总编现在的表情了，没办法，谁叫他是秦慕琰带过来的人，她不好好欺负欺负都对不起她亲爱的小姑顾雨霏！

挂断电话后，没过多久，莘瑶便欲直接打车回家，却是刚走到路边，电话便又响了。

这次打电话的是苏小暖，季莘瑶隐隐有一种不太好的预感，眼皮不由得跳了一下。

电话刚一接通，苏小暖就一阵委屈巴巴地说："季姐……你现在有没有时间，能不能帮我去建设局采访一下那个刘局长，我听说他性格特别古怪，很难采访到他，但是唐总编给我下了死命令，明晚之前必须做出建设局这次新项目的新闻……"

果然她的预感是没错的，这可真真是祸从天降，唐总编求帮忙她可以不当回事，但是苏小暖这一副可怜兮兮求救的模样……

"咳，明晚之前么？"季莘瑶欲哭无泪。

"嗯，明晚之前就要把这项目的新闻做出来，要是做不出来的话，我这最后一个月的实习成绩估计就完蛋了，我就差这一个月，就可以正式转正了……"

"好吧。"

季莘瑶抬手挠了挠额头，忽然很想再给唐总编打回去一个电话，问一句，内个，唐总编，你的钱还在么……

于是她在挂断电话后真的把电话打了回去，刚一接通她就直接说："咳，我说唐总编啊，奖金一千块太少了，一千五成么？"

第六章 开始

唐总编:"来公司吧,我跟你交代一下工作。"

虽然季莘瑶辞职了,但是她平时工作时素来的干练风格让公司的很多领导印象都很深,所以她忽然在总编那儿领取了工作牌和资料时,公司走廊的各办公室门前都站着不少过去的同事,私下里窃窃私语,大都是对她这忽然回来工作的事很好奇。

莘瑶纯粹只是帮个忙,当初坚决地辞职,其原因也是秦慕琰收购了丰娱媒体,她再怎么样粗枝大叶也不至于这样乖乖地在秦慕琰手下工作,虽然最近秦慕琰似乎没怎么来这边,但她也没必要再回来,就算工作,也不能回这里。

所以她干脆也不解释,直接一路走到商务部办公室,苏小暖坐在季莘瑶曾经坐过的位置上,正一脸苦恼地看着莘瑶过去留下的那位刘局长的采访记录,一看见莘瑶进门,当即眼前一亮,直接扑了过来。

"季姐!我就知道你最好了,你最舍不得我来接这种棘手的采访了!你是我的救星,你是我的耶稣,你是我的……"

"闭嘴去那边坐,我看看资料,明天你跟我过去。"季莘瑶一巴掌拍下小暖搂到自己身上的咸猪爪,直接把她按到了一边,坐下后便开始认真地翻看数据。

办公室里的小陈和几个新同事惊奇地看着她,但因为知道莘瑶的身份不同寻常,所以也没敢多问,只有小暖在旁边不停地叨咕最近公司里发生的各种大事小事。

"对了,季姐,我听说这个刘局长以前还只是建设局的一个小科长的时候,他这人就特别难搞,你那时候是怎么顺利拿到他采访的?他背后是不是有什么人啊?这么快就爬上去了?"小暖忽然低声问。

季莘瑶一边翻看着有关建设局这个新项目的资料,一边淡淡地说:"确实很难搞,我那时候能在他那里拿到采访,也是一个巧合,他跟凌氏的关系不错,那时候我和安越泽还没有分手,所以顺着这道关系,勉强拿到了采访,不过这次……"

她合上手中的资料,叹了口气。

这位刘局长花名在外,据说玩过不少女人,公司里这些小姑娘不愿意去接触他这样的人物,也都是不想招惹是非罢了,莘瑶又何尝想招惹这样胡作非为的人物?但是小暖都求她帮忙了,她也只好硬着头皮试一试……

建设局离凌氏并不算太远,但距离丰娱媒体公司却有一段距离,莘瑶先回家换了身适合工作时穿的衣服,因为怕建设局那边不好打车,所以在下班之前,直接开车载着苏小暖一起去了建设局。

"刘局长不在。"

刚到建设局,门前的工作人员一看见季莘瑶和苏小暖胸前挂着的工作牌,便十分冷漠地说了一句,转身走了。

因为最近建设局和凌氏被之前凌氏翻新的那件案子而耽搁了不少事情,又被上头秘密查处,虽然这桩隐隐的风波没几个人知道,不过最近建设局和凌氏确实很排斥媒体。

季莘瑶想到了会吃闭门羹，却没想到会这么干脆，不由得满脸堆笑地问："那请问，刘局长明天会在吗？很抱歉，打扰到您了，这次建设局的新项目，我们公司很希望能得到第一手新闻，我们只采访一些关于新项目的内容，不会涉及其他，所以，麻烦您帮我……"

"我都说了刘局长他没在，你听不懂人话是吧？你跟我说这些有什么用啊？我就是一秘书，刘局长自从上任后每天建设局正常工作时间八个小时，他能有两个小时在这里就不错了！天天都有应酬，今天是我们刘局长他干女儿过生日！他中午的时候就走了！"那位工作人员一脸不耐烦地看了季莘瑶一眼，"何况我们刘局长平时最讨厌接触你们这些媒体，新项目的新闻你以为那么好得到第一手资料啊？"

见这女秘书的态度极其恶劣，跟在莘瑶身后的小暖忍不住想要开口，莘瑶却适时地将手伸到背后，拉住小暖的手，示意她别冲动。

之后两人离开建设局大厅，苏小暖便气不打一处来地低声咒骂："这女的有病吧，商务界采访往往也是例行公事而已，没我们商务媒体，哪来的他们这些官员的正面形象，问她几句话就像吃枪药了似的，我们招她惹她了？我出来实习这么久，就没见过这么变态的，而且还只是个女秘书！"

"如果这位刘局长真这么容易见到，你也不会找我来帮忙了。"季莘瑶却是淡笑，转头看了一眼这附近，又抬眸望望不远处正在翻新重建的凌氏大厅，唐总编只给她们一天的时间，到明天下班之前就必须把新闻交上去，虽说时间方面可以通融一下，但是新闻这种事情本来就拖不得，她们不早点拿到手，就会被别人抢了先。

媒体行业这口饭，抢的也本来就是一个先机，所以她们现在不能等，只能想其他办法尽快见到刘局长。

"我只是听小陈说的，她说这个新闻我肯定拿不到手，还说这个刘局长我根本就应付不来，我问了其他人，其他同事也说这位刘局长特别难搞，但我具体也不清楚他究竟有多难搞，我怕真的应付不来，就让小陈陪我一起来，结果小陈好像很怕这位刘局长一样，不肯陪我，我就想到你了，所以才给你打电话让你帮帮我，但我要是知道他们建设局这边连一个局长秘书都是这种态度，我才不会叫你来帮我，你还怀着孕呢，要是因为帮我跑这个新闻，气坏了可就不好……"小暖一个人在那儿一脸懊悔地嘀咕，眼中有几分忧色。

季莘瑶回头看了她一眼，轻笑："这建设局的人再怎么样，也没长了三头六臂，你这连实习期都还没过呢，接触的人并不多，久了你就会知道，无论要被采访的对象多难伺候，也总会有一条途径能让你顺利拿到采访，世界之大无奇不有，这么一个小小的挫折你就看成天大的事，那以后还要不要混了？"

"我是怕你怀着孕，这样帮我，太颠簸了……"苏小暖推了推鼻梁上的眼镜。

"怀孕倒是没什么关系，不过……"莘瑶看了一眼时间，道，"刚听那个女秘书说，刘局长的干女儿过生日，你一会儿去查查他的干女儿是什么人，晚上有没有办生日宴什么的，最好能查出来刘局长今天晚上会在哪里，如果有酒宴，咱们趁酒宴的空当去看看，也许赶上他心情好，这新闻转眼就到手了呢。"

小暖点点头，直接打电话叫办公事的同事去查，莘瑶则是走到路边正要打开车门。

忽然，旁边驶来一辆红色宝马轿车，从车中走下一道窈窕的身影，一身时尚奢侈的打扮，脸上戴着爱马仕最新款大号太阳镜，似是正要到建设局办什么事，下了车后一边接电话一边快步向建设局大楼走。

"不是啦，是刘局长那位干女儿晚上在比尔森酒店庆生，我晚上得陪着我爸一起去，明天再陪你 SPA 嘛，也不急在一天！"

那女人走得匆忙，根本也没回头看向不远处站着的人，只是在路过苏小暖身边时停了一停，隔着太阳镜瞥了小暖一眼，似是觉得她有点眼熟，又像是想起了什么，便直接对小暖翻了个白眼，转身走进建设局。

小暖亦是直接听见了她打电话时说的话，不由得转头看向站在车边的季莘瑶："季姐，这不是凌菲儿那个狐狸精吗？她刚刚说刘局长的干女儿今天晚上在比尔森酒店庆生呢！"

莘瑶亦是没想到这冤家路窄的，凌菲儿竟然好巧不巧地帮到了她，便也只是笑笑，侧眸看了一眼凌菲儿的背影，淡淡地说："怪不得最近凌氏跟建设局走得这么近，原来是凌董把自己的宝贝女儿给安插到了建设局工作，他倒是老谋深算，ZF 有一小半都已经是凌家的势力了，现在是想把建设局也变为囊中之物。"

"是呀，刘局长的一个干女儿的生日宴而已，居然凌董全家去参加，怪不得刘局长这么难搞呢，原来他的面子有这么大。"小暖不胜唏嘘。

现如今官商相护，若是在不经意间这一方势力越来越庞大，那就算是顾南希想动他们，也不容易撼动分毫了，怪不得他从一开始就只在建设局下手，一点点延伸到凌氏，这样不动声色地一点点将之瓦解，确实是最有效的方式。

"不过季姐，你毕竟是顾家的人，这些人看见你，总也会礼让几分的吧？"

小暖这话说得不假，但是过于天真。现今顾南希步步为营，在一点点瓦解他们几方势力，就算没有大动干戈，但以凌董这种老谋深算的人，恐怕也已经察觉到了，他们最近这么消停，明显就是怕真的被顾南希抓到什么把柄，他们表面上或许会给自己点面子，但当然也不会轻易给她好果子吃。

莘瑶让小暖先回公司做些准备工作，径自一个人先去了比尔森酒店那边等着。

酒店门外确实已经开始限制一些无关的人员通行，看来今晚这场生日宴的规模不小，刚刚莘瑶也接到公司那边的电话，得知这位刘局长的女儿有二十几岁，是刘局长年初时新认的干女儿。

莘瑶坐在车里，淡淡凝视着酒店门前来来往往的人。

她都快忘记了曾经她刚刚走出校门开始实习的时候，第一次做采访时的情形，那时采访是谁，和谁一起做的采访，是他还是她？吃了几次闭门羹，看过了多少冷脸？说了多少好话？赔过多少次笑脸？

全都忘了，只还记得那种初出茅庐时的兴奋和忐忑。

可是现在，也不知道是从什么时候开始，一切工作的性质都变得机械化，机械的语言，机械的笑容，连开场白都是客套而生疏，却再也没有了那么多的小心翼翼，憧憬渐渐少了，所有的被采访人都变成一个简单或者繁杂的任务，通关了便继续下一关，与这些过去的憧憬有关的一切都变成了一串串与奖金有关的数字……

不过是采访而已，去哪里，和谁一起，又有什么关系？

实习的时候一直想努力变成正式员工，觉得自己长大了特牛，而当你真正变成在这社会中浮浮沉沉的一员时，你会发现自己失去了人生本身所有的乐趣。

所有的工作只剩下冷漠的快节奏化，快速地解决眼前这个问题，然后迎接下一个挑战。

晚上7点，小暖在公司拿好了采访的器材，虽然比尔森酒店今晚限制客人随意通行，但季莘瑶在酒店门前被审计局的一位领导认了出来，几经寒暄之下，酒店门前的保安便也没敢拦她，也没敢检查她是否有请柬，直接放了行。

环境不错的酒店大厅里，众多有权有势的宾客在，季莘瑶拉着苏小暖在角落里绕过众人，不想引人注意，只想找找看刘局长在哪里。

"哎，季姐，那边！"小暖看过刘局长的照片，所以一眼就认出了在层层叠叠的蛋糕下正和一个妙龄女郎站在一起的刘局长。

季莘瑶刚一转过头，忽然身边有个人走得匆忙，猛地撞到她身上，莘瑶防备不及，被撞得向后退了两步，回身一看，见是一位酒保，只是那酒保似是认得她，转过身来道歉时，看见季莘瑶的脸的一刹那，似是惊了一下，然后便匆匆地转身走开了。

"季姐，你没事吧！"小暖伸手要去扶她。

莘瑶摇头，却是想起刚刚那酒保的表情，忽然莫名地有些不安，低声说："趁着生日宴还没开始，咱们先去叫刘局长，早点解决早点离开！"

她明显感觉得到，今晚在场的众多政要虽也都是G市内常见的大人物，但大多数都是凌家的那一派，官场上的各种势力本来就乱，顾南希反而是他们所有人防备的对象，而她在这里，确实不该久留，最好是趁着没有太多人注意到她时，顺利拿到新闻离开。

生日宴开始之前，刘局长在那边跟身边那位妙龄女郎悄悄说了几句话，惹得那个女人一直在笑，看来她就是今晚的主角。不过刘局长似是有什么事，转身便走向左边，莘瑶和小暖逮准时机，直接走到他面前。

"刘局长，您好，我是丰娱媒体商务部的记者，在这种时候打扰到您的兴致很抱歉，只不过我们白天去建设局想采访您，得知您近来实在太忙，不经常在建设局里，所以我们不得不找到这里，是这样的，关于这次建设局的新项目，我们……"季莘瑶单刀直入，语速很快地传达着她此来的目的。

刘局长看见她时，竟没怎么惊讶，眼里闪过一丝异样，神色倒不是很冷漠，只是皮笑肉不笑地看看她："季小姐，是吗？"

季莘瑶一怔，当即堆起看起来比较自然的笑容："刘局长认识我？"

"刚刚听说顾少夫人竟然也移驾前来，正准备迎接，没想到季小姐你倒是以

这种方式突然杀出来，果然是顾家的人，还真是特立独行啊。"他笑着伸出手。

听出他话里有话，莘瑶发现附近有几位政要注意到她，正互相交头接耳着，她先是想了一下目前的处境，很是沉得住气的伸手与刘局长握了握手："刘局长客气，我不在商界，难得能这么轻易就被认出来，不过我混的是媒体界，记得半年多前我曾经采访过您，不知您是否还有印象，这次我也不想太过叨扰，只想针对这次建设局的新项目抢到第一手消息，希望不会给您带来不便。"

"好说好说，既然是季小姐的工作，刘某怎敢不配合，不过既然是工作上的事情，明天再说，今晚是我干女儿生日，季小姐既然来了，不如坐一坐，玩个尽兴。"

"不了，虽然刘局长盛情，但目前这种场合，以我现在的身体状况来看，实在不方便，既然刘局长答应明天会给我们一些时间做访问，那我也不打扰了，明天再说。"莘瑶客气地笑笑，之后直接转身就走。

此地不宜久留，她才刚被那个小酒保发现，转眼这刘局长就知道她在这里了，恐怕这里眼线众多，再待下去指不定会出什么乱子，顾南希现在人在上海，正是这些人趁机勾结的好机会，她若是在这里真的坐一坐，反而会着了他们的道。

"季姐，那个刘局长在看你！"小暖一边被莘瑶拉着向酒店门口快步穿行，一边悄悄地回头看了一眼，然后低声说。

季莘瑶越想越不对，她今天下午刚到建设局跟那个女秘书打过交道，之后凌菲儿就开车去了建设局，还好巧不巧地打了那么一通电话，而她看见了苏小暖后，自然是认出了小暖，却没有直接回头去看季莘瑶，明显就是故意在她们那边路过。

顾南希才刚走一个星期，凌家和这刘局长就趁这么一个机会聚众摆宴，明着是生日宴，私下不一定是有什么目的，而趁机引她前来……

莘瑶心头一凛，不行，必须快点离开！

不过她倒没有表现得很慌乱，无论他们想做什么，这大庭广众之下也不会做得太过，于是始终稳步而行，直到走出酒店，快步行至酒店门前的停车场，小暖先跑到车边要把摄录器材放进车里，这时不远处一辆不知从哪里开过来的黑色轿车径直向她开了过来，车速很快，但似乎并不是想要撞上她。

季莘瑶戒备地看了一眼那辆车的车门，心头猛地悬起，他们该不会是……

一念起之间，她骤然转身便要向后退去，却似是已经来不及，那辆车就这样以惊人的速度疾驰而来……

那辆黑色轿车陡然便开到她这一边，车门隐隐开了一条缝，无形中她便仿佛能感觉得到有一双手似是要直接伸向自己。

"季姐！"那边刚把东西放进车里的小暖也陡然注意到莘瑶这边的状况，那辆黑色轿车的车速太快，又离季莘瑶太近，小暖不由得骇然惊叫一声。

就在千钧一发间，另一边也陡然驶来一辆黑色辉腾，以能别开对方车辆的角度直接开了过来，看起来似乎是要撞上那辆黑色轿车，却是猛地调转了车头，巧妙地将那辆黑色轿车与季莘瑶隔开了不少距离。

莘瑶便直接趁此时向后绕开了数步，转身一看，之前那辆黑色轿车已以极快的速度绝尘而去，她瞥了一眼那辆车的车牌号，心下犹疑。

她明明感觉得到，刚刚那辆车里的人似是想打开车门把她拉进车里，还好这辆辉腾出现得及时……只是这辆辉腾……

她疑惑地看着那辆车，却没有贸然靠近。

那辆车也是停在那里，似是没有要开过来再吓到她的意思，车窗却是渐渐落下，露出一张陌生的却满是英气的男人脸孔。

"季小姐，G市近来内乱繁杂，您务必要万事谨慎，注意安全。"那个男人神情淡淡地说了一句，隔得老远，又对季莘瑶做了一个简单的手势。

虽然事先没有什么暗号，但莘瑶看懂了，他是顾南希的人，应该是在暗中保护她。

她这才松了一口气，对那辆车里的男人感激地点点头，那男人亦是恭敬而礼貌地对她笑笑，然后便若无其事地开车绕出了停车场。

"季姐，你怎么样？"小暖跑过来，满脸的紧张。

"没事。"季莘瑶侧首看了一眼四周，拉住小暖的手便转身坐进车里，以尽量快的速度将车驶出比尔森酒店的停车场，并入车流中后，她才理智地分析起今晚的状况。

虽然她知道建设局与凌氏有勾结，但始终没有想到凌家与他们也是一方势力，商务报道这种工作，说简单也简单，说复杂也复杂，但只要不并入某一流派，单纯地走一下采访形式便可以安然脱身，既然从一开始选择了这一工作，就必然要懂得察言观色，做好提前预备的认知。

如果不是刚刚在酒店里那位误撞到她的酒保的眼神有些奇怪，她还没想到今夜这场生日宴的严重程度，然而当她大概猜出目前的状况时，却已经来不及，差点不小心惹出祸端，看来以后她行事必然要万事谨慎，作为顾南希的妻子，她必然要有太多的事情要防备。

可千防万防，生活总是要继续，商界中的这些明枪暗箭，如果不是顾南希早有安排，恐怕她今天没法安全脱身。

"季姐，你的脸色……很不好……"小暖上车之后，见季莘瑶始终沉默不语，虽然小暖不懂这些是非阴谋，但也隐约能感觉到似乎有些不对，只能小心地轻问："我是不是惹祸了？季姐？"

季莘瑶放缓了车速，转头看她一眼，安慰地笑笑："没什么，小暖，唐总编是秦总带来的人，最近秦总没有去公司是吗？"

"嗯。"

"那唐总编有没有什么异样的行为？或者是接触什么可疑的人？"

本来只是一个采访，她们都不会想这么多，若不是这一场惊心动魄，或许季莘瑶仍然无法联想到唐总编跟这件事情会有什么关联。可小暖初出茅庐，还是一个实习生，这么难搞的一个新闻让她一个人跑，摆明了就是看准小暖和她的关系，知道小暖无助之下一定会找她求助，所有的矛头指向的都是自己，而小暖在无形中被

第六章 开始

171

人利用了却根本不自知。

可小暖还是个没毕业的大学生，经验不多，莘瑶也不想把这件事情告诉她，免得她害怕，便在小暖摇头的时候又安慰了她几句，便一路开车将小暖送回了宿舍，在开车离开之前叮嘱，明天不用去建设局，唐总编那边她会安排。

翌日莘瑶没有去建设局，却是直接去了丰娱媒体，找到唐总编，将这次建设局新项目新闻的事情暂时以一些比较官方的理由压了下去，毕竟建设局与凌氏前段时间被压制，唐总编也不好再推搪，勉强应了。

然而在莘瑶走出公司时，却陡然看见一辆银灰色的奔驰停在附近，见她走出来，便将车开到她面前。

车窗落下，刘局长那张堆满了笑容的脸便出现在她眼前。

"季小姐，昨晚因为小女的生日宴，很不好意思让季小姐白跑一趟，既然我昨天说过，今天接受采访，自然就会说到做到，特意开车过来等候季小姐你。"刘局长笑得一脸客套。

季莘瑶笑了笑，目光清亮："刘局长客气了，其实我已经在这家公司辞职，昨晚不过是帮一位曾经带过的妹妹牵线，既然您亲自前来，那便直接让总编来做这次采访，也好过我那位初出茅庐的妹妹有什么疏忽出了岔子。"

"那倒是遗憾了，刘某平日本来就不太接触媒体，这一次不过是给季小姐你一个人的面子，既然刘某都已经来了，不如季小姐来做这个采访，正好，我顺路要去对面的街道办事，季小姐要去什么地方？我开车送你，我们在车上聊聊。"

季莘瑶眼里露出一丝笑意，森然的，不带任何感情，当然没有让他看见。

到底还是趁着顾南希出差，想从她身上下手么？

不过他们倒也是深藏不露，设计了昨天那场戏码，于今天又特意给她些面子，以她如今的身份，就算不在商界，但毕竟也是顾南希的合法妻子，别说这刘局长，就算是凌家，也得给她几分薄面，看她几分脸色。

一切都置办得这么顺理成章，如若不是昨晚那位顾南希暗中安排的人提醒，或许连她也根本没有察觉到这些破绽。

"怎么？刘某给季小姐你的面子，季小姐现在连点薄面也不愿赏我？"见她不说话，刘局长再度笑着说。

"倒也不是，只是……"季莘瑶从容地淡笑，"不太巧，我正好约了产院那边，半个小时后要去做产检，刘局长你应该也是已经做父亲的人了，应该知道，像我这种第一次当妈妈的人，万事都谨慎着呢，隔三差五地就会去医院检查一次，所以，真是不太巧呢。"

"季小姐就不好奇，安越泽为凌董谋事的真正原因？"他忽然道。

季莘瑶一顿，凝眸看他一眼，心头仿佛有什么划过，眼光落在刘局长那只依旧握在方向盘的手上，再又慢慢地抬起眼，笑意不变："刘局长，谁没个过去呢，当初第一次采访你的时候，我确实欠了之安总一次人情。那时我与安总还是大学的老同学，有点旧情，不过世事变迁太快，那些旧人旧事现在与我没多大关系，刘局长您也是过来人，可别为难我这年轻人呀。"

说罢，她便又微笑地对他点点头，直接转身走开了。

之后莘瑶接到顾家的电话，是何婕珍说老爷子有事要找她，莘瑶便准备直接回顾宅。

在开车回顾家之前，车子还没离开市区，莘瑶想起顾南希在上海似乎很忙，但因为G市这边暗地里风起云涌，忽然很担心他的安危，便直接拿出手机想给他打个电话。

结果刚拿起手机，便注意到手机居然没电了，她一滞，回头瞥见路边有个公用电话亭，刚想下车，却犹豫了一下，终究还是没有下车，直接将车开向了通往顾宅所在郊外的公路。

到达顾宅时已经是傍晚，莘瑶进门后跟王妈打了声招呼，因为心里始终不安，于是便匆匆拿起客厅的座机要给顾南希打去电话。

拨号时瞥见客厅的茶几上放着一只奇怪的盒子，她便下意识地看了一眼。

这边电话通了，莘瑶心下顿时放松，心头一喜，忍不住直接对着电话柔声开口："老公，你那边一切顺利吗？什么时候回来？"

"哎，老婆！"电话那头传来一阵恶心至极的让人顿起鸡皮疙瘩的声音，"你老公我马上就到哈，你别急。"

那淫荡的声音让季莘瑶一阵反胃，顿时一怵，猛地直接对着电话骂道："死变态！急你奶奶个头！"

那男人不无猥琐地笑起来，笑声都让人直犯恶心："是你叫我老公的，你不就是我老婆了吗？你这么急，你老公我哪里舍得让你着急嘛，宝贝儿，等着我马上就到哈，你在哪个酒店？我这就来！"

"无聊！变态！"季莘瑶愤愤的骂他一句，重重挂上电话，低头便看了一眼刚刚拨出的号码，不由得叹了口气。

刚刚居然因为桌上的那个盒子而分心，不小心拨错了一个号码，一想到自己在口头上吃了个大亏，再加上这两天的事情，心头顿时便堵得难受，却更是担心起顾南希来，犹豫了一下，又重新将电话拨了出去。

在响了四五声后，电话通了，这一次莘瑶谨慎地看了一眼电话上的号码，还没有开口，那边便传来顾南希清越沉稳的声音："什么事？"

听见他的声音，莘瑶心下骤然一暖，但是听他这语气，听起来应该是不知道打电话的人是她，毕竟这是顾宅里的座机，她不由得笑了一声："南希。"

这时顾老爷子正好进门，看见莘瑶正坐在那边打电话，听见她的话后，便拄着拐杖笑着走过来："是南希？"

莘瑶下意识地点点头，结果老爷子直接要电话，"正好我有事找他，电话给我。"

季莘瑶汗了汗，万分不舍地将电话递给老爷子，老爷子接过电话时，瞥见她那表情，隐隐笑了笑，拿起电话后，直接说："南希，S市那边出了点事情，你抽时间安排个人过去帮你爸解决一下。"

之后顾南希不知说了什么，老爷子似是同时迟疑了片刻："那你打算怎么做？"

"也好，我老了，有些事情不方便插手。"

老爷子又说了几句后，便再瞥了一眼季莘瑶，然后笑道："莘瑶很想你，那丫头在旁边急得像热锅上的蚂蚁一样，我要是再不把电话给她，估计她要开始吃我这个老头子的醋了！"

"爷爷，您说什么呢……"季莘瑶嘿嘿一笑，"我哪能吃您的醋啊！"

谁说她急得像热锅上的蚂蚁了？她明明很淡定地坐在一旁来着……

不过老爷子把电话一递给她，季莘瑶便顺手接过，抬眼看看老爷子，结果老爷子老神在在地笑了笑，拄着拐杖坐到窗边听评书去了。

莘瑶拿起电话，一边看看那边的老爷子，一边用着很无辜的声音道："爷爷说得太夸张了，我真的没有想你！"

顾南希低笑一声："这样啊？那你有什么事？"

听他那低低的笑声，季莘瑶心头一甜，便小声说："很忙吗？我怕你那边太忙，怕打扰你工作，所以一直都没有给你打电话。"

顾南希沉吟了半晌，道："莘瑶，我会尽量缩短出差时间，早些回去。昨晚的事情我已经知道了，对方有心设下陷阱，你万事小心，日暮里和顾宅都是他们无法触到的地方，他们不敢太露锋芒。"

"我知道。"莘瑶勾了勾唇，"对不起，我没想到建设局那边已经跟凌家和凌氏完全串通一气，差点中了圈套，害你担心了。"

"傻瓜，许多事情连我都始料未及，何况是你，你没吓到就好。"他柔声安慰。

莘瑶笑笑，她倒是不至于吓到，只是一波未平一波又起，确实如他所说，完全的始料未及，但此刻听见他清越淡然的声音，心下所有的不安和波动便也随之被抚平。

"南希，无论有什么棘手的事情，你一定要告诉我，我们一起面对，千万不要再让自己一个人承担太多，这样我会更担心。不要为了保护我而隐瞒我太多，好不好？"

季莘瑶其实感觉得到，顾南希终究还是有什么事没有告诉她，但她知道，他只是不想让她太担心，在理解之余，终究还是不想这样被保护在身后，她没有那么脆弱，无论什么事情，她都想和他一起面对。

她握着电话时，掌心稳稳地握着话筒，眼眸清亮而坚定。

电话那端似是沉吟片刻，须臾传来顾南希淡然的轻笑。

莘瑶这话已是点到即止，她不会说太多，但他自然明白，无论他答不答应，都不能阻止她想要与他共进退的决心，他们是夫妻，她季莘瑶也不是甘愿被保护在身后的弱势群体，至少，无论何时何地，她都甘愿站在他身边，与自己的丈夫共风雨。

无论任何事情！

"好。"

季莘瑶吸一口气，她忽然有点想哭。

顾南希要说出这句话，很难吧？

而她似乎总是在为难他。

这时莘瑶听见他那边似乎是有苏特助和其他人在说话的声音，于是问："南希，你那边很忙？"

顾南希轻声说："还好，马上要去处理些事情。"

说到这里，他的语气顿了顿，似是感觉到莘瑶的不舍和想念，柔声道："最近几天我得空闲暇时，都已经是深夜，知道平日那些时间你都已经睡了，所以没有给你打去电话，老婆，你是不是在埋怨我？"

"我哪有那么多的埋怨啊，你如果没有什么重要的事，又怎么会出差这么久，就是知道你很忙，所以我也没有打电话，今天就是忽然特别担心你，才……"

他低笑："我尽早回去，你照顾好自己，不必担心我，嗯？"

季莘瑶笑着应道："嗯！"

挂断电话后，起身注意到顾老爷子虽是坐在躺椅上听评书，目光却是正看着自己，莘瑶想到之前何婕珍打电话来说是老爷子找她有事，便走过去，拿过一条薄毯轻轻放在老爷子腿上。

"爷爷，妈说您有话想和我谈谈？"她轻问。

老爷子点点头，之后若有所思地看看她："贼丫头，爷爷想问你关于修黎的事情。"

季莘瑶眼皮一跳，隐隐有不好的预感，却是静静地看着老爷子。

"修黎这孩子，是从什么时候开始知道自己身世的？"

"大概……是我刚上大学的那一年，在我的印象里，修黎是在那一年开始一些行为方式有了少量的变化，但是具体什么时候，我不确定。"

顾老爷子眯起眼，转头望向窗外，似是有些愁绪，以只有她一个人能听见的低低的声音问："那他知道关于他母亲的事吗？"

莘瑶一愣，有些诧异地抬眼看着老爷子，他竟然会跟她提到这些本不愿意提及的人和事，这倒是让她惊讶。

"爷爷，修黎虽然是和我一起长大，但他所走的路，包括他的世界，始终都很单纯，最开始他甚至根本不清楚自己的身世，虽然我不知道他是怎么察觉这些的，但是……我想……他这些年，应该没有什么机会接触与他母亲有关的事情。"她犹豫了一下，不知道该不该说，但见老爷子那眼神，终究还是轻声说："我听南希说过，修黎的母亲，二十几年前因为神志不清得了疯病，被送到美国去疗养。"

老爷子顿时看了她一眼，似是惊讶于她竟然知道，而她却始终没有提及过此事，炯亮的眼中不由得多了些什么，认真地看了她一会儿，才笑了笑，声音里难免添了几分对她的提醒："贼丫头，既然你知道，老头子我也不刻意瞒你，不过这些都已经是二十几年前的事了，不提也罢，但是老头子我现在怀疑一件事情。"

"爷爷怀疑什么？"

"你说修黎这孩子从小就和你生活在一起，他的世界应该很简单，包括他身

边所接触的人，也该与二十几年前的事情无关，那他是怎么知道自己的身世？"顾老爷子的语气停了停，须臾继续道，"当然，前几日我曾与修黎促膝长谈，这孩子能接受顾家子孙的这一身份，肯留下来陪老头子我颐养天年我很开心，他也说过，关于身世，他是在Y市季家老宅的一位老佣人口中大概得知，之后也只是他自己顺藤摸瓜地查到了一些，但这些年始终都不确定，所以也没有将这件事捅破。"

季莘瑶一边听着老爷子的话，一边将他腿上的薄毯向上提了提，没有插言。

顾老爷子继续说："虽然他这番话合情合理，但我最近派人去查过，他所说的那位Y市季家老宅的老佣人几年前就已经过世了，而且是在你十七岁离开季家的那一年过世，也就是说，修黎所谓的在你初上大学那一年从那人口中得知身世这件事，是他有意隐瞒，借着已逝的故人圆了一个谎，而若我无心去查，也许事情就这么不了了之。贼丫头，修黎的身世，他绝对不是在那个佣人口中得知，老头子我虽然年纪大了，这点正常推理还是有的，你告诉爷爷，那一年修黎有没有接触什么可疑的人？"

季莘瑶一听老爷子这些话，也陡然心惊了一下，她根本没怀疑过修黎对身世是如何得知的，也没想查过什么，而且修黎素来都在她身边，什么样的性格什么样的为人她都知道，当然也不会去多想，可老爷子这些话却让她实实在在的心头直接悬了起来。

见季莘瑶这隐隐诧异的表情，顾老爷子睨了她一会儿，叹了口气道："连你也不知道？"

"爷爷，也许只是修黎记错了时间。"莘瑶轻声说着，至少她从不觉得修黎会有什么事情刻意隐瞒她。

但说完这话后，她忽然想起那一日在日暮里小区门前，他曾说过的那些话。

顾老爷子又看了看莘瑶的神色，没有再问她什么，只是拍了拍她的手："好了，贼丫头，你也不必多想，爷爷只是太关心修黎这孩子，毕竟想要填补二十几年的亲情和空缺，爷爷要顾虑的事情太多，既然你不清楚，那也罢了。"

不知怎么，季莘瑶竟觉得老爷子这话里有话，似乎如果她太清楚修黎的事，反而会让老爷子不开心，而她对这些事知道得不多，老爷子倒像是放心了。

难道是上次温晴在年夜饭上说的那些话，老爷子终究还是记在心里了？

"哟，这是什么啊？"

何婕珍这时从楼上走下来，先是看见莘瑶，对她慈爱地笑笑，当即眼神便瞟见桌上放着的那只精致的盒子，不由得直接一边走下来一边问道。

季莘瑶站起身，也朝桌上看了一眼。

"莘瑶，这是你带回来的？"何婕珍走过去，拿起那盒子，放在手中掂量了一下，直接打开看了看，见里边竟是分成了九格的香薰膏："还挺香的。"

"妈，我回来得匆忙，什么都没拿，这盒子刚刚我进门时就看见了。"莘瑶笑着走过去，也看了一眼那盒子里的香薰膏。

这种精致的盒子中被分成九格的香薰膏，闻闻这味道虽然香，但却似乎是外国的东西，莘瑶很少碰这些，倒是有几分好奇，不由得也低头闻了闻。

然而她刚要闻，何婕珍就忽然把那盒子向旁边移开了一些，谨慎地说：“等等，莘瑶，这些带香味儿的东西你可不能乱闻，万一有麝香可怎么办？不过我也是道听途说，但这些年那些乱七八糟的书和电视剧也看了不少，这些香料里啊很可能就有麝香，会导致人流产的。反正呀，你现在怀着孩子，这些东西你别闻，免得对身体有影响。"

季莘瑶一听，心头也不免有了几分谨慎，嘿嘿笑道：“妈您毕竟是过来人，我平时根本不会注意到这些……"

“你这孩子第一次怀孕，果然还是要我们这些老人盯着才行。”何婕珍笑着摇头。

这时老爷子开口：“那盒子是温晴托刚刚从印度回国的朋友给她捎来的，今天早上拿回来的时候我还担心这香膏里会不会有什么对莘瑶和孩子不好的成分，特意叫陈医生过来检查看看，我这一番检查倒是把那丫头给气坏了，把这盒子往这儿一扔，一个人跑上楼把自己关房间里跟我赌气，说是老头子我不相信她！"

“陈医生检查过了，没有任何会导致流产的成分，只是一些印度的安神香，现在像小晴这种年纪的小姑娘们啊，都喜欢这些国外的稀奇古怪的东西，这回倒是我错怪她了，估计这会儿还在房间里跟我生闷气呢！"

“那就好，小晴毕竟也是在顾家长大的，最近实在是任性了些，不仅仅是老爷子你会考虑得多一点，连我都忍不住谨慎，怕那丫头看莘瑶不顺眼再闹出什么乱子，这香膏既然没事，一会儿我就叫王妈给她送上去。”何婕珍笑笑，又闻了闻那些香膏，把那盒子递给莘瑶：“你看，这里边有九种颜色呢，闻起来味道也是五花八门的，怪不得现在你们这些年轻的小姑娘都喜欢这些。"

莘瑶正要接过盒子看看，结果这时楼梯那边传来一道夹着怨气的声音：“季莘瑶，拿开你的脏手，别碰我的东西！"

她手一顿，猛地转头，便只见温晴穿着一身睡衣走下来，头发有些散乱，似是刚刚睡了一下午的觉才醒过来，直接怒冲冲地快步走来，从季莘瑶手里把那只精致的盒子抢了过去，像是什么心爱的宝贝被人侵犯了一样的抱在怀里，鄙夷地瞥着她：“爷爷和干妈说得没错，我就是任性，我就是看你不顺眼，那又怎么样？我现在不过就是托朋友从国外拿些小礼物给我而已，结果现在全家人为了你，都对我千防万防的，连这么一盒印度香膏都要找医生检查一遍！你倒好，你凭什么碰我的东西？我告诉你，以后我的东西，你都离得远一点！"

季莘瑶淡淡地凝着温晴眼里那真真实实存在的委屈，目光一顿，再又看看她抱在怀里的盒子，暗自在心里叹了叹，虽然有很多事情都无法释怀，但是因为一盒香膏就被医生严格检查这样的事情，温晴的委屈和气愤也是情理之中，莘瑶便也没想和她争执什么，只是勾了勾唇，大而化之地轻声道："抱歉。"

"小晴啊！爷爷这样做不还是为了你好？你任性惯了，爷爷是怕你一时头脑发热做出什么伤害莘瑶的事情来！怎么，你现在对莘瑶大小声，其实是想骂爷爷是

177

吧？"顾老爷子站起身，肃然地斥了一句。

温晴冷冷瞪着季莘瑶，然后翻了个白眼，转过身去，看向老爷子："人家说，浪子回头金不换，我这阵子这么安静，可你们都已经不相信我了！我心里有气，我确实不能对爷爷您吼，难不成我对我讨厌的人发泄两句，爷爷你就心疼她了吗？她身上又没有掉一根毫毛，凭什么！"

"那你回头了吗？"老爷子怒瞪着她。

温晴咬唇，紧紧抱着怀里的盒子，冷哼了一声，什么都不说，转身便小跑着上了楼。

一边跑一边不停地说："用不了多久，我就能让你们所有人都看清楚季莘瑶的真面目，她有多龌龊，多恶心，让你们看清楚，她这种女人根本就配不上南希！总有一天你们会看清的，你们会亲自赶她走的！我发誓！"

"温晴！你……"

老爷子气得用力将拐杖拄在地上，那边温晴却已经噔噔噔跑上了楼，早已没了身影。

她这番话倒是没有人放在心上，季莘瑶也是笑了一下，转身去扶着老爷子："爷爷，今天这事儿我知道你们是怕温晴记恨着我而做出什么事来，但那个盒子里的香膏毕竟也只是她国外的朋友回国时给她捎带来的礼物，这样被严防检查着，她心里的委屈多过于气愤，她说我两句，我笑笑就过去了，您别跟着生气。"

"这丫头最近看起来安静，没有离开过顾宅一步，但谁知道她把自己关在房间里又搞出什么幺蛾子来！老头子我就是疼了她太多年，宠着她饶过她也已经成惯性了，但她这孩子最好别再做出任何让我发火的事，她要是再敢乱来，我顾家绝不再容她！"

说罢，顾老爷子便推开莘瑶的手，拄着拐杖转身走了。

"爷爷，最近刚刚入春，外边风大，您还是别出去了！"见老爷子要出门，莘瑶忙走过去劝道。

"没事，我去祠堂坐一坐，平日里跟你们这些小一辈的孩子们生气，老头子我发再大的火也没用，习惯了一个人在祠堂安安静静地坐一坐，你不用管我！"说着，老爷子直接从门前的衣架上随手拿起一件外衣披在身上，头也不回地便出了门。

"可是……"莘瑶倒是不知道老爷子平日里有这个习惯，想要说什么，老爷子人却已经出了门。

"莘瑶啊，别担心，老爷子素来都是这脾气，现在是傍晚，晚上开饭的时候他差不多也就回来了。"何婕珍说。

莘瑶点点头，也知道老爷子有时候很固执，便也只好作罢。

之后季莘瑶去了雨霏的房间，雨霏因为上一次在家中开车撞到花棚后，陈医生便让她静养，这段时间雨霏整个人都很安静，没人知道她究竟在想什么，莘瑶也只能去她房里陪陪她，却什么也问不出来。

"嫂子，你不用给我削苹果，我又不吃，你白费功夫。"雨霏瞥着莘瑶手里

178

的苹果。

莘瑶手中的水果刀未停，继续削着苹果，嘴里同时说："我削好后，咱们两个一人吃一半。南希可是时常叮嘱我，孕妇要注意营养均衡，苹果可是水果里最万能的了，这一个我吃不了，你帮我吃一半也好呀。"

雨霏一顿，忽然瞥了一眼莘瑶右手无名指上的戒指，没来由地轻声说了句："我哥对你，是真的好。"

莘瑶削好了苹果，放下水果刀，笑看着她："南希对你不也是一样的好吗？有一个这么好的哥哥，难道你还要跟我这个嫂子吃醋呀？"

雨霏撇嘴："我跟你吃什么醋？我只是忽然想起单萦，那时候我哥和单萦都还在美国的时候，我也在美国，我以为那时候我哥对单萦的关怀与包容已经是难得一见的了，甚至那时候我以为这个世上除了单萦之外，他不会再对任何女人那么好。现在看来，似乎是我想错了。我哥对你，有过之而无不及，无论现在单萦多么懊悔多么痴缠地想要他回头，恐怕一切也真的只是她的异想天开了。"

难得听顾雨霏主动提起单萦，莘瑶将切好的苹果一边细心地摆在盘子里，一边咧嘴笑笑："雨霏，我们都是真真实实活着的人，不是小说，也不是琼瑶剧，那种一生一世一双人的浪漫憧憬也都只是幻想而已，也许每一个人心里都有一个被暗藏住的角落，住着一个过去的人，但是只要我们看清现实，把握住眼前的幸福就够了。"

说着，莘瑶用牙签插起一块苹果递给她，雨霏接过，只咬了一小口，便转头笑了一下："这么说，嫂子你心里也住着一个人？是谁呀？秦慕琰吗？"

季莘瑶一滞，看了一眼雨霏，见她眼中并无太多情绪，才由衷地摇头："不是。"

秦慕琰再怎样好，就算是青梅竹马，在那些懵懂的年纪，错过了，也就是真的错过了，无论现在如何深情以对，都与她心里所藏的往事无关。

其实也不该说是心里仍旧住着谁，或许，即便懵懂的年纪不小心爱错过一个人，那种铭心刻骨也是难忘的吧？尽管，那个曾经她用一颗诚挚的心爱过的男人，为了平步青云，利用了她，想拿她来做垫脚石，尽管此后再相见她都是冷漠以对，甚至口出恶言，但她心里明白，四年的感情，不是说忘记就可以忘记，只不过是有些东西再也回不去了。

而顾南希是她生命中一场不可预知的温暖和惊喜，她不愿错过，于是倍加珍惜。

顾雨霏却是看了看她，一边小口地咬着苹果，一边若有所思。

"怎么了？"莘瑶也吃着苹果，眼中带着笑。

雨霏放下牙签："嫂子，想不想听我哥和单萦的故事？"

季莘瑶拿着盘子的手微微一滞，手指在白盘边缘微微扣紧，没有说话，只是看着雨霏。

而顾雨霏看见她表面上似乎完全不介意不在乎，可握在白盘边缘的手指却泄露了她其实很在意的心思，不由得一笑。

"我哥十五岁的时候就被破格录取进了哈佛，而单家自从二十几年前迁移至

美国后，就定居在波士顿，于是单萦凭借家境与优越的成绩，很自然地在十七岁的那一年考进哈佛，那时候我哥已经十八岁了，他们是那几年美国哈佛大学的两名被喻为'来自东方的神话'的传奇，至今在哈佛校内仍有关于他们两人的传言。"

"那时候顾单两家本也是世交，不过我哥和单萦是在波士顿初见，单萦从小心高气傲，但确实有不可多得的才识，咱们中国不是有一句老话吗？叫一山不容二虎，单萦唯我独尊惯了，从小都是万众瞩目的，走到哪里都被第一个夸赞的单家小姐，忽然有一天，一个叫顾南希的人在各个方面几乎都超过她，掩盖住她的锋芒，若非她是那时哈佛女学生中的翘楚，她连跟我哥并列的机会都没有，于是她从那时候起经常跟我哥作对。"

"不过那时候我哥已经快毕业了，他在波士顿一手建起顾氏机构，顾氏初具规模，他只偶尔在一些必须的课程上才会去学校，直至毕业，不过那时候单萦就开始缠上他……"

"其实那些经过我也不是很清楚，我也是后来去美国的时候，在秦慕琰口中知道的一些大概，不过想也能想得到，两个同样优秀的人，又都是在情窦初开的年纪，我哥也一样是个骄傲的人，但他没有单萦那么犀利的锋芒。"

"两个骄傲的人，一个肆意纠缠要拼个高低，一个忙于学业和公司整日根本就没有闲心，于是处处避开她。"

"大概过了一两年吧，单萦开始收敛了许多，不再胡闹着纠缠，而是在我哥的公司帮忙，可能那时候她就已经很喜欢我哥了。那时候海外顾氏机构面临过一次很大的危机，险些倒闭，在我哥最困难的时候，几天几夜不眠不休地工作时，单萦就一直陪在他身边。"

"我哥的心又不是铁做的，单萦的心思他看得出来，单萦很优秀，只是有一些大小姐脾气让他很无奈，所以两个人一直也没有确定关系，但经历过那一次公司的危机后，单萦始终无怨无悔地陪在他身边，然后他们两个就这样顺理成章地在一起了……"

顾雨霏看了一眼季莘瑶的表情，见她很平静，才放心地继续说："不过单萦从小就被宠惯了，单和平就这么一个宝贝孙女，加上单家的声势过大，她那种骄傲的性子除了我哥之外，没人能压得住她。"

"我哥虽然平日忙于公司的事，但是大家都看得出来，他对单萦也是真的好，那时候我已经去美国了，我亲眼看见过，单萦很娇惯，我哥对她的疼爱和纵容是我从来没见过的，只不过我哥不善于过激的表达，他时常太平静，甚至单萦发起小脾气的时候，他也只是笑着包容着她，从不和她争吵。"

"后来，单萦毕业后没有去顾氏工作，她主学金融，她想自己闯出一片天地，不过她也确实厉害，两三年的时间就在美国创造了那么多金融分析案例的奇迹，只不过……"

"单萦有一次被敌对公司盯上，险些遭人暗害，我哥冒着生命危险去救她，他们两人在地下仓库被关了一夜，若不是我哥在赶到之前预料到会有陷阱，直接在外界做好了准备,否则那一晚,单萦和我哥绝对活不到第二天。"

"之后我哥悉心劝她把脾气收敛一些,太过锋芒毕露的话这些杀身之祸只会越来越多,他虽有能力护她周全,但不代表时时刻刻每一次都能这么幸运地脱离险境,他要她自己从根本上收敛脾性,可单萦不喜欢他那种仿佛谆谆教导的语气,还说她刚刚脱离危险没多久,他不仅不哄着她护着她,居然反过来教训她,她没认为自己错,然后她和我哥吵了一架,之后她就故意在我哥面前失踪,整整三个月……"

雨霏说到这里,季莘瑶陡然抬起眼,想起顾南希曾经说过的一句话。

而顾雨霏又是那样带着真切回忆的叙述,季莘瑶低下头,沉默地放下手中的盘子。

季莘瑶轻轻地说:"南希的劝告才是真正爱她的方式,这样听来,单萦确实是小姐脾气撒得太过了,可若不是她笃定了南希对她是很在乎的,又怎么会这样任性地胡闹,当一个女人会毫不避讳地在一个男人面前胡闹任性发脾气的时候,那只不过是因为这个女人知道这个男人深爱着她。"

雨霏顿了顿:"或许嫂子你这样说,也没错,可单萦她失踪的那三个月,我哥虽很生气,但也不希望她因为胡闹而有什么危险,派人四处查探她的行踪,在确定她是去了纽约而且很安全后,才没再管她。即便向来对她纵容,但那一次的事情我哥很坚决,毕竟如果再这样纵容下去,以单萦这种性子迟早会出事,他无非也是为了单萦好。可单萦发现我哥没有找她,居然还淡然如常地在顾氏忙着公司的事,终于有一天她回来,而且是带着一个男人回来,她说我哥不爱她,不在乎她,那她就找一个爱她在乎她的男人。"

"那时候顾氏的股票因为金融危机的原因而持续下滑,我哥正忙得不可开交,连续几日的股东大会已经让他精疲力尽,而单萦这样一闹,他放弃了短暂的休息时间,临时抽身去看看她。你知道单萦那时候已经爱玩到什么程度了吗?她等着我哥去找她,甚至不惜跟那个男人在酒吧买醉,目的只是想要气一气我哥而已,可……我哥找到她的时候,她正跟那个她从纽约带回来的男人……在床上翻滚!"

"她是单家的大小姐,她玩世不恭,她不在乎,她觉得顾南希就算是爱自己,也必须是要把她放在第一位,为她死,为她活,为她一个人伤心流泪……这就是单萦的爱情观,与她的人生观一样,那样的不可一世!"

顾雨霏深呼吸一口气:"我哥亲眼目睹着单萦和那个男人所发生的一切,他那时候已经是筋疲力尽太需要休息,可他没有离开,直到单萦和那个男人第二天早上醒来,看见我哥的时候,单萦最开始是害怕了,后悔了,可面对我哥时,她居然口口声声地说天涯何处无芳草,只要是她想要一个男人,那个男人就一定会臣服在她脚下,而你顾南希算什么,你不在乎,你不爱,照样有大把的男人等着来爱她,这不过是给他的一次小惩罚。"

顾雨霏说着说着就笑了:"单萦太骄傲了,明知自己做错了却不肯低头,那毕竟是在美国,偶然犯了一夜的错,如果她肯承认自己的错,肯意识到自己的错,也许事情不会发展到这一地步，可她就是这样，就算错了也要别人说她对，就算是错了，也要用惩罚别人的口吻来宣扬自己的无辜。"

"那南希他……"莘瑶忍不住开口。

"我哥？"雨霏冷笑。

"我哥他给她的耐心，给她的纵容，给她的疼爱和一切温柔都被人家单大小姐这样弃如敝屣，不过我哥没有指责她一句，直接就转身走了，单萦等着他回头，一直在等，但她不知道，我哥那时候因为连续不眠不休近一个星期，刚回到公司就因为胃出血而住院半个月，那时候单萦以为我哥是被她刺激到了，觉得自己终于打破了他表面的平静，她之后去医院看他，终于带着笑脸打算结束冷战，却根本不知道，这场历时三四年的爱情，被她自己玩到了尽头。"

"单萦去医院的时候，我哥在那天上午就已经出院了，之后单萦再也没能见到我哥，一个月后单萦发现自己有了身孕，是那个她从纽约带回来的男人的，后来她才知道那个男人是纽约某黑道的老大，一早就盯上了她，那个男人看上的不仅仅是她在金融界的威望，还有单家在中国的权势，他趁机向单萦求婚，单萦为了逼我哥现身见她，答应了求婚，可我哥始终都没有再管她，后来，我哥一手教我打理公司，一年后，我哥回国，之后再也没有回过波士顿。"

"很可笑是吧？单萦后来来公司找过，她始终认为我哥不可能就这么走了，她太自信了……自信到她把我哥这样好的男人亲手推开，直到最后她后悔了，想尽一切办法想要他回头，却一切都太迟了。"

"我哥爱过单萦，甚至那时候他虽然不动声色，但却已经规划好他们的未来，那些未来都是单萦最想要的，可她的骄傲蒙蔽了她的智商，一步一步地走错，抹煞了所有的一切，也亲手毁了所有的一切。"

季莘瑶听罢，不觉微笑："南希回国的原因，真的是因为她么？"

"这个我不太清楚，我哥最开始似乎没有这个打算，不过他有一次回国后，似是去北京开过什么会，再回去时，就开始着手教我管理公司。之后我哥回国管理家族企业，他们都说是因为单萦的关系，可我觉得不是这样！但除了这个理由，我也想不到其他的原因。"

"嫂子……"雨霏忽然伸手，轻轻覆上莘瑶放在床边的手，"我第一眼见到你的时候，本以为我哥和你结婚的原因，是因为你和单萦有几分相像。"

这是季莘瑶最不愿触及的话题，她嘴角勉强向上牵了牵："你也这样认为？"

雨霏一笑，"不过渐渐地我发现你和单萦完全不一样，你也足够优秀，睿智坚强，而且很懂得收敛锋芒，你和单萦是两个完全不同的人，而且其实你们也没有太像，只是偶尔的一些眉眼神态有点相似而已，仔细想想，我哥对单萦早就没有感情了，他又怎么会因为你们相像而和你结婚？"

"所以，嫂子……"雨霏握紧季莘瑶的手，由衷地说，"我哥对你，是真心的，跟任何人都没有关系，他是真的对你好，也许单萦是他曾经年少轻狂的萌动，是两个同样优秀的人的互相吸引，那现在，你季莘瑶才是真正走在我哥心尖儿上的人。"

季莘瑶说不清自己在听过这段故事后，自己的心里究竟是一种什么样的感受，五味杂陈的。

　　她轻笑："雨霏，你不必怕我介意这些而来安慰我，每个人都有刻骨铭心又纯情美好的初恋，但不代表会以婚姻为结局，既然是过去的事情，我知道了，只会更坦然，虽然可能需要消化一会儿，但也不会介意。"

　　"嫂子，我干吗要安慰你？我说的是真的！"

　　雨霏似乎很久都没有说过这么多的话，整个人看起来精神了许多，拉着莘瑶的手说："一个人的眼神是骗不了人的，单萦其实和我有一些交情，我们毕竟在美国也相处过一段时间，我知道她的为人，她争强好胜，心高气傲，而且越来越有心计，但好在她做不出像温晴那些卑鄙的事来，她只是在赌我哥对她的感情，但她赌错了，她总是说，我哥对你好只是因为婚姻的责任，但她故意忽略我哥他看着你时的眼神，她才是自欺欺人……"

　　季莘瑶当然相信顾南希对自己的感情是真心的，只是那一句"心尖儿上"触动了她，也许女人是贪婪的，但至少此时，她宁愿相信雨霏的这句话是真的。

　　"我哥他很爱你，你一定要珍惜他。"雨霏拉着莘瑶的手，很认真地说。

　　莘瑶笑着点点头，安抚地回握了一下她的手。

　　就在这时，窗外陡然划过一道闪电，接着便是一阵惊雷，震得两人同时愣住，猛地转眼看向窗外。

　　"几点了？"莘瑶忽然问。

　　顾雨霏见她表情不对，不由得转头拿过另一边床头桌上的闹钟，看了一眼时间："6点多，怎么了？"

　　季莘瑶面色一沉："6点多？"

　　她倏地起身，快步走出房间，下楼见王妈她们已经准备好了晚餐，似是正要去叫她，见莘瑶下楼了，便笑着说："少夫人，叫二小姐一起下来吃饭吧，今天我们做了二小姐最爱吃的糖醋里脊和少夫人你最喜欢的黄酥豆腐。"

　　"爷爷呢？"莘瑶走过去，转头看看窗外的狂风，虽然外边隐隐有几声电闪雷鸣，但却只是狂风乱作，没有下雨，可天却黑沉沉的，比平日里这个时间的天色还要黑得吓人。

　　"老爷子不是去了祠堂？这会儿也该回来了……"王妈也是一愣，看了一眼时间，"哟，这都几点了，后山的路那么黑，老爷子手里也没个照亮的东西，一个人走可怎么行，可别出什么事。"

　　季莘瑶刚刚听见雷声，就有不好的预感，一听王妈这样说，心下更是担忧起来，老爷子腿脚不利索，一个人去后山，这风这么大，又电闪雷鸣的，真的容易出危险。

　　"爷爷不会出事吧……"莘瑶忧心地小声说。

　　"莘瑶啊，你别担心，我去祠堂找老爷子回来。"何婕珍这时已经穿好了外衣，从后边的屋子绕出来，正准备出门去找老爷子。

　　"妈，外边风这么大，天又这么黑，你一个人去不安全，我陪你去吧。"莘

第六章　开始

183

瑶忙转身过去，也拿起沙发上的外套，披在身上，小跑着走到何婕珍那边。

"不行，这天气你别出去，我去叫老爷子回来就行了，这后山去祠堂的路平日里啊我们都走过千百回了，而且还有石阶，一点也不滑的，没什么事儿，我看啊，老爷子他八成是又在祠堂睡着了，我叫他回来就行了。"

"天太黑了，既然后山的路不滑，还是我陪您去吧，咱们两个去，互相有个照应，不然的话，这天这么黑，我也不放心你。"莘瑶说着，转身便先出了门。

"这孩子。"何婕珍笑笑，却很是欣慰，转身交代王妈等她们，须臾便跟着莘瑶走出去。

何婕珍手里拿着手电筒，莘瑶也用手机上自带的电筒灯光照着亮，这风越来越大，春风刺骨，何婕珍穿得不多，隐隐打了个寒战，莘瑶便要脱下外套给她："妈，您穿这个吧！"

"别，我没事，你别着凉就行。"

正说着，天边又一道惊雷划过，这风越来越大，两人才走了一半的路，何婕珍忽然说道："这天气，看起来马上就要下雨了，我没拿雨伞出来，老爷子走路慢，一会儿走回来被雨淋到可就坏了。"

"那我先去祠堂吧，妈您回去拿伞，顺便多穿一件外套，别着凉。"莘瑶接过手电筒，小声催促着。

何婕珍又看看天色，本来就已经是夜晚，天上又乌云密布，半天星子也不见，叹了口气："也好，我回去取两把伞来，你别走得太急，虽然咱们后山的路修葺过，很好走，但是这天实在是太黑了，你可一定要小心些！"

莘瑶点点头："放心吧，我有分寸。"

何婕珍这才转身走了，临走时嘴里嘀咕着："这鬼天气……"

季莘瑶随手将身上的外套扣紧，收起手机，拿着手电筒循着修葺得十分平整的后山的路向祠堂的方向走。

这一会儿雷声越来越响，震得人耳朵生疼，风也越来越大，若不是她胆子不算小，这一会儿风中传来的一阵阵令人恐惧的声音估计早都吓得她向回跑了。

何况祠堂又是顾家列代祖先的栖息之地，虽然她不信什么人鬼神佛之说，但在这种天色下，难免也会渐渐开始毛骨悚然，忍不住加快了脚步，迅速朝顾家祠堂那边走去。

还好祠堂那边有灯光，一路安全地走到祠堂后，莘瑶关闭了手电筒，直接走进去。

其实顾家祠堂她从来都没有进来过，这里边倒是没有像她想象中的那样，没有电视剧里的那种一排又一排的灵位，也没有什么蜡烛，只是精致而简单又不失庄严的祠堂墙壁上挂着几幅顾家列代先人的画像，从清代末期到民国初期，到抗日战争再到后来的近代，十几幅先人的画像栩栩如生，虽年代不同，但唯一相同的是，每一个画中人都是所着军装，早年就听闻顾宅是几代军人世家，皆在国内战功显赫，这是她第一次亲眼看见这祠堂中各先人的画像，不由得肃然起敬……

在左边那一侧的墙壁上竟还有毛主席与那一年代几位国家领导的肖像。

像老爷子这种年纪的人，对这些已故的英雄仍念念不忘，季莘瑶承认这几十年的代沟确实不小，不过身在这祠堂里，她也确实由衷地泛起敬重之感，便放轻了脚步，缓步走进去。

果然如何婕珍所说，老爷子在祠堂里的躺椅上睡得正香。

季莘瑶嘴角抽了抽，走过去，俯下身看看老爷子，呵，这老爷子倒是精明得很，一个人躲在这里寻个清静，睡觉前也不忘抱着一条毯子免得着凉。

"你这贼丫头怎么过来了？"结果莘瑶刚要去碰他身上的毯子，顾老爷子便睁开眼，瞥了她一眼，似是大梦初醒的样子。

"爷爷，您自己一个人跑来这边说是想要坐一坐，这天都黑了，您还不回去？"莘瑶蹲在躺椅边，笑眯眯地说："您就别一个人憋着气了，要生气也该是我呀，温晴那是针对我呢，又不是针对您，我都没怎么样，您倒是气得不轻。"

"你个贼丫头，爷爷这是护着你，你反过来教训我来了？"顾老爷子哼了哼，坐起身，把毯子扔到一边。

季莘瑶嘿嘿一笑："我就是知道爷爷您现在疼我，这不，怕您老人家错过晚饭，就跑过来叫您了嘛，现在外边风大，马上就要下雨了，妈刚才回去取伞，一会儿您可得跟我们一起回去啊，祠堂这里太冷了，您老身体受不了。"

"看看你这甜言蜜语的，都是跟谁学的？"老爷子瞟了她一眼，却似是心情不错，抬手抹了抹嘴，然后拄着拐杖，站起身。

莘瑶正要扶着顾老爷子，却是忽然，门前传来一阵奇怪的声响，老爷子当即皱起眉："贼丫头，你听没听见什么声音？"

"好像是……有声音。"季莘瑶亦是谨慎地看向门口那边。

外边的风声阵阵，祠堂门前的声音跟着稍显诡异，老爷子瞟了瞟门前，拄着拐杖正要走过去，莘瑶却是拉住他，轻声问："爷爷，这后山没有什么外人能进来吧？"

"当然没有，这后山是封闭的，只有从顾宅后院才能走过来。"

"那可能是门前的什么东西倒了，我去看一眼，也不知道外边有没有下雨，您岁数大了，可不能淋着雨。"说着，莘瑶便直接走向门口。

"哎，贼丫头……"

季莘瑶刚走到门口，便直接先谨慎地朝外看了看，见没什么人，便走出去，环顾四周，也不见有什么人。

这时前边的草丛里不知从哪里跑出来一只猫，在草丛那边跑过，灵活的小猫的身影忽然跳过去，却吓了莘瑶一跳，直接快步走到前边，看了一眼那草丛。

是不是她多心了？

怎么总觉得哪里有问题？

正想着，忽然，她听见身后一阵碎裂的响声，随着"砰"的一声巨响，她猛地转过身，只见祠堂门前搭建的屋檐竟不知怎么裂开一条缝，随着这诡异的狂风，

第六章 开始

墙壁上竟有像是被地震影响的那种即将垮塌的裂纹。

"爷爷！"季莘瑶大惊失色，本能地转身便往祠堂跑。

怎么这屋檐会忽然松塌，这么结实的墙壁怎么会出现裂纹，虽然现在狂风乱作，但根本也没有地震的迹象，墙怎么会忽然塌了！

季莘瑶的声音充满着惊惧和颤抖，脚下加快了速度，直接冲进了祠堂："爷爷，快出来！祠堂要塌了！快出来——"

顾老爷子在里边似乎没注意到屋檐的垮塌，只听到了声音，正缓步向外走着，听见莘瑶的声音，愣了一下，然后一脸严肃地挥着拐杖指向她："你先出去！别进来！"

"别进来！"顾老爷子像是想到了什么，见莘瑶为了救自己而跑进来，顿时气得狠狠用拐杖拄着地面，"你这丫头，快走！别管我！"

"爷爷，您腿脚不方便，走得慢，我扶您出去！"莘瑶目光清亮，眼神坚定，用力握住老爷子的胳膊，"快走，爷爷！"

见她已经跑进来了，老爷子无法，只好无奈地摇头："这祠堂年久失修，我上个星期就看见房梁上有裂纹，不过也没到垮塌的地步，派了人去叫工人过来修一修，但也不知是什么原因，到现在也没人来，怎么就忽然要塌了呢，不应该啊！"

老爷子一边匆匆地跟着莘瑶向外走，一边疑惑地说着。

这房子是从屋檐那边开始出现裂缝，那边的房梁忽然落下一根，老爷子猛地拉着莘瑶向后退了一步："小心点儿！"

季莘瑶迟疑地看了一眼前边，门前此时已经是灰尘漫天，随着外边的狂风和诡异的风声，什么都看不清楚，她总觉得哪里有些不对，可现在逃命要紧，她紧抓着老爷子便要跨过刚刚落地的那根房梁。

却是忽然，旁边斜下的一根房梁同时断裂，两人刚听见那道"喀嚓"的声音，粘着灰的房梁便直直地向他们砸了下来，因为此时临近门前的地方已经尘土飞扬，他们根本什么都看不清楚，头顶那根房梁刚落下来，莘瑶便惊呼一声预感不好，但等他们看清的时候已经来不及了，眼见房梁就要砸到老爷子，她惊叫："爷爷——"

她猛地用力将老爷子向前狠狠一推，接着便只觉额头上一阵剧痛，猩红的血瞬间便顺着头上的某一点落了下来，遮住了她的双眼，她眼前一黑，耳边只隐约听见顾老爷子心痛地低呼："贼丫头啊——"

她勉力让自己别晕过去，但是脑中一阵混沌，眼前又是一片血色，她咬牙，抬起眼，见老爷子还没能离开祠堂，便忙要向前，却是刚向前一步，脚下便被地上的房梁绊住，整个人不受控制地向地上栽倒。

"贼丫头——"

"莘瑶！"

千钧一发间，一道身影迅速冲了进来，在季莘瑶心惊地以为自己即将摔到地面的那一刻猛地将她接住，她亦是同时松了口气，以最后的力气，将手覆在肚子上。

还好……没有摔到孩子……

"莘瑶！季莘瑶！"抱住她的那人痛心地叫着她，"莘瑶！你怎么样？"

她感觉自己同时被抱了出去，于是勉强睁开眼，在混沌中隐约看见是修黎的脸，她一怔，却是想也不想直接用尽所有的力气掐住他的衣领，哑声说："救……爷爷……"

修黎有一瞬间的怔愣，季莘瑶却是狠狠揪住他的衣领，染血的双眼死死地盯着他："我不想问你……怎么会在这里……我只要你救……爷爷……他要是有个三长两短……我……咳……你……你快救他！"

修黎瞬间脸色一白，惊愕地看着她："莘……"

"快去救爷爷……"季莘瑶已经快支撑不住了，完全再也没有任何力气，她的头很疼……

"莘瑶！啊！这是怎么了？"匆匆赶来的何婕珍身后还有同时奔来的顾远衡和王妈，看样子是顾远衡忽然回家，何婕珍被临时牵住了脚，是听见这边有动静才又赶过来的。

季莘瑶额头上是汩汩不断向外流淌的血，半边的脸都被鲜血染红，整个人无力地被修黎抱在怀里，她却是双眼一直瞪着他，手始终紧抓着他的衣领。

终于，修黎神色黯了黯，猛地将她交给赶来的何婕珍，转身冲进了垮塌的祠堂。

"莘瑶！"何婕珍忙扶住她，季莘瑶却是浑身都没有力气，险些倒下去，"老爷子人呢？莘瑶……你怎么样？这祠堂怎么会……"

一旁的顾远衡顺手过来一起扶住她，严肃地问："怎么回事！"

那边修黎冲进祠堂，没一会儿就把老爷子扶了出来，老爷子没被任何东西砸到，也没受什么伤，唯一险些砸到他的东西也被季莘瑶挡去了。

他似乎只是被塌陷时那些落下的灰土呛着，连连咳嗽着，一边被季修黎扶出来，一边急急忙忙地拄着拐杖过来，担心地去看莘瑶："贼丫头怎么样了？贼丫头！"

修黎放开顾老爷子，转身直接快步走了过来。

季莘瑶见老爷子没事，才松了口气，双眼堪堪地闭上，若不是何婕珍跟顾远衡扶住她，她此刻恐怕直接就倒在地上了。

"爸，你怎么样？"见老爷子安全出来，顾远衡问。

老爷子摆摆手："我没事，死不了，贼丫头刚刚帮我挡住了房梁，快看看她怎么样，叫医生过来！"

"莘瑶啊……"何婕珍心疼地伸手擦去莘瑶脸上的血，"来，妈扶你回去！"

季莘瑶却是在意识全无之前低声说："不要……告诉南希……"

"什么？"

"我只是小伤……不要告诉南希……别告诉他……"话落，她便只觉得头疼欲裂，再也支撑不住。

眼前血光漫天，彻底跌入黑暗。

第七章　暗处

在季莘瑶的身体软软倒下去的那一瞬，修黎陡然上前将她拦腰抱起，匆匆赶回顾宅。

莘瑶的意识时有时无，只是眼睛完全睁不开，但却能感觉得到是修黎在抱着自己，耳边风声呼啸，她勉强抬起手，手无力地捉住他胸前的衣料，睁不开眼，只是本能地蹙起眉，便觉得一阵天旋地转。

"别动。"修黎的声音有些发哑，似是被什么东西遏制住了喉咙，抱着她的手臂隐隐竟有几分颤抖。

季莘瑶没有力气说话，只是在一片黑暗里，听见在他们身后，顾老爷子被一群人扶着，正匆匆地跟着一起走回来。

"陈医生到了没有？"

"到了到了，陈医生刚刚就在附近，接到电话就赶过来了！"

"快，快，把莘瑶送回房间，快看看，有没有事，还有孩子，孩子有没有被伤到……"

季莘瑶这时候怕的就是肚子里的孩子受到影响，心也跟着一起悬了起来。

这是她和顾南希的孩子，如果保住了爷爷，却反而失去了孩子，无论如何她都不会原谅自己，最开始进祠堂的时候，她怎么就没看出屋檐那里有问题……

可现在什么都比不上脑袋上那火辣辣的疼，身体在被修黎抱着一路赶回顾宅时她只觉得那半边脸上温热的液体越流越多，晕眩感也越来越强烈。

"快，把少夫人放到床上，先别让她平躺，让她靠在那里！"

是陈医生的声音。

莘瑶的身体刚刚沾到柔软的床面，便陡然不知是哪里来的力气，抬起手拽住一个人的衣袖，双眼勉强睁开一条缝："别告诉南希……别让他担心……"

她的声音嘶哑而低弱，何婕珍俯下身握住她有些冰凉的手，心疼地说："好，好，我们不告诉南希，只要你没有事，我们就不告诉他，好孩子，很疼吧？"

莘瑶吃力地摇摇头："没事，不疼……"

她很怕南希在上海知道自己受伤，会影响原本的工作进度，更不想耽误他。

一听何婕珍这样说，才松了口气，再也说不出话，只是意识开始变得模模糊糊的，闭着眼睛，感觉到有人用冰凉的东西在擦自己额头上的伤，还有她的脸。

"墙怎么会忽然垮塌？"隐约中，听见顾远衡的声音，猛地问向王妈："上星期让你们打电话叫来的工人呢？上星期我去之前，不是已经叫人打电话派工人过来了吗？"

"这……当时电话没有打通，前几天我们又联系过他们一次，他们说这个星期就会过来，但是……还没有来……"王妈的声音既无辜又忐忑。

"当时屋檐上不就是裂了一条小缝？怕到夏季会漏雨所以才找工人来维修，就那么小的一条缝，怎么可能说塌就塌了！幸好老爷子没被砸到，不然有你们好果子吃！"顾远衡怒斥。

"远衡！现在说这些有什么用，爸是没受伤，不也全亏了莘瑶这孩子！现在莘瑶都伤成这样了，你就少说两句！"何婕珍不满地开口，"要是想发火，你出去发，别吓着莘瑶！"

这时缩在王妈身后的一个年纪差不多的中年女佣战战兢兢地说："今天这风太奇怪了，打雷闪电这么久还没有下雨，刚刚咱们一起赶去祠堂的时候，你们有没有听见什么奇怪的动静……"

"阿菊，别乱说！"王妈小声说她一句。

"王姐，是真的，刚刚你们没听见声音吗？好恐怖的，刚刚在后山的时候，你们明明也都听见了啊，是不是二十几年前的那些冤魂要来索命了呀？会不会是……"

"闭嘴！"王妈骤然拉过阿菊。

莘瑶看不见众人的表情，但似乎感觉到房间里瞬间安静了许多，只有陈医生一边替她清理伤口一边替她检查身体。

"虽然伤得不轻，但所幸只砸在头部发际之间，没有伤到其他地方，胎气平稳，孩子平安无事。"陈医生说道。

陈医生的这句话让徘徊在昏迷边缘的莘瑶仿佛吃了定心丸一样，陈医生又同时给她打了少量的局部麻醉，她才渐渐睡去。

那期间季莘瑶只觉得在黑暗中浑浑噩噩地过，不知自己究竟睡了多久，只是觉得脑袋里仿佛被塞满了千斤重的东西，沉沉的，压得她几乎喘不过气。

沉睡间又感觉自己的身体似乎是被什么人移动，她不知自己身在哪里，耳边只有沙沙的模糊不清的声音。

等她终于从那阵黑暗的疼痛中走出来时，勉强动了动双眼，却只觉得眼皮也犹如千斤重。

终于勉强睁开眼，瞥见一丝清亮的光，却是同时痛哼一声，额头上剧烈的疼痛让她难耐地抬起手。

"醒了？"

一道略有些耳熟的声音在一旁响起，莘瑶一愣，猛地转过头，却见坐在床边的竟是单萦。

这是怎么回事？

她在做梦吗？怎么会看见单萦？

季莘瑶抬起手，试着去触碰一下额头上的伤，单萦却是陡然出手按住她的胳膊："别乱动，你额头上缝了七针，麻醉药效过去了，一定会疼，你如果用手去碰，反而会更疼。"

额头上那剧烈的疼痛让季莘瑶反应过来这不是在做梦，她不禁有些错愕地看着坐在自己床边的单萦，再看看四周，发现这是一间有两个床位的高档病房。

"你怎么会在这里？这里是医院？"她开口，嗓音却是极沙哑的。

"你前天晚上被顾家人送来医院，春天是病患多发季，医院病房人满为患，单人的 VIP 病房没有空位，只剩这一间双人的 VIP 病房，本来这里只有我女儿住，我也没允许医院让其他病人住在这里，但那天看见病人是你，才勉强同意医院把这床位给你。"

单萦的口气淡淡的，眼神却是有些疲惫，似乎是几天都没有睡好，整个人看起来不再似前段时间那样容光焕发。

季莘瑶一听，下意识地转头看向另一边的床位，却没看见小鱼。

"小鱼脑肿瘤恶化，三天前的晚上刚又做了一次手术，这两天在重症加护病房，明天就可以转回这间病房了。"

单萦站起身，转身走到那边空着的床位，将那床边摆着的几个不知是谁送来的娃娃放在一旁。

莘瑶忍着额头上的痛，缓缓坐起身，再看看自己四周，床边的白色桌子上还放着何婕珍拿来的保温杯，看来顾家人是刚刚出去，凑巧在她醒来的时候只看见单萦一个人了。

明明本来是情敌，明明无论是单萦之于自己，还是自己之于单萦都不会有太好的脸色，平时相见都不过是表面上的平静而已。

但一想到小鱼三天前肿瘤又一次恶化做手术进加护病房，莘瑶这颗心便也冷不下来。

她坐起身，扶了个枕头让自己靠着，低头见自己手背上正打着点滴。

单萦将那边小鱼的病床收拾了一下，又把一些鲜花插在旁边的花瓶里，须臾转头，见季莘瑶正靠在那边看着自己。

单萦没什么表情，只是看着她，以略显冷漠却又平静的口吻说："前天晚上你被送来的时候，额头上的伤口已经处理干净了，但是顾家的那位家庭医生建议你来医院缝几针，又因为你头上被砸得不轻，就顺便留你在医院观察。"

"不过你昨天因为伤口不小心发炎而发烧，一直在昏迷，顾爷爷他们在这里守了你一天一夜，昨天晚上才被大家劝着离开，何阿姨今天叫人熬了鸡汤过来给你喝，看你还没醒，就把鸡汤放在那里了。"

说着，单紫用眼神指了指莘瑶床边的保温杯："一会儿你打完点滴自己喝，不用我喂你吧？"

"不用。"

单紫难得这么心平气和又看起来没有太多锋芒地面对自己，再加上心疼小鱼的病情，莘瑶倒觉得自己此刻有些不太自然。

于是季莘瑶扯了扯唇，露出一丝还算友善的微笑，客气地说道："谢谢你，单小姐。"

单紫一顿，面无表情地瞥她一眼。

"谢我干什么？何阿姨见你挂着点滴还没有醒，刚刚要下楼去取药，见我回了病房这边，就让我帮忙看着你的点滴，才不过十几分钟而已。"

说完，她一边摆弄着手中芬芳的鲜花，一边冷淡地说："别以为我是好心在这里照顾你，季莘瑶，别说你我之间的关系很不同寻常，就算是普通朋友，让我照顾你，你也不够资格！"

季莘瑶只是笑笑，没有反驳。

但好在是单紫说的这些话，也能让她知道自己目前的状况。

看来她是在医院睡了两天才醒。

单紫将鲜花弄好，然后便站在那里，双手握着花瓶，看着那些花瓣，不知是在想什么。

季莘瑶现在毕竟也是个准妈妈，见单紫现在这样子，大概能体会她这时候的心情，想要开口安慰，却发现不知要如何说。

按雨霏所说，小鱼就是单紫当年和那个纽约男人的孩子，但无论单紫在爱情这一方面有多骄傲又有多失败，至少她对这个女儿的教育是很用心的，记得自己曾经见过小鱼，那么可爱又懂事，自立又不娇气的小姑娘，只可惜身体不好，让人想到就心疼。

正在犹豫着要不要开口关心一下，却又在考虑以单紫的个性，会不会反被惹恼，莘瑶不想在这种时候和单紫有争执，便也只是一边看着她，一边在心里权衡。

这时何婕珍推开病房的门走进来，手里拿着一些药盒，见莘瑶醒了，顿时松了一口气，笑着走过来："莘瑶啊，你可算是醒了，感觉怎么样了？"

"妈，让您担心了，我没什么事了，就是一点小伤。"莘瑶咧嘴笑笑，努力让自己看起来精神些。

"还说呢，当时陈医生替你处理伤口的时候才看见，你额头上的伤口虽然小，但是被砸得太重了，伤得很深，必须要到医院缝几针才行！老爷子可担心坏了，昨天回顾宅后，他也没怎么睡好，就怕你为了救他而有个三长两短。"

何婕珍走过来，将手中的几个药盒放下，接着说："这些是医生刚刚开的中药类的消炎药，没有药物刺激，对孕妇没有影响，你头上刚刚缝过针，打针吃药同步进行才能好得快，也免得再感染。"

季莘瑶点点头："谢谢妈，反正都缝过针了，应该也没什么事了。"

第七章 暗处

"你这孩子,谢我干什么,你昏迷了两天,都快吓死我了,幸好当时修黎身手利索,把你和老爷子救了出来,不然这后果可不堪设想,祠堂塌了一半,要是晚了一步,你和老爷子都被埋了可怎么办!"

何婕珍仍一脸后怕似的,伸手拍了拍莘瑶的手:"不过你别担心,虽然额头上缝了几针,但是老爷子怕你以后看着不舒服,特意叫医生给你做的无痕的,不会留下什么疤。"

莘瑶对这些倒不是很在意,反正也只是伤在发际那个位置,但见何婕珍这认真的表情,便也只是恬静地笑笑。

她刚刚醒过来,也没有太多力气说话,这里没有镜子,她也不知道自己的脸色怎么样,但想也能想得到,先是流了那么多血,昨天再因为发炎而发烧,这会儿的脸色肯定不怎么好看。

"哎,别动,你要什么,妈给你拿!"见莘瑶抬起手,何婕珍忙拉住她的手,轻声说。

"妈,我想喝水……"

"等等,我给你倒水去,正好喝点水后把这鸡汤喝了。"何婕珍起身去倒水,拿水杯的时候转头看了一眼单萦,便对她笑笑:"单小姐,刚才真是麻烦你了。"

"何阿姨,您说的是哪里话,这不都是应该的么。"单萦歪头笑了笑,眼中的笑意很深,明显对何婕珍很尊敬。

是啊,何婕珍毕竟是顾南希的母亲……

季莘瑶径自微微翘了翘嘴角,忽然间很庆幸自己遇见的是顾南希,这辈子能遇见顾南希这样优秀而温暖的男人,是她修了几辈子的福气和幸运了,而有些人,却在年轻之时不懂得珍惜,现在回过头来想要争取,却也是每一步都行得这样小心翼翼。

"来,喝水吧。"何婕珍笑着将水杯递给莘瑶。

季莘瑶这会儿嗓子里干得难受,接过水杯便喝了一大口,却是呛了一下,何婕珍忙伸手在她背上拍了拍:"慢点儿,你这孩子,昨天就想喂你喝些东西,可你昏迷着,怎么都喂不进去,这会儿知道渴了吧?"

然而莘瑶却是抬手擦了擦嘴,冲着何婕珍憨憨地一笑:"对了,妈,修黎呢?"

何婕珍怔了一下,须臾看了一眼时间:"修黎昨天送老爷子回顾宅,今天还没过来。不过我看他也很担心你,应该用不了多久就会来了。"

莘瑶点点头,沉默地低头又喝了一口水,目光沉静,脑中回忆起那天夜里祠堂屋檐倒塌时忽然冲进来的修黎。

这时有护士进来,叫单萦去加护病房,单萦便对何婕珍客气地打了声招呼,然后无视了季莘瑶,转身跟护士走了。

直到单萦走了,何婕珍才坐在莘瑶身边,在保温杯中倒了些鸡汤,眼神却是偶尔瞟了一眼对面的病床,若有所思。

"哎,现在是春季,医院这边人满为患,本来是让你单独住一间病房,但是没有空的单人病房了。"她叹了叹,"后来我想让你住私人医院,那边环境好一些,空的病房也多,但陈医生说这家附属医院对脑伤这一方面比较专业……"

"妈,我哪有那么娇贵?住哪里都一样,何况那张病床住的还只是个小孩子,单萦也是咱们的熟人,住着也不会太尴尬。"莘瑶不以为然地笑说。

何婕珍看着她,温和道:"你不觉得尴尬就好,妈就怕你会不舒服。"

季莘瑶勾唇,轻声说:"妈,南希和单小姐的事我已经知道了,都已经是过去了,您不必怕我看见小鱼的时候会不开心,在婚礼那一天我们在酒店里发生的事情,也都是阴差阳错,我能理解那时南希的难处,毕竟如果换作是我,我也不忍心当着小鱼的面说什么。"

何婕珍点点头:"说实话,那天小鱼的那一声'爸爸',把我也吓着了,我毕竟也在美国这么多年,知道单萦和南希那时候的一些大概的事情,大家都清楚小鱼和南希没关系,可那孩子忽然在你面前这样喊他,妈那时候就怕你受不了,那天妈一时没忍住,在临走前说了单萦几句。哎,单萦这孩子啊,从小被惯出来的大小姐脾气,但好在本性不坏,就是太骄傲了些。"

"她也确实有值得骄傲的东西。"莘瑶说罢,便若有所思地看向病房门前。

只见修黎不知何时来了,正站在病房门前,手里拿着一只精致的果篮,里面都是她平时最喜欢吃的水果。

但见何婕珍还在这里,他便站在门前,没有进来。

"修黎来了。"何婕珍起身,走过去,"莘瑶刚刚还问起你呢,你们姐弟聊,我去看看单萦和她女儿。"

修黎没有看何婕珍,目光只是淡淡地凝视着季莘瑶。

何婕珍早已习惯修黎对自己的漠视,便也只是笑笑,转身对莘瑶说道:"妈一会儿就回来,你小心些,伤口刚刚缝合,千万别乱动。"

直到何婕珍走了,莘瑶才目不转睛地盯着修黎。

"你来了?"她率先开口,目色幽沉地看着他。

修黎站在原地,表情有些冷,却又似是拗不过心里对她的担心和心疼,终是隐隐动了动眉心,直接走了进来。

"还疼吗?我昨天送老爷子回去后,打电话问过医院,知道你已经没什么事了,所以今天处理了一些事情后才赶过来。"他放下果篮,随即伸手便撩起她额上柔软的碎发,仔细看了看她头上那一块儿贴着白色药布的地方,以手指轻轻地抚了抚那周围还隐约可见的红肿。

季莘瑶没什么表情地将头转开了一些,避开了他的手,语气有些发凉:"那么重的一根房梁掉下来,砸你一下试试,看你疼不疼?"

修黎不动声色地看着她,看了许久,才坐到床边,只是无声地看她。

季莘瑶凝眸,低头看了一眼自己手背上正在挂着点滴的针,想了想,才转过脸,严肃地看着修黎那旁若无事的表情:"季修黎,现在我叫你一声季修黎,我以你姐姐的身份在等着你给我一个合理的解释。"

他不语，只是看看她，神色没有什么波动，见她目光严肃而认真，带着深切的质问，才不由笑了笑："解释什么？"

"你想要我说得更清楚一些吗？"季莘瑶冷眼瞪着他。

修黎起身，从果篮里掰了一根香蕉过来，很是耐心地剥了皮，递给她："这鸡汤你怎么不喝？是不是胃里空得难受？要不你先吃点水果，我去给你买些米饭和清淡的炒菜送来？"

季莘瑶只是瞪着他，见他存心做出一副漫不经心的姿态，便也没采取太强硬的态度，漠然地抬手接过香蕉，却是没吃，只是握在手里，坐在病床上，沉默着，若有所思。

其实有很多东西，她也宁愿是自己猜错了，想错了，宁愿是自己多心了。

至少在她的角度，她不愿意这一切与修黎有任何关系。

她宁愿相信修黎永远都是曾经跟她相依为命的弟弟，那个干净、纯粹、善良、阳光的大男孩儿，到如今，她宁可他也只是一个简单爽朗的男人，没有那么多的恩怨情仇藏在心底，也没有那一晚祠堂屋檐倒塌的一幕。

她低下头，不看他脸上的笑，干脆直接拿手里的香蕉撒气，张口便要狠狠咬一口，结果修黎却忽然伸手拉过她的手，把她手里的香蕉拿了开。

她不由得抬眼瞪他，却只见修黎一边自己吃着那根香蕉一边说："我差点忘了，你才刚醒过来，空腹吃香蕉对胃不好，还是先喝鸡汤吧。"

季莘瑶的注意力成功被他分散了一些，却在心里气得要死。

这个死小子！

"这瓶药快打完了，我去叫护士。"见她那恨得牙痒痒的表情，修黎明显是因为在她身边一起长大，熟知她的性子，趁机嬉皮笑脸地转身出了病房。

看着他矫健的背影，季莘瑶只能坐在床上磨牙。

没一会儿护士进来，拔了针，修黎顺手替莘瑶按住手背上的医用酒精棉，按了大概有一分钟，莘瑶才瞥了他一眼："用不着跟我献殷勤，这世上除了我，没人更了解你。"

修黎沉默，继续替她按着手背，莘瑶却是抬起双手便用力去推他，但因为刚醒过来没多久，又没吃多少东西，这一会儿没什么力气，根本就推不动他："你放手，不用再按了！"

"你以为你了解我多少？"他没有动，依旧按着她的手背，却是低垂着眼，以只有她能听见的声音沉声说。

季莘瑶一怔，惊愕地看着他的侧脸，他的与顾南希有几分相像的侧脸，但她能清晰地辨别出来他们的不同，完完全全的不同。

修黎缓缓抬起眼，目光静静地看着她，须臾放下她的手，转而向后退开了些许，目光却始终停留在她的脸上。

季莘瑶看着他的眼神，渐渐地有些不敢置信："你……"

然而他转瞬间却是一笑，仿佛刚刚那沉沉的目光并不是他，抬手在她胳膊上轻抚:"别乱想,好好养伤,女人想得太多,可是会老得很快!"

"这鸡汤有些凉了,我拿出去叫医院食堂的人热一热你再吃。"说着,他便转身拿起桌上的保温杯,正要离开。

"祠堂为什么会塌?"在他即将走出病房的那一刹那,季莘瑶陡然开口。

修黎的脚步倏地僵住。

季莘瑶眼中渐渐蒙上一层水雾,在朦胧中看着那个曾经她借以做生命唯一支点的男人,那个她想要一辈子守护的弟弟,双眼死死地瞪着他僵硬的背影。

"说啊!季修黎!祠堂为什么会塌!爸和爷爷说过,一个多星期前祠堂的屋檐只裂开一条无关紧要的小缝,那么坚固的墙怎么就会莫名其妙地在一个星期之后就塌了!"

他沉默,没有说话,只是背对着她,握着保温杯拉环的手渐渐握紧。

莘瑶狠力地咬着唇:"现在这里只有你和我,我需要你的解释!你解释给我一个人听!把话给我说清楚!祠堂为什么会塌?为什么你当时也在那附近?如果不是我也险些被埋,你是不是根本不打算救爷爷?"

"季修黎,你说啊,你为什么会在那里?既然你想做,你想报复,为什么不干脆把我也一并埋进去,让我也跟着一起死掉好了!反正现在我也是顾家人,我也是你痛恨的人的其中之一!"

见他不动,季莘瑶气极,陡然揭起身上白得刺眼的被子,转身下床,却是刚迈开两步便因为没有什么力气而腿上一阵发软。

听见身后的声音,修黎猛然回过头,见莘瑶靠在床边,忙转身快步走了回来:"季莘瑶!你这是干什么?不是告诉过你别乱动!快回病床上去!"

季莘瑶趁机一把抓住他的手腕,抬眼注视着他:"你后来进去救老爷子的时候,爸和妈他们都已经到了,老爷子一时间没法多想,毕竟你是他的亲孙子,他不会把祠堂倒塌的事情想到你身上,爸和妈也只看见你抱我出来,不知道当时的情况,可我知道!我就算是被砸晕了,我的意识当时还很清醒!"

修黎没有甩开她的手,只是扶着她,但握在她肩上的手却是越收越紧。

"为什么?"见他沉默着不说话,明白他是不想骗自己,季莘瑶忽然间很难过,眼中的冰冷渐渐融化,只剩下不可置信的疑问:"修黎,你为什么要这么做?"

修黎抿唇,陡然将她拦腰抱起,将她轻轻放回床上。

重新帮她盖好被子后,他先是笑了笑:"如果凡事都用为什么和几句回答就可以解惑,那这世界上就不会再有那么多离奇的纷争了。"

"你!"季莘瑶陡然就要翻坐起身。

"你好好休息,我把这鸡汤拿去医院食堂,过后你让何婕珍去取,我走了。"他直接头也不回地走出病房。

"修黎!季修黎!你给我站住!你站住……"

眼见他步伐飞快,明显是不愿和她纠缠于这些问题,可这事情却压得莘瑶心底难受。

第七章 暗处

修黎到底想做什么？祠堂屋檐倒塌的事情到底和他有没有关系！为什么连一句解释都不肯……

原本以为修黎回到顾家，算是认祖归宗的好事，慢慢地他一定会习惯在顾家的生活，慢慢地一切都会越来越好，却没想到，事情偏偏与她所想的反方向行走。

是她把事情想得太简单太美好了吗……

可她不愿相信在她眼前长大的那么那么好的修黎会变成另一个人……

这一晚，单小鱼没有从加护病房回来，旁边的那张床始终是空的。

莘瑶偶尔望望对面那张床，想想修黎，便觉得喘不过气来，再想想单小鱼那个可爱的孩子，心里就没来由地一阵心疼。

翌日中午，小暖得知消息后来医院探望，这时莘瑶已经好多了，只需要注意头部暂时别剧烈晃动，不要碰水，也不要吃任何有刺激性的食物就好，莘瑶起身去送小暖，直到送小暖离开后，才看见几个医生护士推着一张小号病床过来，病床上躺着的是单小鱼，小丫头也正打着点滴，单萦和单老在一旁跟着一起快步走过来。

他们直接进了病房，小鱼醒着，被那几个医生和护士小心地抱到那张病床上躺下，一双黑白分明的大眼睛就滴溜溜地一阵乱转，在那几个医生和护士跟单萦交代了一些注意事项后，小鱼忽然开口，甜甜地又脆生生地说："谢谢叔叔阿姨！"

"乖孩子，一定要听妈妈的话，刚刚做完手术没几天，不能乱跑哦！"那几个医生护士似乎是很喜欢她，连连去轻轻摸着小鱼的小脸。

小鱼嘿嘿笑着："小鱼知道啦！"

等到那些医生护士离开，单萦便帮小鱼盖好被子，俯下身用着很轻的声音不知道对着小鱼说了什么，小鱼眨眨眼睛，笑着点点头："我知道了，妈咪！小鱼会乖乖的！不会吵你和太爷爷的啦！"

"小鱼乖，太爷爷晚上给你买小金鱼过来，弄个鱼缸放在窗台。"单老笑呵呵地站在床边，满脸的慈爱。

"太爷爷最好咯！以后就有小金鱼陪着小鱼玩啦。"

这时，单老听见病房门前的脚步声，迟疑了一下，才回过头，看见走回病房的季莘瑶，先是一怔，接着看见莘瑶身上的浅蓝色病号服，便隐隐蹙了蹙眉，转头冷冷地对着单萦道："她怎么在这里？"

单萦没有回头去看，只是随手将小鱼的病床弄得平整一些，一边掖着被角一边不以为然地说："季小姐头上受了点伤，缝了几针，您在加护病房陪小鱼的这两天，我回来取东西，看见医生把她安排进这间病房来住，因为没有其他空余的VIP病房了，当时顾家人都在，我也不好霸占着这一间，就让她住进来了。"

单老似是有些不悦，却是敛了情绪，转眼淡淡地看一眼季莘瑶。

季莘瑶面上很平静，对单老礼貌地点点头："单老。"

单老哼笑了一声："季小姐，还真是有缘啊，这抬头不见低头见的，倒是让我很好奇，这冥冥中似乎注定着什么。"

听出他的话里有话，季莘瑶也只是笑笑："单老身份尊贵，平常人难得一见，晚辈也不过是托了爷爷的福，才有幸能见过您几次，这一次纯粹是巧合，哪来的什么注定。"

说这话时，她想起那一次单和平约她见面，所拿出来的那张她母亲十几岁时候的照片，心下微微一顿，却是没动半分声色。

单萦却似是从单老这话中听出了什么，忽然回头，有些错愕地看了一眼那边坐到病床上的季莘瑶，再又转头看见单老眼中的沉思，顿时疑惑地盯着单老："爷爷？"

单老回过神，转头看向单萦。

见单老的表情没有什么异样，单萦才顿了顿，再又看看那边拿起床头一份报纸静静翻看的季莘瑶，不知是想到了什么，顿时皱起秀眉。

"小鱼睡着了，爷爷，您这几天也一直在医院陪着我们，要不您回去先休息休息？小鱼这次手术做得还不错，暂时脱离危险了，只要等刀口愈合了就又能出院，您回去吧。"单萦说。

单老点点头："小鱼有什么事，一定要马上通知我。"

单萦应了声。

单老临走之前，脚步停了一下，回头又看了季莘瑶一眼，眼神冷冰冰的，却又仿佛若有所思，在季莘瑶将目光从报纸上抬起，抬眼接到那抹冰冷的视线时，单老顿了顿，似是被她此刻恬静的表情激起了什么回忆，眸色仿佛染了雾，须臾才不吭一声地离去。

在单老离开后，单萦才转身，看着季莘瑶的表情，如弘月般明丽的眼神颇有几分别样的意味。

"季小姐，我忘了问你，你打算在这间病房住几天？"

单萦开口时，语气明显是有几分不客气。

季莘瑶叠整了报纸，侧头看看他，微微弯出一丝笑来："单小姐后悔让我住进这间病房了？"

"后悔倒不至于，其原因也无非是给顾爷爷一个面子，不过我女儿现在已经从加护病房转出来了，我女儿不喜欢你，看见你会害怕，我想季小姐你应该知道她会怕你，所以……"单萦说这话时，语气停了停，"你该明白我的意思。"

季莘瑶挑眉："单小姐，你的意思是那一次我打你的那几耳光，你很委屈是吗？你的女儿口口声声叫我的丈夫为'爸爸'，如果我没有记错的话，小鱼只是一个五岁的孩子，她可能见到任何一个男人都叫一声爸爸吗？对南希的称呼，是巧合，还是她的天真？或是……有谁在背后教唆？我想，那几个耳光，还是我下手太轻了。"

单萦目色镇静，轻轻一笑："在一个孩子面前大打出手，季莘瑶，你也是个奇葩了。"

"少跟我拿孩子说事！"

季莘瑶猛地冷冷看向她。

第七章　暗处

"躺在那里的是你单萦怀胎十月所生的亲生女儿！你如果还知道她是个孩子，知道她有多脆弱，知道她不能受太多伤害，就不该利用她这个'孩子'来博取旁人的同情心！单萦，家世显赫博学多识不是一个女人值得骄傲的理由，最值得你骄傲的人早就已经被你亲手推开了！现在你以各种手段想要夺回那些仅仅在曾经属于你的一切，对不起，我没那么大度！你也不必指望我会拱手相让！"

单萦表情一僵，没想到季莘瑶对"孩子"两字这样敏感，下意识地看向她微隆的小腹，当即眼神仿佛被触痛。

"如果你是个合格的母亲，你应该比谁都懂得要怎么保护自己的孩子。"季莘瑶转过脸，看着睡得香甜的小鱼，"为了你那些可怜的一己之私，让她离开医疗环境最好的美国，千里跋涉到中国，让她最后的一点点生命在你的人生里发挥这一点可笑的光和热吗？"

单萦没有反驳，眼神很淡，只是在沉默许久后，轻轻说了一句："美国脑科专家对小鱼的脑肿瘤束手无策，我才想让她到中国，让中医给她看看，希望能发生奇迹而已，只不过奇迹没有发生，我只能让她先在G市最好的脑科医院……"

说完，她便转过身，一句话都不再说，坐在小鱼床边。

季莘瑶呼吸一滞。

刚刚自己的语气或许太重了，但是她真的受够了单萦时时刻刻拿孩子说事，用孩子来做挡箭牌这样的方式，小鱼何其无辜！

可见单萦现在这样，季莘瑶却是喉咙发哑，再也说不出什么来，只是看着单萦似是比前段时间消瘦了许多的背影，无奈地叹了叹，起身，拿出一盒顾家人给自己送来的牛奶，倒在消过毒的玻璃杯里，用热水烫了一会儿，才端着杯子走过去，将牛奶递到单萦面前。

单萦的目光从小鱼沉睡的脸上微微移开，转眼看见眼前的杯子，似是怔了一下，转眼看向季莘瑶。

"别误会，我没有任何示好的意思，只不过难得在一个病房，我看你这两天应该也没吃什么东西，喝些温牛奶暖暖胃吧。"季莘瑶也没等她接过，便直接将玻璃杯放在她旁边的桌上，说完这话转身便走了。

直到季莘瑶靠在床头，把一份报纸都看完后，转过眼，见单萦仍然没有碰一下那杯牛奶。

她在心里暗自轻叹。

有骨气得过了就是骄傲，骄傲得过了就是自负，何必呢。

这两日何婕珍经常来回奔波，莘瑶心疼她，让她在顾宅休息，说自己没什么事了，只是留院观察几天而已，何婕珍才没再来过，包括顾老爷子和王妈等人，她也让他们不要经常来，她又没什么大事，在医院自己一个人住几天就好了，而修黎之后也没再来见过她。

不过季莘瑶知道，自己晚上睡觉的时候，修黎来看过自己，桌上每天早上都会被换上一束粉百合，这是莘瑶上大学时喜欢的一种花，只有修黎知道。

198

晚上，单老果真带了只圆形的玻璃鱼缸过来，放在两个病床之间的窗台上，在鱼缸里放了两条很好看的小金鱼。

那时候小鱼还在睡，单老叫单萦出去吃些东西，单萦临离开前看了莘瑶一眼，虽然没有放下脸面来开口，莘瑶也明白她是让自己帮忙照看一会儿。

等到他们走了，莘瑶才起身，走到窗台那边，借着灯光，看着鱼缸里的那两条小金鱼，呵呵一笑，难得她又来了孩子气，转身就去把桌上的一只煮熟的鸡蛋剥开，把蛋黄弄碎，放在手里，回到鱼缸边便要喂鱼。

"不许碰我的鱼鱼！"

骤然，旁边传来一道脆生生的声音，惊得季莘瑶一僵，猛地转过头，只见单小鱼一脸愤怒地跪坐在病床上，手背上还贴着之前打点滴时留下的医用胶带，穿着小小的病号服，却像个小大人儿似的在那儿眨巴着眼睛。

季莘瑶嘴角抽了抽，举起手中的蛋黄给她看："那，我是要帮你喂鱼呐！"

"谁要你个坏女人来喂我的小鱼鱼，那是我的小鱼鱼！"

小鱼满脸不高兴地揭开被子小心地跳下床，貌似她还知道自己刚动过手术，不能用力地跳，下床的时候动作很小心。

这乍看一下，莘瑶的心就化了，看着小鱼自己穿上大大的拖鞋，用着尽量快的脚步走过来，然后仰起头瞪向她："这是我的鱼鱼，你不许碰！"说着，她抬起手，在窗台中间比画了一下："你不许超过这条线！那边是你的，这边是我的！坏女人你不许过来！"

季莘瑶哭笑不得，敢情这还带分界线的呀？

"你的腿，缩回去，缩回去！不许站我的地方！这边是我的！"小鱼见她不动，便伸过小手去推她，"我妈妈怕你，我可不怕你！你快过去！坏女人！"

季莘瑶觉得自己应该跟这小丫头搞好关系，不能让她这样误会下去，这么可爱的孩子，她其实还是想多抱抱呢，这样跟她划清界限实在是太伤人心了……

于是她一脸温柔地笑笑，俯下身去想要哄哄她，结果小鱼哼了一声，连个机会都不给她，一个人抱着小肩膀就小跑着出了病房，见着个穿着白大褂的人就喊："阿姨，阿姨，我病房里那个是坏女人，你帮我把她赶走嘛！"

这几天负责这一区域的医生护士都接触过季莘瑶，当然知道季莘瑶的为人，于是把小鱼的话当成孩子把戏，便耐心哄着小鱼，陪着她笑闹了一会儿，就把她送了回来。

小鱼见轰人失败，便一脸气馁地自己爬回床上，哀怨地等着她妈妈回来。

季莘瑶却是看着小鱼那耷拉着脑袋的样子，顿时就一脸不怀好意地朝她嘿嘿一笑，举着手里的蛋黄一脸嘚瑟地说："那，你个子不高，够不到窗台，只有我才能喂到鱼，想抢回你的小鱼鱼，就健健康康地长大，长到我这么高，我就抢不过你啦！"

小鱼歪着头，瞪着她，看着季莘瑶把少量的蛋黄投在鱼缸里，气得不行，但她没有哭，只是很负气一样的表情，陡然转过身，背对着她，死活就是不肯看她了。

第七章 暗处

真是个……可爱的孩子……

季莘瑶忍不住笑，放下手中的蛋黄，仔细看着小鱼脑袋后边包扎的纱布，虽然小鱼不是她的孩子，但此时此刻，她是真的希望能有奇迹在这孩子身上发生。

如果小鱼真的走了，那无论单萦是怎样骄傲的女人，恐怕她也会彻底垮掉，毕竟是自己身上掉下来的一块肉，当妈妈的不疼，还能有谁更疼呢……

如是这样两天下来，单萦和单老还有一堆巴结单家的各种人来人往，都跑过来给小鱼送各种吃的喝的玩的，单萦有时间就坐在床边哄着小鱼吃饭，一口一句宝贝，又常常哄着她，捏着她的小嘴，晚上还会轻柔地哄着入睡。

而小鱼已经彻底跟季莘瑶冷战两天了，季莘瑶真没想到这小丫头虽然脑袋里有颗肿瘤，居然记性不差，什么都记得，连自己打过她妈妈几个耳光都记得。

因为顾家没有走漏什么风声，季莘瑶又刻意低调，那些来巴结的人一到病房，季莘瑶就躲出去，本来一个人住着病房还算习惯，但看着小鱼被万千宠爱着，她这心里居然酸意泛滥……忽然间很羡慕这个孩子……

怎么就没人也天天一口一句宝贝地叫着自己，经常哄着自己，晚上还能轻柔哄着自己入睡呐？小鱼就算是儿童，她季莘瑶其实也就比这个儿童大了十九岁好不好，她也想撒娇……窘……至少她五岁的时候都没有过这待遇，真真是让人嫉妒！

然后小鱼跟莘瑶的拉锯战就这样开始了。

当战斗到第二天时，形单影只的季莘瑶貌似输给了单小鱼，看着那些来来往往的人，小鱼一声一声甜甜地叫着叔叔阿姨，而偶尔看见季莘瑶的几个官政人员似是没将她认出来，便也只是客套地对她笑笑，然后漠然地转身走了。

季莘瑶现在真的是被这个臭丫头对比得，无处话凄凉啊……

偌大的病房，来来往往的人群，却是有那么一瞬间，季莘瑶忽然发现自己孤单得要死，原来一个大人的逞强和一个不懂事的小女孩儿的撒娇的效果是真的不一样的，她无事望望雪白的墙壁，鼻子里嗅着那些消毒水的味道，捧着报纸，唉声叹气。

终于，当单老和单萦某天送一些前来慰问的官员离开时，季莘瑶头上的纱布刚刚换过，便直接凑到小鱼的床前。

小鱼看着她，直翻白眼，直接背过身去，撅起小屁股对着她。

"小鱼，我觉得我们有必要好好谈谈。"季莘瑶宣布。

小鱼犹豫了一下，转过身来，眨着眼睛看着她，季莘瑶趁机低下头就在她脸上亲了一口。惹来小鱼的不满，小鱼腾地一下向后缩着身子，一脸不许靠近的表情。

季莘瑶想了想，自己一个人在病房里本来就很孤单了，小鱼这丫头还天天给自己冷脸，一定要打好关系把这丫头像对二黑一样撮合成好姐妹，于是她随手拿起小鱼床边的一袋零食，从里边拿出一包果冻，打开，吃了一口说："季阿姨给你讲一个故事，从前有一个果冻，和一个果丹皮，还有一盒饼干，果冻是坏人，果丹皮是果冻的妈妈，果丹皮让果冻给外婆苹果送些面包去，于是小果冻就踏上了去寻找外婆的路，直到有一天，果冻在大森林遇见了饼干，饼干就在自己头上围了一条布巾，伪装成外婆欺骗果冻，果冻很单纯，不知道那是饼干装作的外婆，于是就把面包送了过去，最后，果冻被饼干就这样嗷呜一声吃掉了……"

季莘瑶还顺便角色扮演似的继续吃了一口果冻，其实连她自己都没弄清楚自己究竟讲的是什么故事，她把自己都给绕进去了，小鱼似乎也没理解，可爱的小脸上一脸的苦恼，最后，她总算发现自己的零食被季莘瑶吃了，顿时嘴一瘪，终于忍不住哇的一声哭了。

这可吓坏了季莘瑶，她本来想着用靠近小孩子的智商和故事来跟单小鱼打好关系，可谁知道这丫头纯粹软硬不吃啊。

她忙伸手抱过她，抱在怀里安慰："乖啊乖啊，不哭啊，阿姨不是故意让饼干吃掉你的果冻的……"

她这话一说，小鱼真是继续直接用力地号出声来。

季莘瑶一阵惊心，从没听过孩子这么响亮的哭声，忙拍拍她，再轻轻地拍拍，小心翼翼地拍拍。

谁说孩子只要拍一拍就不哭的？明明她越拍这丫头就哭得越大声！简直要了她的老命了！

古人云唯小人与女子难养也果然不假，她招惹谁不好居然招惹这么小的祖宗！季莘瑶欲哭无泪，谁能理解她孤孤单单的想跟这小丫头打好关系的心情，吃她两个果冻大不了明天还给她两袋嘛。

她抱着小鱼站在窗台那边去看小金鱼，小鱼才勉强止住了哭声，低下头看着小金鱼在鱼缸里游来游去的，好奇地伸手就想去摸一下，季莘瑶忙抱着她向后退了一步免得这孩子手脚不知轻重不小心杀生，结果小鱼"哇"的一声，又哭了。

莘瑶忙小心地哄着，忽然听见身后一个熟悉的声音："这是在干什么？"

季莘瑶浑身一僵，那声音太熟悉，熟悉得让她以为自己是听错了。

直到顾南希走过来，从她怀里把哭得震耳欲聋的小鱼抱过去，小鱼这才止住了哭声，然后他看着季莘瑶额头上的纱布，不由得眉心一结："怎么会伤成这样？"

季莘瑶一看那小鱼缩在他怀里直接就不哭了，不由得愣了一下，接着下意识地看看顾南希清俊的眉眼："祠堂塌了，不小心被房梁砸了一下……"

他更是皱紧了眉头："祠堂怎么会塌？还有，你伤成这样，又怀着身孕，能抱着孩子吗？"

因为他语气中的严肃，季莘瑶抿着嘴，瞥了瞥正朝自己吐舌头的小鱼。

见她闷着不说话，顾南希怔了怔，便把乖乖缩在他怀里不再哭闹的小鱼放到病床上，转身便要抚上莘瑶额上的伤。

他手还没抚上那块纱布，刚举到半空，身后小鱼那一脸醋味儿的叫声便响了起来："爸爸！你是来看小鱼的不？"

他悬在半空的手僵了一下，没有转身去看小鱼，而是在那孩子陡然喊出"爸爸"这两个字时，直接看向季莘瑶的双眼。

季莘瑶亦是双眼直直地看着他，眼中是明显的疑问。

他是什么时候回来的？

她的嘴角微微动了一下，忽然发现自己不知道要怎么问，心里却想着，是不是因为小鱼病重，单萦给他打过电话……

然而顾南希却是直接抚上她头上的伤，因为这纱布周围的红肿都已经消了下去，已经不再严重，他眼中的严肃多过于温柔："怎么这么不小心？伤成这样还不肯让人告诉我？"

季莘瑶把脑袋向后缩了缩，抬起手躲着他的手，不想让他再看那里的伤口："没事啦，一点小伤，又没有得脑震荡，你在上海出差那么忙，我不想害你担心。"

顾南希的声音却是大大的不满，又见她这一副活蹦乱跳的还抱着孩子在病房里乱走的样子，更生气："若不是我尽早赶回来，再等十天半个月后才回G市，你是不是打算拆了线之后当作什么都没有发生一样，就这么让我心安理得地不知道下去？"

"嘿嘿，皮外伤而已，跟手指上切出个刀口似的，我又没那么矫情。"

莘瑶嘿嘿笑着，没想让他知道自己曾经昏迷了两天的事。

见莘瑶努力扯着笑脸故作轻松的样子，顾南希终是不忍，渐渐放轻了声音，长臂一伸，半环住她，扶着她回病床边坐下。

这时何婕珍进来，见顾南希扶着莘瑶坐下，便走进来笑着说："莘瑶啊，不是妈没替你瞒着他，是南希今天上午从上海回来，刚下飞机就开车赶回了顾宅，发现你没在，我就把祠堂的事情告诉他了，我还没说几句，他刚听见你被砸伤正在住院，就头也不回地出了门，直接一路飙车过来看你。"

莘瑶一愣，转头看看顾南希，却见他正板着脸皱着眉看着自己，不由得咧了咧嘴："南希，我真的没什么事，你别这么严肃，看得我怪紧张的……"

不等顾南希开口，那边何婕珍便笑着把王妈新熬的排骨汤放下，笑呵呵地说："你们先聊着，妈出去转转。"

何婕珍刚一走，莘瑶便再又侧目悄悄瞥了一眼顾南希，见他仍在皱着眉，似是对她的这种隐瞒而生气，更因为他没及时赶回来而懊恼。

莘瑶心头一暖，便伸出手，将自己的手轻轻塞到他的手里，在他同时握住自己时，对他露出一抹使人安心的笑："南希，你看，我现在还是伤员呢，你忍心对我发脾气吗？笑一个呗，来，笑一个。"

她抬起手，就要去扯他的嘴角，结果顾南希抬手握住她的手，轻轻拉下，终究还是笑了笑，却笑得似是对她完全的莫可奈何。

他抚着她额头上纱布周围已经消肿的地方，温暖的指腹在她额头的皮肤上温柔地摩挲，以很轻的声音，像是怕吓到她一样，问："还疼吗？"

"不疼了，现在有点痒。"莘瑶眨巴一下眼睛，自己抬起手就要去抓一下。

结果顾南希直接扣住她的手："别抓，痒就是在愈合，千万别用手去抓。"

他清俊的脸上，是满满的心疼和关怀，还似掺了一丝自责，顺手抚上她披散着的头发，手指在她发间穿梭，停留在她的后脑，微微使力，便将她按进怀里，轻轻吻了吻她的额头："莘瑶，只此一次，下不为例，我们这一生还有太长的路要走，以后无论发生任何事，一定要马上告诉我，不要刻意隐瞒。"

莘瑶靠在他怀里，只觉得整个世界都是一片属于他的温暖，只有他的温度，他身上的味道，她便懒洋洋地贴在他怀里闷闷地应了一声："嗯……"

见她听话，顾南希才似是终于消了气，唇线一弯，用力将她抱紧。

受伤之后，说是要隐瞒着他，不敢说想念，也不敢在顾家人面前露出半分的脆弱，但此刻终于靠在他怀里，多日来的思念终于包围了季莘瑶的所有意识，她伸出手环抱着他的腰，用心享受着此刻的宁静和幸福。

而这时，坐在对面病床上的小鱼，早已经委屈地瘪起小嘴，没有大哭出来，却是低低地啜泣了几下。

季莘瑶一怔，想到小鱼还只是个孩子，无论自己有多不想南希和单萦扯上关系，但在小鱼这里，她还是不忍心打碎一个这么可怜的孩子的幻想，便忙要推开他。

顾南希却是没有放手，似是知道她在想什么，反而将她抱得更紧。

"南希，小鱼快哭了……"莘瑶小声说。

顾南希又抱了抱她，才放开手，转而拿过刚刚何婕珍送来的排骨汤放在旁边，温柔地笑着看她，轻声说："我在赶来之前，妈她已经简单地跟我说了几句。我知道你和小鱼住在一个病房，本来还担心你会不舒服，谁知道刚进来，就看见你正别别扭扭地抱着孩子在那边乱转。"

"我又没怎么抱过孩子，不太会抱，肯定会别别扭扭的……"季莘瑶瞪他一眼，"难道你会啊？刚我看你也就是顺手接过去而已，也没有抱得很专业嘛，我看小鱼这么缠着你也挺好，好歹让你先实习实习，学习怎么做个优质奶爸。"

顾南希轻笑，手在她头上揉了揉："我怎么闻到一股醋味儿。"

"哎呀我才没吃醋，你快去抱抱她，她快哭了……"莘瑶脸上一红，忙用力推他。

顾南希看了一眼小鱼，小鱼见他看向自己，便连忙止住了啜泣，只是瞪着一双还含着泪珠的眼睛可怜兮兮地噘嘴看着他。

"我去说几句话，你躺下，别乱动，等我过来喂你喝汤。"他起身，在走过去之前似是不希望莘瑶太介意，而又转过来温和地说了一声。

莘瑶想说自己没伤得那么严重，已经可以蹦蹦跳跳的，喝汤可以自己动手，但想想顾南希那一副因为没及时赶回来而老大不爽的样子，便只是笑着点点头。

之后顾南希走过去，小鱼便噘着嘴，泪眼汪汪的又委屈巴巴地小小声地叫了一声："爸……爸……"

其实小鱼叫南希爸爸，莘瑶在这边听着的感觉，确实是不太舒服的，论是哪个女人坐在这里听见别人的孩子这样叫自己的丈夫，都不会舒服，但是看小鱼现在的状况，她心里的芥蒂便也少了许多，毕竟抛却单萦这一方面的关系来说，小鱼只是一个十分可爱又让人心疼的孩子。

顾南希俯下身，没有去抱小鱼，在小鱼伸出两条小胳膊想要抱抱的时候，他很是和蔼地微笑着，捏了捏她举起来的小手，然后低下头对她说了几句话，他的声音很轻，虽然在一个病房里，但莘瑶却听不太清楚，只能一边尽量让自己不在意，

第七章 暗处

一边时不时悄悄地侧过脸看看那边那一大一小的动作和表情。

也不知道顾南希对小鱼说了什么，小鱼刚开始是眼泪汪汪的，顾南希顺手帮她擦了擦眼泪，然后小鱼便没有再哭，只是张大了嘴巴，转头一脸惊讶地看向季莘瑶。

季莘瑶便也歪着头看着小鱼，两个病号分别坐在两个病床上，大眼瞪小眼。

顾南希对她说了什么，这小丫头干吗这种惊讶的表情看着自己？瞧瞧，那张小嘴都快能吞下一个鸡蛋了。

过了一会儿，小鱼乖乖地钻进被子里躺下，然后伸出小手去摸了一把顾南希的脸，然后就心满意足地咯咯笑了一下。

才五六岁就这么急色了！小色鬼！

季莘瑶暗暗地盯着那小丫头的动作，直到顾南希不知又对她说了什么，小鱼才眨眨眼，点点头，乖乖地闭上眼睛。

过了很久，顾南希抬头，看了一眼季莘瑶。

季莘瑶陡然收回视线，拿起一张报纸挡在眼前。

过一会儿，他才走回来，顺手拿过她手中的报纸："报纸都拿反了。"

季莘瑶低头，默默地用眼神瞟瞟那边已经睡着了的小鱼，不由得嫉妒起来，这小东西的脾气跟单萦一样又臭又硬，除了顾南希之外谁都管不住，自己陪她闹了那么久都不给一点面子，顾南希几句话，就能把她乖乖地哄睡着了，真是……有其母必有其女。

额头上又开始发痒，她下意识地抬起手就要去抓，顾南希看见，马上按住她的手，将她这双不老实的手拉下去，然后揭开她额头上的纱布大概看了一眼："什么时候换的药？"

"中午刚换过，这次换药之后就总是发痒。"

顾南希听了，将纱布重新固定，便陡然将她拦腰抱起，莘瑶低呼一声，因为病房里还有小鱼在睡觉，没敢叫得太大声，见顾南希抱起自己就要走出去，便忙伸手环住他的脖颈，小声问："干吗呀？"

"你之前抱着孩子满病房乱转，额头上出了汗，我送你去重新换一次药。"他稳稳地抱着她，仿佛怀中是他最珍惜的宝贝，直接走出去。

莘瑶有些发窘，这里不算是私人医院，所以医院走廊里来来往往的人有很多，医生护士或是病人与家属，她就这样被顾南希抱出去，便不由红了脸："我自己能走，头上的伤早就没事了，后天就可以拆线了，你这样抱着我，好像我伤得有多重一样……"

结果顾南希不以为然，淡淡地说："至少让我把前边缺席的几天该做的都补回来。"

季莘瑶嘴角狠狠抽搐，索性将头埋在他肩上，低声嘀咕："原来顾南希你也可以这么……幼稚……"

谁知顾先生不以为耻，反以为荣，还用温柔得迷死人的声音贴在她耳边威胁说："我才出差半个月你就砸破了头，整日拴在我身边才能让人放心。"

"啊？那不是没有自由了？"季莘瑶瞪他。

顾南希瞥她一眼，慢条斯理地继续威胁："要自由还是要命？"

季莘瑶翘起嘴角，陡然搂紧了他的脖子，贴在他耳边说："要你……"

然后她很恶意地在他耳下的敏感处伸出舌头轻轻舔了一下，成功让某总裁身体一颤，便缩回了脑袋，转开脸去笑眯眯地对来往的医生护士打招呼。

"呵呵，我去换药。"

"对，这是我老公。"

"嗯嗯，我老公他确实长得有点像前几天上海新闻里惊鸿一瞥的那个传说中的顾南希！"

一路下来，她刻意无视某人被她这难得一次主动撩拨而惹得僵硬的身体和深暗的眼神，十分有精神地对每个人都开心地打着招呼。

直到莘瑶被送到某科室，医生见她额头上出过汗，便直接通知护士过来给她换药，护士拿着药过来，很麻利地用酒精棉先给她伤口消毒。

结果酒精棉刚碰到伤口上，季莘瑶就"嘶——"的一声，满脸痛苦的表情。

那护士是这几天一直替她换药的一个三十几岁的女护士，见季莘瑶那疼得龇牙咧嘴的表情，不禁满脸奇怪地叨咕了两句："奇怪了，季小姐，前几天给你换药的时候，我每次给你伤口消毒都小心地问你疼不疼，最疼的时候你都能咬着牙说不疼，怎么现在伤口进入愈合阶段开始发痒了，你这会儿又疼成了这样，有那么疼吗季小姐……"

那护士满脸的不明所以，季莘瑶一听，却是瞬间涨红了脸，暗恻恻地瞟了一眼旁边的顾南希。

见他正一脸意味深长地轻笑着睨着自己，她顿时在心里暗翻了个白眼。

她前几天逞强，现在自己老公在这里，她想撒娇一下不行吗，她想矫情一下不行吗！

非得让她丢了这张老脸……

回到病房时，顾南希似是仍憋着笑，季莘瑶的脸色这一会儿五花八门的，屁股刚一沾到床上，就腾地一下坐起身，咬牙切齿地说："想笑就笑，别憋出内伤来。"

顾南希好看的眉宇微扬，见她这确实活蹦乱跳的劲儿，便心情极好地扬起唇角，拿过一旁的保温杯，盛出一碗排骨汤来，用匙子盛了一勺，没有直接喂给她，而是先放在自己嘴边轻轻吹了吹，再尝了一口，才喂给她："看来这汤是王妈刚刚做好就被妈装进保温杯里，还烫着，慢慢喝，别烫到。"

她这才低下头去喝汤，见她似乎很愿意喝，他便继续一勺一勺地喂她，每一勺都先细心地吹一吹，再亲自尝一尝温度，才喂给她。

莘瑶见他认真的样子，似是怕真的烫到自己似的，不由得心里升起一股怎样也散不掉的暖意。

只觉得有顾南希在身旁的时候，比任何时刻都幸福而安心。

自她记事起这二十几年来，大病小病都有过，却从来没有被一个人这样无微

第七章 暗处

205

不至地疼爱照顾过，即便是何婕珍也都是等汤的温度适中后才拿给她喝，而顾南希却怕她饿着，喂的每一口汤竟都这样的耐心和细致。

"慢慢喝，还是有些烫。"

他拿过床边桌上的一条干净的消过毒的手帕，在季莘瑶莫名其妙咧开嘴一笑，却不小心嘴角流出一滴汤来的时候，直接伸手温柔地替她擦去。

季莘瑶心中一阵甜蜜，任由他像个世间最温柔的男人一样替自己擦嘴，双眼眨啊眨地直朝着自己老公放电。

顾南希嘴角隐隐一抽，继续盛了一勺，再放在嘴边试试温度，喂给她："一个人坐在那里乱想什么呢？笑得像只偷腥的猫一样。"

"我为自己有一个这么好的老公而开心呀。"季莘瑶直言不讳，歪头笑着，一边喝着汤一边很不文雅地吧唧着嘴："这些排骨汤，唔……是我这辈子吃过的最最好吃的美味！"

顾南希轻笑："喝你的汤就是，说那么多甜言蜜语做什么？我又跑不了。"

季莘瑶一听，脸上的笑容更大，伸手过去也倒了一碗汤，然后放在嘴边吹一吹，拿过顾南希手里的那只刚刚喂过自己的匙子，学着他刚刚的样子，盛了一勺喂到他嘴边："那，你早上刚下飞机，就直接开了两个小时的车赶回顾家，再又马不停蹄地开车返回来赶到医院，旅途劳顿后又连开了几个小时的车，一整天都没吃东西吧？这么多我又喝不了，你也喝一点，好歹垫垫肚子。"

见她一脸认真的样子，顾南希无奈叹笑，抬手接过："我自己来。"

看得出来他是真的整天都没吃东西，见她吃饱了，才放心接过这碗排骨汤，用着她刚刚用过的那只匙子，毫不嫌弃地吃着排骨汤。

看着他在这里，就算是手里拿着一只简易的小匙子和一个保温杯内部自带的小碗，也依旧那么优雅卓然，不失一丝气度，但终于让季莘瑶觉得他有种接地气儿的感觉，让季莘瑶的心里特别安稳和踏实。

安全感，对女人来说何其重要，可偏偏只有顾南希能给她这一份十足的安全感。

莘瑶坐在床上，单腿曲起，一只胳膊支在膝盖上，右手托着下巴，直愣愣地看着眼前一身都透着清朗的男人，微微一笑："南希，只有傻子才不珍惜你这样的男人，至少现在，我，会用尽我所有的力所能及，去维护我们的这段婚姻，无论任何人想要插足，无论对方权势多大，我都不怕。"

顾南希怔了怔，似是瞬间便从她这话里听出了什么，半晌道："雨霏告诉你了？"

他还真是……她不过就是一句感慨而已，居然这点儿事情都没能瞒得过他。

莘瑶没有答，依旧单手托着下巴，笑眯眯地看着他。

在这场婚姻里，她似乎一直都处于被动，因为不自信，因为不确定的事情太多，所以从来没豁出去地主动过，但是现在，她想，她不该再被动下去。

见她那笑得连眼睛都弯了的模样，顾南希好整以暇："以前你笑话那个苏小暖花痴，我看你现在更适合这两个字。"

季莘瑶眼皮一抽，猛地伸手抢过他手里的排骨汤："我看自己老公而已，谁花痴了，这汤我的，不给你喝了！"

顾南希难得见她这一副羞答答小女人撒泼一样的神情，不免看着她一阵好笑。

这时，病房的门被推开，单萦直接走进来，似是没预想到顾南希会在这里，刚一进门，眼角的余光一掠过季莘瑶床边的那道即便是坐着也依旧修长挺拔尽管低调却仍引人瞩目的身影，脚下赫然停住，转过眼来，看向顾南希，眼中似有些惊讶。

而莘瑶抱着刚抢过去的碗自己喝着汤，顾南希一边轻笑，一边耐心而温柔地用消毒手帕为她擦嘴的一幕全然跃入她眼里。

一听见病房的门那边传来声音，莘瑶和顾南希便下意识地看向门前，看见是单萦送走了单老后一个人回了病房，莘瑶面上没有什么特别的表情，只是展颜自然而然地对她笑笑，但心里终究还是在意的。

顾南希神色未变，眼神清冽如泉，在单萦僵站在门口，直勾勾地看着他们时，他最先只是看看她，见她一直这样看过来，便对她坦然淡笑，笑意间带着很是适当的客气。

单萦被刚刚那一幕刺痛了双眼，目光僵停在他们两人那边许久，最后才因为顾南希那很是适宜的却尽显疏离冷淡的浅笑而微微醒了神，僵硬地转开头，声音里夹了几分冷硬和隐隐的微颤："你来了。"

多么不甘心的三个字，多么疏离又多么亲切的三个字，不需要多问，也不需要多说，就是三个字，你来了。

本来莘瑶还在想着这样会不会太尴尬，但顾南希的坦然相对和单萦的这一句含义颇深的三个字，倒是让她发现原来是自己想多了。

单萦是什么样的人？

面临窘境也一定会想办法让自己逃生，离婚后又遭遇女儿的生命将到尽头，却也同时打算为自己铺好后路，一个在美国最权威的金融市场上叱咤美国金融界的单萦，什么大风大浪没见过，眼下这种情形她当然也会靠自己撑住场面，不至于太尴尬。

她不是温晴，不会哭哭啼啼或是咬牙切齿地耍阴谋手段。

这样的单萦，就算骄傲了些，EQ比IQ差了些，在感情方面失败了些之外，其实她的身上还是有太多闪光点，她的自信，她的果断，她的能力都是季莘瑶看得见的东西，抛却那些缺点之外，单萦身上的闪光点，也足以令顾南希对她另眼相看，天之骄女与天之骄子走在一起，确实根本就不奇怪。

也正是因为这些，所以单萦才更加地不甘心吧。

一个曾被这个男人捧在手心里的公主，一个曾无论怎样任性都能被纵容的女人，如何能接受眼前这一幕。更遑论他已有家室有妻儿，更又这样幸福，幸福得那么刺眼。

"是啊，南希前段时间在上海出差，今早刚回G市，他和我婆婆一起给我送了排骨汤来，单小姐你要不要来一点？"季莘瑶很大方地将桌上的保温杯提了起来，

第七章 暗处

伸手就要递过去。

单萦泓月般明艳的眼眸微微一闪，淡淡看了一眼季莘瑶手中的保温杯，倒是没有冷下脸，只是笑了笑："不了，我喜欢吃素，这些还是季小姐自己留着喝吧。"

季莘瑶的手一顿，目光清亮地看着单萦眼中那仍旧冷傲的笑意，微微弯了弯唇。

喜欢吃素？和顾南希一样偏爱素食？这话是说给谁听呢？

莘瑶倒是不以为意，放下保温杯："啊，那还真是遗憾，这么多，我和南希两个人都吃不完。"

单萦当即犹疑地看了一眼顾南希的方向，似是不相信他这种多年来习惯吃素食喝白开水的人会破例喝这种又油又腻的排骨汤。

"南希，你再帮我分担一点，要是剩下的太多，妈又该说我吃得太少了，一定会唠唠叨叨个不停的。"

这回莘瑶也不抢了，直接把保温杯挪到顾南希那一边。

季莘瑶眼中精光闪闪，让顾南希不知道她在想什么，他便笑笑，虽对女人之间这些暗藏的小心思颇有些无奈，却也还算很给自己老婆面子，毫不嫌弃地很配合地又吃了些。

单萦看着这一幕，又看看并没有因为自己的存在而受到任何影响的顾南希，粉红的唇瓣不由得抿起，瞳光中的冷傲渐渐被一抹伤痛掩去，暗暗握了握拳，骤然转过头去走到小鱼的床边，俯下身去摸摸自己女儿的头。

之后顾南希的手机响了，为免吵到那边睡得正香的小鱼，顾南希在手机刚响一声的刹那便直接挂断，须臾起身说："我出去打个电话。"

他刚刚挂断电话时因为莘瑶跟他靠得很近，所以一眼就看见来电的号码是苏特助，便点点头，在他起身时问："是不是顾氏那边有什么重要的事啊？我已经没什么事了，你刚出差回来，那边肯定有很多事情，要不你先去忙，不用一直陪着我，我现在只是等着拆线而已，也没什么大事了。"

顾南希却是在走出病房之前回过身，给她一记让她安心别考虑太多的眼神，莘瑶便不再多说，他人也已走出去。

没一会儿，陪在小鱼床边一直安静翻看杂志的单萦也起身，转身便要走出病房。

莘瑶瞟了她一眼，暗暗一叹，心想她这是想避开自己，去和顾南希说些什么吗？

就在单萦刚打开门的刹那，门前忽然出现一束黄色郁金香，迫使单萦脚步一停，因为那花束太大，挡住了门前，她便蹙起眉，越过这大束的花，看向门外送花的陌生小弟："这是送谁的花？"

送花的小弟恭敬地说："秦先生多日前就得知季小姐头部受伤住院，因为最近不方便过来，特意叫我们给季小姐送上199朵郁金香，请问你是季小姐吗？"

单萦一听是秦慕琰送来的，眸光一怔，顿时意味深长地瞥了一眼那边正发愣的季莘瑶，冷冷一笑："我不是季小姐，季小姐是那一位。"

"哦，抱歉。"那送花小弟点点头，之后抱着花便走了进来，到季莘瑶床边将花递给她："季小姐，这是秦先生送你的花，他暂时不方便过来探望您，但希望您能收到他的心意，麻烦季小姐签收一下……"

那边单萦似是来了兴致，没有走出去，只是看看季莘瑶的表情，见她神色坦然地收下花，并无半分紧张，便挑眉笑着问："季小姐艳福不浅啊！"

季莘瑶看了单萦一眼，便微笑道："单小姐这么优秀又漂亮，这些年想必收过的花应该不在少数吧？我这是小巫见大巫，哪敢和你比呀！"

说着，她一边接过花，一边签了名字，在那快递小哥走后，也不去看单萦那在观察着自己的视线，径自拿起花上的卡片，打开来看。

琐事缠身，无法及时探望，万望保重身体，好好对自己。

落款是秦慕琰。

龙飞凤舞却苍劲有力的钢笔字体，与顾南希一样写得一手好字。

因为雨霏的事情，秦慕琰最近很少出现在自己面前，但是看着这一百九十九朵郁金香……

黄色郁金香的花语是，珍重。

她握着那带着香味儿的卡片，微微扬起唇角。

没一会儿，顾南希回来，病房门刚开的刹那，单萦也不闪躲，直接转眼看向他。

而顾南希却在对上她满含骄纵与千言万语的目光时，很是清朗地对她一笑，须臾走到季莘瑶那边："谁送来的花？"

"秦慕琰。"季莘瑶也不遮掩，直接笑着把手中的卡片递给他。

顾南希接过卡片看了一眼，似是转瞬间想到秦慕琰那所谓的琐事缠身都是因为什么，眸光只是停了停，便将那卡片放在一旁："他倒是有心，知道老爷子性子古板，又因为雨霏的事情不方便过来看你，他这是不想带给你任何麻烦。"

"我知道。"莘瑶弯着唇，看着顾南希将那束花随手立在床边的桌上。

"南希，你前段时间在上海，很忙吗？"忽然，那边单萦问了一句。

顾南希一顿，看了一眼单萦。

然后他笑笑："都是一些公事，不至于太忙。"

见顾南希言语客气，单萦在短暂的沉默后，双眼一味地盯着他，似是想在他这适当的神情间找到一丝裂缝，她的眼神灼灼而来，丝毫没有避讳在场的季莘瑶，但却仅仅是视线而已，言语上倒是很适应场合的收敛。

而单萦的这种一半的收敛，并不是对季莘瑶客气，她与季莘瑶之间早已因为婚礼上那一件事而算是撕破脸，表面上的平和也仅仅是表面上的，而此时顾南希在这里，单萦城府极深，自是别有动机。

莘瑶当然没有开口，因为顾南希同时将她放在被子边缘的手握在掌心，渐渐收紧了力度，他在让她安心，让她知道他的选择。

这一幕他做得并不刻意，但单萦对他的一举一动都很在意，自然看见了，却没有太多不好的情绪，而是露出好看的笑容："难得回国一次，我本来也想去上海走走，但是小鱼的身体已经不适合再奔波了，倒还真是遗憾。"

顾南希轻笑："见惯了美国各大都市的单小姐竟会对上海感兴趣，我倒是该

第七章　暗处

为本国同胞深感荣幸。"

单紫因他这半是客套半是拉开距离的话而目光一滞，正要开口继续说什么。

就在这时有人敲门，之后苏特助走进来。

苏特助先是对季莘瑶十分关心又恭敬地点点头，再对单紫客气地点点头，然后走过来，站到顾南希身旁，俯耳对他说了些什么。

他们似是在说什么公事，顾南希听罢，便抬手示向门外，随口问："在你助理那里？"

苏特助点头应了一声，接着又低声说了几句，顾南希便道："去拿进来。"

之后苏特助转身出去，没一会儿便拿了几份外部用胶纸密封的档案进来，交给顾南希。

"季小姐，我来是给顾总送些紧急文件，一时间匆忙，连水果都没来得及买，您可别介意，我下次来一定补上。"苏特助在离开之前说。

季莘瑶横了他一眼，开玩笑地说："那你可得挑最贵的买，我这人最挑了！"

明知季莘瑶是什么样的性格，苏特助便笑着说："好说，好说，既然季小姐开了口，我这做下属的哪敢不从呀，明天来的时候一定给您送上最好吃的水果。"

"得了，油嘴滑舌的。"季莘瑶戏谑地笑他。

直到苏特助离开后，顾南希将那几份文件随手放在她病床边不远处的单人沙发上，因为是 VIP 病房，这间病房里虽是两张床，但是沙发桌子与小型洗手间应有尽有。

见顾南希这边有工作上的事情，本来在那边的单紫便没有再说话，在转身回小鱼的病床那边时，神情带着几分若有所思。

傍晚时分，顾南希细心照顾莘瑶，直到她睡下。

但毕竟这还不算晚上，莘瑶只睡了一个小时就醒了，睁开眼睛，便看见顾南希正在抓紧时间看档案。

季莘瑶想了想，开口："南希，你其实真的不用陪我，别因为这样而耽误哪项工作的进度。"

顾南希抬起眼："醒了？"

莘瑶坐起身，正要起身帮他倒一杯水，刚掀起被子，便陡然听见那边的脚步声，侧头一看，只见单紫刚刚就在那边用一次性纸杯倒了一杯热水，将水杯端过来，很是贴心地放在顾南希手边的桌上。

"出差回来这样来回奔波，到现在一刻都没有停下来休息吧？喝些水吧，小心烫。"单紫的语气并不咄咄逼人，甚至满含着心疼与理解，声音也放得很轻。

她这举动终使得顾南希侧头去看她，她当即弯出一丝明丽的笑容，虽美丽，却稍显憔悴："南希，你别让自己太累，身体可是革命的本钱。"

顾南希看看单紫，须臾墨色的眸中终是锁上了一层淡漠："谢了。"

见他神情确实隐有几分疲惫，单紫没因他这平稳而礼貌的语气而失落，只是笑了笑，转身走了，因为小鱼的肿瘤在脑部，精神的时候很精神，睡着的时候又会睡很久，所以单萦直接走出病房，也不知道是要干什么去。

直到单萦走了，季莘瑶便直接抱着被子，一脸笑意地看着顾南希。

被她盯得久了，顾南希才将视线从手中的文件上抬起，瞄了她一眼："傻笑什么？"

季莘瑶挑着眉，故意唉声叹气："单小姐可真是关心你。"

顾南希再不冷不热地瞥她一眼，须臾低笑着摇头："真酸。"

莘瑶一窘："我说的是实话，怎么就酸了呢？我哪儿酸了？"

他干脆放下文件，走过来，坐在她床边，抬手半环过她的肩，将她按向怀里："当初娶你的时候我怎么就没发现，你居然是只醋坛子，这一会儿笑得阴阳怪气的，真当我看不见？"

季莘瑶顺势抱住他的腰，把下巴搁在他的肩上，抬着眼看着他近在咫尺的清俊的侧脸："哪有，我是被咱们宝宝附身了，宝宝说……"莘瑶捏着嗓子，学着小孩子的语气，"爸爸是个宝，丢了难找。"

顾南希轻笑，搂过她的肩，先是笑了一会儿，之后认真地说："我和她之间都已经是过去了，现在对我来说，最重要的就是你和咱们的孩子。"他的手温柔地覆上她又大了一圈的肚子，眼神里是满满的坚定和希望她放心的温和之色。

莘瑶点点头，用力回抱着他，却是嘴唇嚅动了一下，有什么话想问，却又在考虑自己该不该问，只是那件事始终存在她的心里，是一块巨大的疙瘩，总是想试图遗忘，却又摆脱不了女人这些偶尔胡思乱想的心性。

似是看出她的疑虑，顾南希抬起她的下巴，笑问："你有什么话想问？"

还真是瞒不过他……

季莘瑶又嚅动了一下嘴，却是犹豫了一下，转眼看向病房的门口，见没有人进来，才小声问："在日暮里，楼梯下的那个我从来没有打开过的小房间……"

她的声音缓缓的慢慢的，一直观察着顾南希的神色，见他眉心似隐隐一动，她顿时心里就没了底，但既然问了，也只能问完，便继续："跟单萦有关吗？"

然而她这后半句刚一问完，他微动的眉宇便重新舒展开来，莫可奈何地笑笑："这些话，你早就想问了是么？"

见他那一脸好笑的表情，季莘瑶寻思他不告诉自己，她当然憋得难受，但看他这表情，看来那房间跟单萦根本就没有任何关系。

"和她没有关系。"他亦在同时坦然地为她解惑。

季莘瑶顿时开始鄙视起自己，女人的心眼儿有时候真小，曾经不在乎的东西现在却又那么在乎，便干脆靠在他怀里，想要岔开和单萦有关的话题，便直接说："那怎么那间屋子的门是锁着的？我很少看你进去过，新婚第一天的时候你就说过，日暮里这个家我在各个角落都随便怎样，只有那个小房间不能进。"

见他平静地看着自己，可季莘瑶分明看出来他似是因此而有些心事，她虽然好奇，但也没再继续多问，见他没有说话，便干脆只安静地任由他抱着自己，不想去探听他太多的秘密，每个人都有私人空间，或许她这话本就不该问。

211

只是顾南希的这种沉默让她总觉得似乎是有什么事情，下意识地攥紧了他腰间的衬衫衣料。

顾南希在沉静了半响后，才用略有些低沉的声音道："是一些很重要的数据。"只此一句，他便不再多说，季莘瑶也没有再问，只是用力抱紧了他。

之后有护士进来给她打针，是消炎的点滴，之后顾老爷子忽然来了，一进门就直接朝病床那边走："贼丫头，好些了没有？我这两天回顾宅督办着重新建祠堂的事，听小珍说你好些了，今天才抽出空再来看看你，怎么样了？头还疼不疼？"

莘瑶一顿，看看老爷子带笑的脸，便也忙笑笑："爷爷，我没事了，您别担心，我是年轻人，砸一下头没事的。"

"你这丫头，你这肚子里的可是我们顾家上下的宝贝，你说得倒是轻松，当时没把爷爷我吓个半死，真是个傻孩子，那天看你一直昏迷着，我这心啊，难受得不行。"老爷子摇头，似是仍有些后怕。

莘瑶恬然地一笑，心下却是因为老爷子刚刚的那话而犯起了疑。

顾家祠堂塌得本来就诡异，老爷子似乎是根本就没打算查一查原因，在顾南希刚回来的这时候就打算重新建祠堂，似是想瞒着什么⋯⋯

难道爷爷也猜到那件事情跟谁有关？当时毕竟她和老爷子都在现场，虽然老爷子是之后被救出来，但是当时的状况那么紧急，又那么巧合，老爷子这么精的人之后却一句多疑的话都没有，现在又趁顾南希回去查看祠堂之前要把祠堂重建，老爷子这是⋯⋯

虽然莘瑶心里很不希望事情如自己当初猜测的那样，心里一直放着这件事，却又存着几分私心没有开口对外说，但见顾老爷子这态度，她想，老爷子终究也只是想求个家和万事兴吧？

她下意识地抬眸看了顾南希一眼，却见他正在看着老爷子。

而老爷子直接闪躲着顾南希的目光，一味地只关心莘瑶身体的状况，却一句都不再提及祠堂的事。

想必祠堂忽然倒塌，顾南希虽到家后便直接赶来医院看自己，但在关心自己的同时也会考虑到祠堂倒塌的这件事，必定是打算找时间回去看看具体情况，结果却听见老爷子打算直接销毁现场的所有证据。

而顾南希只是不动声色地看看顾老爷子，老爷子在见莘瑶确实没什么事了之后，才说他晚上约了老友打牌，明天才回顾宅，今晚在老友那里住，便又笑呵呵地拄着拐杖走了。

老爷子走时，顾南希出去送他。

"南希，你今晚就打算这样在医院陪着我吗？这里没有多余的陪护床，你回日暮里好好睡一觉吧！"

季莘瑶不知道他们说了些什么，只是在顾南希再次进了病房时，毫无预兆地陡然开口。

顾南希慢慢关上门："没事，这里有沙发。"

"沙发也只是单人的，没法躺下啊……"

无论莘瑶怎样心疼他，想让他回去休息，可他却明显不打算离开。

这多日来她因为逞强，不想太麻烦顾家人来照顾自己，而总是劝所有人回去，于是每日每夜一个人在这里，难免孤寂，却从不想让人知道。

而顾南希却似能看透她的伪装，在他面前，她恐怕真的连一句逞强的话都没必要说。

仿佛即使全世界的人都相信她的坚韧时，唯有他懂得她内心潜藏的脆弱。

于是季莘瑶忍不住因此而骄傲地笑了起来。

没一会儿单萦回来，手里拿着一些盒饭，还有素汤，进门后便将那些素汤跟色香味俱全的盒饭拿过来："南希，你的胃不适合碰太多荤腥，你忘记了吗？我买了些素菜和素汤，你吃一些吧。"

当然，单萦也顺便给莘瑶递过去一份荤素俱全的盒饭，另一边还有一小盒，似乎是给小鱼准备的，也大都是清淡的素食，不过也还带了一些蛋糕布丁等东西。

这是"一家三口"皆素食，只有她季莘瑶一个人吃肉？季莘瑶笑眯眯地伸手接过，道了声谢谢，单萦这次还算客气，虽然她明白他是别有动机，但是谁管她，有肉吃才幸福，就算人家"一家三口"吃素又怎么样？

顾南希却是淡然笑笑："劳单小姐费心，我最近几个月三餐稳定，胃病经过多番调养已经好了许多，不需要刻意挑剔这些，我还不饿，你们自己吃吧。"

所谓的三餐稳定，有功之人当然非季莘瑶莫属，虽然顾南希做的饭菜很好吃，但他也无非是在不太忙的时候才会做一些，平时他下班回家时餐桌上都已经摆好了莘瑶刚刚做好的饭菜，除非他出差或加班，其他时候莘瑶都必保他准时吃饭，而且很注意对他胃的营养调节，都刻意绕开刺激性的食物，他的胃病当然好了许多。

不言而喻，单萦瞬间就懂了，却是怔怔地看着他，似是不肯相信他会对自己这样残忍。

莘瑶低头啃着肉，心想单萦这也不知道是在哪里买来的盒饭，味道还真不错，而且很干净，不过以单萦的性子，估计这盒饭应该不是一些小饭店所做，她该是在附近的哪家酒店特意叫人做的，又打包而来，这味道果然不一般。

这时小鱼醒了，迷迷糊糊地揉着眼睛叫声："妈咪……"

单萦回过神，又用着满是苦涩的眼光看了顾南希一会儿，见他神色平静不起一丝波澜，便陡然露出几分近乎沧桑的笑："顾南希，何必呢，你明知道她……"

顾南希同时淡看了她一眼，眸色波澜不惊，却又讳莫若深，墨色的眸中似大海汪洋，看似平静，却又夹着几分冷意。

单萦陡然住口，听见小鱼在叫自己，便将盒饭放在他手边："饿的时候再吃，不然会浪费。"

说罢，她便转身回了小鱼那边。

那期间顾南希沉默得有些异常，季莘瑶吃着单萦买来的盒饭，但是耳力还是不错，听见刚刚单萦的欲言又止，也看见了顾南希刚刚那淡漠的一眼，倒是没有多

第七章 暗处

想，只是在心里冷笑，这单小姐倒是个喜欢玩心理战的，可惜她季莘瑶这颗心踏实得很，早就刀枪不入了。

夜里，单萦在那边抱着小鱼睡下，医院的床不大，是单人床，不过小鱼很小，单萦抱着小鱼倒是正好，莘瑶自己一个人躺了一会儿，便又放下被子，悄悄看了一眼仍坐在那里看档案的顾南希。

他眉心间已有疲意，却似是不想吵自己安睡，翻动纸页时刻意放轻了动作。

季莘瑶想了想，便把整个脑袋都探了出来，小声说："南希。"

听见她的声音，顾南希以为她是打过针后哪里不舒服，便放下文件，快步走过来，俯下身温柔地问："怎么了？哪里不舒服？"

莘瑶从被子里伸出手抓住他的手腕，心疼地说："这床也不算太小，你也躺下吧。"

顾南希听了，才唇角微微一勾，露出来温和的笑容："我没事，你好好睡。"

莘瑶皱着眉，抓着他的手不放："你不躺下，我睡不着。"说着，她向边上挪出了一半的位置："你看，这张床可以躺下两个人，如果你抱着我睡的话，一点都不挤的，不然的话，我看着你坐在那里，根本就睡不着，就算睡了也不会安稳，都不如你抱着我了……"

见顾南希似是终于有几分动摇的意思，她用力拽着他："南希，躺下吧，一起睡。"

顾南希哭笑不得，这女人是真不知道这三个字对他的诱惑力有多大，出差这么久才回来，真要这样一起睡，恐怕睡不着的就是他了。

"你自己睡，我坐床边陪你，嗯？"

他低低地笑了笑，便打算拉过一旁的椅子，坐在床边陪着她。

季莘瑶却是铁了心不让他这样坐在这里熬下去，双手抓着他的手腕，拽住他的袖口，轻轻扯了扯："南希！"

顾南希眼里带着几分好笑，见她这一副开始撒娇的样子，终是叹了叹，反握住她的手："这床太小，挤在一起你会不舒服，你好好睡觉，别闹了，听话。"

"你不躺下，我睡不着。"季莘瑶语气坚决。

终于，顾南希拿她没办法似的叹笑，脱下西装外套放在一旁，在季莘瑶笑着又挪开了些位置，又主动掀起被子等他过去的同时，将衬衫领口的扣子解开了两颗，免得太过束缚，再又看看她，见她那一脸坚持的样子，便躺到她身边。

在他刚刚躺下的刹那，季莘瑶便将被子仔细地盖在两人身上，顾南希顺手揽过她，将她抱在怀里，俯首在她额上温柔地吻了吻，轻轻地以诱哄的语气说："乖，睡吧。"

莘瑶心头涌上一股暖流，将头枕在他的肩上，就着窗外投进来的月光，抬眼看着与自己在一个病床上躺下紧紧相依偎的男人，忽然想到，他们结婚已经近十个月了，想想当初第一次见面时惊心动魄的场景和他的气定神闲，想起她当时的愤恨与尴尬，他的淡定从容。

而就是这样一个疏离高贵平常人难得一会的顾南希，给了她如此温馨幸福的婚姻，这个男人此时不是众人眼中敬畏的高高在上的顾总，而是一个平凡简单的丈夫，她的丈夫。

她忍不住伸手去环抱着他，手心贴在他温暖的胸口，抬眼在看着他的时候，没注意到自己的呼吸始终喷拂在他脖子上，直到顾南希本来舒展的身体忽然僵了一下，又陡然将她搂紧，她才一怔，小声问："怎么了？"

顾南希低头看着怀中明明在这里挑火却又一脸无辜的女人一眼，俯首在她唇边印下一吻："没事，快睡，别一直盯着我看。"

他出差这段时间，莘瑶特别想他，中间又发生了这些事情，让她更是只要一靠近他的怀抱就舍不得离开，现在更也是因为前几天的思念和现在的兴奋而睡不着，她将自己的脸朝他的脖颈间靠近，近乎贪心地呼吸着他身上熟悉而好闻的味道。

顾南希气定神闲地躺着，安静地抱着她，却奈何怀里的女人像只小哈巴狗一样，没一会儿，小哈巴狗又开口了："南希，你身上明明没有香水味儿，怎么还这么好闻呐？"

他眼神如水，在病房的一片黑暗中，月光使得他眼中淡淡的光芒如此明显，清俊的眉宇微微一挑，低声说："有吗？"

莘瑶点头："真的，有时候你在我身后走过来，不用听脚步声，也不用你开口说话，我就能马上感觉到你身上的气息，真的很好闻……"

顾南希似是因为她这句话而心情愉悦，唇角微勾，修长的手指温柔地穿过她的发间，在她发间轻轻抚了抚。

这时对面病床上的单萦似是在睡梦中隐隐动了一下，被子揭起了一角，但在静谧的黑夜中听起来格外明显。

季莘瑶一顿，猛地转过头，借着月光看向对面的病床，见单萦似乎是没有醒，只是睡梦中隐隐的一次小翻身。

顾南希搂过她的肩，将被子向上提了提，手掌轻柔地在她肩上一下一下地拍着，是要哄她睡觉。

莘瑶低下头，虽是终于有了些困意，但还是不想睡，将身体紧贴在他怀里，两个人的身体紧紧相贴，她还没注意到顾南希因为她动作而紧绷了一下，便觉得脚下发痒，下意识地扭着腿双脚在被子里来回地蹭，骤然听见头顶的呼吸渐渐不再平稳，似是刻意地在压制，却已渐渐粗重。

他的唇印了上来，被子里的暗黑如无限的深渊，蹦出理智束缚的心带着太多的思念与情动。

"莘瑶。"

他忽然侧过身，将她重新抱进怀里，却不再牢牢压着她，将同样被这情潮险些淹没得没了理智的她紧紧抱住，一边平稳着呼吸，一边以沙哑异常的声音贴在她耳边轻声道："你自己睡，听话，不然难保我真的会一时忍不住，这里毕竟是医院，也不是单人房……"

第七章　暗处

他的语气里夹着几分因为压抑而来的痛苦，但这浓烈的欲望却终究被理性压制住，他搂着她的力度说明了他此刻是用了多大的意志力在隐忍。

季莘瑶亦在他这番话中清醒过来，却在他索性直接起身就要下床时忙拉住他，小声说："别，南希，你躺下吧，我不动了，我保证自己一定不乱动！"

顾南希看了她一眼，见她是真的很不希望他在那里坐一夜，便无奈地笑笑，躺了回来，将她抱在怀里，低哑着叹道："你还真是高估我的自制力。"

季莘瑶脸上的红潮渐渐消散，理智归于脑中，便乖乖缩在他怀里不再动，笑了一下，没有说话，只是将头在他肩上像小猫儿一样地蹭了蹭。

渐渐地，她终于靠在他怀里睡去，顾南希见她睡着了，便轻叹着将她身上刚刚被他险些扯乱的衣领轻轻整了整。

另一张病床上，抱着小鱼一直在睡着的身影在这一整夜里始终一动都没有再动过。

两天后，莘瑶头上的伤在上午10点的时候拆了线，下午2点多的时候，小鱼坐在另一边的床上正瞪着一双大眼睛看着她。

这两天小鱼因为头部手术的一些小问题，又被送去了加护病房，这才刚刚送回来，回来后就一直跟季莘瑶在这里大眼瞪小眼。

季莘瑶不禁想到那天顾南希对小鱼说的话，自己一直好奇，但是忘记问，他到底跟这丫头说了什么，怎么这丫头现在看着自己的时候，没有一点敌意了，倒是带着满满的好奇和惊讶，一直瞪着乌溜溜的大眼睛瞅着自己。

正想着，忽然苏小暖推门而入，手里拿着在公司附近的饭店买的驴肉烧，乐颠颠地就给她送来了。

"哎？季姐，顾总今天怎么没在呀？"小暖一边看着莘瑶的病历单一边问，"我昨天来的时候还看见他在这里陪着你呢。"

"他上午陪我拆过线后，顾氏那边有个紧急的会议，他赶去开会了，另外……顾宅那边有些事，他晚上也要回去看一看。"莘瑶轻声说。

小暖点点头，忽然想到了什么，转而从她自己包包里拿出一个平板计算机，搜索了一下医院的网络后，便递过来。

"季姐你看，这是最近几天关于建设局和凌氏的新闻，凌氏那边似乎是被盯上了，还有那个安越泽，他跟凌菲儿不是已经订婚很久了吗？但是一直没有结婚，我听说前几天凌家逼婚，安越泽又借口拖延，把凌菲儿彻底惹怒了，正要跟他解除婚约呢！目前凌家跟安越泽处在僵持的状态，我看啊，那个负心汉马上就会孤立无援迅速下马了！"

季莘瑶一愣，接过平板计算机，看着上边刚刚小暖打开的一个网页，慢慢地向下翻看。

"按理说，凌家不该在这种时候与安越泽闹僵，既然现在ZF盯上了凌氏，他们就算是私下闹僵，也不会在这种时候传出来，在表面上也会维持平和状态。小暖，你这消息是听谁说的？"

季莘瑶又看了一会儿，才觉得似乎哪里不对，不由得直接问道。

小暖回想了一下："是昨天下午，唐总编在单独给商务部开会的时候说的，这条新闻是他让小陈写出来今天早上直接发出的，说是第一手消息，不过这一次他没让我接手，而是找的商务部的小陈。"

季莘瑶挑眉："又是唐总编？"

看来凌家的这一方势力，目前不仅仅跟凌氏和建设局私下连手，竟趁秦慕琰最近无心管理国内分公司的时候在丰娱媒体也插了一脚。

这种互相闹掰的新闻就这样轻易走漏出来，连她都能看得出问题所在，想必顾南希也不可能看不出来，对方现在下了一道诱饵，在等他们上钩。

可又一方面，这种明显不入流的要诈手段，以凌董那么老谋深算的人，他怎么会用这种让长了脑子的人仔细一想就能分析出来的方式来做诱饵？

还是，他想用这种方式遮掩其他的一些什么？

"季姐，这里边有问题是吗？"

小暖笑着伸手在平板计算机上比画了两下，调出她在公司里所用的邮箱："那份唐总编交给小陈的手稿，我来之前向小陈要了一份，她直接发到我邮箱里了，你看看唐总编给我们的这个稿子，这是现成的稿子，我不清楚究竟是谁写的，但是唐总编很少来商务部，上一次来商务部是让我去建设局做那个新项目的采访，这一次，又跟建设局凌氏还有公安局有关，我记得上次季姐你跟我说过尽量避开这些事，但我想这其中可能有什么事，自己不敢擅自作主，就拿来给你看看。"

季莘瑶顿时就乐了："小样儿，你开始变得越来越精明了？"

"上一次害你差点出事，我总该反省一下嘛，有些事情，我觉得要在发生的时候就直接找你商量，我看这样才比较靠谱，本来我还想让顾总看看这个，也许对他办案有什么帮助，但他既然不在，我就给你，你找时间跟他说一下吧。"小暖说。

季莘瑶点点头，目光认真地看着她邮箱里的那份稿子，越看越觉得有问题。

"安越泽现在被停职了？"她问。

"应该没有吧，但是唐总编就让小陈这样发出去，我也觉得有问题，我昨晚下班回家时，在路上遇见凌氏的一个小高管，以前我在他那边做过一个小新闻，互相算是认识了，我还向他打听，问他安总是不是停职了，他却是一脸不太清楚的表情，好像根本没有听说这事儿。"

小暖的表情很认真，眼里隐隐放着光。

季莘瑶想到当初小暖的那位未能走到一起的男朋友，当初事故发生的原因就是凌氏，怪不得这丫头对这件事这么上心。

莘瑶叹了叹，握住她的手，笑着说："小暖，以后与凌氏有关的事情，你一定要马上告诉我，千万不要因为心里记恨而自己做主，包括亲自去打听这些消息，你别贸然犯险，听到没有？"

直到小暖点头，季莘瑶才再度将目光放在手中的平板计算机上，看着那份邮件。

第八章　故人

顾宅——

顾老爷子在大厅里来来回回地踱着步，神色忧愁。

何婕珍不由笑他："爸，您这是怎么了？南希回来的这一会儿，就没见您坐下来过。"

顾老爷子一顿，若有若无地叹了口气："我去祠堂看看。"

"现在外面风大，您就别去了，南希这会儿应该快回来了，估计他也就是去祠堂那边看看，用不了多久就会回来了。"

"是啊，爸，您前两天就要把祠堂重修，但是动工之前南希就派了人过来拦住，我看当时那祠堂塌得也有些可疑，他要查你便让他查，别跟着操那份心了。"顾远衡走进来，摘下头顶的帽子，随手放在一旁。

顾老爷子不语，只是侧首问："修黎去哪了？"

顾远衡蹙眉："您不是想让他在 G 市这边的机关找份合适的工作？我看他这两天都在市区，跟不少机关的领导打好关系，饭局酒局不断，所以这次他就没跟我一起来，这会儿应该醉着，不知道在哪个酒店正睡觉呢。"

顾老爷子点点头，转头看看窗外，想了想，便叫顾远衡跟他去书房。

另一边，顾家祠堂。

由于两天前老爷子准备派工人过来重建祠堂，虽然被及时拦住，但有些在原本位置的碎裂的石块都已经被移开，附近的地面被清理得十分干净。

顾南希俯下身，捡起地上一块不大不小的碎石，在手中翻转。

跟在他身后的是顾家的几位临时工人还有与王妈年纪相仿的张叔，见顾南希观察着那些遗留的石块，却并不说话，张叔犹豫着走上前，低声说："那晚的风很诡异，天黑得特别早，一直在打雷闪电，但那晚却竟然没有下雨，我听王妈说，她看过天气预报，预报上有说过那几天夜里的风会很大，所以大家本来也没当回事，可就是那一晚，这祠堂忽然莫名其妙地就塌了……"

张叔恭敬的表情带着笑意，知道顾南希终于还是要来查个究竟了，最近几天顾老爷子举止怪异，不让大家伙靠近这里，只叫那些从外边叫来的工人来收拾，而现在，终于能很快就真相大白了，不然他们大家伙在这顾家里一边工作，都还一边害怕着，怕真像阿菊说的那样诡异。

张叔转身想要叫人把那边的一块大一些的断裂的石柱抬过来，便朝那边招着手，之后回身道："这是那些工人当时还没来得及搬清的石柱。"

顾南希正在观察手中那块断裂处较为平整的石块，听见张叔的话，手一停，他隐在夕阳落下细碎光影后的容颜没有波动，只眉毛微微挑起，半晌淡淡道："只有这些？"

"那边还有，不过都被叠着放起来了，在那边垒得高高的水泥麻袋子后边。"张叔指了指那边垒得高高的水泥麻袋："还有一些较大的碎石在那儿。"

"嗯。"顾南希随手又拿起旁边的一块较小的碎石，再往那边水泥袋的方向看了一眼，道："出事时只有莘瑶和爷爷两个人在场？"

明显他已知道当时在场的有第三人，也知道第三人是谁，却是如此反过来问张叔。

张叔点头："是，只有少夫人和老将军在，不过王妈当时说，她们赶过来的时候，修黎少爷刚刚把少夫人救出来，后来又救出了老爷子，应该是修黎少爷最先赶过来的，如果不是他营救及时，恐怕这后果也不堪设想啊！"

之后张叔去了另一边，顾南希却忽然没了再观察这些碎石的兴致，他起身，走到半倒塌的祠堂门口，看着脚下的残垣，忽然瞥了一眼墙根处堆起的两块平整的石头，走过去，微微一使力，将那两块石头移开，之前被石头遮住的钢筋这才露了出来。

祠堂虽是修建多年，但在五年前的一次维护之下，门前的这面墙曾是水泥与钢筋并用，就算是裂开一条缝隙，也根本不足以这么快倒塌，而这断裂口十分平整的钢筋……

顾南希立于风中，将目光移开，看着远处顾宅独树一帜的瀑布，春意渐暖，瀑布的水溅在长满青苔的圆石上四散开来。

他没有动，在张叔走过来之前，随手将那两块石头放回原位。

"怎么样了？看出是什么原因了没有？"张叔问。

顾南希拍了拍手上的尘土，却没有回身，淡看了一眼那边的水泥袋，并不打算再看到更多的正欲被销毁的证据。

直到顾南希离开祠堂，回到顾宅。

刚刚从书房出来，下了楼的顾老爷子看见他进门，便直接朝他走过来，笑呵呵地问："南希啊，怎么样了？"

顾南希好像没有听见老爷子这句话，只是勾了勾唇，在看见随之走下来的顾远衡时，淡淡道："爸最近在外面的麻烦看起来不小。"

顾远衡脸色一僵，随即重重地叹了口气："我这两年被你爷爷安排进了部队，但那边最近像中了邪似的，诸事不顺！一些陈芝麻烂谷子的事都被翻了出来，因为手下换了一批新兵，不太懂事，事情传得太快，不好压制。"

顾南希默然而立，半晌道："也许还真就是中了邪。"说时，他瞥了一眼若有所思的老爷子："最近的几件事确实都很邪门，您说是不是，爷爷？"

老爷子笑了笑，握在拐杖上的手微微收紧，说道："南希啊，这件事情你不要查了，反正爷爷也没受什么伤，莘瑶也没什么大碍了，祠堂是我常去的地方，我知道那墙前的石柱年久失修，就算是倒塌也是早晚的事，怪只怪爷爷前些年没注意这些，才害得莘瑶为了救我险些出事。"

顾南希轻轻笑了笑，状似不经意地说："爷爷，有些事情就像这生出裂纹的墙壁，纵容不得，否则只怕有更大的祸患。"

老爷子不再言语，只是沉默了一会儿，才看着他，叹了口气："我当然知道。"

这时顾老爷子忽然转身，让何婕珍上楼去他书房里帮忙取些东西，何婕珍自是听得出来老爷子想支开自己，只是顿了一下，便不动声色地转身上了楼。

直到何婕珍的身影在楼梯口那边消失，顾老爷子才回头看看顾远衡："远衡，既然最近部队那边事情多，你就暂时先避一避，无非就是一些风波，出不来什么太大的风浪，没几天也就消停了，你最近，找时间去美国走走。"

顾南希仿佛早有预料老爷子会做这个决定，脸色依旧波澜不惊。

倒是顾远衡神色一滞，眼中竟带了几分惊诧："美国？爸，您……"

不言而喻，顾远衡不像雨霏和顾南希，他们在美国有海外的顾氏集团，而顾远衡二十几年都没有去过美国，这忽然老爷子让他过去，那就只有一个可能。

顾老爷子淡淡地说："我之所以让小珍避开，才说这件事，是不想她难过。修黎回到顾家，小珍一句反对的话都没有说过，我不希望自己的儿媳妇因为你当年犯过的错而一次一次被你伤害，但是，修黎的母亲被送去美国二十几年，你始终没有去过，我曾经也确实不同意你过去看她，不过现在，你也确实应该去看看她。"

见顾远衡眼神中难得有了一丝动容，顾老爷子却又冷冷道："当年确实是我把她送去美国，让你再也见不到她，可我也是为了你好，为了顾家好，那个女人的身份一旦被有心人发现，后果不堪设想，你小子二十几年前办过的那几件让我操碎了心的好事，你自己心里明白！"

当着自己儿子的面被老爷子这般数落几句，顾远衡脸上有些挂不住，侧眸扫了顾南希一眼，让他先避开。

顾南希没什么表情，转身走至落地窗前，仰首看窗外那一线月色。

"爸，当年的事情都过去了。"

顾远衡拢眉，之后放低了声音道："证据该销毁的早已销毁，如果不是当时我一时意乱情迷招惹上修黎的母亲，恐怕这些事情更是早已被尘封在二十几年前了，这二十几年我自己都不曾提过这事，您老何苦忽然提起这些？"

"我提起？"顾老爷子满脸不悦地转开头，"哼！老头子我给你擦了这么多年的屁股！到最后还得继续替你操心，反过来你倒是质问我？让你去就去，就算过了二十年，你对那女人的感情已经淡了，但是这一次你必须过去，看看她的状况，在那里陪她一段时间，仔细观察她周围的人，看看有没有什么可疑的陌生人靠近她，还有……"

老爷子停了停，然后低声说："别让修黎知道。"

顾远衡不语，须臾道："我这突然一个人出国，小珍肯定知道我是去看谁，最近的事情她知道，我推说是去美国办公事恐怕反倒会让她起疑。"

老爷子亦是沉吟了片刻："无论怎样她都会想到，但找些适当的理由，总比明目张胆要好，毕竟，老头子我不想这个家因为你过去的那些破事而闹出什么风波！这老老少少的，绝不能撕破脸！"

顾远衡叹了叹，忽然转眼："南希啊，莘瑶的伤怎么样了？你们夫妻两个结婚后还没有一起出国转转吧？正好海外顾氏是你在美国那边的企业，你也好几年没回去看看了，你们陪我去美国走走？"

这样一来，以到美国探看海外顾氏近期业绩为由，顾远衡趁空到美国去看看海外顾氏的规模，倒也是个不错的理由。

顾南希抬起眼，转眸淡淡看向顾远衡："最近有几个重点项目，我下个星期才有空，莘瑶的伤虽然拆了线，但还留在医院静养观察，差不多也要一个星期，爸如果能等，不妨等一等。"

顾远衡点头："一个星期，可以，正好我那边还有些事情要交代，这个时间倒是恰好。"

顾老爷子却是看着顾南希那波澜不兴的表情，顿时怔了一怔，似是发现自己的孙子竟然在不知不觉中，已将他们隐瞒多年的事情了然于胸，却竟不动声色这么久。

"南希，莘瑶怀着身孕，虽说去美国要坐太久的飞机，但是她的身体状况还不错，换个环境走一走，在美国逛一逛，应该对身心都有益处。"顾老爷子说。

顾南希微笑，目光在老爷子和顾远衡中一转，再笑了笑："好。"

莘瑶正一边挂着消炎的点滴，一边靠在床头看着手中的杂志，忽然旁边走过来一道小小的身影。

她转头，只见小鱼手里捧着一袋果冻，正睁大着眼睛看着自己，走到她床边，抬起小脑看了她半天。

季莘瑶嘴角一抽，一脸坏阿姨似的表情瞪着她："小丫头，你干吗？"

结果小鱼居然踮起小脚，举起手里的果冻，把果冻放在她床上，用着脆脆的声音说："给你吃。"

季莘瑶嘴角再一次狠狠抽了抽，这丫头对自己的态度也太过九转十八弯了吧！

她不由得放下手中的杂志，也不当坏阿姨了，只是一脸奇怪地看看她，伸出没有打针的那只手去摸了摸她的小脸："小丫头，你这是想跟阿姨和好吗？"

结果小鱼也只是噘着小嘴，一脸不情愿地转开头走了，回到自己病床那边之前，回了两次头，看看季莘瑶床上的果冻，好像很舍不得一样，最后自己咬了一下手指，爬回床上钻进了被窝里。

呵，这小丫头！

现在季莘瑶就更是奇怪了，顾南希那天到底跟这丫头说了什么？

"小鱼呀，看太爷爷给你带了什么？"

这时病房的门被推开，单老手里拿着几个当下小孩子喜欢的模型娃娃走进来，笑眯眯地走到床边去逗自己的曾孙女。

小鱼从被窝里钻出来，开心地去接单老拿给她的娃娃，甜甜地说了声："谢谢太爷爷！"

单老笑笑，伸手去摸了摸她的头，直到小鱼自己坐在那里，把两个娃娃翻来覆去地摆弄，完全分不出其他心思来陪太爷爷聊天，单老才又笑着看了她一会儿，之后回身，看向季莘瑶。

季莘瑶礼貌地对单老笑笑，又点了一下头后，便欲拿起杂志继续翻看，结果没想到单老忽然起身向她这边走了过来。

"季小姐的伤还没有好？"他一脸官方客套似的问。

莘瑶笑："已经没事了，昨天刚拆了线，其实早就可以出院了，但是家里人不放心，怕我头上的伤会留有什么后遗症以后常会头疼什么的，就听医生的建议，让我留院多观察几天，不过再不用几天就可以出院了，谢谢单老关心。"

单老若有所思地看看她的脸，似是仍对她的身世存有几分怀疑。

季莘瑶当然知道他在想什么，自己确实和自己的母亲有不少相像的地方。

那一次单老和自己单独见面，他拿出的那张照片她没有直面确认，恐怕他是一直心存犹疑吧。

"季小姐真的很像一个人。"单老眯起眼，淡淡地说，不是疑问的口吻，而仿佛是确定的语气："连性格也有许多相像的地方。"

有吗？单晓欧懦弱到为爱自杀，就算是性格倔强在某些方面执着又十分坚韧，恐怕她季莘瑶跟自己的母亲这性格的差距还是很大的。

当然，她对自己母亲的印象只停留在四岁，刚刚记事而已，所以了解的也不是很多。

她没有否认，也没有说什么，只是打马虎眼似的一笑："我知道单老您又在说我和上次您拿出的照片上的人很像，恕我冒昧，我很好奇，她究竟与单老您是什么样的关系？怎么每每您看到我的时候，都会有或多或少地感慨？她对您很重要吗？"

单老被季莘瑶这一句话问住，站在病床边，就这样一直看着她。

季莘瑶隐隐挑眉，轻笑道："或者，是这个人手里的什么东西，让您觉得很重要？"

她这番话刚一说完，单老炯亮的眼中便迸射出几分凌厉："这么说，你果然认得她？"

"单老这样的语气这样的表情，又这么在意，我不过是趁着闲聊好奇地多问几句，多打了几个比方而已，何况，我就算是认识又能怎么样？不认识又能怎么样？

"只是我不明白,单老如果真心想找到这个人,何苦要等二十几年,您难道就没想过,二十几年也许可以改变太多的事情,或许您想找的这个人,早已经死了,也说不定呢?"

季莘瑶说这话时,眼里的笑意让人觉得是在开玩笑,可她偏偏说的就是一个事实。

单晓欧已经死了,你单和平现在来大献殷勤寻她的下落又有什么用,不管她和他是什么样的关系,都已经太迟了,所以,自己又何必说出这些事实,至于单老的地位与单萦那一方面的关系,她季莘瑶更不愿跟单家扯上任何牵系。

单老拧眉,始终也只是看着她,似是想在季莘瑶的表情里找出破绽,但她的笑容太恬静太坦然,让人根本看不出来她究竟存的什么样的心思。

见他眯起眼审视着自己,季莘瑶微微一抬眉:"单老?"

单老顿了一顿,一直盯着她的目光渐渐收回,却似是有几分犹疑:"季小姐,我听说你从小一直在Y市长大,无论季家对你是否宠爱有加,但毕竟你曾是Y市人。"

他又犹豫了一下,似乎不想和一个自己无法信任的姑娘说太多其中的秘密,但近几日却越加认定了她的身世,结合起他曾查过的她的一些过去,与各方面来看,这其中定是有什么被刻意隐瞒的地方。

季莘瑶不语,只是低下头来,随意地翻弄着手中的杂志,却已不再看里边的任何一个字。

这时,单老转身走到病房门边,打开门朝外看了看,之后回来,将病房的门关得严实,季莘瑶抬眸看着他这番举动,下意识地隐隐皱起眉。

小鱼正玩着手中的娃娃,时不时开心地叫着"太爷爷",但全部心思都在娃娃上,单老在门边停了一停,须臾走回来,凝神看着季莘瑶的脸和她镇定的神情,淡淡一笑:"季小姐这么气定神闲,倒还真是有几分我单家人的风范。"

他单刀直入,目光炯亮,单老与顾老爷子一样都是不怒自威的人,虽苍老,但站在病床边,却是挺得笔直,十分的有精神。

"季小姐曾谋事商务报道,恐怕在我回国之前,你就已经对我单家的一些情况了如指掌。"他说。

季莘瑶勾了勾唇:"您二十几年首度回国,一些数据当然需要国内的商务媒体熟知,以免交流时出现任何差错。"

"你知道我只有一个英年早逝的儿子?和现下单萦这唯一一个孙女?"

"知道。"

季莘瑶虽然知道,但却又犹豫了一下。

单老转过身,走到她床边不远处的窗边,面朝着窗子,望着窗外,沉默了片刻,才缓缓道:"我天性多疑,年轻的时候便处事格外谨慎小心,虽是条理不紊,但却也因为这些谨慎和多疑犯过人生最大的一次错误。"

"我的妻子给我生下过两个孩子,大儿子单宏章就是单萦的父亲,可惜他在单萦还很小的时候就病逝离开了。而另一个孩子……"他的语气停了停,才轻叹地

第八章 故人

223

说："是个女儿，只是我妻子在怀上这个女儿的时间，正是我出国公干的那个月，那时候我还没有弃政从商，还在部队，妻子和我们部队里的一位军官关系很好，被人发现他们有一天晚上在外共进晚餐，这个消息当时就传到了我这里，而我公干回去后，我妻子就怀孕了，医生所说的她怀孕的时间正好是我不在的这一个月。"

季莘瑶听着听着就皱起眉，看着单老那挺直的身影。

"我本就多疑，加上这事传得满城风雨，我回去后就大怒，明知道我妻子怀着身孕，却还是出手打了她，也许是那时候还是年轻，心态不同，遇事容易暴怒，一心痛恨这个胆敢背叛自己的女人，更无法接受与自己同床共枕那么多年的妻子就这样和别的男人有染，那时候她一句话都没有解释，只是在我打她的时候，一直含泪瞪着我。我当时太气了，直打到她下身出了血，才恢复了一些理智，见她虚弱地倒在那里，才忙将她送去医院，后来医生说，那孩子被我打没了，她很虚弱，更也不肯见我。我那时心里还有气，没办法冷静考虑，直接上报到了军区，签了离婚，从此不再管她死活。这是我曾经自以为自己这一生以来，最大的耻辱，不愿对任何人提及。"

"我对外也声称自己只有一个儿子，因为多年公事繁忙，更又没心思哄那些麻烦的女人，所以离婚后没有再婚，那件事情也被我尘封在过去，绝口不提。"

单老忽然长长地叹了一口气，似是瞬间就被抽空了全身所有的力气："二十五六年前，我因一些太过棘手又难缠的案子而身心俱疲，也正是赶在那一年，我儿子病逝，我辞官出了国，再不问政事，专心把单萦养大，从那时起，我的全部心思也都只在单萦这个宝贝孙女身上。"

"后来，大概是十年前，我在美国的一家华人医院遇见曾经的那位医生，毕竟我曾经是国家领导，海内外华人皆知，那医生一眼就认出了我，他告诉我，我妻子那年被送进医院时孩子还在，只是我妻子身体太虚弱，一直在医院休养，终于熬到八个月后生下一个女儿，但她却因为难产而死。"

"那个医生告诉我，因为那时候国内医学不发达，加上我妻子的身体状况特殊，所以导致误诊，她那时候是怀了两个月的身孕，不是一个月。"

说到这里，单老便抬起手，揉了揉眉心，疲惫地说："从那时起，我为自己的多疑而付出了代价，但是她拼死所生下的我们的女儿，我始终找不到行踪。"

"那位医生告诉我，我妻子在生下女儿的那一天，把她的一些好友叫了去，托给其中一个年轻女人照顾，我知道她的朋友，大都家世显赫，所以在得知真相后特地去查，可惜十年前才知道真相，已经太晚，那些人的行踪遍寻不到，大多数都去了国外。"

"而单家的势力在美国终究也没办法把手伸得太长，所以最开始的那几年，找寻女儿的这件事一直是我心头记挂着的最大的事，我想找到她，为自己曾经犯过的错赎罪，弥补给她母亲和她带来的伤害和阴影，但是那些人把她藏得太深，我也是在后来才知道她的名字叫单晓欧。"

"那时候已经是五六年前，晓欧的养母终于肯现身，我才知道这孩子的名字和出生后所经历的事。她的养母曾经也是国内的名门望族,举家迁至美国,把晓欧也一并带来,让晓欧从小就在美国接受西方教育,我听说,她学过油画,而且画得非常好,只可惜,我知道这一切的时候,晓欧的养母也已经找不到她的踪迹,他们在晓欧十六岁的时候家道中落,在最后一次回中国探亲的时候,晓欧和他们走失,之后再也找不到她。"

单老从怀中拿出那张陈旧的照片,上边是单晓欧十几岁时的样子,青春活泼,脸上带着笑。

"他们说,我这个女儿,从小就知道自己姓单,知道自己的身世和她母亲怀着自己时的遭遇,但是她从来没有开口说要来找过我这个父亲。我知道,这孩子恨我,不愿见我,也不愿认我,但我想补偿她,可是当我知道这一切的时候,一切都太晚了……"

"我以为这孩子这一辈子都不会见我一面,我心里始终存着这个疙瘩,如果此生无法见到这个女儿,不能为她做些什么,恐怕死都不会瞑目。"

"晓欧养母说过,晓欧的性格很倔强,很聪明,学什么都很快,骨子里透着男孩儿的勇敢和气度,被惹到的时候像一头刺猬。但性格里也存着许多善良的一面,温柔起来的时候让人很想疼到骨子里,但是她明知自己的身世,却几十年不肯见我这个父亲……"

单老忽然回头,看了一眼神色怔然的季莘瑶:"季小姐,你和她真的太像了。"

季莘瑶张了张嘴,却是一时间发不出声音,心底仿佛瞬间空出了一个大洞。

她一直都知道自己妈妈的身世也许不同寻常,知道自己的妈妈是个有故事的人,却从来没有想过是这样一个错综复杂的故事。

单老接着说:"因为你是季秋杭的女儿,我与季董也算是有几分老交情,他是小辈,对我算是恭敬,我曾找机会让她透露过关于你母亲的事情,他却是只字不提,包括他的妻子何漫妮,也是对你母亲的事情绝口不提,这毕竟是你们季家人自己的私事,我虽想探问,但也没有理由太强迫。"

"我这里只有几张晓欧的照片,这些照片我每天都会看上几眼,最开始的时候没有注意,还是前一次在顾宅,单萦的手腕被夹伤时,你站在我身边很近的位置,我才仔细看清你的五官,你和我女儿长得很像,也许最开始我也有些糊涂,想找季小姐你问清楚一些事情,但季小姐你的避而不谈让我很是愤怒,加上对单萦和南希的事情,于是我越来越不喜欢你。"

季莘瑶这才淡冷地一笑:"单老您过去在国内位高权重,我这种没身份没地位的小市民能被您看上几眼就该知足了,哪敢求您老的喜欢?"

听出她这话中的讽刺,单老先是皱了皱眉头,之后才走回到床边,看着她低垂着头那副若有所思的表情,便眯起眼,仿佛更加确定了她是谁。

"你是晓欧的女儿?"他问,不是疑问,而是肯定的语气。

如果不是肯定,他不会对她说这么多。

而此时季莘瑶如果不道出事实,一定要和单老对抗着来,就这样白白听了他

第八章 故人

深藏了四十几年的秘密，他还能放过她吗？

可偏偏，即便她此刻心里是一片惊涛骇浪，虽想过自己和单老可能会有些关系，却没想到会是这样亲近的关系，她的唇嗫动了几下，接着便紧抿着唇，并不言语。

她觉得自己忽然有些错乱，如果自己的母亲始终知道自己的身世，为什么落魄之时，甚至是季秋杭因嫌弃她身世不明不能带来好处而抛弃她时，没有亮出自己的身世？没有利用这个心肠狠辣的父亲的身份给自己一次谋得幸福的机会？

既然不是迫于生活压力，既然明明事情可有转机，为什么要自杀？又为什么要伪造那条假的水晶项链？她究竟要做什么……

"你现在不愿意说，我不逼你。"见她沉默不语，单老看了她一会儿，才淡淡道："我可以给你时间，只是季小姐……如果你真的是我的外孙女，我希望我们可以换一种方式换一种态度来相处，曾经我膝下只有一个单萦，她是我的心头肉，因为她是我单家唯一的血脉，但如果你是我的外孙女，我……"

"单老，不好意思，我前几天头部被砸伤，可能是真的留下了什么后遗症，现在头很疼，能不能麻烦您，帮我去叫医生？"季莘瑶脸色僵硬，语气平淡，依旧带着疏离和客气。

单老一愣，见她脸色确实有些发白，便直接转身出去叫了医生。

半个小时后——

顾南希赶到医院，一进病房就看见季莘瑶一个人坐在床上蜷缩成一团，头望着窗外，一动不动。

"莘瑶？"他走过去，伸手握住她的肩，眼中尽是关心，"我在分公司那边听报告，接到医生的电话才赶过来，你怎么样了？头还疼吗？用不用我再抱你去检查看看？"

季莘瑶双眼有些发直，直到感觉他温暖的手掌握住自己的胳膊，将她带入怀里，她没有躲开，也没有抗拒，更也没有平日里玩闹的心思，只是乖乖地靠在他怀里，沉默地将脸埋在他的胸口。

见她忽然乖顺得像只柔弱无助的小猫一样，顾南希一怔，低下头来看她，低笑着柔声问："怎么了？"

说着便抬起手正要覆上她的肩，手却是忽然在半空中僵住，低眸看着怀中安静得一点声音都没有发出的她，却是感觉到，胸口已湿了一片。

季莘瑶没有说话，也没有动，她没有想打扰到顾南希，但医生却竟然在她刚刚说是头疼而被检查过之后给他打了电话，她现在不知道自己应该说什么或者应该做什么。

但是当他靠近自己身边时，便下意识地只想靠在他怀里，只想躲在他的怀里，她想要安静……

"莘瑶。"顾南希的声音温柔而耐心，放下手，覆在她的肩上，将她用力抱住，似是在无形中给她力量，只是轻轻叫着她的名字，却没有说太多的话，他安静地抱着她，陪着她。

直到她哭了一会儿，发泄得差不多了，他才扶着她的肩让她坐起身，沉静的目光注视着她，温和地说："发生了什么？告诉我，别让我担心。"

季莘瑶低头不语，只是随手自己用手背迅速擦了擦眼泪，再接着要擦另一边的时候，顾南希拉下她的手，一只手掌将她的两手握住，另一手一边替她擦着眼泪，一边抚过她的脸，耐心地轻哄："好了，再哭下去你身体受不了，别忘了，你现在不是一个人。"

季莘瑶哽咽着不说话，如果不是他忽然来，她或许也只是一个人一直坐在这里发呆到明天天亮，可是他的温度将自己包围住，她竟然就一时情难自控掉了些眼泪，她吸了吸鼻子，扯开一丝笑来，摇了摇头："没事，只是一些事情堆积在心里，莫名其妙有些伤感。"

顾南希静静看着她，抬手穿过她的发间，捧在她耳后，并不说话，只是看着她。

季莘瑶知道瞒不过他，平日里她很少会哭，毕竟无论发生什么事，哭根本就解决不了任何问题，反而还会显得太懦弱，但此刻，心头积压的情绪太多，愤懑难平，于是只能靠眼泪来发泄。

但她又不想让他担心，犹豫了一下才说："真的，你别担心。"

这时顾南希转过头，直接看向对面床上的小鱼，小鱼之前玩那两个娃娃玩得腻了，在单老走了之后就一个人踩着凳子去看窗台上的小金鱼，直到顾南希过来之前的几分钟，才玩累了爬到病床上去。

"小鱼，知道阿姨发生什么事了吗？"他笑问。

季莘瑶一窘，敢情那小丫头在这病房里倒是成了他的一枚小小眼线呐。

小鱼立马坐起来，抱着被子眨着眼睛说："爸爸，刚刚太爷爷来给小鱼送娃娃，然后太爷爷一直和季阿姨说话，后来有医生叔叔叫季阿姨去检查的时候，太爷爷就走了，不过太爷爷没有欺负季阿姨哦！我虽然没有听他们说话，但是太爷爷说话的声音很轻的，没有欺负季阿姨！我也不知道她为什么哭！"

"单老来过？"顾南希面色一沉，清俊的眉宇间掺了几分严肃和认真，看着季莘瑶："他说了什么？"

季莘瑶低下头，捏着手中刚刚拽过来的纸巾，越捏越紧，须臾深呼吸一口气，觉得这种事情似乎没有必要隐瞒他，才说："南希，你了解自己的母亲吗？"

顾南希凝眸注视着她，温柔地笑笑："妈这人，无非就是一个善于装糊涂却大智若愚的聪明人，再怎样了解，好歹也是自己的母亲，虽母子连心却总会有些隔阂，有些方面，和一些想法，或许也是无法共通的。"

季莘瑶轻轻摇了摇头："你好歹还了解她，知道她是一个怎样的人，可我……我只能凭借四岁时那么一点点的可怜的记忆去回忆，隐约中记得一些模糊的片段，我不知道她的身世，不知道她的为人，在我的意识里，她只是一个模糊的回忆，却是必不可少的回忆，然而我对她的了解，竟然都只能在别人口中去听说，却无法知

道是真是假，曾经我就无法理解，而直到今天，我更想不通，既然她也可以那样优秀，甚至有足够的资本让自己超越何漫妮争夺她所想要的一切，却为什么一定要选择用那么血腥那么可怕的方式了结。"

"她究竟有多痛恨这个世界……"

见她眼神染着凄苦，顾南希的眼里似是心疼，温柔而体贴地按住她的后脑，将她轻轻按在怀里："上一辈人的事你我无法预知更也无法控制，只要你自己肯释怀，别太放在心里，不要跟自己过意不去就好。"

听他这话，他似乎不必她开口就已经猜到了她的遭遇，在她抬眼看向他时，他始终目光柔和，微笑着看着她。

看着他平和的满是体贴的表情，季莘瑶不由得疑惑地问："你是不是早就知道什么？"

他顿了顿，低眸看着她时，目光里流转着淡淡的光芒，她看不懂，看不透，但能感觉得到他是不希望自己误会什么，于是她更是疑惑地直接问："南希，你知道我和单老的关系？"

顾南希这人，总是太过理性平静，不动声色间却仿佛已经掌控了太多事与消息途径，而这样一个清透疏朗的男人，这样一个目光长远到令人咋舌的男人实在少之又少，她在惊讶之余也只能干瞪着他，直到他轻笑着抬手在她眉眼处轻轻一抚："看来单老是终于打算行动了。"

说着，他的手在她眉眼间温柔地划过，使她本来一直瞪着他的双眼不由得闭上，再又睁开时便终于不再瞪得那么圆。

他依旧只是轻笑："早在不久前我查那件二十几年前具有历史性意义的大案时，我同时将你母亲当年跳楼自尽的事情派人调出来研究了一下，那件事情当初在Y市被季秋杭买通了人来压住，除非是你这个女儿亲自叙述过这件事情，否则其他认识单晓欧的人根本不相信她已经死了，一切与她有关的死讯传闻都被说成是杜撰，只有少部分曾与季秋杭共事的人大概知道事情的始末，但因为其中的关系在那里，所以无人开口，但都各自心知肚明着。"

"很不巧的是，我查到了单晓欧当初在美国的养母，不过其人已经病逝，只能从一些亲朋友人口中知道单晓欧与单老的真正关系。"

说到这里，顾南希的模样依旧是淡然而优雅的，他的语气中没有一丝一毫为自己辩解的意思，他的语气平和，却偏偏让季莘瑶觉得极能驱策自己的思维。

而他素来的沉稳理性都能让她清醒地知道，他的隐瞒也不过是对她的另一种保护。

她犹豫了一下，才说："单老曾经找过我，就在我们那次举行婚礼的前一天……"

顾南希眉宇一动："怪不得。"

她没去分析他这三个字的意思，只是低声说："我那时候就猜测自己和他也许会有些什么关系，毕竟我和单萦是真的有两三分的相像，而我的母亲姓单，再加上他当初拿出一张照片给我看，我那时候心里没有底，很抗拒这种突如其来的猜测，可直到现在，似乎无论我怎样抗拒，有些事实就摆在眼前，我无论如何都逃避不了。"

想了想，她忽然伸手抓住他的手臂："南希，我最近在这医院里，医生很容易取得我的 DNA，你帮我看着，千万别让单老拿到我的 DNA，我还没考虑清楚自己究竟应该怎样做，如果他拿到我的 DNA，将这一切都坐实了的话，那我就算想和单家撇清关系都难了。"

说着，她更是急切地推着他："南希，你快帮我去看看，去看看有没有取走我的血样或是我的头发，我记得刚刚单老离开时有去找过给我检查的医生……"

见她这般着急，顾南希却是从容不迫地按住她："别急，事情没你想象的那么严重，就算你和单家扯上关系，你我都不会受到什么影响，爷爷和爸妈也不会因此而对你有任何异议，别怕，嗯？"

季莘瑶却是摇了摇头："不，我总感觉事情不会这么简单，我不确定单老说的那些话有几分是真几分是假，我不是怀疑我和他之间的血缘关系，我怀疑的只是他所阐述的那些事情，他对我妈妈究竟是怎样的态度，我妈妈明明可以找单家作靠山，却偏偏选择寻死，这一切肯定不像单老说的那么简单，我不想被蒙蔽，我不想被任何一个人牵着鼻子走，我更不想因为这些我无法预知的事情而牵连到顾家。"

季莘瑶说这话时的口吻，很是笃定而认真，顾南希搂在她肩上的手紧了紧，安抚地拍拍她，之后便似是要起身出去看看，却是同时，他的手机响起。

顾南希接了电话，脸色从开始的平和直到眉宇微蹙，须臾他放下电话，回头看了季莘瑶一眼。

"怎么了？"见他神情严肃，莘瑶心头更是咯噔地狂跳了一下。

"你的 DNA 已经被单老拿走了。"他的眸色明亮而平静，唇角带几分似笑非笑，"他的动作倒是比我们还快。"

季莘瑶面色沉了沉："看来他这一次真的是有备而来。"

忽然，她幽幽的口气顿住，那边的病房门被推开，单絷走进门时，目光朝季莘瑶这边看了过来，眼神不同寻常，似是带着浓浓的不可思议。

又见顾南希在这里，单絷也只是缓了缓表情，再又迟疑地看了季莘瑶几眼，才轻声问向顾南希："南希，年初的时候顾氏不是都该很忙吗？你这样放下工作在这里陪着莘瑶，她现在看起来已经没什么事了，总是让你这样陪着，未免也太小题大做了吧？"

单絷在顾南希面前说话时本是不怎么带着刺儿，今天却是直接带着刺儿过来的，眼神亦是有几分发凉。

季莘瑶其实也觉得顾南希这样过来又陪着自己实在不妥，正要开口，却是手上一暖，顾南希将她的双手合在掌中，轻轻握住，转过头道："我在分公司听报告，回顾氏前顺路过来看看莘瑶，当然不会耽误工作，就算我想多在这里陪陪她，她也不会同意的。"

他全然维护季莘瑶的态度让单絷神色一冷，须臾眼中露出几分伤痛，转过身去，

走到小鱼那边，不再看他们，却是随口扔下一句话："看来你们夫妻还真是鹣鲽情深，那我就祝你们夫妻百年好合！"

最后那四个字被她咬得极重，单萦同时俯下身去，把又无聊地拿起娃娃的小鱼抱了出去。

看着单萦傲然而倔强的背影，季莘瑶不确定她究竟是知道自己和单家之间的关系还是不知道。

"其实我们这样对她，是真的很残忍吧？"季莘瑶喃喃自语。

顾南希轻叹，握紧她的手："她从小一切都太优越太顺利，很少遇到挫折，我和她是绝对没有可能了，总有一天她会学着放下这一身的骄傲，平和地面对人生。"

"至少她还是爱你的。"季莘瑶看着他英俊的眉眼，"怎么办？家有温晴，外有单萦，我觉得自己的幸福都是在夹缝中生存，走在哪里都如履薄冰一样，总是要小心翼翼的，却又不甘愿放手。"

他笑，将她揽入怀里："那就不放手。"

之后他轻声说："她那不是爱，而是占有欲，爱一个人不该是这样，而是想尽办法让对方开心幸福，无论是波澜起伏还是温馨踏实，都想把最好的给对方，而非善妒与占有。"

莘瑶伸手环抱住他，隆起的小腹也紧紧贴着他，仿佛一家三口紧紧相偎，思绪不经大脑便脱口而问："那你爱我吗，南希？"

头顶传来一声低笑，她从他怀中抬起脸，仿佛才反应过来自己刚刚问了多傻的问题，顿时尴尬地想要推开他："我的意思是……"

不等她说完话，他便将她重新紧紧抱进怀里，在她发际亲吻，柔柔地说："你说呢？老婆？"

然后……

没有然后了……

不用他说出那太通俗的三个字，她便整个人都软化在他的怀里，笑弯了眉眼。

一个星期后——

由G市国际机场出发，直达美国纽约的飞机刚刚降落，季莘瑶从飞机走下来时面如土色，走出机舱后刚一接触到空气，以为自己会吐出来，但是还好，忍了又忍，因为怀孕而晕机加重的感觉终于被压了下去，吹一吹风后，精神了许多。

见她脸色难看成这样，顾南希便叹笑地说："飞机起飞之前还那么逞强，说孕吐症状已经好了很多，用不着做任何防晕机的措施，现在知道难受了？"

季莘瑶站在机场里，双手掐着腰，一脸土色地瞪他。

顾南希同时半环过她的肩，虽是对她这样逞强而吃了这一路的苦而无奈，却还是低缓温柔地说："爸的飞机估计要今天晚上才会到。"

说着，他便环着她走出机场，轻声说："先找一家酒店休息，免得你这个准妈妈说我虐待妇女和未出世的儿童。"

妇女……

季莘瑶眼皮狠狠一抽："我明明还是人见人爱闭月羞花的美少女，别看我现在大着肚子，信不信我往这纽约街头一站，照样有金发碧眼的小伙子来跟我搭讪？"

顾南希眼角微微抖动，也不答腔，直接搂着她的肩，没给任何金发碧眼的小伙子过来跟她搭讪的机会，就把她直接带进了机场附近的一座酒店。

由于顾远衡临时出国，在登机前又有些急事要处理，所以改签了下一班飞机，而顾远衡的飞机大概要几个小时后天黑下来才会到。

顾南希的美式英语发音很纯熟，季莘瑶虽然英文不错，但是对美式英语的发音不太习惯，在美国这地方说出的英文估计也只能是传说中的"中式发音"被人不以为意，再一看，在美国哈佛毕业又在这边创业几年的顾总果然不一般。

且顾南希此次着装休闲简单，没有穿西服，整个人卓然优雅的气质刚一踏进酒店就吸引了各国旅客的注意，而他却只是半环着因为晕机而面如土色的莘瑶，一路走进了电梯。

两天后——

在纽约大概地走了走，之后他们便直接赶去了波士顿。

但是因为顾远衡这次以出国公干为由，有一些公事要紧急处理，所以不能马上去看修黎的母亲，而莘瑶挺着怀孕四个多月的大肚子，顾南希本是让她在酒店多休息，无聊时在附近的公园走一走，等到顾远衡的公事忙完后再去波士顿远郊的疗养所。

这时季莘瑶才知道，原来修黎的母亲虽然在美国，但是并不在波士顿，而是在与波士顿相邻的那个城市远郊的农庄附近。

季莘瑶虽然挺着个大肚子也懒得走动，但是对她来说，好不容易出国一次，这里就是顾南希曾经生活过的地方，她对这个城市有着太多的好奇和想要探索的东西，于是根本就坐不住，而顾南希并不是很忙，他最近只是抽空直接去了顾氏总部查看公司的近况。

莘瑶上午醒来后，就去了酒店附近的公园散步，这几个月她深切感受到了衣来伸手饭来张口每天只管吃吃睡睡的猪一样的生活，虽然她的性子里是不甘于在事业上被人落在后边的那一种，但是前几年为了生计奔波为了赚点工资养活自己和修黎，她在精疲力竭的时候也曾幻想过这种日子，但是真的过上了这种日子，虽然幸福而满足，但还是打算等这孩子出生后，她就继续工作。

在公园散了一个小时的步之后，看天气还不错，她便索性坐车去逛街，在快到中午时，想到顾南希这时候在海外顾氏总部那边也不知道在做什么，怕他又因为工作而不准时吃饭再饿坏了胃，就直接买了一些午餐，用着她的"中式英语"向街边的行人问寻去往海外顾氏总部的路，有人告诉她乘地铁就直接可以到达那个地方，她称谢后便拎着午餐去了地铁站。

海外顾氏总部离市中心不远，但是在偏南一些的地方，季莘瑶对海外顾氏了

第八章 故人

231

解的并不多，仅知道是已跨进世界五百强的美国上市华人企业之一，比国内的顾氏还要厉害。

虽然她是商务报道部的，但向来从事的都是国内的新闻。她对国外的这些华人企业没有研究过，所以当她走到海外顾氏总部，看见眼前足足80多层高的顾氏大厦时，还在想着海外顾氏在哪一层楼，而当她走进大厅，问过工作人员，才知道这整座大厦竟然都是海外顾氏的所有物。

顾南希在商界的声望不容小觑，年纪轻轻时便已令人刮目相看，但季莘瑶万万没想到他自己创建的海外顾氏的规模已宏大到如此地步，总部大楼设在波士顿，可在国内的大中小型的投资企业也数不胜数，这就是顾南希十八岁那一年一手建立的海外顾氏机构？经过十一年的时间，成绩果然不菲。

因为季莘瑶自我介绍时所说的身份特殊而又容易让人起疑，再又怀着身孕，大厅里的工作人员虽然不认识她，但还是客气地让她在休息室等待，大概等到了下午一点，仍不见顾南希出来，季莘瑶怀疑是那个工作人员敷衍自己，把自己当成什么闲杂人等放在这里就给遗忘了，便走出休息室寻问，问寻无果后，她叹了口气，不知道顾南希现在是否在忙，这时候打他电话的话如果打扰到他就不好了，便干脆给他发了一条短信，告诉他，自己来给他送午餐来了。

之后莘瑶回休息室耐心等待，站在窗外看着外边的车水马龙，想着自己站在这座真正属于顾南希自己的王国里，只觉得自己，似乎终于完完全全走进了他的世界。

属于，顾南希的世界。

这一次，没用她等太久，短信发出去不到三分钟，一楼大厅的工作人员便推门进来，一脸客气地说顾总正在和林副总开会，然后一路引着她进入电梯，告诉她："顾总在65楼。"

莘瑶谢过之后，直到电梯到达65层，便直接又在那工作人员周到的引路下找到会议室。

在会议门前时，她停了停，轻声问："他们正在开的会很重要吧？我就这样进去会不会不太好？"

那工作人员礼貌地笑着说："季小姐，顾总刚刚叫林副总的秘书传话下来说，您是他的太太，您如果有事可以直接上来找他，不用避讳什么。"

怪不得，原来顾南希直接叫人对她们说明了原因，她说怎么刚刚一楼大厅里的那几个工作人员从最开始的冷淡，一个个都变得满脸周到殷勤。

她叹笑了一下，伸手轻轻推开眼前并未紧闭的小型会议室的门。

说是小型会议室，但是这间会议室已经堪比国内各大公司的大型会议室的规模，宽敞明亮，四周摆着几盆植物，墙中间是高清的大屏幕，四周摆放着各种与会议有关的小型仪器，奢华中透着严肃整洁和低调。

而顾南希上着浅灰色衬衫，下着蓝色牛仔裤，休闲而又不会与这种场合太冲突的着装在十几人存在的会议室中仍然引人瞩目。

正有人拿着几分报告解说，顾南希静坐在会议桌前端，面色沉静淡然，似是在一直听报告，在会议室门开的刹那，他缓缓抬起头，朝门前看了一眼，在季莘瑶有些尴尬地拎着一份不知从哪里买来的午餐站在那里不知该不该进来时，轻笑了一下，放下手中刚刚把玩着的钢笔，直接走过去，接过她手中的午餐。

"顾太太辛苦了，婚后好不容易抽空出国度假一次，还要劳烦你特意跑来给我送午餐。"

顾南希的声音夹带着几分自在的笑，在国内的他与身在波士顿的他不同，似是抛却太多的束缚，言语间也失了在国内的公司工作时的那种官方与严肃，他说着，便直接揽过她的肩，对在座的那几位下属介绍道："这位是季莘瑶，我的太太。"

"半年多前就听说顾总您结婚了，那时候雨霏还说打算回国去看看新嫂子，没想到是真的。"坐在会议桌另一边的一个看起来三十出头的长相还算端正英俊的男人顿时就笑道："怪不得顾总您现在春风满面的，看太太这肚子的大小，该是快生了吧？"

季莘瑶嘴角一抽，她能说自己的肚子现在越来越大，比起别人四五个月的肚子要大出好多，连她自己都怀疑自己怀的是两个么……怪只怪她怕B超对孩子辐射严重，所以一直没有去好好做过B超。

"还不到五个月。"她笑着开口解释。

"呀，那该不会是怀的双胞胎吧？顾总，可喜可贺呀！到时候别忘了给咱们员工发红包！"那男人又继续调侃。

顾南希笑笑，拍了拍莘瑶的肩："这位是在雨霏回国后暂替雨霏管理公司的林副总。"

莘瑶点点头，与那位林副总笑着打了招呼，又与会议室内其他面带笑容的众位笑了笑，之后顾南希示意大家先暂时休息，之后便带着莘瑶去了第30层的办公室。

"怎么突然跑来公司找我了？"在进了电梯后他轻声问。

"我在酒店实在太无聊，出来走走，又去逛了一会儿街，看已经是中午了，就想顺便来顾氏看看，哪知道赶上你这个大忙人又在开会。"

季莘瑶半是埋怨又半是不以为然的语气让顾南希为之一笑："这么大的肚子，我让你在酒店休息是不想你走路久了太累。"

这时电梯门开了，他直接牵过她的手，在一众工作人员面前温柔地拉着她穿过宽敞亮堂的走廊，一路走过来，偶尔经过的工作人员都一脸诧异又艳羡地看着季莘瑶，特别是当看见那些女工作人员的眼神望着顾南希，仿佛在眼里能直接迸射出夸张的红心时，她不免一笑，小声说："这里可是你自己的公司总部，我刚刚在楼下还听见几个女工作人员在说呢，说她们这两年刚刚进顾氏，从来都没有见过老总的真面目，这两天一见，简直一个个都把你当成偶像来崇拜了，她们还说你行事谨慎而冷漠，害得她们一个个芳心碎了一地，这会儿你这么明目张胆地牵着我在这里走，不怕你本来树立的威严的形象就这么毁了呀？"

顾南希却是不以为然，径自将她带进办公室，亲自去给她倒了一杯热水过来，

放在她面前的茶几上："我知道你在酒店会无聊，爸那边估计还要两三天才能忙完，我趁空回公司这边看看，听听报告和业绩，虽然这些年雨霏都跟我报告过，但是这么久没有回来，让他们将更全面的东西拿来给我看看，也是好的。今天你再忍忍，明天我就陪你四处走走，嗯？"

季莘瑶一笑："我又不是小孩子，不用你陪，其实我就是好奇你曾经一手创建起来的海外顾氏是什么样的，今天过来看看，倒还真是叫人咋舌。"

她忽然又想到顾雨霏，这么大的公司，这几年都交给雨霏来经管，一方面是顾南希对这个妹妹的信任和培养，另一方面，雨霏的精明干练与她的处事原则，在商场上恐怕也是个精英，只可惜也是一个在感情路上容易迷失的人。

"这不仅仅是我一手创建起来的海外顾氏。"顾南希微笑，"这是我们的海外顾氏。"

季莘瑶为之动容："我们的？"

"夫妻共同财产。"他笑笑，手抚过她的脸，"我今天大概要忙到天黑才能回去，你放心，你送来的午餐我马上就吃，晚上也会早些赶回去，你现在肚子这么大，自己一个人走得太远我会担心，等我明天陪你出去转转，现在早点回酒店休息，听话，嗯？"

莘瑶点点头，也不想在他忙的时候给他添麻烦："那你一定要把午餐吃掉，千万别饿着，别忘记你的胃。"

见他含笑点头，她才起身，在他搂住自己俯首来吻自己时，回吻了他一下，然后笑眯眯地走了。

翌日。

顾南希说到做到，趁着这边天气不错，带着莘瑶在波士顿市内四处走了走，莘瑶先去参观了传说中的哈佛大学校区，又去看了同样著名的麻省理工学院，去了博物馆看各种稀奇的科研物品。

之后顾南希带着她在波士顿许多著名的风景区走了走，吃了许多可口的美食，这确实应该算是两人结婚后第一次出国旅行，虽然是以陪顾远衡出国公干的理由，更又以来探望修黎妈妈的原因。

但是这种难得的机会却是让季莘瑶在心里已得到足够的满足，一整天都合不拢嘴，时不时抚着自己的肚子说，以后一定要带宝宝再来这边逛一逛。

莘瑶开心而满足地和顾南希一同回到酒店，虽然玩了一整天很开心，但身体也有些累，她一个人在浴缸里泡了很久的澡，在终于觉得浑身都轻松舒畅了之后，才懒懒地从浴缸里爬出来。

顾南希没有在房间里，这家酒店是波士顿数一数二的高档酒店之一，但这酒店的投资人似乎与顾南希算是朋友，知道他入住酒店，便特意从华盛顿赶过来见一见。

莘瑶洗过澡出来后，穿着浴袍站在门前宽大的穿衣镜前，看着镜子里那个身材仍然一如当初，只是稍微丰润了一点点，但肚子却是圆滚滚的自己，想到最近几天奔波劳顿，顾南希似乎对自己提不起"性"趣啊……

是不是她现在这么大的肚子太丑了？

不然前一次在医院里他还忍得那么难受，后来居然淡定得好像什么都没发生一样。

最近几天他忙完回来时，她都已经入睡，他也淡定地没有吵醒她，只是这也太淡定了，季莘瑶因为现在肚子越来越大，于是开始不自信了。

难不成她家老公开始嫌弃她了……

大个肚子就嫌弃，那再过几年以后那还得了啊？

于是季莘瑶趁着顾南希没有回来之前，开始翻箱倒柜，四处搜寻着她这两天逛街时买来的战利品和来时带来的两件睡衣。

她这两天逛街买了一件风格很独特，淡金色的蚕丝睡衣，只是这衣服没有她带来的那两件衣服保守，露得有点多，不过这件衣服很宽大，就算她现在大着肚子，只要一穿上它，也会很漂亮，而且又宽松又性感，穿在身上还是冰冰凉凉的很舒服。

一个小时后，季莘瑶向酒店的客房服务要来了两瓶红酒，她虽然怀着孕，但是红酒多多少少还是可以喝一些的，女人喝红酒对身体好，所以不需要担心这酒精的浓度。再又向客房服务借来了一块半透明的红色绸布。

那位给她送东西过来的客房服务看着季莘瑶拿着那块绸布对着房间里的那盏壁灯比画着，忍不住轻问："季小姐，您这是要做什么啊？"

"睡觉啊！"季莘瑶挑眉，向着那丈二和尚摸不着头脑的客房服务一笑，"没事，你别管我，我就是拿这块绸子玩玩，你去忙吧。"

那客房服务点点头，临走之前又迟疑地叮嘱了一句："季小姐要是有什么事就叫我。"

客房服务明显是觉得她的举动有点不太自然，以为她是想做什么坏事。

季莘瑶不想解释太多，也不想说太多，随口应了一声，等到那人走了，便将手中的红绸遮在那盏壁灯上，瞬间，屋内本是昏黄淡雅的灯光被染成了暗红色，仿佛暧昧着流动着某种气息，季莘瑶换上那件比较暴露的睡衣，在房间里继续照着镜子。

她在想，要怎么勾引男人……

似乎这么久以来，她从来没有真正地主动过，她忽然这样主动一次，也不知道顾南希会怎么样……

就在季莘瑶一脸狡猾地在犹豫要不要再弄点其他东西搞点气氛时，她又翻了翻，在自己包里没有翻到香水，自己从来都不喷香水，如果忽然向别人借一瓶香水来喷，会不会太奇怪？而且她现在怀着身孕……

算了，还是不冒险的好。

这时有人敲门，季莘瑶忙转身扑到床上，侧过身躺下，单手撑在耳旁，一脸期待地看着房门的方向。

结果外面的人敲了半天的门，似是没有要贸然进来的意思，季莘瑶怔了怔，想着难道不是顾南希回来了？

她犹豫着披件外套，起身去开门，打开门，见是刚刚那个离开的客房服务，门刚一打开，那人便探头探脑地又朝房间里大致看了看，眼里仿佛有所怀疑，似是以为季莘瑶鬼鬼祟祟的要做什么坏事，见四周没什么奇怪的情况，只有灯的颜色变成了红色，才松了一口气。

"季小姐，不好意思打扰了，这是咱们酒店晚上赠送给您和顾先生的水果。"那客房服务将手中的水果盘递给她："咱们酒店是华人所建，所以只有华人才有这个待遇哦，明天早上还有中国式的早餐赠送。"

"谢谢……"季莘瑶嘴角抽了抽，她怎么可能看不出来这个客房服务是以为自己要做什么威胁酒店的事。

估计近几年某某国外酒店被炸，被烧，各种新闻把这些酒店的客房服务都训练得危机意识这么强。

季莘瑶接过果盘，那客房服务才又用一脸探索似的表情看了一眼她身后的房间，之后放心地转身走了。

直到那人走了，季莘瑶才站在原地，撇了撇嘴，低头看着手里的果盘，转身关上门。

据说怀孕时候的女人嘴很馋，此话果然不假，本来季莘瑶还不想吃，但看着眼前的各种切好的水果，就直接一口接着一口吃了大半，等到觉得撑着了时，才在万分鄙视自己的心情下脱下外套，爬到了床上。

这样大概等了半个小时，顾南希还没有回来，季莘瑶刚刚吃水果撑得难受，又想起晚上吃了不少东西，对刚刚吃太多水果的事感到后悔，翻来覆去了一会儿，便腾地起身，拿起那件长外套穿上，迅速出了房间。

那位客房服务在走廊尽头的服务台里，季莘瑶快步走过去："请问一下，有消食片吗？"

那客房服务愣了一下，看了一眼季莘瑶，见她一脸撑得难受的表情，顿时眼里悄悄闪过一丝赤裸裸的鄙视，然后用着一脸友好可亲的表情说："有的，等下我找给你。"

说着，那客房服务便低下头开始翻抽屉，只不过动作放得很慢，似是有心让季莘瑶多难受一会儿的样子。

季莘瑶站在这里微笑着看着这位看起来也就二十岁出头的客房服务，这两天顾南希每次回房间前经过这里，这小丫头都会一脸娇羞地看看自己老公，然后这丫头每每看见自己在顾南希身边与他相挽而归时，便低下头去假装忙碌。

现在这小女孩儿的心思……

她在心里叹笑了一下，却是没有说什么，以顾南希的品貌，见过他一次就偷偷暗恋他的女人恐怕是真的不少，何况是这种二十出头年纪的小姑娘呢，她如果一个一个都去管，也不现实，暗恋嘛，她老公管得住自己的眼睛，但是管不住别的女人的眼睛嘛。

过一会儿,那客房服务才把消食片递来给她:"季小姐,你的消食片,吃一片就可以,你是孕妇,这种药吃一片对你没影响,但是吃太多就不好了。"

"谢谢。"季莘瑶弯唇,接过药,转身正要回房。

"季小姐,你的房间在那边……"客房服务唤了她一声,在季莘瑶转身来时,招起手,指了指另一边的那条走廊。

汗,这家酒店太大,她这几天每次出出进进都把这两条走廊的方向弄反,因为这走廊的两边尽头都是电梯,她常忘记自己原本是在哪个电梯上来,哪个电梯下去,于是看见两边一样的走廊,就真的变成左右不分了。

她不好意思地朝客房服务笑了笑,朝另一边走过去。

回到房间,吃了一片消食片,过了近二十分钟,撑得满满的胃终于舒服多了,她这样一直在房间里傻等着,等着等着也就困得睁不开眼睛,爬上床没一会儿就觉得脑袋里的瞌睡虫全跑了出来,原本只是想躺一躺,结果不知什么时候竟然睡着了。

也不知睡了多久,因为房间的窗是开着的,窗帘被风吹起,拂过一阵微凉的风,季莘瑶陡然就醒了,一睁开眼睛就本能地看了一眼时间。

晚上10点半。

靠,顾南希是被这酒店的投资人拐跑了吗?不知道她这个当老婆的难得有一天这么兴起,他居然到现在还没放自己老公回来!

她环视了一下四周,伸手搓了搓被风吹凉的腿,起身下床伸手便去关窗。

没一会儿她走出房间,正好看见那个客房服务在拿着一些洗漱用具要去另一个房间。

"季小姐。"客房服务朝她打了个招呼。

季莘瑶刚刚在开门之前,看见门边的衣架上有顾南希的外套,便随口问:"请问,顾先生刚刚是不是回来过?我睡着了,没听到声音,但我看见他本来穿走的外衣挂在这里……"

"哦,顾先生半个多小时前就回来了,不过手里拿着一些文件,似乎是有公事,他见季小姐您睡了,不想在房间里吵醒您,就直接叫我们帮他另外开一间房。"

果然回来过!

难道他进房的时候就没注意到她身上的睡衣很特别么……

是真的大着肚子,于是魅力大减了啊……

季莘瑶暗恻恻地鄙视了顾南希的眼神一番,接着笑眯眯地问:"他现在在哪间?"

"那间。"那客房服务虽然在言行上有些小姑娘儿漫天醋味儿的表现,但还是公事公办,在季莘瑶问到了的情况下,只好拿出一张房卡给她:"这是那间房的房卡。"

季莘瑶再次连连道谢,那客房服务撇了撇嘴,一脸羡慕嫉妒恨地说:"季小姐,顾先生对你可真好,见你睡着了,都不舍得吵醒你。"

第八章 故人

237

季莘瑶脸上忍不住红了一下，对那客房服务笑了笑，直到对方走了，她才抬腿向顾南希现在所在的房间走去。

因为两人此次来美国在另一层意义上来说算是度假，虽然这间套房很简单又很奢华，但是两人没住那种有书房有各种分部措施的总统套房，估计顾南希也是觉得这样办公不方便，才同时额外开了一间房，另一方面，也是确实不想吵到她吧。

划卡打开房门，见房间里边的灯是开着的，亮如白昼，但是顾南希没在主卧里，她悄悄踩着步子，走向书房，书房的门是开着的，季莘瑶小心走过去，伸着脑袋偷偷往里瞄了几眼，只见书房的桌上正摆着一部手提电脑，顾南希修长的手指正在计算机键盘上啪啪地飞速敲击。

他手边摆着几个档案，似是在输入这些东西要发回国内。

季莘瑶便站在门前，看着他工作的样子，不知不觉地便看得入了迷。

是谁说过认真专注某项工作时的男人最迷人，这话果然不假，这样好的顾南希，又是这样专注忙碌的神态，如果自己不是他的妻子，也只是偶然在哪里遇见这样的他，恐怕这小心脏也会忍不住狂跳，会开始偷偷暗恋吧。

即便没有抬头，顾南希似也知道是谁躲在门边，头也不抬淡淡道："站在那里发什么呆？睡醒了？"

季莘瑶不由得抬手将颊边的头发撩至耳后，从门后走出来，见他似是快忙完了，手中的数据也已经翻到了最后两页，便想了想，才甜笑着叫了他一声："南希。"

然后她的小手便抬起来扯了扯睡衣的领口，身上的外套也"不小心"地掉到了地上。

她这声音太甜，尾音更拖得别样的长，顾南希在键盘上跳跃的手指当即便一僵，转头望向她，目光停顿在她身上的淡金色睡裙上，久久地凝视，一动不动。

只看着有什么用？怎么还没反映？

季莘瑶暗恻恻地想着，会不会露得太少了点？于是想了想，便轻轻扯了扯胸前的衣料，又悄悄将手伸下去，把睡裙的裙摆向上提了提。

顾南希的目光便顺着她的裙摆，从她白皙修长的小腿上缓缓上移，看向她上边露出的更多的诱人春色。

怎么还是只看着，都没有行动的？真的是魅力大减？人家是七年之痒，该不会，在夫妻的某一方面，还有七个月之痒？

见他只是注视着自己，却完全没有反应，从他的目光里也看不出来什么被勾引到似的某种情绪，只是一直看着她。

季莘瑶一狠心，把裙子双手向上一提，一脸娇羞地看着他："南希你累不累？"

她似乎隐约看见自己老公那好看的嘴角很是"优雅"地狠狠抽搐了一下，接着他以手抚额，随् 将书桌上的档案和卷宗合上，却是不再看她。

季莘瑶站在原地，见他一点都没上钩，不禁怀疑他是憋得太久了直接性冷淡了却不好意思说……

就在她终于还是放弃地松开手，放下裙摆的时候，顾南希随口问："穿得这么少，不冷吗？"

季莘瑶没答，只是低低地说了声："不冷，你忙吧……"便一脸惆怅地俯下身便要捡起外套穿上，然后自己回房睡觉去，以后她再也不干这么丢人的事儿了！

再想想房间里被她故意弄成红色的灯光，他刚刚回来时难道就没发现？没发现她竟然这么性感……

见她一脸怅然的表情，顾南希依旧淡定，只是嘴角忍不住扯了扯，低笑着说："这睡衣是什么时候买的？"

你老婆在这里跟你玩春色满园，你居然跟我讨论冷不冷，讨论睡衣是什么时候买的！

季莘瑶气呼呼地瞪了他一眼，拾起外套就站起身，万分鄙视这厮的不解风情，她做到这一步她容易吗，他居然都没反应！太伤她自尊了！

想着，她便迈开步子转身便走。

让她更气愤的是，顾南希居然直到她走了似乎都没反应，她的自信心瞬间变成负数，气呼呼地回到房间里，一把拽下灯上的那块儿红绸子，转身就要拿出去还给客房服务。

结果她刚要出门，便只见顾南希双臂环胸地倚在门外，正似笑非笑地盯着自己。

还看！看你妹！

季莘瑶在心里低咒着，又在心里悄悄地对他翻了个白眼，不打算理他，转身就要把红绸还给人家去。

"你确定这块东西只是用来变化灯光颜色，而不是打算勒死我的么？"他低笑着伸手拦住她，指了指她手里的那块绸子。

莘瑶眼皮一抽："什么变化灯光颜色，我就是拿来玩的！你忙你的去，我把东西还给人家！"

说着她就要挣开。

结果顾南希反手扣住她的腰，猛地将她往怀里一带，俯首笑看着她："想做什么直接说不就好了？嗯？怎么费心使这么多乱七八糟的招数？你这都是在哪儿学来的？"

季莘瑶顿时脸上烧起一片红云，尴尬地在他怀里挣扎："什么我想做什么！我没……"

"意思是，你还真打算勒死我？谋杀亲夫啊？"他低低地笑，说罢，也不等她这个两边脸都红成了一大片的女人再说什么，只是痞痞地笑了一下，在季莘瑶才发现原来他骨子里竟然也有这么无赖的成分时，他二话不说，直接一把将她拦腰抱起，抱着她的身子便走进两人身后的房间。

"你干吗？你不是还没忙完么？"季莘瑶刚刚的期待这会儿都被他的不解风情给冻住了，这一会儿完全没有要再勾引他的意思，只是拉长着脸瞪着他。

"你说呢？"他挑眉一笑，将她抱进去，又用脚带上门，之后直接一路将她抱到床边。

第八章 故人

季莘瑶一看他这表情,这才明白自己是被他给耍了,她这平生第一次勾引男人,本来就紧张得要死,怕出什么丑,根本没注意他刚刚表情的不同寻常,这会儿反应过来,顿时气不打一处来,张口便要骂他,却是瞬间,唇被他重重地覆住。

她不甘心地伸手去推他,却是整个人同时被压进床里,双手被他同时牢牢缚住,完全没法反抗,她唔唔出声,张口去咬他,他却趁势将灵活的舌长驱直入,而他的吻也比每一次都狂热,在她忍不住轻哼了一声时,他胸腔似是发来低低的却又很是开心的低笑,转而在她的脸上又吻了吻,侧首在她耳边低哑地说:"老婆,这个生日礼物,我很喜欢……"

生日?

难不成今天是南希的生日?

她愣愣地看着他,她一直都没太关注这些,这才发现自己不像个女人,居然连自己老公的生日都不知道,她隐约记得以前似乎在哪里看见过他的档案,有看到过他的生日,却竟然没有记下……

反之,顾南希对她的了解却比她自己预想的还要多……

她心头一动,伸手主动环抱上他的脖颈,紧紧缠绕着,因为心中有愧疚,自己只是偶然想这么做,却好巧不巧地选在他生日这一天,她了一眼时间,已经晚上11点半了,心里就更加愧疚得要死,在他吻上自己额头的同时,主动仰起头,吻上他微动的喉结……

天亮后,莘瑶睡了许久,因为睡得太沉,不知道顾南希是什么时候离开的。

只是当她醒来收拾了之后走出房间,才接到顾南希打来的电话。

"喂?南希?"

"爸已经到了,我们已经联络到疗养院那边的工作人员,今天晚上就会过去探望,你如果想继续睡,就在房间里休息,等我们明天回来。"他在电话里温柔地说。

"我不累,我想和你们一起去看看修黎的妈妈。"她语气坚决。

电话彼端的人的呼吸似乎顿了顿,须臾轻笑:"好吧,我在外边,出发前我回去接你。"

"嗯。"

直到挂断了电话,季莘瑶才走回房间,从自己的行李里拿出那条白水晶项链,认真地在手里翻看着,然后紧攥在手心。

就在这时,手机又一次响了,她以为是顾南希提前过来接她,拿出手机一看,却见来电显示的是季修黎三个字。

她接起电话,为免修黎觉得她这边有任何不妥,便不等他开口就直接笑着说:"修黎?你小子消失了这么多天,终于肯给我打电话了?"

那边修黎似是沉默了片刻,才低问:"你去了美国?"

莘瑶一愣,因为他这毫不拐弯抹角的直接相问而一时间不知道要怎么回答才最好,只犹豫了一下才道:"嗯,爸出国公干,南希正好回顾氏开几场董事会,我就顺便跟着一起过来了。"

"哦？见到什么特别的人了吗？"他问。

"特别的人？"莘瑶装傻，呵呵一笑，"什么特别的人？这边的人还不都是黄头发碧眼珠，能有多特别啊？而且这边华人很多，在语言上也没有多少不方便，你不用担心我啦。"

说到这里，季莘瑶直接笑着扯开话题："修黎，你最近一直在跟机关的一些领导打交道是不是？听爷爷说，南希和爸给你安排的工作似乎不错，是哪个机关主要部门的副科长？因为刚刚起步，不能直接在上头，但是不出一年，就可以直接爬上去，是不是？"

修黎淡淡地应了一声："嗯，暂时是这样。"

"那就好，你肯在G市这边稳定下来，我也就放心了。"

她又想了想，觉得有些话还是应该说，便轻声道："修黎，上一辈的事情我们该放下就放下吧，活在当下，别委屈自己，也别将自己逼到任何无人可帮助的绝境，好不好？"

那边安静了许久，才传来季修黎淡淡的带着几分嘲冷的声音："季莘瑶，你始终不懂我。"

她默然……

是啊，曾经她以为自己很懂这个相依为命的弟弟，可现在，她发现她是真的不懂。

"我们打一个比方，将心比心，你所说的上一辈的事情，是否真的能说放下就放下。如果，我是说如果，逼死你母亲或者逼疯你母亲的罪魁祸首就是顾家人，你会怎么做？你还会和顾南希朝夕相处得这么幸福？这么亲密无间？"

他的声音很冷，冷得从电话里便直接渗透到季莘瑶的骨子里。

"你……都知道了？"她惊愕。

原来修黎早已知道自己的母亲疯了。

可他是什么时候知道的？怎么她从来都不知道他已经深藏了这么多的秘密？而她这个当姐姐的，却始终不清楚这一切。

"季莘瑶，你别站着说话不腰疼，无论你现在把我想象成了什么样子，我对你始终没变，无论是姐弟的感情还是……"他顿了顿，似是不想让她为难，便继续道："我只希望有一天，你不会因此受到伤害。"

伤害？

这件事和她毫无关系，她又会因此而受到什么伤害？

修黎的意思是，他早晚有一天会和顾家闹翻，而她会陷入两难的境地，他所说的会是这种伤害吗？

可听修黎的语气却似乎……

"修黎？"她疑惑地叫着他的名字。

而那边却是不再说话，她只能听见那边平稳的呼吸声，不由得握紧了电话："你

第八章 故人

究竟知道什么？告诉我，无论是对你的亲生母亲还是我的妈妈，我想知道真相，如果你知道，别隐瞒我！"

"你不会希望知道真相的。"他淡淡地说完，便直接挂了电话。

"修黎？喂？修……"

电话里传来漫长的"嘟"声，季莘瑶低头看着被挂断的手机，再次打过去，却是无法接通。

她恨恨地咬牙，干脆直接发了一条短信，等他那边的手机信号好一些的时候也许就能收到，她发了很多话，最后一句话是问他刚刚说的话是什么意思。

发送成功后，她就一个人盯着手机发呆，再又时不时看看手边的水晶项链。

渐渐地，心头仿佛有一串什么回忆划过，但她没有抓住，只是一闪而逝的感觉，让她仿佛险些猜想到了什么，却又因为没抓住那个感觉而一时间更加想不通……

晚上，车门刚一打开，季莘瑶便走下车，顾南希伸手握住她的手，扶着她下车，直到前边那辆车里的顾远衡也同时走下来后，莘瑶才有些不好意思地将手拿开，转头对顾远衡笑了笑："爸。"

这么久了，她对这位公公始终仍是带着满满的疏离感，尽管他因为她怀了顾家的孩子而不会一再要求她离婚，但他这人，平日看起来都太过严肃，没什么好脸色，这一次，难得地在莘瑶朝他打了一声招呼时，他转头看了看她，面色缓和地点了点头。

"疗养院这附近很偏僻，大多是美国时下的农庄，你们两个别乱走，特别是你，这么大的肚子，非要跟着奔波一起过来，我让南希早早地打电话安排了房间，疗养院这边已经给你安排了住的地方，你若是累了，就去休息。"

顾远衡难得对她说这么多的话，季莘瑶心头一暖，微笑着说："爸，我不累，怀孕了多走走对身体也是好的。"

"嗯。"顾远衡似是也不愿再多说，只点点头，便双手背于腰后，在疗养院门前出来迎接的那些医护人员的接引下走了进去，他的表情很是威严，这疗养院的医护人员似是认得他，又或者这座疗养院真的是顾家人的财产，那些人都毕恭毕敬的。

"这座疗养院，是顾家的么？"

她趁着顾远衡走进去后，转头小声地问向身边的人。

顾南希笑而不语，却算是默认了。

季莘瑶搔了搔额头，小声嘀咕了一句："你们顾家的水究竟有多深，难道是狡兔三窟？"

她的本意是开玩笑的，但顾南希却是沉默下去，半响答："也许。"

"看你，这么认真干吗，我开玩笑的！"季莘瑶一向反应不慢，"反正这些都是上一辈的事情了，也不知道爷爷和爸到底要怎么处理这些事情，修黎的妈妈这病也不知道能不能治好。"

"有些东西，本来就是无法挽回的错误。"顾南希深深看着她，"既然错了，就总要想其他方式去弥补，一如爸对妈。"

季莘瑶"扑哧"地一笑："那你遇见我又何尝不是个错误，哎呀不说这个，爸是不是现在就去看石阿姨了？我们能一起去看看她吗？"

"暂时不能过去。"顾南希面色略沉，认真地说，"之前我们已经接到疗养院发来的病历，石芳的癔症患了二十多年，过往的几年还能时疯时醒，后来的这二十几年，一直疯疯癫癫甚至有暴力倾向，没人能靠近，靠近则必会受伤，听说她最近两天的情绪好转了许多，不知道爸能不能接近她。"

言下之意，以石芳现在疯癫的状态，一个强壮的男人都要冒着受伤的危险，别说她一个怀孕的女人，她当然不能随便靠近。

季莘瑶有些失落，但也知道不能随便冒险，便只是笑着点点头："那就等等爸的消息吧，我很想见见她，和她聊聊修黎的事，也许她会因为自己的儿子而渐渐清醒过来呢。"

顾南希侧转过身，额头轻轻靠上她的额，温热的呼吸拂上她的脸颊，他轻轻掐住莘瑶的脸，笑道："老婆，我吃醋了。"

"嘎？"她呆住。

"曾经你和修黎相依为命二十几年，你说过他是你曾经生命里唯一的支柱，如果没有他在，你或许早已饿死，或者早已没了生活的斗志而曝尸街头，曾经是曾经。那现在呢？"他浅笑着问，眼里却是带着深深的认真。

见她发呆，他依旧浅笑着，拈起她的秀发慢慢地在指上绕圈，却用她的发尾搔着她的耳朵，让她痒得连连闪躲。

季莘瑶痒得受不了，一边笑着一边抬手拍开他的手："痒死了！你吃什么醋啊，我和修黎这些年是相互扶持相互鼓励的不可割舍的亲情，而你顾南希之于我……"

她停了停，忍不住叹一口气，转身靠在车门边上，说道："好歹你还是我孩子的爸爸么。"

"只是孩子的爸爸？"他好看的眉宇微扬，却似是并不满意。

然后他便凑了过来，温柔地在她额上轻吻。

季莘瑶却是笑着推他，怕这疗养院外的医护人员笑话他们这秀恩爱的夫妻，一脸不自在地拍开他："色狼走开，少占我便宜！"

"别急着脸红，我话还没有说完……"顾南希伸指，细细地在她颈间摩挲，轻轻道："你好像曾经答应过我，无论发生什么样的事，都相信我，理解我，并不会为那些琐事的表象所迷惑、所动摇。"

他吐字极轻，语气里半是调笑半是温存，手指轻轻穿过她的发。

呃……

季莘瑶想起自己刚刚一路在偷偷给修黎发短信，却一直没有等到修黎的回复，那时顾南希并没有凑过来看她短信的内容，却似是看得出来她脸上异样的表情。

他这是……兴师问罪的吗？

"结果，做到了吗？"她还没开口，顾南希便温柔地笑笑，低眸看着她。

可惜季莘瑶就是厚着脸皮死活都不承认："我不是一直很理解你相信你的吗？"

"嗯？"他貌似不信。

真是个奸人，好好的看事情这么透彻干吗……

季莘瑶嘴角抽了抽，靠在车边，仔细回想了一下今天修黎在电话里对自己说的话，才实话实说："修黎知道自己的母亲是谁，也知道石芳被爷爷和爸送来美国，我不知道他有没有来找过，但是他的语气让我很……"

"他说了什么？"

"也没说什么，只是我曾经很了解修黎，虽然现在我不知道他究竟想要做什么，但我知道他既然肯做一件事，就一定是有根据且有目的性的，我不知道他的理由是什么，我更不清楚他的目的，只是，修黎的话让我感到很不安，本来让我觉得很温暖的顾家忽然让我有一种看不透甚至处处存在危机的感觉……"

说到这里，季莘瑶又自己扯了扯耳朵，尴尬地嘿嘿一笑说："可能是我自己多想了。"

顾南希笑笑，见季莘瑶咧开嘴笑得一脸歉意："不相信顾家，也该相信我。"

季莘瑶用力点点头："南希，我相信你，永远都相信。"

顾南希陪在她身边，慢慢理她被风吹得有些乱七八糟的头发，淡淡道："不仅仅是嘴上要相信，重要的是你的心，嗯？"

信任。

是爱情与婚姻最大的支柱，也是最大的危机。

而顾南希这般笃定的眼神，这样的深情不悔，这样的情意绵长，又是如此的忧心牵挂。

纵使是从未开口说过的爱，可季莘瑶偏偏看得懂，他的这份爱里存着珍惜。

人之所以会痛，只是因为爱而已，而爱情容不得太多的误解与不信任，她懂，顾南希当然更懂。

季莘瑶轻轻吸一口气，这刹那间，她忽然觉得一切都豁然开朗。

是啊，有顾南希在身边，无论有什么困惑，早晚都会解开的，她何苦一个人去偷偷想太多？

于是她弯唇一笑，将手小心地伸到他的手心里。

顾南希察觉到她的动作，就势握紧她的手，回眸看了她一眼，不再说什么，只伸手揽过她，与她相携着走进眼前的疗养院。